그레인지 코플랜드의 세 번째 인생

The Third Life of Grange Copeland

THE THIRD LIFE OF GRANGE COPELAND
by Alice Walker

세계문학전집 **209**

그레인지 코플랜드의
세 번째 인생

The Third Life of Grange Copeland

앨리스 워커

김시현 옮김

민음사

스스로 길을 개척해 간 어머니,
그리고 남편 멜에게 이 책을 바칩니다.

때로는 아버지의 어떤 말씀 때문에 미친 듯이 울고 싶었어. 하지만 삶과 냉소가 가면을 쓰는 법을 가르쳐 준 덕분에 나는 대신 웃음 지었지. 난 아버지를 위하여 고통 당하지도 않았고, 아무런 감정도 없었어. 파렴치한 냉소주의자인 내겐 영혼 같은 건 없었지…… . 내 얼굴을 덮고 있는 가면 때문이었어. 하지만 내 안에서는 아버지의 말을 하나하나 느끼고 있었다네. ─오스카 루이스, 『산체스네 아이들』 중에서

오, 친지여
우리 함께 울음을 터트리세!
이리 와서,
내 남편의 죽음을,
왕자의 죽음을
저 거대한 불길이
만들어 낸 재를 애도하세!
오 농장은 완전한 죽음을 맞았고,
라카리 가시로
문은 막혀 버렸네,
왕자를 위해
권좌의 후계자는 사라졌네!
모든 젊은이가
황무지에서 목숨을 잃었네!
─ 오콧 프비텍, 『라위노의 노래』 중에서

리처드는 사르트르에게 말했다.
"인간에 대한 개념과 감정 자체가 사라질 수밖에 없다는 점이야말로 현대 세계가 당면한 큰 위험이지." ─콘스턴스 웹, 『리처드 라이트』 중에서

차례

1부

1장

브라운필드는 어머니와 함께 마당에 서 있었다. 그는 멀어져 가는 차의 뒤꽁무니에서 눈을 떼지 않았다. 사일러스 이모부는 뾰족한 돌이 불거져 나온 곳에 이르자 속도를 늦추었다. 일주일 전 바로 그 자리에서 자동차의 오일 팬이 망가졌던 것이다. 그래서 이모부는 일주일 내내 그곳을 지날 때마다 욕을 했다. 일단 그 자리를 벗어나자 이모부는 팔을 창 밖으로 내밀어 의기양양하게 흔들었다. 브라운필드는 눈물을 글썽이며 슬프게 손을 저었다. 차 뒷유리로는 매릴린 이모가 전혀 보이지 않았지만, 앞쪽 창 밖으로 우아한 푸른 손수건이 흔들리고 있었다. 손수건은 깃발처럼 유쾌하게 펄럭였다. 사촌들은 뒷유리에 바짝 얼굴을 붙이고는 가냘픈 손을 단조로이 저었는데, 잘 보이지는 않았다. 그들은 손을 흔드는 데 싫증이 난 상태였다. 아침을 먹은 후부터 줄곧 작별인사를 하느라 손을 흔들어 댔기 때문이다.

번쩍거리는 초록색 자동차는 1920년형 신형 뷰익으로, 기다랗고 높다란 차체 앞에 커다란 헤드라이트가 개구리 눈처럼 툭 나와 있었다. 차 안은 온통 푸른색이었으며, 좌석은 푹신푹신하고 부드러웠다. 차 문을 열거나 눈부시게 투명한 차 유리를 위아래로 조절할 때는 은색 손잡이를 이용했다. 차가 도로에 쿵 하고 부딪치며 튀어 오르자 캔버스로 된 차 지붕이 느릅나무의 아래쪽 가지에 긁히고 말았다. 브라운필드는 형편없는 도로 때문에 이모부의 차가 상하는 것이 몹시 부끄러웠다. 사일러스 이모부는 그 차를 무척이나 아꼈다. 오늘도 그는 차를 닦고 바퀴살을 광내고 발판의 먼지를 털어 내느라 아침나절을 다 보냈다. 차가 도로의 웅덩이나 움푹 팬 곳에서 쿵쿵거릴 때마다 이모부와 이모와 사촌들의 몸이 불쑥불쑥 튀어 올랐다가 다시 내려 앉았다. 바위에 금속이 부딪치는 소리가 나자 브라운필드는 한숨을 쉬었다. 그 길은 노새와 마차와 맨발만을 위한 곳이었다.

"마차를 타고 왔더라면 더 편했을 것을."

아버지가 말했다.

"하지만 저렇게 멋지지는 않았을 것 아녜요."

차를 바라보는 어머니의 눈에는 시기심은 전혀 없었지만 동경이 가득했다.

브라운필드는 피어올랐던 흙먼지가 전부 가라앉을 때까지 자동차가 커브를 돌아 완전히 사라지는 것을 가만히 지켜보았다. 그는 벌써부터 사촌들이 그리웠다. 비록 그들 때문에 집이 겹겹이 쌓여 하늘에 닿을 듯 높이 치솟은 건물이나 영화를 단 한 번도 본 적이 없는 자신이 바보처럼 느껴졌지만 말이다. 사촌들이 머문 일주일 중 첫날만큼은 브라운필드도 농사에 대한 자잘한 지식으로 그들에게 깊은 인상을 줄 수 있었다. 그는 소젖 짜는 법, 돼지 먹이 주는 법, 달걀 찾는 법을 사촌들에게 자랑스레 선보였다. 하지만 이튿날이 되자 사촌들은 자동차, 가로등, 포장도로, 쓰레기 수거차 그리고 그들이 백화점에서 한번 타 보았다는, 걸을 필요도 없이 가만히 있으면 알아서 다음 층으로 올려다 주는 그 무엇인가에 대한 이야기들을 마구 쏟아 냈다. 그는 이런 정보에 감탄하다 못해 결국에는 압도당했다. 사촌들은 그가 시골 촌놈이라 가 본 곳도 없고 구경한 것도 없다며 놀려 댔다. 그들은 브라운필드의 아버지가 흰둥이 밑에서 일하고 있고, 그 흰둥이가 바로 아버지의 주인이라고 말했다. 하지만 자기들 아버지, 즉 사일러스 이모부는 필라델피아로 가서 스스로의 주인이 되었다고 으스댔다. 또한 브라운필드의 어머니는 남편을 떠나 자기들과 함께 필라델피아에 가고 싶어 한다고 했다. 그들이 말하길 그의 어머니는 브라운필드가 학교에 다니길 바라고, 남편이 지긋지긋하여 어찌되었든 떠나 버리려 한다고 했다. 사촌들은 이 외에도 많은 것을 알려 주었다. 그들 덕분에 브라운필드는 놀라고 흥분했는가 하면, 다른 한편 마음의 상처를 받았다. 그래도 그는 여전히 사촌들이 그리웠다. 그들은 그가 경험해 보지 못한 세계에서 왔다. 그런 그들이 가 버리자 그는 겨울이 오면 느끼곤 하는 묘한 감정에 빠져 들었다. 6월에 그런 감정이 들기는 처음이었다. 그는 마치 먼 훗날에 일어날 어떤 일을 기다리는 기분이었다.

브라운필드가 말했다.

"우리도 필라델피아에서 살면 좋겠어요."

"그래? 우린 안 그런데."

그의 아버지였다.

브라운필드는 놀라서 그레인지를 쳐다보았다. 아버지는 옆에 아무도 없을 때 그에게 말을 하는 법이 거의 없었다. 설령 말을 한다 해도 아들과 대화하는 것이 무슨 아주 힘든 일이거나 어쩔 수 없이 처리해야 하는 골칫거리인 양 행동했다.

"사일러스 이모부는 자동차 이야기하는 걸 정말 좋아해요."

브라운필드는 '자동차'라는 단어를 말하면서 더듬거렸다. 그것은 이모부의 단어이자 도시의 단어였다. 시골에서는 그냥 차라고 했다. 어떤 사람들은 여전히 그것을 마차라고 불렀다. 그들은 말을 쓰지 않는 탈것에는 익숙해질수 없는 듯했다.

"나도 저런 자동차가 있으면 좋겠어요."

"그래? 우린 안 그런데."

"그럼요, 안 그렇죠."

마거릿이 말했다.

브라운필드는 얼굴을 찌푸렸다. 어머니는 언제나 아버지의 말에 동의했다. 브라운필드는 겨우 열 살이었지만 어머니의 그런 태도가 매우 이상했다. 어떤 면에서는 마거릿이 그들의 개처럼 여겨지기까지 했다. 그녀는 그의 아버지에게 어떤 식으로든 복종심을 보일 때를 제외하고는 단 한마디도 하지 않았다.

"머리 위에 지붕이 있고 하루 세 끼 꼬박꼬박 먹는 것만으로도 감사해야 해."

하지만 사실 하루에 한 끼라고 해야 더 정확할 것이다. 어머니가 브라운필드에게 평소 보기 힘든 깜짝 미소를 지어 보였다. 동시에 하트 모양의 매끄러운 얼굴에서 환하게 빛이 났다. 그녀의 피부는 크림처럼 붉은 광택이 나는 진한 갈색이었다. 이는 자그마하고 가지런했으며, 숨결은 신선한 우유처럼 항상 달콤했다. 브라운필드의 손은 어머니를 닮아 길고 가늘어 귀족적이었다. 그런 마거릿의 손가락에는 보석이 딱 어울렸지만 실상은 결혼반지 하나 끼어 있지 않았다.

브라운필드는 주위에 감도는 익숙한 침묵에 귀 기울였다. 이모부의 자동차가 그렇게 곤란을 겪었던 울퉁불퉁하고 긴 길 끝에 그들의 집이 있었다. 그 길은 매끈하게 다져진 주 도로에서 뻗어 나온 작은 샛길에 지나지 않았다. 탱크처럼 거대한 노란 기계를 타고 다니는 도로 닦이꾼이 이곳을 전혀 다져 주지 않은 탓에 여기저기 울퉁불퉁하게 팬 길은 비가 올 때마다 진흙탕이 되었다. 집은 숲으로 둘러싸인 공터에 세워져 있었다. 숲에는 짐승과 새들이 가득했지만, 커다란 동물이나 소리가 요란한 새는 없었다. 그래서 때로는 아무 소리도 없이 하루가 지나가기도 했다.

하늘은 푸른색 양털로 짠 둥근 머플러 같았다.

　브라운필드는 조지아 주 남부의 광대한 목화밭이 자리한 고장에서 태어났다. 그는 숨막힐 듯한 더위로 여름이 온 것을 처음 알아챘고, 깨지지 않는 기나긴 침묵으로 그것을 확신했다. 아주 어릴 적에는 도마뱀이나 뱀을 쫓아서 공터 여기저기를 혼자서 기어 다녔다. 그는 어머니가 밤이 되어 집에 돌아올 때까지 상처와 멍을 의연히 견뎌 냈다.

　어머니는 매일 아침 서둘러 그를 껴안아 준 뒤 설탕 젖꼭지*를 물리고는 떠나 버렸다. 그는 비가 오든 햇빛이 쨍쨍 내리쬐든 흙바닥과 진흙탕을 기며 어머니가 돌아올 때까지 설탕 젖꼭지를 빨았다. 어머니는 현금을 받기 위해 매일 미끼를 파냈다. 집을 떠날 때 말쑥하던 다리는 돌아올 때면 늘 진흙과 미끼 점액으로 덕지덕지 덮여 있었다. 어머니가 '캐낸' 미끼는 캔으로 포장돼 시내에서 취미 삼아 낚시하러 온 신사들에게 팔렸다. 아기였을 적에 어머니가 그를 미끼 공장에 데려간 적이 있었지만 그는 계속 거치적거렸다. 게다가 분류하기 위해 긴 탁자 위에 부어 놓은 미끼 더미가 꿈틀대는 모습에 그는 그만 겁에 질렸다. 미끼 더미가 마치 탁자의 일부처럼 보였던 것이다. 그러던 어느 날 어머니가 그를 미끼 더미 근처에 앉혀 두었다. 그는 그쪽으로 굴러가 미끼와 뒤얽혔다. 미끼들은 닥치는 대로 무시무시하게 꿈틀댔다. 그는 비명을 지르고 또 질렀다. 그의 어머니는 아이를 당장 미끼 더미에서 빼냈고, 다

---

* 설탕을 천에 싸서 빨리는 젖꼭지.

시는 데려오지 못하도록 명령 받았다.

처음에 어머니는 그의 얼굴 가득 설탕 젖꼭지를 얹고는 바구니 안에 넣어 집에 남겨 두었다. 그는 설탕 젖꼭지가 아무 맛도 없는 누더기가 될 때까지 하루 종일 빨았다. 그러다 그가 걸음마를 익히자 어머니는 아이를 현관 계단에 묶어 두었다. 그는 계단에 한가로이 앉아서 집에서 키우는 마르고 지저분한 개와 놀았다. 구레나룻이 난 개의 주둥이에서 윙윙거리는 파리들은 어김없이 그의 얼굴 주변에서도 윙윙댔다. 파리 떼를 쫓아 주거나, 파리를 끌어들이는 젖은 헝겊을 갈아 줄 사람은 아무도 없었다. 그의 쑥 자란 허리를 뱅뱅 감고 있는 갈색 헝겊은 그를 숨 막히게 했다. 그는 몇 시간 동안 축 늘어져 무감각한 혼수 상태에 빠지곤 했다. 굶주림 때문에 그의 움직임은 둔해졌고 커다란 눈에서는 부자연스러운 빛이 났다.

네 살이 되자 그는 온몸이 상처로 뒤덮였다. 머리를 메운 습진 때문에 군데군데 동전만 하게 머리카락이 빠졌으며, 토마토로 인한 두드러기가 무릎 아래쪽에 가득했다. 어머니의 정원에서 토마토가 익을 무렵이면 하루 종일 토마토만을 먹기 때문이었다. 게다가 겨드랑이에서는 종기가 터져 고름이 줄줄 흘렀다. 어머니는 황산구리 용액으로 그의 상처를 씻어 주었다. 그렇게 멍하니 앉아 상처 딱지나 뜯는 생활을 하던 그에게 별안간 재미없는 일거리가 주어지기 시작했다. 할 일은 점점 늘어났다. 그는 돼지에게 먹이를 주고, 나무를 해 오고, 소가 신선한 풀을 뜯을 수 있게 공터 여기저기로 데려갔다. 그가 여섯 살이 되자 어머니는 그에게 소먹이 주는 법과 소젖 짜는 법을 가르쳐 주었다. 그 후 그는 조용하고 느긋한 소의 인내심을 좋아하게 되었다. 양철 시럽통에 듬뿍 짜낸 따끈한 소젖을 마실 때 우유가 방울져 턱으로 흘러내리는 것도 재미있었다.

그의 아버지는 큰길을 따라 1킬로미터쯤 펼쳐진 목화밭에서 씨를 심고, 자르고, 독한 약을 뿌리고, 목화를 따는 일을 했다. 여섯 살이 되면서 브라운필드도 거기서 일했다. 그로부터 사 년이 지나도록 그는 여전히 다른 어린 일꾼들과 함께 그곳에서 일했다. 그의 아버지는 밭의 다른 쪽에서 아저씨와 아줌마 들과 함께 일했다. 목화밭 역시도 대개는 조용했다. 아이들은 목화 때문에 놀지 못하도록 지시 받았을뿐더러, 너무 피곤해서 놀 수도 없었다. 어른들은 간간이 나직하게 속삭였다. 그것은 어쩌다 들리는 앵글로색슨계 백인 신교도의 콧노래를 연상시켰다. 그들이 대화를 나누느라 웅웅거리는 소리도 고요의 일부였다. 아이들은 밭 저편에서 들리는 어른들의 말을 전혀 알아들을 수 없었다.

날이 저물면 모든 일꾼들이 일을 멈추었다. 어른이 스무 명 정도 되었고, 각자에게는 밭의 아동 구역에서 일하는 아이들이 몇 명씩 딸려 있었다. 아이들은 부모들이 일주일 전에 지나간 자리를 훑는 일을 했는데, 그것을 '찌꺼기 따기'라고 불렀다. 부모가 목화밭 가장자리에 자루를 내려놓으면 아이들은 그들 곁으로 가 섰다. 그들 모두는 트럭이 오기를 기다렸다. 브라운필드도 아버지 옆에서 트럭이 오기를 기다렸다. 그의 아버지는 트럭이 와서 짐칸에 목화 자루를 실을 때를 제외하고는 아들을 보거나 어떤 식으로든 아는 척을 하지 않았다. 브라운필드는 아버지의 침묵이 두려웠다. 두려움은 트럭이 도착할 때 극에 달했다. 아버지의 얼굴이 부자연스러울 정도로 무표정하게 변하는지라 그것을 보고 있자면 재미있으면서도 마음 한편이 불안했다. 마치 아버지가 돌이나 로봇으로 변하는 것만 같았다. 냉담한 고요가 두 눈에 내려앉으면 아버지는 물체, 무(無), 강하게 잡아당겨야만 움직이는 그 무엇(만약 움직일 수 있다면 말이다.)으로 변했다. 트럭이 목화밭에 멈추자 일꾼들은 숨을 죽였다. 대여섯이 일을 나온 가족들은 모두 합쳐 1달러를 받을 수 있을까 하고 초조해 했다. 일꾼 중 몇몇은 트럭을 몰고 온 사내와 웃으며 농담을 나누었다. 하지만 그들 역시 자신의 신발이나 바짓가랑이 혹은 손을 내려다볼 뿐, 결코 사내와 눈을 마주치지 않았다. 그들의 얼굴에는 교활한 느낌의 은근한 미소와 겁먹고 당황한 절망감이 겹쳐 있었다.

브라운필드의 아버지는 전혀 웃지 않았다. 그저 얼어 있었다. 자루를 트럭 뒤에 실을 때도 동작이 기계처럼 뻣뻣했다. 처음에 브라운필드는 아버지가 트럭 때문에 돌로 변하는 거라고 생각했다. 트럭은 커다랗고 요란했으며 군대를 연상시키는 차가운 회색이었다. 거대한 바퀴는 목화 줄기를 납작하게 짓눌렀으며, 부드러운 흙이 덮인 목화밭에 깊은 자국을 남겼다. 하지만 몇 주 동안 트럭에 자루 싣는 것을 지켜본 결과, 브라운필드는 아버지에게 평소의 침묵보다 더욱 완강한 가면을 씌우는 것이 바로 트럭을 몰고 오는 사내라는 것을 깨달았다. 브라운필드는 사내를 유심히 살펴보고는 놀라운 사실을 발견했다. 그는 사람은 사람인데 아버지와 완전히 달랐다. 피부색은 물론이고 냄새와 소리와 움직임과 웃음이 서로 딴판이었다. 브라운필드는 그것을 어떻게 여태까지 모르고 있었을까 하고 의아해 했다. 어린아이였던 그에게 모든 남자는 다 하나였다. 그들은 하나같이 똑같았다. 그들이 자신을 껴안을 때면 그들에게서 근육의 강인함이 똑같이 느껴졌고, 똑같은 냄새가 났으며, 작은 것에 대한 똑같은 무시가 풍겼다. 동굴 같은 입을 쩍 벌리고 웃음을 터트리거나, 두려울 만큼 성큼성큼 걷거나, 높다란 상체를 숙여 브라운필드를 들어올려 서로에게 던질 때면 그들은 오직 자신의 거대함만을 자랑스러워했다. 아버지를 얼게 만든 사내의 모습에 브라운필드는 당장 공포를 느꼈다. 사내의 머리털은 동물처럼 부드러운 갈색이었다. 그것을 깨닫고서야 브라운필드는 아버지가 왜 그 사람만 보면 차갑게 얼어 버리는지를 이해했다. 덕분에 브라운필드 역시 안절부절못하게 되었다.

한번은 그 사내가 지팡이 손잡이로 슬쩍 그의 손을 건드리며 말을 걸었다. 그의 숨결에서는 박하 향이 났다.

"네가 그레인지 코플랜드의 아들인 모양이구나?"

"으응."

브라운필드는 입술을 씹으며 대답했다. 사내의 가슴팍과 목에 검회색 털이 덥수룩이 자란 것을 보고는 목이 절로 움츠러들었다. 그가 여전히 사내의 털을 빤히 쳐다보고 있는데, 아버지가 아닌 다른 일꾼 하나가 상냥하게 일러 주었다.

"시플리 씨께 '예.'라고 대답해야지."

그의 아버지는 아들이 옆에 있는지조차 모르는 듯 가만히 서 있었다. 브라운필드는 대답하기에 앞서 고개를 들어 아버지의 표정을 살폈다. 왁스로 감싼 듯한 그의 가면은 미동도 없이 딱딱했다. 그때 브라운필드는 처음으로 두려움과 분명치 않은 어떤 것이 섞여 있는 땀 냄새를 맡았다. 숨막힐 듯 긴장한 그 무엇이 아버지의 몸에서 뿜어져 나오고 있었다.(그것은 그의 아버지와 다른 일꾼들의 냄새로, 결코 박하 향은 아니었다.) 아버지는 아무 말도 안 했다. 그래서 브라운필드는 떨리는 목소리로 대답했다.

"예."

단지 출현만으로도 아버지를 땀 흘리는 자갈이나 기둥, 혹은 한 덩이의 오물로 변신시키는 그 사내가 아이는 소름 끼치도록 두려웠다. 아버지의 독하고 쓴 냄새의 근원은 살 깊이 강제로 박혀 있는 것이 분명했다.

그 후 얼마 지나지 않아 그레인지가 집 현관에 길게 뻗어 조용히 술을 마시고 있을 때였다. 브라운필드는 현관 계단에 앉아 아버지의 손이 병을 들었다 났다 하는 것을 최면에라도 걸린 듯 바라보고 있었다. 그레인지는 아들이 자신을 보고 있다는 것을 알아차렸다. 브라운필드는 너무 무서워서 자리를 떠날 수도, 계속 머물러 있을 수도 없었다. 아버지는 술을 마실 때면 온갖 욕을 퍼부었다. 그는 브라운필드를 향해 입을 열었다. 그의 눈에는 노랗고 붉은

줄이 잎맥처럼 그어져 있었다. 브라운필드는 아버지에게
몸을 디밀었지만 그가 들은 말이라곤 이것뿐이었다.

"넌 저 우라질 우물에 처넣어야 해."

아버지의 목소리에는 그 어떤 분노도 결의도 담겨 있지
않았지만 브라운필드는 깜짝 놀라 몸을 도로 당겼다. 그
목소리에는 연민과 회한이 어려 있는 지친 전율과 술에 전
조악한 동경만이 있을 뿐이었다.

브라운필드가 사내에 대해 말해 주자 사촌들은 그 사내
가 그의 아버지를 소유하고 있으며, 자기들의 아버지는 북
부로 달아나 스스로의 주인이 되었다고 말했다. 이제 그들
은 매년 멋진 새 차를 사고, 호화롭고 아름다운 가구를 쓰
며, 그들의 어머니는 지저분한 미끼를 잡을 필요 없이 두
채의 집과 커다란 검은 차를 소유한 사람들 집에서 일한다
고 했다. 그 차의 운전사는 황금색 끈이 달린 초록색 옷을
입는데, 그가 바로 그들의 아버지였다. 이모부가 사촌들을
그 차에 태워 드라이브를 한 적이 있기 때문에 그들은 그
차에 대해 잘 알고 있었다. 여기저기 물 새는 집에 사는
브라운필드로서는 그들이 함께 놀았던 부유한 집안의 아이
들에 대해 듣는 것만으로도 사촌들이 부자처럼 보였다.

사촌누이 앤절린은 남의 말을 몰래 엿듣는 버릇이 있었
다. 그녀는 참을성 없게도, 브라운필드네 가족은 조지아
주 그린 카운티를 떠날 만한 분별력이 없기 때문에 아무것
도 이루지 못할 것이라고 자기 엄마가 말하는 걸 링컨 오
빠와 함께 들었다고 브라운필드에게 말했다. 브라운필드의
어머니가 그레인지는 아무짝에도 쓸모없다는 말을 했다고

알려 준 사람도 앤절린이었다. 그레인지가 빚을 갚기 위해 그녀에게 '몸을 팔라고' 했다는 것이었다. 브라운필드의 어머니와 앤절린의 어머니는 서로 자매간이었다.

"이모부가 이모한테 트럭을 모는 남자한테도 몸을 팔라고 했대."

앤절린이 거짓말하자 링컨이 덧붙였다.

"게다가 돈을 내기만 하면 누구에게든지 몸을 팔라고 했어!"

링컨은 춤을 추며 브라운필드 주위를 빙글빙글 돌았다.

"너네 집은 1200달러나 빚을 졌어! 갚기는 다 글렀지!"

앤절린은 새침한 척 코를 킁킁거렸다.

"우리 아빠가 그러는데, 너네 집은 절대 빚을 못 갚는대. 돈도 없을뿐더러 이모부가 돈이 들어오는 족족 술을 마시느라 다 써 버린대."

브라운필드는 '몸을 판다'는 말이 무슨 의미인지 궁금했다. 사촌들은 그저 낄낄거리며 심각한 일인 양 서로를 팔꿈치로 찌르기만 했다. 하지만 그들의 표정에는 분명 즐거움이 어려 있었다.

사촌들이 알려 준 이런 정보는 브라운필드에게 특히 불길하게 여겨졌다. 그는 아버지의 침묵이 언제부터 시작되었는지 기억을 더듬어 보았다. 예전엔 아버지도 그를 무릎에 올려놓고는 희망에 가득 차 정답게 속삭이며 귀여워하던 때가 분명히 있었다. 아마도 어머니가 늘 아버지에게 절절매며 복종하는 데는 그의 침묵도 한 이유가 되지 않을까 하고 브라운필드는 생각했다. 또한 어머니가 다른 사내에게 "어떻게 지내요?" 하고 인사하기만 해도 아버지가 분노와 질투에 휩싸이는 것도 침묵과 깊은 관계가 있을 것 같았다. 어쩌면 아버지는 어머니의 몸을 팔려고 했는데 어머니가 그것을 거부했는지도 모른다. 그래서 여태 빚을 못 갚고 가난을 못 벗어나 죽을 때까지 이런 식으로 살 수밖에 없는 것일 수도 있었다. 자신이 아내를 팔려고 했다는 사실이 아버지의 기분을 확실히 상하게 했을 터였다. 그래서 아버지는 입을 굳게 다물고 그렇게 어머니를 질투하는 것이리라. 어머니가 한 행동 때문이 아니라 자신이 하려고 했던 행동 때문에 말이다! 어쩌면 브라운필드가 그레인지의 팽팽히 긴장한 평정을 두려워하듯 어머니도 그레인지가 무서운 것인지 몰랐다. 원하든 원치 않든 아버지가 자기를 팔아 버릴까 봐 두려워하는 것일 수도 있었다. 어머니가 그처럼 아버지의 비위를 맞추려고 굽신대는 까닭이 바로 거기에 있는지도.

사촌들이 한 말의 의미를 파악하려고 애쓰다 보니 브라운필드는 머리가 아팠다. 부모의 행동을 이해해야 한다는 의무감이 사촌들의 웃음소리와 함께 스며들었다. 피가 머리로 몰려 몸이 불편해졌다. 그는 열에 들뜬 채 지나온 날들이 어떻게 흘러갔는지 생각했다. 열기, 감기, 일, 교활해 보이는 은근한 미소 뒤에 한결같이 놓여 있는 절망의 느낌들. 겨울의 굶주림, 궁색하고 무표정한 얼굴들, 어머니가 미끼와 비료 냄새를 풍기며 집에 돌아오기 전까지 혼자서 씹던 나무껍질의 느낌들. 부드러운 피부와 깨끗한 우윳빛 숨결의 어머니, 골똘히 생각에 잠긴 아버지, 피할 수 없이 돌진해 오는 앎의 느낌들. 이는 마치 거센 바람과 번쩍이는 홍수를 몰고 와 침묵을 산산조각내고 그들 모두를 가차없이 짓눌러 버리는 여름 태풍과 같았다. 언젠가는 그도 모든 것을 알게 될 테고 사촌들과 아버지, 심지어 어쩌면 신과도 대등해질 것이었다.

그들의 생활은 거의 전적으로 그레인지의 기분에 따라 일정한 주기로 되풀이됐다. 월요일에 그레인지는 지난밤 아내와 벌인 격렬한 싸움의 후유증과 숙취로 괴로워했으며, 이른 아침 태양의 열기에 찌들어 시종 시무룩하고, 무뚝뚝하며, 쌀쌀맞았다. 마거릿은 신경이 몹시 날카로워져 긴장했다. 그런 날이면 브라운필드는 쥐처럼 살며시 집 안을 돌아다녔다. 화요일에 그레인지는 그저 말이 없었다. 따라서 아내와 아들은 긴장을 풀기 시작했다. 수요일이 되면 시간이 흘러 열 지은 목화밭이 더욱 아득해짐에 따라 그레인지는 투덜거리며 한숨을 쉬었다. 그는 잠자리에 들기 전에 오랫동안 바깥에서 밤공기를 쐬었다. 그는 북부로 이사 가는 것에 대해 이야기했다. 목화밭 주인에게 얼마를 빚졌는지 계산해 볼 때도 있었다. 주인은 트럭을 몰고 와 그들이 채워 놓은 목화 자루를 차지했다. 하지만 이런 생각은 그를 우울하게 했다. 수요일 밤에 그가 이런 이야기를 하면 아내는 울음을 터트렸다. 목요일에 이르면 그레인지의 우울은 극에 달했다. 트럭 운전사가 농담을 던질 때 그는 눈빛을 숨기며 정중하게 얼굴을 찌푸렸다. 밤에는 이 방 저 방을 서성거리거나 현관 서까래에 매달려 몸을 흔들었다. 그때마다 브라운필드는 현관이 흔들리는 소리와 함께 그의 관절이 삐걱거리는 소리를 들을 수 있었다. 아버지가 몸을 흔들 때면 현관 전체가 뒤뚱거렸다. 금요일이면 노동과 태양 때문에 완전히 마비된 그레인지는 한 주가 다시 시작되기 전 남은 이틀 동안 푹 쉬고 싶다는 생각밖에 할 수 없었다.

토요일 오후에 그레인지는 면도와 목욕을 한 후 깨끗한 작업복과 셔츠를 입고서 식료품을 사러 마차를 몰고 시내로 나갔다. 그가 외출한 사이 그의 아내는 머리를 감고 곱게 빗어 내렸다. 그러곤 옷을 한껏 차려입은 채 눈부시게 아름다운 자태로 열어 놓은 문가에 자리 잡았다. 그녀는 결코 오지 않는 손님을 간절히 기다리며 그렇게 앉아 있었다.

그녀는 브라운필드도 깨끗하게 씻기고 깔끔한 옷으로 갈아입혔다. 그는 고요한 숲과 공터에서 신나게 놀았다.

늦은 토요일 밤, 그레인지는 술에 취해 비틀거리며 돌아와 아내와 아들을 죽이겠다고 위협했다. 그는 이리저리 휘청이며 엽총을 쐈다. 위협을 느낀 마거릿은 아들과 함께 숲으로 달아나 몸을 숨겼다. 브라운필드는 어머니의 발을 꽉 붙잡았다. 그레인지는 문에서 발을 헛디뎌 마당으로 넘어지더니 어린애처럼 울음을 터트렸다. 그는 비통하게 흐느끼며 온 얼굴에 흙을 문질렀다. 그러곤 일요일 아침까지 거기에 그대로 누워 있었다. 닭이 주위에서 먹이를 쪼고 개가 곁에서 코를 킁킁거렸지만 아내도 아들도 그레인지 근처엔 얼씬도 하지 않았다. 대신에 브라운필드는 집의 다른 쪽에서 놀았다. 정오 무렵이 되면 그레인지는 더 이상 비틀거리지는 않았지만 유령처럼 창백한 얼굴로 목장과 숲을 지나 장님처럼 서둘러 침례교 교회로 향했다. 교회에서 그는 다른 사람보다 소리 높여 노래 부르고 기도했다. 마거릿 역시 교회에 갔다. 브라운필드는 신도석에서 어머니 옆에 앉아 잠이 들었다. 예배를 마친 후 집에 돌아온 그레인지와 마거릿은 저녁 싸움을 시작했다. 그것은 그들을 지난주와 변함없이 똑같은 다음 주로 날려 보냈다.

브라운필드는 길에서 시선을 돌려 증오 어린 표정으로 자신들의 집을 바라보았다. 그것은 방 두 개짜리 오두막으로, 한쪽 끝에 벽돌 굴뚝이 세워져 있었다. 썩어 가는 회색 지붕은 널빤지였으며, 사면의 벽 역시 세로로 긴 회색 널빤지로 덮여 있어서 집 전체가 잿빛이었다. 건물은 양 끝보다 가운데가 더 낮아 풀을 뜯으려는 등 굽은 짐승처럼 보였다. 돌이 깔린 우물은 사용하기 편리하게 마당 한가운데 자리했고, 이끼 낀 나무 두레박이 녹슨 사슬과 닳아빠진 밧줄에 매달려 그 위에 걸려 있었다. 우물 뒤편 물이 쏟아지는 곳에는 야생 나팔꽃이 활짝 피었다. 나팔꽃 덩굴은 나무를 패 놓은 장작더미, 개가 흩트린 짐승의 뼛조각, 한때 중노동에 시달리는 노새의 턱과 이빨에 고통을 가했지만 이제는 버려지고 만 재갈과 가죽끈까지 길게 뻗어 있었다.

브라운필드가 힐끗 보니 아버지 역시 집을 살펴보고 있었다. 그레인지는 군인처럼 한 팔로 허리를 받치고, 다른 팔로는 집의 이곳저곳을 가리켰다. 마치 수리가 필요한 곳을 일일이 지적하는 것 같았다. 고쳐야 할 곳은 정말 많았다. 피칸 나무*처럼 윤이 나는 짙은 갈색 피부에다 키가 크고 마른 그레인지는 생각에 잠긴 얼굴이었다. 이제 서른다섯 살이었지만 힘든 농사일로 등이 다소 굽어 실제보다 더 늙어 보였다. 얼굴과 눈에는 정열이라고는 전혀 없이 슬픔과 공허가 맴돌았다. 마치 거대한 불이 일어 그의 내부를 완전히 태운 후 최근에야 꺼진 듯싶었다. 브라운필드가 보기에 그는 감정이 전혀 없는 사람 같았다. 하지만 단하나, '혼란'만은 예외였다. 혼란이 어찌나 극심한지 그는 자신이 무엇을 보고 있는지도 모르는 듯했다. 손짓은 계속되었지만 막연히 아무 곳이나 가리키고 있었으며, 입술은 움직였으나 무슨 말을 하는지 알아들을 수 없었다. 아들이 바라보는 가운데 그레인지는 어깨를 들어올렸다가 떨어트렸다. 브라운필드는 그 몸짓의 의미를 잘 알고 있었다. 그것은 어쩔 수 없음을 나타내는 어깻짓이었다. 즉, 집을 손볼 도리가 도저히 없으므로 손짓은 이제 그만두겠으며 다시는 집을 고칠 생각도 않겠다는 뜻이었다.

어머니가 브라운필드를 학교에 보내려고 했을 때 그레인지는 방금 집을 보고 그랬던 것처럼 소리 없는 몸짓으로 그 가능성을 헤아려 보였다. 그는 학교에 대해서는 전혀 아는 게 없지만 자신이 무일푼이라는 사실은 잘 알고 있었다. 그래서 그는 어깨를 으쓱했다. 어깻짓은 곧 특정한 꿈의 종말이었다. 마거릿에게 정장이 필요했지만 살 방도

---
* 미국 중남부 지방에서 자라는 호두나무의 일종.

가 없었을 때도 마찬가지였다. 그는 그저 어깨를 으쓱한 후 다시는 그것에 대해 말을 꺼내지 않았다. 한 번 어깨를 으쓱할 때마다 그는 예전보다 더욱 말이 없어졌다. 마치 한 번의 어깻짓이 그의 이야깃거리를 하나씩 베어 없애는 것 같았다.

아버지와 집을 바라보던 브라운필드가 고개를 돌리자 어머니의 손이 눈을 스치고 지나가는 것이 보였다. 그는 새로 알게 된 불만들로 가득 차 시무룩하게 자리에 앉았다. 그는 어머니 때문에 마음이 아팠고, 자신이 무력하고 보잘것없는 존재인 것만 같았다. 아버지에 의해, 죽음에 의해, 혹은 세월에 어머니를 잃는다면 그가 어찌 견딜 수 있을까? 어머니의 유연한 강인함과 공기 속을 떠도는 향긋한 향내가 없다면 그가 어찌 살아남을 수 있을까? 음식과 비누와 우유 향의 확고한 편안함으로 꽉 차 있는 어머니의 체취는 달콤하고 섬세하여 그의 마음을 끌었다.

그레인지가 아내에게 나직이 말했다.

"당신은 갈 수도 있었잖아."

"난 북부에 대해 눈곱만큼도 몰라요."

"배우면 되지."

"제가 무슨 수로요."

그녀의 목소리에는 한탄이 깃들어 있었다.

브라운필드는 정신을 차렸다. 사촌들의 말이 옳았던 것이다. 어머니가 그들을 따라서 자신과 함께 필라델피아로 갈 것이라는 말 말이다. 그런데 왜 가지 않은 것일까? 그는 약이 오르고, 어둠 속에 갇힌 듯 갑갑했다.

"우리보고 함께 가자고 했다는 걸 전 전혀 모르고 있었어요. 전 북뿌에 가고 싶어요."

사촌들은 가장 촌스런 시골뜨기나 '북뿌'라고 발음한다고 말한 적이 있었다.

어머니는 아들에게 활짝 웃어 보였다.

"여자처럼 머리를 납작 붙이고 말이냐? 설마!"

사일러스 이모부의 찬미자인 브라운필드는 그래도 단념하지 않았다.

"전 밤에 머릿수건 따위는 쓰지 않을 거예요."

어머니는 슬프다는 듯이 중얼거렸다.

"매럴린이 안됐어. 매춘부처럼 완전히 탈색한 머리라니. 주님께서는 내가 다른 여자 머리털을 머리에 쓰고 빗질하고 싶어 하지 않게 막아 주셨지. 솔직히 말해서……."

그녀는 브라운필드 너머로 그레인지를 바라보며 말을 이었다.

"……그게 **진짜** 머리카락은 아닌 것 같더구나. 가발을 벗어서 나더러 써 보라고 할 때 척 알아봤지. 완전히 소꼬리털 같더라. 한 가닥을 잡아당겨 보니 쭉 늘어나지 뭐니."

브라운필드는 발끈하며 말했다.

"바스락거리는 게 좋기만 하던걸요."

그레인지가 말했다.

"그거야 네가 안목이라고는 전혀 없으니 그런 거지."

32

2장

　사촌들이 다녀가고 오 년이 지난 후, 브라운필드는 마당
의 바로 같은 자리에 서서 다른 차가 점점 다가오는 것을
지켜보고 있었다. 이번에 오는 차는 그도 익히 잘 알고 있
는 커다란 회색 트럭이었다. 그것은 일요일 아침의 몽롱한
고요를 짓밟으며 맹렬하게 길 위를 굴러 오고 있었다. 트
럭을 모는 자는 평소에 그 차를 운전하는 사람이 아니었
다. 차가 가까워지자 갈색 팔이 창 밖에서 달랑거리는 것
이 보였다. 그는 자니 잔슨으로, 시플리 씨 밑에서 일하는
사람이었다. 트럭이 공터 가장자리에서 멈추자 어머니가
차에서 내렸다. 그녀는 운전사와 애기하느라 잠시 서 있더
니 몸을 돌려 집을 향해 살금살금 걸어왔다. 트럭은 요란
하게 방향을 틀고는 길 위로 사라졌다. 그녀는 구두를 벗
어서 손에 쥐었다. 그러곤 내키지 않는 걸음으로 조심스레
이슬을 밟았다. 땅을 어찌나 뚫어져라 보는지 부딪칠 뻔할

때까지 브라운필드가 거기 서 있는 것조차 알아채지 못했다. 그는 어머니보다 키가 크고 덩치도 좋았다. 그녀는 아들을 보고는 펄쩍 뛰었다.

"안녕히 주무셨어요?"

그는 냉랭하게 말했다.

어머니는 양손에 꽉 쥔 구두를 죄스러운 듯 가슴에 모았다. 그녀의 아름다운 머리털은 변덕스러운 뇌운처럼 헝클어져 어깨 위로 풀어 헤쳐져 있었다. 머리카락 여기저기에 반짝거리는 곱슬한 은실이 묻어 있었다. 옷은 구깃했고, 평소엔 옷 안에 얌전히 있던 금 십자가가 옷깃 위로 툭 튀어 나와 있었다. 초췌한 눈이 아들을 보고 멍하니 깜박거렸다. 그녀에게서 퀴퀴한 연기 냄새가 났다. 그녀는 초조한 손놀림으로 돌돌 말린 스타킹을 구두 안 깊숙이 쑤셔 넣었다.

어머니가 집을 향해 시선을 돌리며 말했다.

"이런, 네가 있는 걸 못 봤구나."

브라운필드는 곁에 서서 아무 말도 안 했다.

그녀는 재빨리 물었다.

"아기는 잘 있지?"

구두와 그녀의 손가락 관절이 날카롭게 대비되었다.

브라운필드는 대답했다.

"예, 잘 있어요."

그는 어머니를 따라 집으로 들어가서 그녀가 배다른 동생을 내려다보는 것을 바라보았다. 아기는 엉덩이를 하늘로 추켜올린 채 평화로이 잠들어 있었다. 그 아기는 어머니의 새로운 성격의 산물로, 침대들, 진*. 상점 판매용 향수의 코에 선 향기와 예쁘게 화장한 새로운 얼굴에 딸려 온 것이었다.

"네 아비랑 또 싸웠지 뭐니."

그녀는 침대로 기어 들어가며 말했다.

"물고 뜯고 패고 말다툼하다 질질 끌려 나왔지. 누런 뚱뚱보 계집년 있잖니. 네 아비 되는 작자가 뚱땡이라고 부르는 년."

그녀의 말은 지극히 사실이었다. 그들은 몇 해째 이런 식으로 싸워 왔다. 토요일 오후마다 그녀 홀로 앉아서 결코 오지 않을 사람을 기다리던 시절은 지나갔다. 이제는 남편이 그녀를 남겨 두고 시내로 나가면 그녀도 따라갔다. 처음에 그녀는 시내까지 단호히 걸어가거나 지나가는 차를 얻어 탔다. 하지만 최근에는 아예 대놓고 차를 타고 다녔다. 주로 커다란 회색 트럭이었다.

그녀가 말했다.

"그 작자는 아직 안 들어온 모양이군."

브라운필드는 문가에서 어슬렁거렸다. 이제 애를 안 봐도 됐으면 하고 속으로 바랐다.

"다시는 안 돌아올 거라더라."

어머니는 옷을 머리 위로 흔들어 잡아 뺐다. 그녀는 악의에 찬 웃음을 지었다.

"그 소릴 한두 번 들었어야지. 내가 그놈을 벌어 먹이고

---

* 독한 증류주.

그년이 그놈한테 헤벌레 먹히면 아비가 좋아할 것 같지?"

브라운필드는 어머니가 욕을 할 때면 조심스레 귀를 막았다. 아버지가 다른 여자를 만난다는 것을, 오랫동안 한 여자 혹은 여러 여자와 사귀어 왔다는 것을 그도 잘 알고 있었다. 하지만 그것은 어머니와 달리 그에게 별다른 영향을 주지 않았다. 그는 어머니가 벗어 내린 슬립이 마루에 떨어지는 것을 보면서도 눈 돌릴 생각도 하지 않았다. 문득 그녀가 고개를 돌려 아들을 쳐다보았다. 두 눈은 피곤에 지쳐 있었지만 도전적이었다.

"뭘 빤히 보는 거야?"

그녀가 물었다.

"아무것도요."

브라운필드는 대답한 후 몸을 돌렸다.

그녀는 목에 걸린 사슬 끝에서 십자가를 찾아 엄숙하게 붙잡았다.

그는 어머니에게서 등을 돌린 채 말했다.

"그냥 사일러스 이모부와 매럴린 이모 생각을 하고 있었어요."

"생각은 무슨 생각. 제부가 죽은 후 소식 한 자 못 들었는데. 생각을 해 봐라. 백주대낮에 술 판매점을 털다니! 매럴린은 늘상 새 냉장고며 새 옷이며 애들의 멋진 학교며 온갖 얘기를 늘어놓으면서도 정작 제부가 마약 중독자라는 얘기는 입도 뻥긋 안 했지. 폼 나는 차를 타고 여기 올 때마다 우릴 구닥다리 취급하기만 했어. 내 장담하는데 그 잘난 북뿌도 여기만큼이나 개판일 거야."

그녀는 침대 옆에서 무릎을 꿇었다.

"애기가 깨면 우유병을 물려라."

그녀는 마루에 꿇어앉아 기도를 한 후 몇 분도 지나지 않아 깊이 잠들었다.

브라운필드는 역겨운 표정으로 아기를 내려다보았다. 아기 보는 일은 늘 그의 차지였다. 덕분에 자신이 꼭 계집애 같았다. 다행히도 아기는 세상 모르고 자고 있었다. 아기가 깬다면 브라운필드는 당장 그 애를 꼬집고 싶어질 것이고, 그러면 어머니는 침대에서 벌떡 일어나 욕설을 퍼부으며 그의 머리를 쥐어박은 다음 아기 머리에도 주먹을 한 대 먹일 것이었다.

그는 이제 공터에서 놀 만큼 어리지 않았다. 대신 그는 침대 발치에 놓인 상자에서 새 구두를 꺼내 들었다. 틈틈이 미끼 공장에서 일하여 번 돈으로 산 것이었다. 그는 구두를 들고 밖으로 나왔다. 그러곤 현관 계단에 앉아 아버지가 입던 낡은 셔츠 조각으로 구두를 닦았다.

브라운필드는 헝겊으로 구두를 애무하듯 쓰다듬으며 즐겨 하는 공상에 빠져들었다. 스물한 살 정도의 어른이 된 자신이 눈 내리는 해 질 무렵 집에 도착하는 모습이 선명히 떠올랐다. 그의 공상 속에서는 늘 눈이 내렸다. 실제로는 딱 한 번 눈을 봤을 뿐이었다. 그가 일곱 살이던 크리스마스에 그리 강하지 않은 눈보라가 친 게 전부였다. 그러나 그것은 그에게 차갑고도 강렬한 인상을 남겼다. 공상 속에서 눈은 베개에서 우수수 쏟아지는 닭 깃털처럼 땅에 내려앉았다. 마치 무중력 상태로 허공을 조용히 부유하는 빗방울의 벽을 통과해 걷는 것 같은 느낌이었다. 눈꺼풀과 콧등에 닿는 눈송이의 느낌은 차갑고 깨끗했다. 그는 체리색 벽돌 굴뚝에 벽돌 현관과 현관 계단이 조화롭게 놓인 위풍당당한 대저택 앞에서 운전사가 모는 기다란 차를 세웠다. 운전사는 먼저 차에서 내려 시가를 피우고 있는 브라운필드를 위해 차 뒷문을 열어 준 다음 집 뒤쪽으로 사라졌다. 그곳 부엌 계단에서는 운전사의 아내가 남편을 기다리고 있었다. 운전사 남편과 함께 몇 년째 브라운필드의 집에서 일해 온 그녀는 뛰어난 요리 솜씨로 사랑과 존경을 받았다. 브라운필드의 아내와 아들 하나, 딸 하나인 그의 아이들도 현관 로비에서 그가 오기를 애타게 기다렸다. 아이들은 그에게 달려와 키스를 퍼부었다. 그는 아내에게 그날 해낸 굉장한 거래에 대해 말했고, 아내는 그에게 박하음료를 내왔다. 검은 유니폼에 풀 먹인 하얀 모자를 쓴 요리사가 호화스러운 저녁을 준비했다. 식사 후에 그는 아내와 팔짱을 끼고 아이들에게 이불을 덮어 주었다. 나머지 저녁 시간에는 아내가 보냈던 하루(그녀는 정원 일을 하며 시간을 보냈다.)에 대해 이야기하고 사랑을 나누었다.

그 공상에는 한 가지 이상한 점이 있었다. 아내와 요리사의 얼굴이 끊임없이 서로 바뀌었던 것이다. 처음에 아내는 요리 때문에 땀이 번들거리는 흑인이었다가 그의 손길이 닿으면 피부가 보송보송한 백인으로 변했다. 그의 꿈꾸는 자아는 분명하게 결정 내릴 수가 없었다. 아이들의 얼굴엔 한번도 집중하지 않았다. 그는 아이들을 그저 천사와 같은 존재로, 두 개의 빛나는 온기처럼 인식했다. 아이들은 그를 사랑스럽게 '아빠'라고 부르며 그의 주위를 맴돌았다. 그는 텅 빈 공기를 마치 아이들의 머리인 양 어루만졌다.

브라운필드가 이런 공상을 시작한 것은 사촌들이 북부에 대해 말해 준 다음부터였다. 해가 갈수록 공상은 길어지고 더욱 사실적으로 발전했다. 때로는 공상이 그를 완전히 사로잡아, 그가 어른으로서의 삶을 상상하는 동안에는 다른 어떤 일도 그의 머릿속에 들어오지 못했다. 그는 혼자 조용히 몽상에 잠기곤 했기 때문에 어머니는 아기 보기가 그에게 딱 맞는 일이라고 생각했다. 하지만 언제 고요를 산산이 부수어뜨릴지 모를 아기를 곁에 두고는 하얗게 내리는 눈이나 화려하고 따스한 리무진의 편안함은 물론이고 상상 속의 사랑스러운 아내가 베푸는 충실한 보살핌에 빠져들기란 불가능했다. 그는 마음껏 공상할 수 없게 방해하는 어머니에게 깊은 분노를 느꼈다.

구두 광내기를 다 끝마치는 순간, 아기의 울음소리가 침묵을 날카롭게 꿰뚫었다. 마음의 일부를 여전히 공상의 여운에 남겨 둔 채 그는 느긋하게 일어났다. 반짝이는 가죽에 얼룩이 지지 않도록 구두에 손을 조심스레 찔러 넣고는 침대 곁의 상자로 걸어갔다. 판지로 된 상자에는 작은 트렁크처럼 마분지 선반들이 달려 있었다. 그는 꼭대기 뚜껑을 들어 올려 다른 물건들에 닿지 않도록 조심하면서 구두를 넣었다. 거기에는 새 데님바지 한 벌과 새와 인디언과 사슴 그림이 그려진 새 녹색 셔츠 하나, 부드러운 공단으로 된 노란 넥타이가 있었다. 그는 넥타이를 자동차 행상에게서 25센트에 샀는데, 그것을 무척 자랑스러워 했다.

아기는 여전히 울고 있었다. 브라운필드는 잠시 어머니를 바라보았다. 그녀는 침대에 누워 퀼트 이불을 머리끝까지 뒤집어쓰고 있었다. 침대 근처 벽에는 장례식장 달력, 잡지 그림, 그리고 제1 유색인종 침례교 성전 소식지에서 오려 낸 기사가 몇 개 펄럭이고 있었다. 아기는 기대에 찬 표정으로 침대 쪽을 보다가 간절한 눈빛으로 브라운필드를 올려다보았다. 브라운필드는 아기의 입에 우유병을 밀어 넣었다. 아기는 모로 누워 열심히 우유병을 빨았다. 형을 바라보는 아기의 눈에는 불신이 가득했다. 아기는 벌써 두 살이었지만 걸음마를 배우기를 거부했다. 그는 걷는 대신 질질 끌리거나 기대세워지거나 뭔가로 인해 비명을 지를 때까지 무시당하는 길을 택했다. 아기의 이름은 '스타'였지만, 이름으로든 애칭으로든 불리는 법이 없었다. 그는 대개 무관심하게 다루어졌으며, 주위 사람과 어울리기를 체념한 듯 보였다. 아기는 회색 눈에 붉은 머리였다. 피부색이 부위에 따라 창백한 황금색에서부터 초콜릿색으로 짙어져 꼭 작은 짐승 같았다. 그 이상한 피부색을 보아 아기의 아버지는 어머니의 무수한 애인 모두일지도 몰랐다.

마거릿은 북부에 사는 동생의 삶을 결코 부러워하지 않았다. 적어도 그녀는 브라운필드에게 계속 그렇게 말했다. 하지만 지난해의 목화밭처럼 마냥 뻔하고 지루한 자신의 삶에 대해서는 점점 초초해했다. 언제부턴가 그녀는 달라졌다. 천천히 눈에 띄지 않게 변해 갔다. 브라운필드는 자신이 어머니를 사랑했던 시절 그녀가 어떠했는지를 돌이켜

보았지만 이미 때는 너무 늦은 뒤였다. 브라운필드로서는 마거릿이 그가 알고 있던 친절하고 순종적이며 우유 냄새 나는 어머니였다가 하루아침에 갑자기 낯선 이의 일시적 포옹에서 진정한 행복을 찾는 난잡한 여자로 변해 버린 것만 같았다.

이런 어머니의 변화를 두고 브라운필드는 아버지를 비난했다. 어머니가 처음에 그레인지를 따라하다 그렇게 되었기 때문이다. 그녀를 춤과 노래와 술의 의식으로 이끈 사람은 바로 그레인지였다. 그는 평일이 끝나고 토요일 밤이 오면 늘 서둘러 그 의식 속으로 달려갔다. 먼저 다른 사람으로 변해 버린 것도 그레인지였다. 어느 토요일 밤 그레인지와 마거릿은 둘 다 흥분하여 뭔가를 찾아 집을 나섰다. 브라운필드는 그것이 무엇인지 몰랐다. 다만 매우 강력한 그 무엇이며, 부모들이 그것을 예전에 잃어버렸다고 여긴다는 점만을 알 뿐이었다. 왜냐하면 그것이 무엇이든 두 사람 모두 그것을 찾는 데 점점 더 열을 올리게 되었기 때문이다. 그들이 함께 집으로 돌아올 때면 여전히 쾌활한 경우가 많았다. 싸움을 벌였든 즐거운 시간을 보냈든 흥분으로 고조돼 있었던 것이다. 하지만 페인트칠도 되어 있지 않은 집에 삐꺽거리는 바닥 널빤지를 보는 동안 그들의 눈에 어린 흥분도 점점 사라져 갔다. 우울은 항상 싸움에 의해 밀려났다. 마치 싸움이 살아 있다는 느낌을 일부나마 보호해 주는 듯했다. 그들이 서로 사랑하지 않는다고 착각할 수도 있겠지만 진실을 알기란 그리 어렵지 않았다. 마거릿이 미끼잡이나 교회 동료, 혹은 남편을 돌로 만들어 버리는 트럭 운전사의 품에 안겨 근심 걱정을 벗어던지고 마음 편히 쉴 때조차도 그녀의 눈에는 그레인지에 대한 깊은 사랑을 말해 주는 경의가 깃들어 있었다. 주중에 그녀는 야생식물이나 덫으로 잡은 짐승으로 음식을 만들어 내려고 아내답게 얌전히 고군분투했다. 그녀는 여전히 순종적이었다. 오직 주말에만 부드러운 손길, 다정한 목소리, 그리고 끊임없이 계속되는 불가피한 일상의 압력에 대한 논의가 필요 없는 섹스의 사냥꾼이 될 뿐이었다. 그녀는 아기를 가진 것을 진심으로 후회했다. 그래서 남편의 감정을 겸허히 수용해 아기를 무시하며 지냈다. 브라운필드가 도저히 용서할 수 없는 것은 부모가 그들의 삶에 자기들 둘만 있는 것이 아니라는 점을 잊어버렸다는 사실이었다.

밤에 브라운필드가 깨었을 때 어머니는 사라지고 없었다. 부엌에 놓인 그의 침대에서 보니 아버지가 침대에 앉아 팔에 뭔가를 안고 있었다. 그것은 강철 막대처럼 길고 짙은 색으로, 등유 램프의 불빛을 받아 번쩍거렸다. 그레인지의 얼굴은 무표정했는데, 그 윤곽선으로 미루어 생각에 잠긴 듯했다. 그는 소총을 침대 위에 내려놓고 먼지투성이의 검초록색 모자를 집어 들었다. 가만히 바닥을 내려다보며 서 있는 그의 어깨는 축 처져 있었다. 몹시도 늙어 보였다. 그는 터벅터벅 방 안을 서성거리기 시작했다. 아내가 돌아오기를 기다리는 그의 태도는 미적지근했다. 그레인지는 오렌지 상자로 만든 임시 요람에서 새근새근 잠이 든 아기를 빤히 들여다보았다. 그러다 어깨를 으쓱하더니 고개를 들어 브라운필드의 침대가 놓인 부엌 쪽을 바라보았다. 아들의 침대는 요리용 곤로와 식탁 사이에 있었다. 그는 오래된 비스킷 냄새가 풍기는 써늘한 부엌으로 천천히 걸어 들어왔다. 그러자 부엌은 밤의 새로운 리듬으로 달라졌다. 그의 움직임에 따라 공기가 살며시 흔들렸고, 발걸음 하나하나가 바닥의 소리를 변화시켰다. 브라운필드는 잠자는 척했다. 하지만 심장이 어찌나 요란하게 쿵쿵거리는지 아버지의 귀에도 분명 들릴 성싶었다. 아버지가 몸을 굽혀 자신의 머리와 얼굴을 자세히 살피는 것이 느껴졌다. 아버지가 손을 뻗어 자신을 만지려는 것을, 그러다 뺨에 닿기 직전에 손을 멈추는 것을 브라운필드는 느꼈다. 브라운필드는 조용히 울었다. 그는 아버지가 눈물을 어루만져 주었으면 했다. 그래서 잠결인 양 아버지의 손 쪽으로 짐짓 몸을 옮겼다. 하지만 그가 만지기는커녕 손을 도로 거두어 버리는 것을, 그리고 휙 몸을 돌려 부엌을 나가 버리는 것을 브라운필드는 알 수 있었다. 그레인지가 집을 나가는 소리가 들렸다. 그는 아버지가 결코 돌아오지 않으리라는 것을 깨달았다. 그보다 앞서 그는 자신이 모든 것에 대해 그를 증오하며, 언제까지나 그럴 것임을 또한 깨달았다. 브라운필드는 어둠 속에 혼자 있으면서도 깊이 잠든 아들을 만져 주지 못했다는 점에서 그를 가장 증오했다.

"그래, 네 아비는 가 버렸어."

세 번째 주말에 어머니는 화도 내지 않고 담담히 말했다. 하지만 그 다음 주에 그녀는 독을 먹인 아기를 데리고 공터의 어둠 속으로 나갔고, 아침에야 브라운필드에게 발견되었다. 그녀는 마지막 순간을 무릎을 꿇고 보낸 듯 아기에게서 떨어져 쓸슬하니 몸을 둥글게 말고 있었다.

3장

"너도 아내를 얻으려무나."

시플리는 친밀한 어조로 말했다.

"그래서 여기 정착하는 거야. 수리를 좀 해야겠지만 자금은 넉넉히 빌려 주마. 여기저기 칠만 조금 하면 새 집처럼 좋아질 거야."

시플리의 머리카락은 여전히 번드르르한 짐승의 털 같았지만, 가늘고 우중충한 흰색으로 변해 있었다. 그는 예전엔 황금색이었으나 지금은 누르스름한 회색으로 바랜 눈썹 아래로 브라운필드를 바라보았다. 그의 창백한 푸른 눈은 친절과 아낌없는 도움을 전달하기 위해 애쓰고 있었다. 브라운필드는 트럭에서 내리는 자신의 얼굴에 아버지가 그러했던 것처럼 가면이 덧씌워져 있음을 느꼈다. 그는 섬뜩했으며, 왜 자신이 그런 두려움을 물려받아야 하는지 알 수 없었다. 그래서 브라운필드는 시플리가 준 낡은 검정 양복의 어깨에서 있지도 않은 먼지를 어색하게 털어 냈다.

그는 장례식에서 시플리를 보고는 깜짝 놀랐다. 하지만 이내 그가 그레인지를 붙잡기 위해 왔을 거라고 추측했다. 시플리는 돈을 떼어먹고 달아난 사람에게 친절히 대하는 일이 결코 없었다. 예전에 얼마나 자주 빌린 돈을 착실히 갚았느냐 하는 것은 전혀 중요치 않았다. 시플리가 퉁퉁 부어오른 채 잠이 든 모자를 내려다보는 동안 어느 누구도 그에 대한 욕을 속삭이지 않았다. 사람들 대부분은 장례식 장에 시플리가 온 것을 그의 높은 신분에 대한 표상이자 그들에 대한 모욕으로 여겼다. 설령 그들이 그런 식으로 생각하는 데 익숙지 않았고, 그런 복합적인 감정을 내색하지 않았다 해도 말이다. 시플리는 상주를 위해 눈물 한 방울을 짜냈다. 브라운필드는 혼자서 킬킬거리며 쓴웃음을 지었다. 눈물은 필요치 않았다. 어머니의 장례식에서 동정은 거의 찾아볼 수 없었다. 사람들은 대체로 그녀가 스스로 저지른 짓에 대한 당연한 대가를 받았다고 생각했다. 시플리가 흘린 악어의 눈물이 그곳에서 흐른 유일한 눈물이었다.

앉아 있던 브라운필드는 몸이 차고 축축해서 기운이 없었다. 그는 100만 킬로미터 떨어진 저 먼 곳으로 떠났으면 좋겠다고 생각했다. 그의 어머니는 생애 마지막 몇 년 동안 아들에게서 사랑도 연민도 전혀 받지 못했다. 심지어 그가 어머니를 떠올리는 일조차도 드물었다. 어머니의 집에 계속 산다는 것은 극도의 혐오감만 일으킬 뿐이었다. 그는 또한 시플리의 돈을 받는 즉시 자신은 끝장이라는 것을 잘 알고 있었다. 만약 그가 시플리에게 돈을 빌린다면 시플리는 그 돈을 결코 갚지 못하도록 만들 게 분명했다.

"아예 새 집을 짓는 것도 가능하지."

그렇게 말하며 시플리는 브라운필드의 근육이라면 충분히 성인 남자의 몫을 해낼 수 있겠다고 생각했다. 시플리는 흑인이 백인보다 먼저 발달했으며, 특히 이두근(二頭筋)이 그러하다고 믿었다. 이러한 믿음에는 경외심과 경멸이 뒤섞여 있었다. 그는 또한 브라운필드를 잡아 두면 언젠가는 그레인지를 잡을 수도 있다고 생각했다. 그는 브라운필드가 슬픔과 관대한 제의에 목이 메어 말을 못한다고 여기고는 계속 격려의 말을 늘어놓았다.

"내 땅에 사는 아가씨랑 결혼한다면 암만 해도 새 나무 냄새를 맡고 싶어 할 게 아니냐. 여기선 어느 집이라도 지나치려면 여자들이 꼭 나를 불러 세운단다. 왜냐고? 지금 살고 있는 집을 고쳐 달라거나 새 집을 지어 달라고 말하기 위해서지."

브라운필드가 땅바닥을 바라보며 서 있는 동안 시플리는 공감대를 형성하기 위해 애썼다.

"하지만 가장 중요한 것은 말이야……."

시플리가 다정하게 웃음 지었다.

"우린 네가 우리와 함께 여기 살았으면 한다는 거야. 네 아비가 달아났다고 해서 너한테 무슨 감정이 있는 건 아니거든. 장부는 깨끗이 지워 버렸어."

그는 계속 웃고 있었지만 눈썹 아래의 눈은 약삭빠르게 브라운필드를 살폈다.

"물론 어디로 갔는지 모른다는 네 말을 믿어."

"예, 전 전혀 모릅니다."

브라운필드는 거대한 공허 너머에서 대답했다.

시플리는 그가 엄청난 잘못을 저질렀지만 앞으로 친절을 거두지는 않겠다는 듯이 슬픈 어조로 말했다.

"그래, 내 말을 한번 잘 생각해 봐. 하루 푹 쉬며 마음을 정리해. 내 이것만큼은 장담하는데, 우리 둘은 앞으로 잘 지낼 거야. 내 아들들도 시플리 농장과 미끼 공장을 물려받았을 때 이미 잘 아는 사람들과 함께 일한다면 몹시 기쁠 거고."

그는 바스락대는 단풍잎처럼 손을 코트 소매 끝에 달랑거리며 트럭 바깥에 기대었다.

"너와 내가 새로 시작하는 거야. 명심해. 북부는 사람들 말과는 달라. 꼭 명심해 둬."

브라운필드가 올려다보니 시플리와 트럭은 이미 사라지고 없었다. 그는 익숙한 공터에 남겨졌다. 뱃속에서 밀려오는 얼음장 같은 기운을 흔들어 떨치며 그는 경멸하듯 시플리의 땅에 침을 뱉었다. 그의 마음은 서둘러 꿈의 세계로 달려갔다. 새로운 자유를 맛보고자 하는 욕구가 커질수록 혀를 얼게 했던 시플리에 대한 두려움이 점점 사라져 갔다. 이제 그는 자신의 주인이 될 것이었다. 버림받은 텅 빈 집에서 그는 단지 자신의 상자만을 챙겨 들었다. 그가 공터를 떠나는 순간 천 마리의 새들이 신나게 지저귀며 그에게 행운을 빌어 주었다.

2부

4장

그는 태양을 따라 걸었다. 쉼 없이 하루 종일 걸었다. 다람쥐가 날개라도 달린 양 가지 사이를 나는 듯 누비면서 나무 꼭대기를 이리저리 가로지르며 노는 것을 구경하거나 시내에 돌을 던질 때만 잠시 멈출 뿐이었다. 발 아래 대지는 냇물로 온통 축축하게 젖어 있었다. 그는 시내를 따라 돋은 부드러운 이끼 위로 쭉 이어져 있을 자신의 발자국을 돌아보기 위해 잠시 발을 멈췄다. 강과 개천이 그의 여행길과 엇갈리며 교차했고, 숲에서 눈에 띄는 모든 것은 그를 기쁘게 했다. 어둠이 내리자 그는 널따란 밭 근처 오두막에 잠자리를 준비했다. 그곳은 채집한 목화를 건조시키는 창고지만, 지금은 텅 비어 있었다. 그래도 오두막 바깥에서 버려진 삼베 자루 몇 개를 찾을 수 있었다. 그는 자루를 깔고 누워 잠이 들었다.

다음 날 아침 몇 킬로미터를 걸으니 몹시 배가 고팠다.

그는 하얀색 페인트칠을 한 커다란 농가들을 지나쳤다. 관목과 꽃나무가 집을 둘러싸고 있었다. 그러다 햇빛에 지글거리는 방 두 개짜리 회색 오두막이 나오자 그는 걸음을 빨리하여 바싹 마른 평평한 마당으로 들어섰다.

뒷마당에 한 여인이 녹슨 검은 솥 위로 허리를 굽히고 서 있었다. 불은 고무 타이어와 쓰레기를 태우며 계속 타올랐다. 그녀 주변에는 연기가 가득했으며, 고약한 냄새가 났다. 여인은 잿물로 부식된 기다란 막대기로 부글부글 끓어오르는 옷을 휘젓고 있었다. 브라운필드가 가까이 오자 그녀는 막대기를 물에서 빼내 흔들어 보였다. 그러곤 세 아이가 어디 있는지 재빨리 위치를 살폈다. 아이들은 마당 여기저기서 타이어를 가지고 놀고 있었는데, 브라운필드가 입을 열 때까지 아무 말도 하지 않았으며, 심지어 그가 온 것조차 모르는 것 같았다.

"안녕하세요."

브라운필드가 말했다.

"그래……, 안녕."

여인은 나직하지만 노래하듯 답했다.

"아주 멋진 아침이죠?"

"그렇고 말고……."

그녀는 말을 하려다 멈추었다.

"전 브라운필드예요. 브라운필드 코플랜드죠. 아줌마는요?"

"난 메이미 루 뱅크스야. 만나서 반갑구나."

그녀가 탈색되고 주름진 하얀 손바닥을 내밀어 두 사람

은 악수를 나누었다.

"혹시 배고픈 사내가 숙녀분을 위해 장작을 패 드리면 먹을 것을 조금 얻을 수 있을까요?"

브라운필드는 여인이 자신이 말한 숙녀가 아니라는 듯 그녀의 옆을 바라보았다.

"아니, 왜? 넌 아직 어린애잖니. 안 그래?"

그녀는 솥 위에 막대기를 걸쳐 놓으며 말했다.

"예, 그렇지요."

그는 무의식적으로 고개를 숙였다.

그녀는 그에게 눈길도 주지 않고 솥을 보며 말했다.

"백인한테서 달아나는 길이니? 그렇다면 지나다 널 보지 못하게 집 안으로 들어가는 게 낫겠구나. 곤로 위에 보면 그리츠*가 있고, 달걀도 좀 있을 거야. 요리할 줄은 알지? 난 빨래를 해야 하거든. 그리고 네가 백인들한테서 달아나는 거라면, 난 오늘 아침에 잿물 말고는 아무것도 못 본 게다. 그럼, 그렇고 말고."

그녀는 슬쩍 웃었다. 적어도 입꼬리가 흔들렸다. 그러다 아랫입술을 비쭉 내밀었다.

"친절히 대해 주셔서 정말 감사합니다. 전 달아나는 건 아니지만 배가 무지 고파요. 사실은 아빠를 찾아가는 길이에요."

그녀가 물었다.

"백인이 네 아빠도 쫓고 있니? 아니면 그냥 떠난 거니?"

_____

* 굵게 빻은 곡식 가루를 물, 우유, 버터와 함께 끓인 것.

"둘 다예요."

"음, 여기로 도망 올 사람이 있을 것 같지는 않은데."

브라운필드는 고개를 끄덕이고는 그녀가 손짓한 문으로 걸어갔다. 그가 계란을 요리하는데 그녀가 빨랫감을 더 가지러 들어왔다. 그는 그녀가 세탁부라서 그렇게 많은 옷을 빠는 것이리라 생각했다.

"맘껏 먹어라."

그녀의 친절한 태도에는 어딘지 황량한 데가 있었다. 브라운필드는 그녀가 아름다웠던 적이 있다면 그것은 열한 살이나 열두 살 이전이었을 거라고 확신했다.

"예, 많이 먹었어요."

"한창 자라는 사내자식이라면 최신 곤로처럼 덥석덥석 먹어 치워야지."

"밖에 있는 애들 말고 큰 애들도 있나요?"

"다섯이 더 있지. 하지만 모두 북뿌로 갔단다."

그녀는 자식들을 하버드에라도 보냈다는 투로 자랑스럽게 말했다.

"여기 촌구석에 처박혀 있을 수는 없다고 하더구나."

그녀는 잠시 말을 멈추더니 도자기 찬장으로 걸어가 버터를 꺼내 브라운필드의 접시 곁에 놓았다.

"그 애들을 원망해야 하는 건지 말아야 하는 건지 모르겠어."

그녀는 광대뼈가 툭 튀어나오고, 매우 야위었으며, 눈 언저리가 거무튀튀했다. 남자 작업복에 체크무늬 머릿수건을 질끈 동여맨 모습이 막대기가 따로 없었다.

"내가 아는 거라곤 시카고에서 누군가가 내 배고픈 새끼들에게 먹을 걸 주고 있을지도 모른다는 것뿐이야. 그 애들은 저녁 한 끼로 돼지 한 마리를 통째로 먹을 수도 있단다. 정말이야."

그녀는 한숨을 쉬더니 옷을 들고 밖으로 나갔다.

브라운필드는 시카고나 아니면 뉴욕에 갈까 하고 생각했다. 그냥 계속 걷고 또 걷다가 화물열차에 뛰어오르면 그만이었다. 그러면 아침이 왔을 때 친절하고 예의 바른 사람들이 사는 곳에서 눈을 뜰 터였다. 그는 심지어 거기 사람들이 예의가 바를지, 아니면 빚을 지게 꾀어 마주칠 때마다 자신을 돌로 만들어 버릴지의 여부에 전혀 관심이 없었다. 그는 어머니가 북부에 관해 한 말을 생각하느라 잠시 씹는 것을 멈추었다. 북부는 추우며, 사람들이 거리에서든 어디에서든 말을 걸지 않는다고 했던 사촌들의 이야기도 떠올랐다. 아버지는 이모부 내외가 북부에 간 바람에 완전히 망가져 차갑고 무감각한 콘크리트 덩어리가 되었다고 말했다. 하지만 정작 그렇게 말하는 그레인지의 눈은 그 자신이 북부에 간다는 생각에 황홀해 있었다.

"저기요, 들리는 말로는 북뿌가 소문처럼 좋지는 않다고 하던걸요?"

브라운필드는 식사를 마친 후 다시 밖으로 나가서는 말했다.

"그럴지도 모르고, 아닐지도 모르지."

그녀는 솥을 저으며 코담배 즙을 뱉었다.

"나도 알 수야 없지. 하지만 너도 이곳이 어찌나 촌구석인지, 그 어디든 여기보다는 낫다고 생각하잖니?"

"예, 그래요."

그는 돈을 못 버는 꼴을 시플리 같은 작자가 곁에서 지켜보지 않는다면야 사람들이 말을 걸지 않는 게 뭐 대수일까 하고 생각했다.

"예, 정말 그래요."

그는 황량한 마당과 무너지기 일보 직전인 집을 둘러보았다.

"아줌마도 그곳에서 잘살 수 있을 텐데요."

그녀는 불을 때고 마당 여기저기로 부산하게 움직이면서 계속 솥을 저었다.

"애들 아버지는 이 근처에서 일하나요?"

그는 타이어를 열심히 굴리고 있는 세 아이들을 가리키며 물었다.

그녀는 솥 둘레에 타이어를 더 가져다 놓은 후 몸을 쭉 뻗어 허리를 이리저리 흔들면서 잠시 휴식을 취했다.

"그게 말이다, 아이 아빠 하나는 전쟁에서 죽었지. 기껏 베넷 요새까지 가서 말이다. 다른 아이 아빠는 저기 길가 아랫집에 사는 여자랑 결혼했고. 너도 까치발로 서 보면 그 집 지붕이 보일 게야. 녹색 비스무리한 색깔이지. 난 그 집 여편네가 내 새 남편 구하는 걸 거드는 줄 알았는데, 정작 그년이 자기 남편감을 구하고 있었던 거지 뭐니. 그래도 우린 여전히 친구란다. 또 다른 아이 아빠는, 관습법으로 보자면 내 마지막 남편이지, 지금 죽고 없어. 도살

한 돼지의 곱창을 훔쳐갔다고 일터의 주인 노인네가 총으로 쏴 죽였거든."

그녀는 아이들을 바라보며 얼굴을 찌푸렸다.

"그런데 애들끼리 어찌나 닮았는지 몰라. 한번 보렴. 서로 정말 잘 어울린단 말이야."

"저 애들도 크면 북뿌로 갈까요?"

그는 아이들을 바라보며 물었다. 아이들은 감기가 심하게 들어 콧물이 풀처럼 줄줄 흘러내렸다.

그녀가 솥을 저으면서 대답했다.

"글쎄다. 내가 저 애들을 사랑한다는 건 하느님이 잘 아실 게야. 하지만 애들이 크면 이곳을 떠날 만큼의 주변머리는 갖고 있었으면 좋겠구나."

"아침밥 정말 감사합니다."

"별말을 다 한다. 돌아오는 길에 배가 고프면 또 들르렴."

그녀는 심각하면서도 자랑스럽고, 심술궂으면서도 공범자 같은 미소를 지어 보였다.

"아빠를 꼭 찾아야 할 텐데."

"안녕히 계세요. 얘들아, 안녕."

그는 놀다 말고 자신을 바라보는 아이들에게 손을 흔들어 주었다.

"안녕! 안녕! 안녕!"

아이들이 새처럼 삐악삐악거렸다. 그들은 도로 언저리까지 그를 쫓아 달려와서는 그가 모퉁이를 돌아 완전히 사라질 때까지 "안녕!"을 길게 외쳤다. 아이들 엄마가 고함치는 소리가 그의 귀에까지 닿았다.

"차에 치이기 전에 썩 돌아오지 못해!"

별안간 소리가 멈추었다. 소리라고는 울퉁불퉁하고 축축한 도로의 어깻죽지를 밟는 그의 발소리뿐이었다.

5장

브라운필드는 시플리가 쫓아올 것을 염려해 몇 주 동안 숲 깊숙한 공터나 분지의 외딴 집 이십여 채를 돌며 아침을 얻어먹었다. 그렇게 우유부단하게 여행을 계속하던 그는 시카고나 뉴욕에 가겠다는 희망을 어느 사이 모두 잃고 말았다. 천천히 움직이는 화물열차에 올라탈 셈으로 며칠을 헤맸지만 철로조차 눈에 띄지 않았다. 북쪽으로 가려면 어디로 가야 하는지 전혀 알 수가 없었다. 수천에 달하는 그의 조상들과는 달리 그는 북극성 이야기를 아예 들어 본 적도 없었다. 어둠이 내리면 그는 고개를 들어 징조를 찾기 위해 하늘을 유심히 살폈다. 희망에 차 하늘을 바라보는 것은 그의 핏속에 전해 내려온 행동이긴 했지만 별 소용이 없었다.

방랑의 마지막 날 그는 남편과 남자 친구가 모두 사냥을 나가 여자들만 있는 집에서 아침을 먹었다. 남자가 모두 떠나고 없었기에 그네들은 브라운필드에게 있는 대로 관심을 퍼부었다. 그를 위해 목욕물을 준비하고, 새 셔츠와 노란색 공단 넥타이를 다려 주었으며, 소지품을 넣을 구두 상자도 하나 주었다. 그들은 그의 트렁크 같은 상자보다는 이것이 더 지니기 편할 것이라고 말했다. 브라운필드는 제일 어린 여자애들이 낡은 상자를 조각조각 찢는 모습을 바라보았다. 바로 그때, 지금이야말로 여행을 그만둬야 할 때라는 느낌이 들었다. 이만큼 왔으면 충분하니 해거름에 도착하는 곳에 그대로 정착하리라고 생각한 것이다. 적어도 당분간만이라도 그러고 싶었다. 여자들에게 수줍어하며 말했던 대로 그는 '잠시 숨을 고를 장소'가 필요했다.

인디언과 새와 동물로 장식된 새 셔츠에 과감하게 노란 새틴 넥타이를 매고, 빳빳하게 풀 먹인 데님 바지와 번쩍번쩍 윤이 나는 신발에 어색해하면서도 브라운필드는 환히 빛을 내며 여인들이 가르쳐 준 새로운 방향으로 길을 나섰다. 그는 거의 들리지도 않을 만큼 나직이 이것도 아버지를 찾아가는 '셈'이라고 중얼거렸다. 그런데 이것이 이별을 보다 즐겁게 하고, 발걸음을 덜 쓸쓸하게 해 주었다. 그는 일시적으로 남자들과 떨어져 있는 저 근심 걱정 없는 여인네들이 맘에 들었다. 그들에게서 무제한의 관심을 받는 것이 즐거웠던 것이다.

그가 그레인지의 생김새를 설명하자 여인네들은 서로를 마주 보며 웃고 또 웃었다. 하지만 그를 봤는지 못 봤는지 말해 줄 마음이 전혀 없어 보였다. 그저 브라운필드

가 어떤 특정한 방향의 어느 특정한 길로 가면 땅거미가
질 즈음 어느 평화로운 마을에 도착할 것이라고 강조할
뿐이었다.

6장

　태양이 기울 무렵 그는 마을에 도착했다. 자갈이 얇게 깔린 두 개의 길이 광장 위쪽 모서리로 뻗어 있었다. 큰길에서 벗어나 광장으로 들어가니 오른편에 벽돌로 된 단단한 건물인 카운티* 법원이 우뚝 솟아 있었다. 그의 바로 앞, 거리 중앙의 둥근 풀밭에는 돌로 된 병사가 총검이 끼워진 소총을 들고 북으로 진군하기 위해 용맹스럽지만 움직임이 없는 발을 치켜든 채 서 있었다. 거리 양편에는 상점들이 즐비했다. 브라운필드는 마차들과 자동차 두 대, 걸어가는 가게 주인을 스쳐 지나갔다. 그때 대장간에서 가죽 앞치마를 두른 소년들이 소란스레 나오더니 서둘러 그를 지나쳐 갔다. 그중 한 아이가 브라운필드의 넥타이를 보더니 잠시 질투 어린 시선을 보냈다. 그 외에는 아무도

---

　* 주(州)보다 작은 미국의 행정 단위.

마을에 들어오는 브라운필드에게 신경 쓰지 않았다.

그는 예전에 목화밭에서 일할 때를 제외하고는 한 번에 서른 명 이상의 사람을 본 적이 없었다. 그는 또한 사람들의 다양한 옷차림에도 놀랐다. 가게 주인들은 검은 양복을 빼입었고, 점원들은 초라한 푸른 옷을 입었다. 남편의 팔에 기대 걷고 있는 백인 여자들도 몇 있었는데, 주름 장식과 챙이 넓은 모자 때문에 어수선해 보였다. 보모 일을 마치고 집으로 터벅터벅 돌아가는 흑인 여자들은 놀라울 정도로 빳빳하게 풀을 먹여 다림질을 한 옷 위로 여전히 앞치마를 두르고 있었다. 여럿이 뒤섞인 흑인 무리가 고개를 숙이고 눈을 내리깐 채 단호히 걸어가는 모습이 두 번째 거리 끝에서 언뜻 보였다. 브라운필드는 직감적으로 그들을 따랐다.

이내 그들을 놓치고 만 브라운필드는 판잣집이 늘어선 거리 왼쪽으로 방향을 틀었다. 몇 분 후 그는 흑인 전용 식당 겸 술집 앞에 이르렀다. 나무로 된 자그마한 집으로, 아무것도 깔려 있지 않은 단단한 마당은 깔끔하게 치워져 있었다. 한쪽 벽은 깡통과 나무 액자에 걸린 포스터 등으로 가득했는데, 포스터 일부는 브라운 물담배와 레드 체리 코담배, 변비약 광고지였고 나머지는 케이전 위스키, 올드 조, 그레이프 맥주 광고지였다.

그는 각각의 상품을 훤히 꿰고 있었다. 그 지역 여느 흑인들처럼 그 역시도 이들 상품을 속속들이 잘 알고 있었다. 아버지라면 누구나 토요일 저녁에 시내에 나와 이들 중 적어도 한 가지는 가지고 집으로 돌아갔다. 몸 밖에 담배가 들려 있다면 몸 안에는 대개 위스키가 들어차 있는 식이었다.

그 작은 무허가 술집이 밤에는 어떻게 빛과 활기로 약동할지 상상하는 순간, 브라운필드는 그곳에 푹 빠져 거기서 일자리를 구해야겠다고 결심했다. 그는 가진 돈이 하나도 없었다. 나중에 시카고로 가려면 돈이 좀 필요하다는 것을 그는 알고 있었다.

그의 어머니와 아버지는 이런 장소에 드나들었다. 어쩌면 바로 이곳일 수도 있었다. 그들은 대개 이런 곳의 단골들 앞에서 싸움이나 말다툼을 벌였다. 하지만 이런 생각은 그곳에 대한 브라운필드의 흥미를 더욱 높일 뿐이었다. 그 밤의 공간은 우중충한 회색 어스름 속에서 중요한 클럽이면 으레 가지는 잠재적 긴장을 모두 갖추고 있었다. 한숨을 쉬는 그에게 젊음과 무기력이 동시에 밀려들었다. 그는 어깨를 쫙 펴고 안으로 들어갔다.

불이 약하게 타고 있는 배불뚝이 난로 주변에는 열두 개의 자그마한 탁자가 깔끔하게 놓여 있었다. 탁자 위는 검은 꽃이 그려진 방수포로 덮여 있었다. 곱창, 돼지 족발, 콜라드 양배추의 짙은 냄새가 카운터 뒤쪽 어딘가에서 훅 하고 밀려왔다. 한구석에는 맥주를 차갑게 보관하는 상자가 놓여 있고, 벽면을 따라 등유 램프가 쭉 늘어서 있었다. 그도 카탈로그에서 본 적이 있는 축음기가 카운터 벽에 기대어 있었다. 그것의 커다란 나팔은 한 끝이 잘린 호리병박처럼 밖으로 구부정했다. 음식을 요리하는 소리 사이로 거의 들리지 않는 목소리와 음울한 침묵이 그를 에워쌌다. 그는 방금 전 본 도시 생활의 멋진 면면에 이미 완전히 압도당해 있었다.

묵직한 캔털롭 멜론* 색 피부에 뺨이 주근깨투성이인 여인이 녹회색 눈으로 그를 위아래로 훑었다.

"아직 어린애 같은데. 안 그래, 귀염둥이?"

그녀의 시선이 닿자 그의 손바닥에서 땀이 났다. 그녀에게 그를 고용할 마음이 눈곱만큼도 없는 게 확실했다.

"하지만 전 청소도 할 수 있고, 짐 나르는 것도 잘해요. 얼마나 힘이 세다고요."

브라운필드는 손을 바지에 문지르며 말했다.

"장작도 팰 수 있어요."

그러자 여인이 흥미롭다는 듯 교활한 미소를 슬쩍 흘렸다.

"장작은 잘 패니?"

"예, 사장님."

"사장님이 뭐니, 사장님이."

그녀가 나른하게 말했다.

"내 이름은 조시야. 뚱뚱보 조시라고들 하지."

그녀는 브라운필드가 예전에 자신의 이름을 들어 본 적이 있을 거라는 듯 그를 쳐다보았다. 잠시 침묵이 감도는 동안 시커먼 말라깽이 여자애가 미끄러지듯 들어왔다.

"여긴 내 딸 로린이야."

조시는 별안간 손을 뻗어 그녀를 꽉 잡아서는 근육이 박힌 팔을 억지로 들어올렸다. 브라운필드를 흘깃 쳐다본 여

---

* 과육이 노란색인 멜론의 일종.

자애는 재빨리 엄마의 손에서 팔을 빼냈다. 그러곤 악의와 경멸이 담긴 눈초리로 그들을 번갈아 쳐다보았다. 그녀의 저주는 우선 무성한 콧수염과 턱수염에서부터 시작되고 있었다. 험악하고 심술궂은 두 눈은 검은 털북숭이 얼굴에서 누르스름한 섬광처럼 보였다. 그녀는 남자처럼 건장한 체격이었다. 오직 그녀의 가슴과 냄새만이 여자다울 뿐이었다. 그녀에게서는 비린내와 양파 냄새가 풍겼다.

조시는 브라운필드의 표정을 보고는 킬킬거리더니 딸애가 고개를 숙이고 나가는 것을 바라보았다.

"저 앤 제 엄마의 크나큰 자랑거리지."

로린이 돌아서더니 씩씩거리며 뭔가 상스런 말을 해 댔다. 입 밖으로 나온 그녀의 혀는 꼭 뱀의 혓바닥 같았다. 그녀가 한 손으로 허리띠를 홱 잡아당겼다. 브라운필드는 깜짝 놀라서, 짧고 팽팽한 속치마 아래로 원피스가 떨어지는 것을 바라보았다. 다리에는 얼굴보다 더 털이 많았다.

그가 조시에게로 고개를 돌리자 그녀는 혀로 앞니를 쓱 핥았다. 그녀의 눈은 비계 사이에 박힌 번지르르한 작은 점 같았다.

"저 털들 사이로 거시기를 밀어 넣을 생각을 하니 입맛이 팍 돌지, 안 그래?"

그녀가 뻔뻔스레 웃으며 묻자 브라운필드는 말을 더듬었다.

당황한 그는 신발 상자를 옆구리에 꽉 끼고는 몸을 돌렸다.

"잠깐만."

그녀가 가쁘게 숨을 몰아쉬며 물었다.

"이름이 뭐니?"

"브라운필드예요."

"브라운필드?"

그녀가 낄낄거렸다.

"염병할. 성은?"

"코플랜드요."

브라운필드는 나직이 대답했다.

숨결이 느껴질 만큼 브라운필드에게 바짝 다가와 그의 넥타이를 만지작거리던 그녀가 별안간 몸을 뒤로 뺐다.

"어디서 왔지?"

의심스럽다는 듯한 어조였다.

"그린 카운티에서요. 그런데 여긴 무슨 카운티죠?"

"베이커 카운티야."

그녀는 신발 상자를 뺏어 들더니 그를 뒤쪽 테이블에 밀어 앉혔다.

"왜 하필 여기로 온 거냐?"

"여기가 어때서요?"

그녀가 답했다.

"글쎄, 그건 네가 말해 줘야 할 것 같은데."

그날 밤 9시까지 브라운필드는 접시를 닦고 장작을 팼다. 자신의 행운이 도저히 믿기지 않았다. 그는 일을 하면서 마법의 축음기에서 흘러나오는 너무나도 감동적인 음악에 귀를 기울였다. 그가 마거릿과 그레인지의 불행한 삶에 대해 얘기했을 때 조시는 동정적으로 혀를 찼다. 특히 그녀는 그가 그레인지에 대해 말할 때 깊은 관심을 보였다. 브라운필드가 그를 언급할 때마다 조시는 손을 안절부절못하며 입술을 물어뜯었다. 그가 이야기를 끝내자 그녀는 저녁을 차려 준 뒤 그를 끌고 2층 그녀의 방으로 데려갔다. 그러고는 그에게 앞치마를 입혀 주었다. 그녀는 등 뒤쪽에서 그의 겨드랑이 아래로 손을 놀려 앞치마 매듭을 묶었다.

"코플랜드 집안에 왜 그리 관심이 많으세요?"

브라운필드가 물었다.

"아, 전에 어디서 들어 본 성인 것 같아서 말이야."

조시는 문득 그의 바지 앞자락을 내려다보았다.

"크기야 그 사람이 더 컸지."

"예?"

그는 일자리를 구했다는 흥분에 빠져 그의 아버지가 이 마을을, 이 술집을, 심지어 조시를 정말 지나쳤을지도 모른다는 생각은 전혀 하지 못했다. 느닷없이 그녀가 그의 팔 위에 자신의 팔을 얹었다. 그녀의 피부는 말라서 갈라진 꿀 같았다. 그녀는 재빠르게 말했다.

"신경 쓸 것 없어, 귀염씨. 그냥 혼잣말한 거야."

몇 주가 지나는 동안 브라운필드는 그녀가 게걸스럽고 열정적이며 교활한 고양이로, 자신을 산 채로 잡아먹으려 한다는 것을 알아챘다. 아버지에 대한 생각은 그녀의 강력한 부드러움 속으로 이끌려 들어가 정지해 버렸다. 북부로 가겠다는 생각 역시 그녀의 노련한 뜨뜻함이 만든 기분 좋은 망각 속에 점점 녹아들었다. 같은 성을 가진 더 큰 사내에 대한 말이 그의 머리에서 떠나지 않게 된 것은 너무나 뒤늦은 후였다. 만족에 빠져든 그의 존재는 그레인지를 다시 만나게 되리라는 것을 전혀 예상하지 못했다. 그것도 뉴욕이나 시카고가 아닌, 브라운필드가 대부분의 밤을 보내는 바로 이곳 침실에서일 줄이야. 그레인지는 북부에서 부를 거머쥐지도, 어찌할 바를 몰라 쩔쩔매지도 않았다. 그는 이곳 남부 베이커 카운티로 돌아와 조시의 품에서 열정적이고 풍요로운 생활을 하며 모든 것에 넌더리를 내고 아무것에도 개의치 않았다. 하지만 무슨 까닭에서인지 그는 만족할 줄 모르는 이 거대한 욕정 덩어리 고양이와 결혼하고자 하였다.

7장

　조시는 사나운 꿈을 꾸곤 했다. 그래서 한번은 매덜레인 자매에게 도움을 받으러 갔다. 자매는 꿈의 내용을 알아야 한다고 했지만 조시는 거기에 대해서는 결코 입을 열지 않았다.

　"그냥 아주 낯부끄러운 꿈이었어요, 자매님. 제가 교회에서 노래하면 다른 여자들은 절 비웃죠. 그들은 제가 얼마나 힘든 세월을 살았는지 몰라요. 만약 안다면 절대 비웃지 못할 거예요."

　"어쨌든 그것은 자매님의 느낌입니다. 하지만 열심히 귀를 기울이세요. 그들은 자매님이 주님의 발 아래 짐을 내려놓아야 한다고 말하는 것입니다. 주님께서는 자매님의 말에 귀 기울이신다고 말하는 것이지요."

　매덜레인 자매는 하품을 꾹 참았다.

　"무엇보다 주님께 진실을 말씀드려야 해요. 그것이 바로 유일한 구원의 길이에요. 설령 주님께서 자매님을 도울 수 없다 하더라도 말입니다."

"저는 제 짐을 모든 곳에 내려놓았어요. 정말입니다. 몇 년 동안 제 말을 들어 줄 만한 사람은 모두 만나 봤어요. 주님도요. 하지만 내려놓으면 놓을수록 짐은 점점 더 무거워졌어요. 제게 남은 것이라고는 폭풍이 치기 직전의 거대한 침묵뿐입니다. 제가 그 꿈을 꾸는 것은 그저 마녀가 절 올라타기 때문이에요."

매덜레인 자매는 눈썹을 추켜올렸다.

"대학에 다니는 우리 아들이라면 사람을 올라타는 마녀 따위는 세상에 없다고 말할 거예요. 모하우스 대학에서 그런 꿈은 소화불량이 원인이라고 가르친다더군요. 먹는 음식이나 침대에 눕는 방법 탓이래요. 혈액순환이 멈추면 움직일 수 없죠. 땀을 흘리며 누워 있는데 움직일 수 없으면 악몽을 꾸는 거죠. 그러다 깨어나면 마녀가 올라탔다고 착각하는 거예요. 아들 말로는 점쟁이가 필요한 게 아니라 소금 한 덩이가 필요할 뿐이랍니다."

"그가 날 올라탔어요."

조시는 믿어 달라고 간청하며 울부짖었다.

"내가 두 눈으로 똑똑히 봤다고요."

"누구였는데요?"

"그건 말씀드릴 수 없어요."

매덜레인 자매는 조시에게 찻잔을 건네며 말했다.

"저, 등이 아파서 병원에 갔는데 노새가 날 걷어찼다는 얘기를 하지 않을 리 없죠, 안 그래요? 난 점쟁이지 신이 아니에요. 한계가 있지요. 그리고 아들아이는 대학에 다니고요."

조시는 차를 한 모금 마신 후 지폐를 건넸다.

매덜레인 자매는 인디언 추장 얼굴*을 조시에게 향한 채 천천히 걸었다.

"배운 게 많은 아들아이는 마녀 올라타기에 관한 이론을 철저하게 믿고 있죠. 난 가족의 평화를 위해 아들애와 논쟁하지 않는답니다. 하지만 말이에요, 마녀를 믿지 않는다면 내가 어떻게 오늘날처럼 될 수 있었겠어요? 난 마녀가 진짜 있다는 걸 알아요. 내 몸에 붙은 마녀를 떼어 낸 적도 몇 번이나 있는걸요. 아들아이는 대학에서 마녀가 존재하지 않는다고 배우죠. 거기선 낡은 소파를 이용하는 프로이트라는 사람을 믿는다나요. 글쎄, 내가 어떻게 소파 따위를 믿겠어요! 하긴 젊은 것들이 알긴 뭘 알겠어요?"

그녀는 걸음을 멈추고 조시를 내려다보았다. 매덜레인 자매의 눈에는 동정심이라고는 조금도 없었다. 그저 흔들리지 않는 기다림만이 빛나고 있을 뿐이었다. 그러자 조시는 점쟁이가 자신과는 전혀 다른 종족이라는 생각이 들었고, 이내 기가 죽었다. 그녀는 매덜레인 자매의 눈을 마주볼 수 없었다.

매덜레인 자매는 조시에게 등을 돌린 채 말했다.

"마녀가 걸터앉는 사람들은 누구나 그 마녀의 정체를 알고 있어요."

---

* 매덜레인 자매는 머리가 둘 달린 기형이다.

조시는 자리에서 일어났다.

"그 마녀의 이름을 소리내 말할 수 있다면 자매님은 치유될 거예요."

조시가 나간 후 매덜레인 자매는 아들에게 짧은 편지를 휘갈겨 쓴 뒤 조시가 주고 간 돈과 함께 봉투에 넣었다. 그러곤 의자에 앉아 조용히 생각에 잠겨 차의 마지막 한 모금을 음미했다.

8장

  조시는 그의 이름을 말할 수 없었다. 심지어 그를 기억
하지도 못한다고 스스로에게 되뇌었다. 그가 왜 재판이라
도 하듯 온 무게로 잠자는 자신의 가슴을 짓눌러 꿈쩍도
할 수 없게 만드는지 그녀는 알지 못했다. 그럴 때면 심장
은 두려움으로 두방망이질 치고 온몸이 땀에 흠뻑 젖어 들
었다. 그녀의 아버지는 거구였다. 밤새 조시를 올라타서
숨막히게 하는 이는 바로 그녀의 아버지였다.

  아버지. 그녀가 어떻게 그를 기억했을까? 의문은 언제나
당혹감 속에서, 삼십 년도 전에 있었던 어느 잔인한 밤의
잊을 수 없는 기억을 지우라고 더디게 요구했다. 그녀가
소녀 시절 아버지의 집에서 보낸 마지막 날 밤. 죄악으로
얼룩진 그녀의 인생을 그 땅 고유의 정의로 돌려놓고자 하
였던 그날 밤.

  그녀는 아버지가 자신을 집에 다시 들이는 데 동의했다

고 생각했다. 그는 조시가 그나 아내에게, 그리고 다른 아이들에게 선물을 주는 것을 막지 않았다. 조시는 그 선물들을 사기 위해 매우 열심히 일했다. 그녀는 마침내 집에서 지낼 것이며, 다시 열여섯 살 소녀가 될 것이며, 아버지의 사랑과 손길 곁에 머물 것이라고 생각했다.

그 일은 아버지의 생일에 일어났다. 거리로 나갔던 조시는 먼지투성이 신을 신고 먼지 하나 없이 깨끗이 쓸린 마당으로 들어섰다. 그녀의 아버지는 딸애가 자신을 위해 파티를 준비하고 있다는 사실을 모른 채 현관에 앉아 있었다. 그곳은 권력의 초라한 단상이었다. 그녀는 작은 꾸러미를 들고 있었지만, 큰 것들은 전날 밤 미리 숨겨 둔 터였다. 그의 진지하고 깊은 눈이 현관 계단을 지나 집 안으로 들어가는 딸애의 모습을 좇았다. 그는 아무 말도 하지 않았다. 하지만 그의 눈은 의미심장하게 빛나는 듯했고, 입가에는 생각에 잠긴 미소가 어려 있었다. 그녀는 용서가 곧 멀지 않았다고 여겼다.

"아버지가 날 다시 집에 들이실까요?"

그녀는 어머니에게 물었다. 어머니 역시 그녀처럼 임신을 하여 배가 불룩했다. 조시가 아버지의 생일 파티를 위해 내놓은 돈은 출산 전까지 벌 수 있는 돈을 모두 턴 것이었다. 어머니는 겁에 질린 듯하면서도 희망에 차 조심스레 고개를 끄덕였다. 그것은 침묵 속의 기도였다. 그녀의 어머니는 성격이 유순한지라, 남편과 의견이 다르더라도 논쟁하는 일이 극히 드물었다.

조시는 음식을 준비하고, 옥수수 위스키와 설탕물과 짓

이긴 박하 잎을 섞어서 술을 만들고, 아버지의 손님들을 맞이하기 위해 일찍 집에 들어왔다. 그들은 그녀의 불명예를 알고 있었으나 분명 와 줄 것이었다. 그들 모두는 그녀 아버지의 굳은 절개와 품위를 두려워했지만, 당신이 설교한 대로 한없는 기독교 정신으로 용서하리라 기대하고 있었다. 조시뿐만 아니라 그들도 같은 생각이었던 것이다.

그의 딸을 맛본 사람들은 형편이 닿는 대로 자발적으로 돈을 냈다. 그녀가 그 돈을 아버지의 사랑을 다시 얻기 위해 모조리 썼다는 사실을 알았을 때 그들은 아주 미미한 양심의 가책을 느꼈을 뿐이었다. 그녀의 아버지는 새 파이프와 슬리퍼와 커다란 황동 시계를 받았다. 그들은 그가 새 물건들을 몸에 걸치는 것을 보았다. 그러곤 그가 농작물과 날씨에 대해 이야기하는 것을 진지하게 들었다. 그들은 그의 눈에서 즐거우면서도 여전히 당혹스러운 공포를 보았다.

파티에서 그들은 그의 둘레를 반원 형태로 감싸고 앉아 그가 딸을 무시하는 것을 지켜보았다.

"아빠, 이것 좀 드셔 보세요."

"그건 어때요?"

그들 중 누구도 자신의 아이라고 인정하지 않은 불룩 튀어나온 거대한 배 위로 쏟아지는 미심쩍은 시선들. 조시는 스스로 술을 더 따라 마심으로써 그들에게서 벗어나 부유하는 안개 위를 떠다녔다. 남자만으로 이루어진(당연히 그들의 아내들은 참석하지 않았다.) 반원의 곡선 안에서 등 뒤로 어색함이 느껴졌다. 바로 그때, 처음으로 의자에서,

그녀가 불온한 돈으로 선물한, 새와 대포와 말과 빨간 장미로 장식된 화려한 전쟁의 방석에서 그녀의 아버지가 일어났다. 그는 그녀를 넘어뜨려 밟고 우뚝 섰다. 그리고 그 누구도 그녀를 일으켜 세우지 못하도록 금지시켰다.

그녀의 어머니는 둥글게 모여 선 남자들의 바깥에서 울고 있었다. 그들 중 어머니도 미처 모르는 딸애의 부푼 몸을 구석구석 아는 이가 몇이나 되었던가. 끝없는 후회의 눈물과 한탄은 어미의 몫이었다. 그녀는 마치 딸애로 하여금 십 대 애인과 처음 사랑을 나누게 하고, 다른 모든 사내들이 강간이나 다름없이 그 애를 범하게 한 원인 제공자가 바로 자신이라고 여기는 듯했다. 그러한 그녀의 울음소리에 사내들은 벌거벗고 서 있는 듯 당황했다. 그들은 여전히 둥글게 무리 지은 채 겁에 질린 소녀를 일으켜 세우려고 구부정하게 서 있었다. 위스키에 취했지만 소녀의 정신은 멀쩡했다. 그녀는 뒤집혀서 탈진해 버린 임신한 거북이처럼 아버지의 발 아래 누워 있었다. 그는 발로 딸애의 어깨를 짓누르며 그들에게 만질 테면 만져 보라고 윽박질렀다. 조시의 배가 요동치자 그들은 불현듯 그들의 죄악이 그들의 이름을 소리 높여 외치며 바닥으로 쏟아질까 봐 두려움에 떨었다. 하지만 그것은 단지 그녀가 토사물 때문에 숨이 막혀 그러했던 것이었다.

통정한 무리 중 누군가가 말했다.

"제발, 목사님. 일어나게 해 주십시오. 지금 저 앤 위험한 상태입니다."

그들은 곧 기절할 것만 같은 조시를 보았다. 그녀의 검은 드레스는 무릎 위로 올라가 있었다. 무릎이 바깥으로 벌어지고 팔이 길게 늘어졌다. 사내들의 겁에 질린 시선 아래에서 그녀의 모습은 기괴하게 뒤틀린 거미 같았다. 그 시선들은 한데 뭉쳐 공포에 사로잡혔고, 제각기 따로 무언가를 떠올렸다. 그들은 예전에도 그녀가 이렇게 드러누워 있는 것을 본 적이 있었다.

"내버려 둬."

그녀의 아버지가 으르렁거렸다.

"이렇게 누워 온갖 요망한 짓거리를 다 한다지."

그것은 조시의 아버지가 내리는 축복이었다. 중년이 된 그녀 위에 숨도 쉬지 못하도록 올라타는 마녀는 바로 그녀의 아버지였다. 로린은 그의 발 아래에서 태어난 것이나 다름없었다.

그녀는 외할아버지의 친구들에게 둘러싸인 세계에 태어났다. 그들은 모두 푼탱* 거리에 있는 자그마한 오두막에 자주 찾아왔다. 그곳에서 '뚱뚱보 조시(그녀는 아기를 낳은 후 비대해졌다.)'는 수치심도 없이 즐겁게 일을 했다. 그러곤 모든 동정을 깔아뭉개며 거침없이 돈을 요구했다. 아버지의 친구인 노인들에게서 받은 자금으로 조시는 잘 차려입었고, 잘 먹었고, 듀드롭인**을 차렸다. 조시는 그들이 너무 늙어 '기운이 다하'자 유쾌한 잔인함과 일종의 가학적인 호기심으로 그들을 대했다. 그녀는 종종 그들이 열정

---

* poontang은 미국의 속어로 '성교(性交)'를 의미한다.
** '이슬 방울 여관'이라는 뜻. 실제로는 술집이자 매음굴이다.

적으로 구성한 반원 한가운데 서서 허리를 돌리거나 내밀고 혼자서 신음하며 스트립쇼를 했다. 그녀는 그렇게 자신을 보여 주는 대가로 만질 테면 만져 보라고 윽박지르며 그들의 얼마 남지 않은 노후 자금을 마지막 1페니까지 모조리 가져갔다.

9장

꿀꺽꿀꺽 침 삼키는 소리가 조시의 목에서 울렸다. 외부의 힘이 그녀를 침대 매트 위로 꽉 누르고 있는 듯했다. 부들부들 떨며 숨을 들이쉬는 그녀의 몸은 뻣뻣했다. 그녀는 비명을 지르기 위해 배에 힘을 모으는 중이었다. 브라운필드는 충직하게 손가락으로 그녀를 찔렀다. 곧 그녀가 번쩍 눈을 떴다. 그녀는 벌벌 떨며 거칠게 숨을 몰아쉬었다.

그가 물었다.

"괜찮아요? 물 좀 갖다줄까요?"

"아이고, 하느님."

"무슨 꿈이길래 계속 꾸는 거예요? 꼭 죽은 사람처럼 뻣뻣했어요. 땀만 안 흘리면 정말 죽은 줄 알겠더라니까요. 거기에 모터라도 달린 것처럼 벌벌 떨던데요. 왜 심장 자리라고들 하는 데 있잖아요."

브라운필드는 일 년 동안 그 꿈에 대해 물어 왔지만 조시는 결코 말해 주지 않았다. 그들은 빳빳한 하얀 시트 아래로 몸을 눕혔다. 조시 쪽 자리가 땀으로 축축해져 눅진했다. 브라운필드는 등불을 켜 그녀의 머리맡 탁자에 올려놓았다. 그는 발가벗은 채 서서 그녀의 얼굴을 근심스럽게 내려다보았다. 꿈 때문에 축축해지고, 잠 때문에 주름지고 울퉁불퉁해진 조시의 얼굴은 우울하고 창백했다. 그녀는 대저택의 멍청하고 개성 없는 요리사이자 지쳐 빠진 웨이트리스의 얼굴을 하고 있었다. 사랑을 받기에는 너무 뚱뚱하고 너무 탐욕스러우며 너무 냉혹하지 못한 얼굴이었다. 그녀는 싱긋 웃거나 껄껄 웃거나 추파를 던질 수는 있었지만 웃음의 단순하고도 미묘한 기제는 그만 잊고 말았다. 그녀의 눈은 언제나 뻔뻔함과 탐욕스러움을 잃지 않았다. 심지어 지금처럼 무시무시한 꿈에서 깨어난 직후에도 눈빛은 여전했다.

브라운필드는 조시가 결코 젊었던 적이 없었으며, 평생 우유나 꽃 냄새가 아닌 달콤한 부패의 냄새만을 풍겼으리라 확신했다. 그 부패의 냄새는 맹목적 숭배와 사랑으로 활활 타오르는 불에다 그녀의 온몸을 조금씩 쪼이는 수고를 감수해야만 없앨 수 있을 터였다. 그런 후에야 그녀가 정결해지지 않을까. 하지만 브라운필드는 조시를 사랑하지 않았다. 따라서 그녀가 그의 과거 일을 끊임없이 세세하게 물어 대면서도 정작 자기 이야기는 거의 하지 않는다는 것을 진심으로 이상하게 여기지는 않았다. 한번은 조시가 그를 놀래 주려고 그의 아버지가 북부로 가는 길에 듀드롭인에 들러서 자신과 함께 지내며 사랑을 나누었다고 말했다.

그러자 브라운필드는 웃음을 터트렸다.

"아버지가 그렇게 아줌마를 사랑했다면 왜 지금 여기에 없는 거죠?"

조시는 눈물을 흘리며 방을 나갔다. 다음 날 그녀는 그 이야기가 꾸며 낸 것인 양 굴었다.

조시는 침대에서 중얼거렸다.

"하느님의 보살핌으로 난 먹고살 만해. 선하신 주님의 은혜로 남의 도움 없이도 내 힘으로 살 수 있어. 까놓고 말해, 그딴 녀석들이 오줌 눌 요강이 있어, 그걸 내던질 창문이 있어?"

그녀는 종종 제멋대로 굴며 브라운필드에게 그의 가난을 상기시켰다. 이제 조시는 그의 자리에서 베개를 빼내 연인인 양 품에 안았다.

"이봐, 내 자리가 눅눅해."

브라운필드는 군말 없이 옆방인 로린의 방으로 더듬더듬 향했다. 바닥에서 자고 싶지 않았던 그는 주저하지 않고 로린의 침대로 기어 들어갔다.

10장

브라운필드가 처음 조시의 '수양딸'인 멤을 보았을 때
그는 조시와 로린과 이 년 넘게 놀아나는 중이었다. 당시
멤은 함께 살지 않는 아버지가 대 준 비용으로 애틀랜타에
서 학교에 다니고 있었다.

그녀는 조시의 여동생의 딸로, 친엄마는 죽고 없었다.

"동생은 죽으면서 내게 가장 **달콤한** 작은 짐을 맡겼지."

조시는 친구들을 감동시킬 요량으로 종종 그 이야기를
꺼냈다.

"그 아인 우리가 보통 옷에 돈을 쓰는 만큼이나 책에 돈
을 써야 한다니깐!"

그러곤 조시는 자랑스럽게 웃었다. 그 웃음에는 그녀보
다 형편이 어려운 사람들에 대한 심술궂은 고의도 배어 있
었다. 술집에서의 '사업'에 도움이 되는 한 그녀는 사람들
이 그녀가 멤의 고등학교 뒷바라지를 한다고 생각하도록

내버려 두었다.

브라운필드가 듣기로, 멤의 아버지는 합법적으로 결혼하여 대가족을 이루고 있던 북부의 유명한 목사였다. 그는 조시의 아버지네 교회에 부흥 집회 설교를 하러 왔다가 조시의 동생을 만났다. 그들은 사랑에 빠졌고, 그 결과 멤이 잉태됐다. 목사는 북부의 가족에게로 돌아갔고, 멤의 엄마는 아버지의 집에서 쫓겨났다. 조시는 멤이 태어날 때까지 동생을 돌봤고, 그 후 얼마 안 있어 동생은 죽고 말았다.

"물론 그 앤 목사가 나한테 퇴짜 맞자 그 반발심을 이용해 자기가 가로챘던 거야. 알겠니?"

조시는 브라운필드에게 수줍으면서도 뚜렷한 미소를 지어 보였다.

"하지만 그가 정말 사랑했던 건 바로 나야."

조시에 따르면 로린이 학교에 가지 않는 유일한 이유는 ("물론 난 그 앨 학교에 보낼 맘도 있고, 재산도 있지.") 당사자가 안 가겠다고 고집을 부리기 때문이었다. 게다가 로린은 열다섯 살에 이미 두 사내아이의 엄마가 되었다. 술집에서 늘 엄마를 쫓아다니는 엄마의 남자 친구들과 살았기에 로린은 태어나면서부터 그들의 발치에서 거치적거렸다. 그러곤 마을에서 엄마 다음으로 일찍 성에 눈을 떴다. 브라운필드는 로린이 자신에게 반했으며(엄마가 시도하는 것은 무엇이든 그녀의 마음을 끌었다.), 조시의 감정이 자신을 단순히 좋아하는 것 이상이라는 것을 오래지 않아 눈치챘다. 열일곱 살에 그는 그들 사이에 성공적으로 자리잡았고, 술집은 그들의 것인 동시에 그의 것이 되었다. 혹은 그들이 재빨리 그에게 그런 확신을 심어 주었다.

그는 두 여자 모두와 잘 지냈고, 그들이 그를 두고 싸우면 무시해 버렸다. 싸구려 향수로 떡칠하고 1페니짜리 우표처럼 머리를 붉게 물들인 로린은 엄마만큼이나 헤픈 걸레였다. 누군가의 애인보다는 누군가의 형제처럼 보이는 외모였지만, 그녀는 터프함으로 명성을 얻어 그녀처럼 되고 싶어 하는 소년들 사이에서 커다란 동경의 대상이 되었다. 특히 면도칼을 전문가 수준으로 다루는 그녀의 솜씨는 유명했다. 한번은 손님의 아내가 그녀의 칼에 찔려 피를 철철 흘리며 죽어 가고 있는데 손님은 방에서 달아나 버렸다는 소문이 돌기도 했다. 브라운필드는 그 손님과 피 흘리는 아내에 대해 이야기할 때의 그녀의 말투 또한 좋아했다.

"난 그냥 그 자식을 잡아다 피를 질질 흘리고 있는 암퇘지를 내 방에서 치우라고 말하려고 했을 뿐이야. 그 지저분한 것들을 치우느라 내가 왜 엉덩짝에서 땀을 빼?"

브라운필드는 멤과 만나기 전까지 행복한 나날을 보냈다.

멤은 조시처럼 노랗지도, 로린처럼 털이 많지도 않은 체리브라운 빛깔이었다. 그녀는 토실토실하고 조용했으며, 끝이 올라간 두 눈은 새침했다. 학교를 떠나 집에 와 있을 때면 그녀는 거의 눈에 띄지 않았다. 술집이 왁자지껄한 시간에는 늘 2층에 머물렀다. 설령 내려온다 하더라도 곧바로 술집을 빠져나가 숲 속을 마냥 걷고 또 걸었다. 브라운필드가 말을 걸려고 할 때마다 그녀는 눈을 내리깔고 흥미 없다는 듯(그에게는 그렇게 보였다.) 마지못해 대답하고는 제 갈 길을 가 버렸다. 그는 그녀를 뒤쫓는 데 점점 더 열을 내기 시작했다. 좋은 몽둥이를 구하러 가는 것도 아니고, 숲 속을 '그냥 걷는다'는 사람은 생전 처음이었다.

"도대체 자기가 뭐라도 되는 줄 아는 걸까요?"

하루는 브라운필드가 도저히 이해할 수 없다는 듯 눈살을 찌푸리며 조시에게 물었다.

"난 여자들이 이 주씩이나 집을 나갔다 돌아와서는 또박또박 말하며 대드는 건 절대 못 참아요!"

그의 말은 부분적으로 '또박또박 걸으며'라는 뜻이었다. 멤은 확실히 또박또박 걸어 다녔다. 한동안 그녀 혼자만의 산책은 그에게 신비감과 호기심을 불러 일으켰고, 그 결과 그녀를 좀 더 알고 싶다는 욕망이 모든 면에서 극에 이르렀다. 그는 그 집안 여자들 모두와 재미 보는 것이 싫지 않았다.

"그만하고 침대에 누우렴."

조시가 고양이처럼 그르렁거렸다. 그녀는 하루하루 통통한 쐐기벌레를 닮아 갔다.

"거기는 그만 바라봐. 그 애는 돌덩이야, 돌덩이. 그 애가 나처럼 잘할 줄 아니?"

브라운필드는 그녀를 침대로 이끌고 그 부드럽고 죄 많은 늙은 손에 반응했다.

"자기, 우리 언제 결혼할까?"

조시가 묻는 사이, 브라운필드는 멤의 침대가 자비로운 '엄마의 침대'에서 한 발자국도 떨어져 있지 않은 벽 맞은편에 있다는 사실을 깨달았다.

로린은 심술이 날 때면 조시가 그레인지에 대해 한 얘기가 모두 사실이라고 그에게 말하곤 했다. 하지만 아버지가 조시와 연인이었다는 것은 브라운필드에게 말도 안 되는 소리였다. 설령 아버지가 갈았던 밭을 자신이 쟁기질하는 것이라 해도 대체 뭐가 문제란 말인가? 조시의 오래된 밭은 결코 묵히는 법이 없었다. 멤이 온 이후로 로린이나 조시가 무슨 말을 하든 그는 전혀 상관하지 않았다. 그는 오직 멤에게만 흥미가 있었다. 자신의 마음을 통째로 사로잡은 그녀의 조용한 낯섦을 어떻게 꿰뚫을 것인가에만.

11장

그는 멤을 떠올릴 때면 항상 죄책감을 느꼈다. 그는 수치나 다름없었다. 먼지이자 오물이었다. 그는 멤을 친어머니가 될 수 없었던 전혀 다른 새로운 어머니로 여겼다. 사랑해 주고 부드러운 대화를 건네야 하는 사람. 결코 그의 거칠고 야비한 행동으로 겁에 질리게 해서는 안 되는 사람. 하지만 그는 그녀에게 제대로 감정을 전달할 수 없었다. 그는 그녀가 아는 단어를 알지 못했다. 설령 그 단어들을 배운다 하더라도 그것으로 감정을 충분히 표현할 수 있으리라는 확신이 들지 않았다. 그녀는 잡지나 책을 읽을 줄 알았다. 그는 오직 그림을 보고 활자가 무엇을 의미하는지 어렴풋이 짐작할 뿐이었다. 집에 그들만 남겨질 때면 그녀는 단둘이 집 안에 있는 것을 피하기 위해 현관 밖으로 나갔다. 그가 뒤쫓아가 말을 걸면, 그녀는 빙그레 웃으며 그가 조시와 로린과 동시에 사귀는 것에 대해 점잖은 말로 몇 마디 할 뿐이었다. 그가 읽고 쓰기를 배우고 싶다고 하자 그녀는 그에게 가르쳐 주겠다고 제의했다. 그는 재빨리 자잘한 것들을 익혔다. 두 사람은 그녀가 쓰던 교과서를 가지고 바깥 계단에 앉아 듀드롭인이 문을 열기 전까지의 오후 시간을 자주 함께 보내곤 했다. 가을이 되어 그녀가 초등학교에서 아이들을 가르치게 되자 그도 교실에 데리고 갔다. 혹은 적어도 데리고 가려고 했다.

"우선……."

그녀는 이렇게 매우 새침한 어조로 말을 시작했는데, 이를 두고 조시와 로린은 비웃곤 했다.

"……두세 단어를 말해야 하는데 어느 단어가 둘 이상을 의미하는지 모른다면 그냥 모든 단어들 끝에 '들'을 안 붙이는 게 나아. '들'은 거의 항상 생략이 가능하거든. 무슨 말인지 알겠니? 그러니깐 '난 케이크를 먹는다.'라고 하는 것이 '난 케이크들을 먹는다.'라고 하는 것보다 듣기에 더 좋아. 마찬가지로 '우리는 친구가 되었다.'라고 하는 게 '우리는 친구들이 되었다.'라고 하는 것보다 낫고. 알겠지?"

설명을 끝낸 후 그녀는 당연히 못미더워 눈썹을 찌푸리며 그를 바라보았다. 그는 마음속으로 행복하게 거듭거듭 외치면서 고개를 끄덕였다. '우리는 친구들이 되었다. 우리가, 나와 멤이!' 그는 활짝 웃어 보였다. 그러면 그녀도 인상을 풀고 따라 웃었다.

그녀는 좋은 선생님이었다. 그는 평생 선생님을 두어 본 적이 없었다. 그는 이름 쓰는 법을 배우고, ABC를 암송하고, 종이에서 손을 떼지 않고 자신의 이름과 그녀의 이름을 연달아 멋지게 쓰는 법을 익혔다. 그녀가 학교 수업을 시작하자 그는 종종 열린 교실 문 옆에 앉아 어린이들에게 말하는 그녀의 맑은 목소리에 귀를 기울였다. 닭, 염소, 소, 돼지의 철자를 쓰는 법과 같은 수업 내용을 배우기 위해서이기도 했지만, 그녀의 목소리를 듣는 즐거움을 누리기 위해서이기도 했다. 그녀는 이빨 빠진 늙은 여인네처럼 무관심하게 말하는 조시나 로린과 전혀 달랐다. 멤의 말에는 내면의 따스함과 상대에 대한 깊은 관심이 배어났다. 때문에 브라운필드는 울고 싶어질 정도였다.

그는 속으로 자신이 멤의 완벽한 짝이라고 생각했다. 그녀를 사랑하기 때문이었다. 하지만 대다수 동네 사람들의 생각은 달랐다. 조시와 로린도 마찬가지였다. 그 둘이 어찌나 그들의 '신데렐라'를 질투하는지 브라운필드는 멤이 염려스러울 지경이었다. (그들이 그를 절구질의 왕자로 여기지 않았다면 결코 그를 왕족 대우하지 않았을 텐데.) 게다가 멤은 단 한 번도 그를 좋아한다는 말을 한 적이 없었다.

하지만 정작 브라운필드를 괴롭게 하는 것은 그가 술집에서 일을 시작한 이래로 월급 받을 생각을 못해 왔다는 점이었다. 그는 돈이 필요할 때면 항상 조시나 로린에게 받아서 썼다. 그들은 선뜻 돈을 내주긴 했지만, 대신에 그는 그들이 시키는 대로 일해야만 했다. 때문에 그는 되도록 오래 집에 머무르며 조시와 로린과 짐승처럼 놀아났다. 특히 다음 날 바로 같은 방에서 멤과 마주칠 때면 그는 자신이 더욱 짐승처럼 느껴졌다. 그녀의 두 눈에 고통스런 심정이 선명히 드러났던 것이다. 그는 자신이 그들을 이용하는 것이 아니라 그들이 자신을 이용한다는 것을 깨달은지 이미 오래인지라 두 여자를 정복해 봐야 더 이상 아무 기쁨도 느낄 수 없었다. 그는 조시와 로린이 하는 게임에서 졸(卒)에 지나지 않았다. 때로는 그들이 모녀 관계를 증명하기 위해 그를 연결 고리로 이용한다는 느낌마저 들었다. 그가 없었더라면 그 둘은 남남이 되었을지도 몰랐다. 그들은 단순히 서로의 남자와 놀아나고, 술집 앞 거리에서 그 일로 줄기차게 싸움을 벌이는 재미로 살았다. 그리하여 동네 남자들은 한 여자를 품으면 곧 다른 여자도 자신의 무릎 위에 떨어진다는 사실을 이내 알게 되었다.

자랑스러운 졸이 되는 것은 한동안은 근사했다. 술, 매춘, 돈벌이, 투쟁의 팽팽한 긴장으로 일찍 무너져 내린 두 여인이 그를 진심으로 사랑해 주었기 때문이다. 그러나 그들은 그를 아직 완전히 타락시키지 못한 깨끗하고 어린 짐승으로서 사랑했다. 그들의 삶에는 신선함이 지독히도 부족했다. 그들은 2층의 2달러짜리 방처럼 낡아 빠져 있었다. 하지만 그들이 보기에 그에게는 여전히 순수가 남아 있었다. 그와 하는 짓거리가 잘못은 전혀 아니기 때문이었다. 그도 그것을 즐겼고, 어쨌든 그는 그 누구의 남편도 아니었으니까.

설령 죄책감이 든다 하더라도 그것은 일요일 아침 침례교 교회에서의 죄책감과 비슷한 것이었다. 그들은 마을 여인 어느 누구도 비할 수 없을 만큼 잔뜩 치장하고는 여인들의 반을 능가하는 큰 소리로 외쳐 댔다. 그렇게 정열적으로 성경을 읽다 보면 참회의 즐거운 열정에 불이 붙는데, 그때 찰나적으로 극소량의 거리낌이 열정 속으로 스멀스멀 기어들기도 했던 것이다. 그들은 즐거운 비탄으로 발작하며 자신의 죄를 소리 높여 고했다. 그러나 예배 후에도 영혼의 참된 깨끗함을 유지하는 경우는 거의 없었다.

12장

멤이 다른 남자와 함께 걷는 것을 처음 목격했을 때 브라운필드는 미칠 것만 같았다. 그 남자는 그녀와 마찬가지로 학교 선생이었다. 브라운필드는 별안간 엄청난 기회를 놓쳤다는 생각이 들었다. 그는 그녀의 선택에 기분이 상했다. 무식하기 때문에 차인 걸까? 그의 자존심은 상처 입었다. 우울해진 그는 자신의 가난 그리고 조시와 로린에 의존하는 자신의 삶에 대해 생각해 보았다. 그가 가진 것이라고는 걸치고 있는 옷가지뿐이었고, 그나마도 모두 헌것이었다.

그러던 어느 날 밤, 멤과 그녀의 반듯한 바른 생활 애인을 몰래 살피던 그는 그녀를 아내로 삼아야겠다고 결심했다. 그날 밤 집으로 돌아오던 멤은 불 꺼진 문간에서 자신들을 뚫어지게 쳐다보며 서 있는 브라운필드와 마주치자 눈에 눈물을 보이며 서둘러 그를 지나쳐 갔다. 그제야 그는 그녀도 자신을 사랑하고 있다는 것을, 하지만 여자다운 방식으로 그를 그녀의 삶에서 밀어내려고 한다는 것을, 그가 곧 조치를 취하지 않으면 그녀를 잃고 말리라는 것을 처음으로 깨달았다. 그는 2층으로 올라가던 멤을 껴안았다. 그러곤 그녀를 절대로 놓치지 않겠다는 엄숙한 맹세와 함께 서약의 키스를 했다.

다음 날 그는 자신이 태어난 곳에서 그리 멀지 않은 시골로 가서 공정하다고 소문난 한 사내를 만났다. 그들은 이 년간 혹은 브라운필드가 신부를 북부로 데려갈 만큼 충분히 돈을 모을 때까지 공동으로 농사짓는 문제를 상의했다.

그 다음 주에 멤과 브라운필드는 조시와 로린을 떠났다. 두 모녀는 여전히 그를 두고 싸우면서 멤이 그를 '가로채도록' 만든 사람이 너라며 상대방을 비난해 댔다. 브라운필드는 그의 새 고용주가 된 사내에게서 마차를 빌렸다. 멤은 그의 곁, 부서질 것 같은 나무 의자 위에 앉았다.

그는 그녀에게 약속했다.

"자기, 여기에 평생 처박히지는 않을 테니 염려 마."

그녀는 따스한 갈색 손으로 면사포를 쥐고서 사랑과 즐거운 믿음이 가득한 눈으로 그를 바라보며 말없이 웃었다.

13장

삼 년 후, 그는 여전히 같은 농장에서 일하고 있었다. 빚은 목구멍까지 차올랐고, 멤은 둘째 아이로 배가 산만 했다. 하지만 그는 여전히 그들의 결혼식이 자신을 죄악과 악마로부터 탈출시켜 사랑과 하나 되게 한 성공의 절정이라고 여겼다. 요 몇 년 사이 영원한 노예 신세가 될지도 모른다는 불안감이 그를 끊임없이 좀먹었지만, 자신이 옳은 선택을 했다는 믿음만큼은 파괴할 수 없었다. 멤은 아침 식사를 준비할 때도, 잠자리를 챙길 때도 노래를 부르는 여자였기 때문이다. 또한 아기에게 젖을 먹일 때도, 고달픔과 실의에 빠진 남편이 그녀의 따스하고 둥근 가슴으로 파고들며 기운을 추스를 때도 그녀는 노래를 불렀다. 그는 다른 사람이 뭐라고 생각하든 전혀 개의치 않았다. 그는 그녀가 너무나도 좋았고 너무나도 필요했기에 그녀의 몸은 그에게 성소나 다름없었다. 그는 부끄러움 없이 사랑을 가득 담아 그녀의 몸에 끝없는 키스를 퍼부었다. 그리고 꽃과 춤으로 그 몸의 신비를 찬양했다. 마치 있어야 할 자리와 삶을 알고서 엄마의 가슴을 찾아 젖을 빠는 아기들처럼 그는 멤을 찾았다. 그는 사랑으로 더욱 크고, 더욱 강하고, 더욱 단단해졌다.

그들은 거리낌 없이 열정적으로 사랑을 나누었다. 그와 멤은 첫 번째 낙엽이 떨어진 숲 속에서도, 암탉들이 꼬꼬댁거리고 수탉들이 울부짖는 옥수수 창고 꼭대기에서도 사랑을 나누었다. 그들은 그늘진 목화밭 가장자리에서 가장 순수한 열정과 긴급함으로 사랑을 하여 아기를 만들었다. 그녀가 그에게 물을 가져다주러 밭에 갔을 때 일어난 일이었다. 그녀는 그가 땀으로 얼룩진 쟁기 손잡이에 욕망으로 근질근질한 손을 올려놓고 물을 마시는 모습을 바라보며 서 있었다. 그녀 또한 그와 똑같은 눈빛이었다. 물이 시원함과 생기를 선사하며 그의 턱과 목으로 흘러내리자 그의 사랑 또한 줄달음쳐 내리며 그를 차가운 불과 망각으로 목욕시켰다. 그렇게 망각의 목욕을 하는 사이, 아내와 자식에 대한 책임이라는 이름으로 그를 땅덩이에 단단히 묶어둘 다른 사슬이 벼려지고 있었던 것이다.

3부

14장

해 뜰 녘부터 해 질 녘까지 기름진 충적토로 덮인 목화
밭 50에이커에서의 끝없는 노동과 풍작 덕택에 겨우내 먹
을거리로 병든 새끼 돼지 두 마리와 주인집 지하실에 있던
말린 감자와 사과를 얻고, 아이들이 입을 옷으로 주인 가
족이 입다 버린 헌옷을 받았던 어느 해였다. 목화바구미
방제를 위해 손으로 대걸레질을 하며 비소를 목화 덤불에
뿌리는 위험하고도 역겨우며 힘겨운 일을 약하디 약한 다
섯 살짜리 딸애에게 가르쳐 주어야만 했던, 그 모습을 지
켜봐야만 했던 어느 여름이었다. 브라운필드는 실제로 심
장에 통증을 느꼈다. 마치 뼈 마디마디가 아린 것 같았다.
딸애는 단단한 땅 위로 솟은 목화 사이를 비틀비틀 걸으며
대걸레를 이리저리 흔들었다. 비소가 가득한 뜨거운 양동
이 때문에 아이의 자그마하고 가느다란 다리의 피부가 벗
겨져 핏빛 상처가 생겼다. 아이는 휘청이다 양동이와 함께

거의 쓰러질 뻔했다. 그만큼 양동이는 아이에 비해 너무 컸다. 그 모습을 볼 때마다 그는 뱃속이 서늘해졌다. 딸애의 몸은 땀으로 범벅이 되었고, 해진 옷은 땀과 비소로 몸부림쳤으며, 커다란 눈망울은 독으로 인해 붉게 충혈되었다. 아이는 지독한 냄새 사이로 어렵사리 숨을 쉬었다. 그러다 날이 저물 무렵에 부들부들 떨며 토하기 시작했다. 기진맥진한 그 모습은 천식에 걸린 자그마한 노파나 다름없었다. 그래도 아이는 아버지에게 불평 한마디 하지 않았다. 아이는 백인 주인만큼이나 아버지도 무서워했다. 백인 주인은 황송하게도 친구들과 차를 타고 와서 작은 흑인 아이가 홀로 일하는 광경을 지켜보곤 했다. 그러나 아이는 목화에 독을 뿌리느라 너무 지쳐서 그들을 거의 보지도 못했다.

그 흑인 아이는 바로 브라운필드의 첫째 딸 대프니였다. 그해에 그는 비로소 눈을 떴다. 훗날 딸애가 멋진 숙녀가 되어 양산을 쓰고 얇은 비단옷을 입으리라는 희망에서 깨어났던 것이다. 그해에 그는 처음으로 자신이 아버지의 인생을 그대로 반복하고 있음을 깨달았다. 그는 아이들을 노예 신세에서 구할 수 없었다. 심지어 그들은 그에게 속해 있지도 않았다.

빚이 그를 짓눌렀다. 해가 갈수록 빚은 점점 늘어만 갔다. 그는 자살을 생각했다. 멤의 품에 안겨서도 그 생각이 떠나지 않았다. 그는 자상한 대통령에게, 귀 기울이시는 예수님에게 기도를 하며 도움을 청했다. 멤의 품에 안겨, 남부럽지 않은 직업을 얻기를 기도했다. 하지만 다른 기도

들처럼 그 기도도 먹여야 할 입만 늘릴 뿐이었다. 빚을 갚기 위해 노예로 만들 아이가 하나 더 태어났던 것이다. 그는 백인 농장에서 자신의 아이들을 관리하는 감독관이 되는 것이 운명인 양 느껴졌다.

그해에 그는 멤이 부정하다고, 그의 압제자인 백인 사내와 간음했다고 비난하기 시작했다. 그녀는 눈물을 흘리며 부인했다. 그가 술에 취해 부당한 비난을 해 대자 그녀는 기운이 모조리 꺾여 교회처럼 텅 빈 완전한 수동성으로 그를 받아들였다. 그녀는 너무나 순수하여 자신의 침묵이 그의 영혼을 정당화시킨다는 사실을 알지 못했다. 그는 그럴 때마다 아닌 줄 알면서도 그녀를 검둥이 창녀처럼 대하겠다고, 항의하지 않는다면 무조건 유죄라고 마음먹었다. 부드러운 말은 그의 분노를 달랠 수 없었고, 그저 용인할 뿐이었다.

그는 허공에서 몸을 일으켜 세울 것을 요구받았다. 다른 이들을 위해 힘껏 일하고 남은 것은 텅 빈 허공뿐이었다. 다른 이들은 언제나 그의 노동에 대한 대가로 실제적으로 아무것도 주지 않아도 되는 권리를 갖고 있었다. 그에게는 허공에서 사는 것 외에 달리 어쩔 도리가 없었다. 그는 허공에 아무것도 세울 수 없었고, 자기 소유의 땅뙈기 하나 갖지 못할 것이었다. 아무리 간절히 원한들 자기 여자를 아름답게 치장시킬 수도 없었다. 마치 백인 사내들이 이렇게 말하는 것 같았다. 그의 여자는 멋이 필요 없으며 멋을 부릴 자격도 없으니 결코 멋있을 수 없다고. 자신들은 그에게서 삶을 송두리째 뽑아내고 그의 여자를 맛볼 권리가 있다고.

그의 구겨진 자존심과 뭉그러진 자아는 멤이 선생 일을
더 이상 하지 못하게 질질 끌어냈다. 그녀의 지식은 읽고
쓸 수 없는 남편에게 극도의 불명예일 뿐이었다. 그녀를
백인 집에 하녀로 들어가게 한 것은 바로 그의 위대한 무
지였다. 그는 그녀를 자신과 같은 수준으로 끌어내려야 했
다! 그녀가 아무 짓도 하지 않았는데도 그로 하여금 다른
남자, 즉 흰둥이들에게 꼬리 쳤다고 억지 부리며 아내를
두들겨 패게 한 것은 바로 그 자신과 그의 인생과 그의 세
계에 대한 분노였다. 그의 분노와 그의 노여움과 그의 절
망이 그를 지배했다. 분노는 그가 모든 것을 그녀 탓으로
돌리게 할 수 있었고, 실제로 그리했다. 그녀는 자신의 짐
과 더불어 그의 짐까지 모두 받아 들고는 더 넓은 마음과
더 높은 지식으로 그것들을 짊어졌다. 그는 그녀의 더 넓
은 마음은 시기하지 않았다. 하지만 그녀의 더 높은 지식
은 결코 용납할 수 없었다. 그것은 그녀를 힘에, 그들에게
더 가까이 다가가게 했다. 그로서는 도저히 닿을 수 없는
곳이었다.

북부로 가고, 더 넓은 세상을 보고, 멤이 원하는 가장
작은 것들만이라도 이루게 해 주리라는 그의 꿈은 죽어 버
렸다. 우울에 사로잡힌 그는 순종적이고 유순한 아내가 덫
이자 함정처럼 느껴졌다. 그는 자신의 '실수' 이후 위안을
얻고 집세 낼 돈을 구하기 위해 다시 조시에게로 돌아갔
다. 멤은 집안을 꾸리기 위해 홀로 힘겹게 투쟁하며 할 수

있는 모든 방법을 동원해 간신히 살아 나갔다. 브라운필드는 일자리가 생기면 어디든지 갔고, 때문에 식구들은 이 오두막에서 저 오두막으로 이리저리 옮겨 다녔다. 조지아 주에서 목화가 쇠퇴하고 낙농업이 활발해지자 그는 낙농 일을 시작했다. 그들은 어떻게든 생활을 꾸려 갔다.

그 몇 년 사이 그들의 결혼 생활은 도저히 있을 수도 없고 믿기지도 않는 파탄에 이르렀다. 브라운필드는 한때 그토록 사랑했던 아내를 정기적으로 두들겨 팼다. 이유라고는 패고 나면 기분이 좋아진다는 것뿐이었다. 매주 토요일 밤 그는 아내를 두들겨 패 자신의 실패에 대한 비난을 그녀의 얼굴에 새김으로써 그 탓을 모두 아내에게 덮어씌우려고 했다. 그러자 그녀는 어쩔 수 없이 저절로 광포한 마녀가 됨으로써 그에게 복수했다. 조시조차도 그녀에 비하면 더 젊어 보일 정도였다.

그는 자신이 결혼했던 상냥한 여자를 파괴하기 시작했다. 파괴에 앞서 우선 그녀를 변화시키고자 했다. 그리고 변화시켰다. 이제는 거꾸로 그가 그녀의 피그말리온*이 된 것이었다. 그는 먼저 그녀의 말하는 방식부터 바꾸기 시작했다. 그들의 결혼은 그녀가 그의 말을 바로잡아 주는 것으로 시작했지만, 얼마 지나지 않아 그는 이것을 피곤해했다. 일터에서 고개를 푹 숙인 채 온갖 명령을 다 따라야

---

* 그리스 신화에 나오는 키프로스의 왕이자 조각가로, 자신의 이상형대로 조각상을 만들어 사랑에 빠졌다.

하는데, 집에 와서까지 무시당하는 것은 도저히 견딜 수 없었다. 아내가 상냥하게 '-는디'가 아니라 '-어(아)'를 써야 한다고 말하면 그는 아내의 면전에 대고 그 충고를 내던져 버렸다.

"왜 다른 껌둥이들처럼 말하지 않는 거야? 왜 넌 늘상 또박또박 말해야 하는 거냐고? 내가 '먹었는디.'라고 말하든 '먹었어.'라고 말하든 네년 엉덩짝에 절구질만 잘하면 될 것 아니야."

주변에 다른 사람이 있으면 그는 더욱 그녀에게 무안을 주었다. 그녀가 말을 하려고 입을 열면 그는 친구들에게 몸을 빙 돌려 절을 했다. 그들은 감사하게도 사람이 이해할 수 있는 말을 하는 사람들이었다.

"이보게들, 우리 마님께서 말쌈을 시작하신다는디. 자 우리 띨띨한 껌둥이들은 입 닥치고 열심히 들어 보세!"

멤은 수치심으로 얼굴이 하얗게 질렸다. 그 후 되도록 말을 하지 않으려고 했다. 하지만 침묵 역시 브라운필드가 원하는 것이 아니었다. 그는 그녀가 말하기를 원했다. 다만 그녀의 주제에 맞게 말하기를 원했다. 토요일 밤마다 두들겨 맞는 싹수 노란 검둥이 여편네답게 말이다. 그는 그녀가 자신을 남편으로 삼을 만한 여자처럼 말하기를 원했던 것이다.

그는 친구들이 과분한 여자를 아내로 삼았다고 넌지시 비추는 것을 참을 수 없어 했다.

"자네, 대체 무슨 수로 학교 선생님을 낚았는가?"

그들은 샘이 나서 그에게 묻곤 했다. 그가 깨끗하게 빨아 깔끔하게 풀을 먹인 옷을 입고 술을 무한정 마셔 대는 모습에 감탄했던 것이다.

"이 거대한 물총으로 한 방 쏴 주었지."

그는 상스럽게 몸을 문지르며 사람들에게 비밀스러운 사생활을 드러냈다.

"엉덩짝도 패 주고 말이야. 자고로 껌둥이 년은 그렇게 다루어야 해!"

'가난의 문화'를 거의 탈출할 뻔했던 멤과 같은 여자에게 그곳으로 다시 돌아가는 것은 세상에서 가장 쉬운 일이었다. 처음에는 남편을 만족시켜 주기 위해서였지만 나중에는 정말 명사나 동사나 복수나 단수가 기억나지 않아 옛날에 쓰던 사투리를 다시 쓰기 시작했다. 말에서 뻣뻣한 풀기가 빠지고 조상들이 그러했듯 그녀의 말도 맥없이 늘어졌다. 그러나 조상들에게는 그 말이 그들이 아는 전부였으며 특별히 생각할 것도 없이 그들의 일부였기에 아름다운 것이었지만, 그녀에게는 절망으로 말 자체를 바꾸고 낙심한 혓바닥을 놀리는 것이기에 무미건조하고 추할 뿐이었다.

"학교에서 가져온 책인지 뭔지 하는 것들은 다 어따 뒀어?"

하루는 브라운필드가 그녀가 자기 주제를 제대로 알고 있는지 확인하기 위해 물었다.

"다 태워 부렀소."

그녀는 고개도 돌리지 않고 침실 바닥의 커다란 쥐구멍을 손보며 대답했다.

일순간 쓰라림이 그를 훑고 지나갔다. 시커멓고 상스러운 어떤 것의 밑바닥을 맛본 느낌이었다. 하지만 그는 그것을 감추기 위해 킬킬거렸다.

"불쏘시개가 필요해서 한번 물어봤어."

"여기 이 잡지 가져가쇼."

그녀는 억양 없이 말하며 옷 아래에서 찌그러진 《참된 고백》을 꺼냈다. 그녀는 옆구리에 끼워 둔 불룩한 잡지를 그가 본 줄 알았지만, 사실 그는 보지 못했다. 그는 손을 뻗어 잡지를 쥐었다. 그녀는 한숨을 쉬며 과거의 자신을 현재의 자신에게 모조리 양도했다.

그는 그녀의 모든 것을 바꾸어 놓았다. 그것은 그가 바라지 않는 변화였다. 그들이 결혼했을 때의 그녀야말로 그가 원하던 사람이었다. 그는 자신이 원치도 않고 원할 수도 없는 그 무엇으로 그녀를 바꾸어 놓았다. 덕분에 그는 자신이 보기에 그녀가 받아 마땅한 대로 대우하기가 훨씬 수월해졌다. 그는 못생긴 여자들을 단 한 번도 동정해 본 적이 없었다. 못난이랑 사는 남자는 아내를 무시할 수 있다는 것이 그 이유였다. 덕분에 아내를 두들겨 패기도 훨씬 쉬워졌다.

한때 그녀는 하녀 일로 번 돈을 1센트도 아껴 가며 최대한 저축했다. 그녀는 언젠가 집을 사고자 했다. 그것은 그녀의 큰 꿈이었다. 그녀가 선생 일을 하던 시절에는 두 사람 모두 집을 사기 위해 한 푼 두 푼 모았다. 하지만 홧김에 술을 퍼마신 브라운필드가 그 돈을 훔쳐서는 어떤 친구들에게서 돼지를 샀다. 그들은 그 돼지가 등록된 수퇘지이며 돼지 사육으로 돈을 벌 밑천이 될 것이라고 장담했다. 이내 그 돼지는 죽었다. 그녀가 집을 사기 위해 두 번째로 모은 돈도 그가 붉은 소형차 할부 계약금으로 다 써 버렸다. 그녀는 분노했다. 하지만 분노보다도 절망적인 것은, 남편이 보다 나은 삶을 향한 그녀의 모든 노력을 저지하리라는 사실을 그녀가 이해하지 못했다는 점이었다. 결국 돼지 때와 마찬가지로 그는 운이 나빴고 할부 회사가 차를 압수해 갔다.

태어난 아이들은 모두 다섯 명이었지만 그중 셋이 죽었다. 살아남은 아이들도 그해 크리스마스에 아무것도 받지 못했다. 크리스마스이브에 그들은 나란히 앉아서 아빠를 바라보았다. 하지만 그는 조시에게 술 먹을 돈을 타 내기 위해 밖으로 나갔다. 집에 돌아온 그는 아이들을 깨우더니 울음을 터트렸다. 그러나 아이들이 자신을 무서워하자 그는 멤을 탓했다. 그가 술에 취해서 아이들이 겁을 먹은 것이라고 그녀가 해명하자 그는 아내를 가차 없이 두들겨 팼다. 그녀의 이가 처음으로 부러진 날이 바로 이때였다. 그날 그녀는 이 하나를 잃었고 한두 개는 흔들거렸다.

그녀는 그를 떠나고 싶었지만 갈 곳이 없었다. 조시 외에는 의지할 사람이 없었고, 조시는 그녀를 경멸했다. 그녀는 한번도 보지 못한 아버지에게 편지를 보냈지만, 그는 답장 쓰는 수고를 들이지 않았다. 통통했던 그녀는 바싹 야위었다. 이제 브라운필드는 그녀를 전혀 여자로 보지 않았다. 그토록 멋졌던 가슴도 말라서 쪼글쪼글해졌고, 머리숱조차 뭉텅뭉텅 줄었다. 칭찬할 만한 거라곤 단지 그녀가 몸을 청결히 한다는 점뿐이었다. 그는 그녀의 깔끔함을 몹시 꾸짖긴 했지만, 사소한 문제인 데다 때로는 그녀가 너무 가진 것이 없어 보여 그 일로 때리지는 않았다.

"당신한테 폐 끼치는 것도 아니잖소."

그녀는 그가 거의 억누르고 지내는 그 안의 무엇인가를 향해 호소했다. 그는 그 문제를 덮어 두기로 했다.

"네년이 백인이 아니라는 것만 명심해 둬."

그는 진심으로 백인 여자들을 증오하면서도 그렇게 말했다. 그는 아내가 그들을 본받기를 원하는 동시에 원치 않았다. 그는 그녀에게 백인 여자의 완벽함을 늘어놓기를 좋아했다. 피부색은 그녀가 무슨 수를 써도 바꿀 수 없는 것이기 때문이었다. 그는 또한 자신의 검은 피부에 굴욕감을 느꼈기에 그만큼 그녀를 초라하게 만들고자 했다.

하지만 그가 무슨 말을 하더라도 그녀는 자신의 피부색을 부끄러워하지 않았다. 그녀는 이 점에 관한 한 단순한 인생관을 가지고 있었다. 색깔은 꽃을 다양한 빛깔로 피워 내는 땅의 주관이니, 더 이상 가타부타 따질 필요가 없었던 것이다.

이 소작인 오두막에서 저 소작인 오두막으로 강제로 이사해야 하는 것을 그녀는 증오했다. 이런저런 이유를 들어 사전 경고나 설명도 없이 그들을 내쫓는 백인의 오만불손함을 그녀는 증오했다. 손수 고치고 꾸민 집을 떠나는 것 역시 그녀는 증오했다. 늘 그렇듯이 씨를 뿌리고 돌보아 애써 키운 꽃들과 헤어지는 것을 그녀는 증오했다. 쥐구멍이 나 있는, 그것도 대개는 앞서의 집보다 더 큰 구멍이 나 있는 새로운 집으로 옮길 때마다 그녀는 눈물을 흘렸다. 방에서 쇠똥을 치우고 아이들이 지낼 만한 곳으로 만들기 위해 청소해야 할 때마다 그녀는 치명타를 한 대 얻어맞는 것만 같았다. 아직 심지도 않은 꽃을 먹어 치우려고 안달인 소와 동물들이 설쳐 대는 방목장에 둘러싸인 집으로 어쩔 수 없이 옮겨야 할 때면 그녀는 꿈속을 걸어다니는 여인 같았다. 그것도 꿈에서 깨야 한다는 사실을 잊어버린 여인이었다. 그녀는 아이들을 위해 소처럼 묵묵히 일했다. 그녀의 온화함은 무감각이 되었고, 무감각은 다시 공포, 비참, 결국엔 증오가 되었다.

묘하게도 브라운필드는 그녀의 비참보다도 그녀의 증오를 더 참을 수 없어 했다. 사실 그는 그녀의 비참을 즐겼다. 비참 속에는 어떤 희망도 없기 때문이었다. 미래에 대한 전망도, 바라볼 하늘도 전혀 없는 그녀는 무기력했다. 그러다 그녀가 증오심에 불타 대들며 남편을 멸시하면 그는 화를 냈다. 그녀는 폭력을 쓰지 않고 언제나 말로, 그것도 늘 아이들을 위해서 싸웠다. 하지만 그녀에게서 나오는 것은, 아무리 단순히 말이라 하더라도 그들이 처한 절망의 조화를 뒤흔들어 놓았다.

백인 주인의 변덕에 따라 움직여야 하는 신세도 브라운필드로서는 어떻게 손쓸 수도 없이 타고난 팔자대로 '지랄 맞은' 자기 삶의 한 예에 불과했다. 흰둥이들이 뛰라고 말하면 그는 뛰었다. 그의 행복은 전적으로 그들에게 달려 있었다. 아버지처럼 그들에게서 달아나고 싶다는 열망조차

그에겐 없었다. 다른 곳이 여기보다 나리라는 믿음이 없었
던 것이다. 그는 자신이 자리한 곳에 스스로를 적응시켰
다. 그러곤 재미로 시내에 기름을 부어 물고기를 죽이고,
공허함으로 고양이들을 물에 빠뜨려 죽였다.

15장

토요일 밤마다 브라운필드는 듀드롭인으로 갔다. 조시는 그를 환영했다. 그곳은 그의 집이나 다름없었다. 과거 연인이었던 두 사람은 이제 그 이상이 되었다. 그들은 동지였다. 그들은 서로를 신뢰했다. 로린이 북부로 떠난 후 조시는 혼자서 술집을 운영하고 있었다. 예전에 로린이 쓰던 방에서는 매우 젊고 재능 있는 두 아가씨가 일했다.

브라운필드와 조시는 대화를 나누며 많은 시간을 보냈다. 멤과 그녀의 독선에 대하여, 그녀와 결혼한 브라운필드의 실수에 대하여, 조시와 그녀의 두려움과 꿈과 그녀를 갖고 놀았던 잔인한 운명의 장난에 대하여. 그들은 생존과 승리를 향한 조시의 강한 의지와 그녀를 괴롭혔던 이들에게 복수하고자 하는 조시의 욕망에 대해 이야기했다. 브라운필드에 대해, 그가 잠시나마 어머니를 떠올릴 때면 얼마나 무기력해지는지에 대해 이야기했다. 그들은 마거릿과 그녀의 사생아인 스타에 대해 이야기했다. 그들은 몇 시간 씩 그레인지에 대해 이야기했다.

"네 엄마는 **바보**였어. 질투심을 일으켜 남편을 붙잡으려 고 했다니."

조시의 턱이 미세하게 떨렸다.

브라운필드가 말했다.

"아줌마도 그랬으면서. 아버지가 없을 때 말예요. 설마 내 낯짝이 맘에 들어 일자리를 줬다고 말할 셈이에요?"

조시가 말했다.

"아, 그거. 하지만 그레인지를 **질투하게** 만들려던 건 아 니었어."

"아니라고요?"

"그래."

조시의 턱이 심하게 떨렸다.

"난 그 개자식을 죽이려고 그랬던 거야!"

브라운필드는 몇 가지 이유로 웃음을 터트렸다.

"아줌마가 나랑 지낸다고 해서 아버지가 죽지는 않을걸 요. 아버진 나를 남처럼 여겼어요."

"넌 아직도 어찌 돌아가는 판인지 모르고 있구나?"

"나도 알 건 다 알아요."

"너 운 좋은 줄 알아라. 여기 앉아서 내 말 좀 들어 봐."

브라운필드는 익숙한 푸른 의자에 앉아서 조시를 마주 봤다. 그녀는 침대에 기대앉아 있었다.

"네가 오기 몇 주 전이었지. 나랑 그레인지는 조지아 주 를 떠날 계획을 세웠어. 우린 뉴욕으로 갈 생각이었지. 흑인들의 도시 할렘으로 말이야. 그곳에선 우리도 모든 것을 가질 수 있다지! 굉장하지 않아? 우리는 다시는 안 돌아올 생각이었어. 로린은 어쩔 셈이었는지 궁금하지?"

조시는 브라운필드를 바라보았다.

"우리끼리니깐 하는 말인데, 난 로린을 내버릴 생각이었어. 그 앤 내 목을 옭아맨 기다란 사슬이었어. 개만 없었더라면 네 아버지랑 처음 만났을 때 바로 같이 살았을 거야. 그레인지가 온 후 몇 주 있다 우리는 교회에 다니기 시작했지. 이건 분명히 알아 둬. 그놈이 나랑 같이 가겠다고 철석같이 약속해 놓고는 자기 혼자 내빼 버린 거야. 그날 이후로 이제껏 그 자식을 보지 못했어!"

조시는 다시 베개를 베고는 천장을 바라보았다. 잠시 후 더 낮고 무심한 목소리로 말을 이었다.

"그레인지와 사귄 지는 엄청 오래됐어. 네가 태어나기도 전이었고, 그 자식이 네 엄마를 만나기도 전이었지."

브라운필드는 놀라지 않았다. 그는 아버지의 과거를, 바로 이 부분을 알고 싶어 지금껏 기다려 왔다.

"그럼 그동안 아줌마는 어디에 있었던 거예요? 집에서 조시라는 이름은 단 한 번도 들은 적이 없어요."

"왜, 네 엄마가 누런 뚱뚱보 계집년에 대해 말하던 거 기억나지?"

"설마……."

브라운필드는 그렇게 말하면서도 그다지 놀라지는 않았다.

"나 말고 누가 있겠니?"

조시는 붉은색 비단 기모노를 입고 있었다. 소매에서 푸른색과 자주색 용이 꿈틀거렸다. 그녀가 옷의 여밈 사이로 포동포동한 손을 넣어 훑어 내려갔다.

"있잖니, 그 망할 놈의 '대단한' 가족들이 강요하지만 않았더라면 그레인지는 마거릿이랑 절대 결혼하지 않았을 거야. 아프리칸 감리교도인 형제들과 가슴이 절벽인 여편네들이 나를 가족으로 절대 받아들일 수 없다고 했지. 내가 그놈한테 어울리지 않는다나. 내가 내 손으로 이만큼 이루었고 내 머리로 이만큼 벌었다는 것엔 콧방귀도 안 뀌었어. 어찌 되었든 난 어울리지 않는댔지. 그놈의 집구석에는 네 아빠가 마거릿이랑 결혼하는 것 외에는 아무것도 먹히지 않았어. 그년이 내세울 만한 거라고는 아직 써먹지 못한 씹뿐이었는데도 말이야. 하지만 그런다고 해서 그레인지와 내가 만나는 걸 막을 수는 없었어. 그 자식이 당장 네 엄마를 떠날 배짱이 없기는 했지. 그래도 토요일 밤이면 네가 있는 바로 그 자리에 시계처럼 정확히 그레인지 코플랜드가 와 있었어."

"그럼 아버지가 여기에 오면 아줌마가 자……자상하게 돌봐 줬단 말이에요?"

조시는 자랑스럽게 말했다.

"그럼, 내가 그이를 돌봐 줬지. 그인 내 거니깐. 네 엄마는 눈곱만큼도 안 불쌍하더라."

브라운필드가 말했다

"엄마는 괜찮았어요. 어쨌든 스스로 목숨을 끊었잖아요. 왜 그랬는지 이상하긴 했어요. 내가 모르는 뭔가를 알고

114

있는 것 같았거든요."

조시가 코웃음쳤다.

"그럼, 많은 걸 알고 있었지. 뚱뚱보 조시가 네 아버지에게 해 줄 수 있는 걸 자기는 못 한다는 것도 알았고. 네엄마가 그레인지를 빚더미에서 구해 줄 수도 있었다는 걸알고 있니? 그 동네 남자들 반이 그년 뒤꽁무니를 졸졸 따라다녔다는 건? 그런데도 방법을 생각해 내지 못했다니! 그러다 그 생각이 떠올랐을 땐 요금을 청구하는 걸 깜빡해 버린 게지! 젠장."

브라운필드가 당황하여 말했다.

"어쨌든 아버지가 여길 떠난 지도 십 년이 다 돼 가잖아요. 내가 아줌마를 만나고 떠났다가 다시 돌아올 만큼 긴세월이 흘렀어요."

그는 고개를 돌려 그녀를 바라보았다. 미처 염색하지 못한 회색 머리가 새로 자라 있었고, 얼굴에는 온통 주름이 깊게 패어 있었다.

"이제 나랑은 그만 자는 게 좋겠어요."

그는 부드럽게 말했다. 마치 자신이 훌쩍 성장해 견딜수 없을 만큼 많은 것을 알게 된 느낌이었다.

"아버진 돌아오지 않아요. 정 충격을 주고 싶다면 북뿐로 직접 가야 할걸요. 난 아무 소용이 없다고요."

조시는 그의 눈에서 아픔을 보았다.

"오, 내 사랑."

그녀는 엄마와 같은 미소를 지으며 옷을 벗고는 그를 안았다.

"너를 너라는 이유만으로도 좋아한다는 걸 여태 모르고 있었니?"

16장

    세월이 흐름에 따라 브라운필드는 그레인지를 잘 모르는 낯선 사람으로 여기게 되었다. 그는 아버지라고 하지 않고 그냥 그레인지라고 불렀다. 덕분에 조시에 대한 부담감이 덜해졌고, 조시가 좋아하는 척하면서 자신을 속였다는 느낌도 줄어들었다. 그는 그녀가 속으로는 줄곧 그레인지 때문에 마음 아파하면서 겉으로는 어린 그를 갖고 놀았다는 느낌을 종종 가졌더랬다. 당시 그는 남자가 된다는 것이 단 하나를 의미한다고 생각하고는 단순히 좋아만 했다.

    그는 그레인지가 베이커 카운티로 돌아온 날 밤에 본 조시의 얼굴을 결코 잊을 수 없었다. 얼마나 큰 두려움이, 얼마나 큰 자학이, 얼마나 큰 죄책감이, 얼마나 큰 기쁨이 그녀의 얼굴을 붉게 물들였던가. 그녀는 서둘러 브라운필드를 밀쳐냈다. 마치 그가 두꺼비처럼 흉측하고, 독 없는 도마뱀처럼 하찮다는 듯이. 그레인지를 '죽이겠다'고 그렇게 큰소리쳤던 그녀는 그 순간 목숨을 바쳐서라도 그를 용서하고자 했다. 브라운필드는 언젠가 그녀의 낯짝에서 고통과 죄책감을 보고 싶었다.

그들은 서로를 쓰다듬고 만끽하며 침대 위를 구르고 있었다. 조시는 슬립 차림이었다. 그들은 서로를 향한 지칠 줄 모르는 열정에 대해 이야기했다. 그것은 그가 물건이 서지 않을 때마다 꺼내는 주제였다. 그는 멤 때문에 조시와 사랑을 나누는 데 때때로 어려움을 느꼈다. 멤과 영원히 유지될 그녀의 진절머리 나는 음침함이 그를 오그라들게 했다. 조시는 그들의 열정과 옛 시절에 대해 이야기하며 멤에 대한 거짓말을 지어냈다. 집에 가서 아내를 두들겨 패도 될 만큼 부정하거나 천박한 일이 진짜 있었다고 그가 믿는 척할 때면 간혹 조시와 사랑을 나누는 데 성공하기도 하였다. 조시는 방법을 가리지 않고 그의 열정을 부추겼다. 그의 물건이 서기만 하면 그것으로 족했다. 자신을 감싸 주는 그로 인해 조시는 배신의 기억들을 털어낼 수 있었다. 그녀는 반복되는 꿈의 공포에서 벗어나 부드러운 만족의 세계로 들어갔다. 그녀의 얼굴은 순수하고 정직한 통통한 소녀의 얼굴이 되었다. 그 순간 그녀는 순결했고, 불평하지도 않았으며, 진실했다.

그렇다 할지라도 브라운필드가 진심으로 조시와 사랑을 나누었던 것은 아니었다. 완전하고도 지속적인 멤과의 사랑하고는 달랐던 것이다. 조시는 단지 섹스를 할 뿐이었고, 브라운필드도 마찬가지였다. 그녀는 그에게 음란한 얘기를 늘어놓고 상스런 말을 뱉으며 한결같이 천박하게 굴거나, 아니면 안전한 고독 속으로 빠져들거나 했다. 브라운필드로서는 그녀를 고독 속으로 보내는 것이 진심으로 기뻤다. 덕분에 자신의 방망이질을 친절한 행위로 생각할 수 있기 때문이었다. 그는 친절해지고 싶었다. 수년 동안 조시의 악몽을 본 끝에 그런 마음이 든 것이다. 그는 생각했다. 하다못해 잠드는 걸 도와줄 수는 있지 않냐고.

하지만 그날 밤 그에게는 그녀가 잠들도록 도울 기회가 없었다. 텁수룩한 회색 머리에 늑대처럼 야윈 그레인지가 침실 문으로 들어섰던 것이다. 브라운필드의 입에서 욕지거리가 터져 나왔다. 그는 당장 아버지를 때려눕히고 싶었다. 하지만 이내 자신이 여전히 아버지를 두려워한다는 사실을 깨닫고 흐느끼기 시작했다. 두려움 속에서 그는 여전히 어린아이였다. 브라운필드는 아버지와 싸우는 대신 울부짖으며 욕을 퍼붓고는 양말 한 짝을 조시의 침대 근처에 남겨둔 채 방을 나왔다. 그레인지는 문 근처 벽에 기대어 브라운필드와 조시를 번갈아 바라보다가 결국 시선을 조시에게로 향했다.

브라운필드는 조시의 목에 팔을 둘렀다. 그의 눈물이 그녀의 가슴으로 뚝뚝 떨어졌다. 하지만 조시는 그의 너머를, 그의 어깨 너머를 응시하고 있었다. 그녀는 결국 그를 밀쳐냈다.

그레인지와 조시는 브라운필드를 완전히 잊고 밀어내 버렸다. 조시는 주섬주섬 수수한 실내복을 입고는 축축한 손으로 뒷덜미를 문질렀다. 그러곤 만약 당신이 원한다면 이 자리에서 당장 죽어 버리겠다는 눈빛으로 그레인지를 쳐다보았다. 화가 난 브라운필드는 부들부들 떨다 비틀거리는 걸음으로 술을 마시러 나갔다. 그 동안에도 두 사람은 서로에 대한 기묘한 몰입으로 얼어 버린 듯 꿈쩍도 하지 않았다. 브라운필드로서는 결코 경험해 보지 못한 몰입이었다. 그들은 그가 무슨 위협을 하든 전혀 두려워하지 않았다. 아예 신경도 쓰지 않는 것 같았다. 그리고 이 주일 후, 그레인지와 조시는 결혼했다.

4부

17장

잿빛 이슬비가 내리는 11월의 어느 화요일 아침 5시, 루스가 세상에 태어나던 그날 이른 아침에 멤은 브라운필드를 깨워 산파를 불러 달라고 부탁했다. 산파는 13킬로미터쯤 떨어진 곳에 살고 있었다. 술에 취해 자고 있던 브라운필드는 나름대로 애쓰긴 했지만 결국 7시가 되어서야 일어났다. 그때는 이미 루스가 태어난 뒤였다. 마침내 비틀거리며 일어난 브라운필드는 뭔가 새로운 변화를 감지했다. 아내가 침대에서 부들부들 떨면서 자그마한 보따리를 품에 안고 있었다. 그의 간이침대는 멤의 침대보다 불 쪽에 더 가까이 있어서 난로에서 연기를 피우며 타는 히코리 나무의 얼마 안 되는 열기를 가로막고 있었다. 그는 자신의 소홀함이 미안했다. 만회할 셈으로 자그마한 딸애에게 갖가지 정다운 장난을 치려고 했지만, 멤은 구토물 같은 추잡한 맥주 냄새나 풍기는 남편에게 그렇게 빨리 아기를 맡길 맘이 전혀 없었다.

"보기 싫어요."

그녀는 나직이 말하고는 그에게서 등을 돌렸다. 그러곤 그녀 자신의 열기라고 부를 만한 것으로 아기를 데우기 시작했다.

이렇게 격한 분위기 속으로 그레인지가 걸어 들어왔다. 그는 고기, 콜라드 양배추, 사탕, 오렌지를 가져왔다. 여전히 취해 있던 브라운필드는 당황하고 초조해져 벌떡 일어나 그를 마중하러 나갔다. 깔끔하게 차려입은 그레인지는 수줍게 웃으며 길을 따라 힘차게 걸어오고 있었다.

"아, 그레인지."

브라운필드는 그레인지가 마당에 들어서자 더듬거리며 인사했다.

브라운필드는 그의 팔에 들린 짐 꾸러미를 보고는 화가 났다. 이런 물건의 침입 때문에라도 하루 빨리 그가 관에 누운 꼴을 보고 싶었다. 그레인지는 아들의 집에 올 때면 항상 먹을 것과 입을 것을 가지고 왔다.

"이러실 필요 없는데요."

그는 수줍게 웃었지만 실제로는 이를 갈고 있었다. 그레인지가 억지로 쥐어 준 짐 꾸러미에 뭐가 들었는지 보고 싶어 하는 자기 자신이 가증스러웠다. 그는 이틀 동안이나 밥을 먹지 못해 몹시 굶주려 있다는 사실을 깨닫고는 스스로가 측은했다.

"괜찮다, 애야."

그레인지는 아들이 집으로 안내하기를 참을성 있게 기다리며 중얼거렸다. 브라운필드는 손에 든 봉지 하나를 들어 냄새를 맡았다. 과일이었다. 아이들은 몹시 기뻐하며 할아버지를 숭배할 것이었다. 브라운필드의 아이들이 사과나 오렌지나 포도를 먹을 수 있는 것은 오직 크리스마스 때뿐이었다. 브라운필드가 아이였을 적에는 아예 포도를 구경조차 못했다. 그는 혼란스런 감정으로 봉지들을 움켜쥐었다. 그는 배가 고팠고, 영혼의 무기력으로 고통 받았으며, 자신의 아이들이 누리는 행운을 질투했다. 그는 아이들을 낳지 않아 그들의 목구멍으로 이 좋은 과일이 굴러가지 않았으면 좋았을 것을, 그 자신이 지금 아이였으면 좋았을 것을 하고 빌었다.

브라운필드는 그레인지만큼 키가 크지 않았다. 그레인지는 멤과 브라운필드가 지내는 방에 들어가기 위해 고개를 숙여야 했다. 겨울에는 대개 브라운필드, 멤, 대프니, 오넷 이렇게 네 식구가 모두 안방에서 잠을 잤다. 온통 구멍이 뚫린 집에서 방 두 개를 데우기란 불가능했기 때문이다. 사실 방 하나조차 변변히 데울 수 없었다. 하지만 난로 하나 피워 놓고 네 사람이 작은 방에 붙어 자면 여름이 오기 전까지 가까스로 얼어 죽지는 않을 수 있었다.

브라운필드는 자기 식구들도 다정한 보살핌 아래 따뜻하고 행복하게 지내고 있는 것처럼 보이게 하고 싶은 마음이 간절했다. 그레인지와 조시가 산 아늑한 집과 농장을 떠올리며 아버지의 눈에 비칠 아내와 아이들의 모습을 상상하니 절로 그런 생각이 들었다. 자신들이 살고 있는 방의 벽을 훑어보기만 해도 여기선 아무도 따뜻할 수 없다는 것을 분명히 알 수 있었다. 벽은 종이 봉투로 덮여 있었다. 그래도 한때는 깔끔해 보였으리라. 모서리를 잘라 넓게 편 뒤 겹쳐서 붙여 놓은 봉투들은 지금 여기저기 퍼덕거리고 대롱거렸다. 바람 때문에 종이가 떨어져 나가는 중이었던 것이다. 봉투가 늘어진 천장을 통해 다락이 보였고, 그 사이로 군데군데 하늘이 비쳤다. 유리 없는 창틀에는 누군가 깔끔한 네모 모양의 마분지를 붙여 놓았지만, 경사진 지붕에서 창으로 바로 쏟아지는 비 때문에 절반에 달하는 아래쪽 마분지가 온통 젖어 있었다. 종이 봉투를 밀어내며 지붕 구멍을 드러낸 바로 그 바람이 마분지도 옆으로 밀쳐냈다. 덕분에 아무것도 안 깔린 회색 바닥에는 얼음장 같은 웅덩이가 생겼다.

방으로 들어간 그레인지는 힐끗 둘러보고는 그 한심한 모양새에 자기도 모르게 한숨을 쉬었다. 브라운필드는 그것을 즉시 비난으로 받아들였다. 브라운필드는 아버지가 북부에서 가져온 돈에 대해 생각했다. 농장을 사고, 조시와 결혼하고, 술을 끊는다는 조건으로 브라운필드에게 얼마간 빌려 주고도 충분한 돈이었다! 아버지가 그의 가족에게 더 주지 못해 안달이기 때문에 어쩌면 더 받아 낼 수도 있었다. 돈이라. 브라운필드는 우는 소리를 했다.

"가난뱅이 집구석. 그게 바로 우리죠."

그는 눈가에 낀 딱딱한 눈곱을 닦아 내고는 아버지에게 자신이 침대로 쓰는 자그마한 간이침대에 앉으라고 권했다. 2인용 침대는 멤이 쓰고 있었다.

그레인지는 말없이 아들을 바라보았다. 불이 바지직 소리를 내며 꺼졌다. 브라운필드는 다시 불을 피울 생각도 안 했다. 그레인지는 코트를 벗고서 난로를 살피기 시작했다. 그러다 장작이 하나도 없는 걸 보고는 분노했다.

  "집사람이 언제 곧 애를 낳을지 모르는 마당에 어떻게 장작도 준비 안 해 놓을 수가 있느냐?"

  브라운필드는 그레인지의 어깨 너머로 아내가 접어 놓은 작은 이불을 보았다. 아이들이 피를 볼까 봐 멤이 이불을 신문처럼 깔끔하게 접어서 줄로 묶어 놓았던 것이다. 멤의 침대 앞에는 침대보가 한 장 매달려 있어 아이들이 아기가 태어나는 광경을 보지 못하게 커튼 노릇을 하고 있었다. 대프니와 오넷이 잠들고 비바람이 그녀의 힘겨운 신음 소리를 모두 덮어 버린 밤중에 아기를 낳으면서도 멤이 대체 뭐 때문에 저딴 짓을 했을까 하고 브라운필드는 생각했다.

  브라운필드는 아버지에게 멤이 이미 아기를 낳았다고, 그것도 남편이나 다른 사람의 도움 없이 혼자서 낳았다고 감히 말할 수가 없었다. 그는 그저 아버지가 어서 빨리 떠나기를, 그래서 또다시 구구절절이 '설명'하려 들지 않기를 바랐다. 틈만 나면 아버지는 가족을 버렸던 이유를 말하려고 들었다. 그레인지는 아들의 현 상황에 대해 죄책감을 느꼈고, 아들네에게 음식과 돈을 주어 그 죗값을 줄이려고 하였다. 그는 절대로 브라운필드에게 직접 돈을 주지 않았다. 처음 그레인지가 아들에게 돈을 주었을 때 브라운필드가 술 마시는 데 모조리 써 버렸던 것이다. 그다음부터는 두 번 다시 아들에게 돈을 주지 않았다. 그레인지는 아들을 전혀 신용하지 않았고, 브라운필드도 그것을 알고 있었다. 그런데 짐 꾸러미를 한쪽에 내려놓은 그레인지는 전혀 떠날 생각이 없어 보였다. 그는 아기한테 뭐 필요한 것이 없느냐고 멤에게 물어보려고 했다. 그는 아이가 곧 태어나리라 생각하고 있었던 것이다.

"왜요, 집사람은 잠들었어요."

브라운필드는 아버지가 어서 떠나기를 바라며 그렇게 말했다. 하지만 난로를 살피던 그레인지는 날씨 같은 시시한 이야기들을 꺼내다가 마음을 짓누르고 있는 주제에 대해 말하기 시작했다.

"돌아온 이후 줄곧 말하려고 했지만, 난 원치 않는 일을 참 많이 해야 했단다. 지금 생각해 보면, 그때는 세상이 그랬어. 뼈 빠지게 일하고도 빈털터리일 뿐이었지. 세상이 그랬던 것만큼이나 사람들도 더 쪼아 댔고. 아무리 열심히 일해도 하루하루가 뒤죽박죽이었어. 시작도 없고 끝도 없었어."

브라운필드는 쓰라린 표정으로 바닥만 내려다보고 있었다.

"아버지가 떠난 이후 엄마의 하루하루도 뒤죽박죽이었어요."

그는 감정을 가득 담아 다정하게 '엄마'라고 발음했다. 비록 그녀의 생애 마지막 순간의 기억이 늘 그렇듯 혐오스러웠음에도. 브라운필드는 그레인지가 자기를 버렸기 때문에 늑대들에게 물려 가도록 남겨졌다고 생각했다. 하지만 그것은 그레인지가 떠났을 때나 브라운필드가 듀드롭인에 머물 때가 아니라 자신이 받아들일 만큼 용감하다고 스스로 확신했던 바로 그 삶의 비참함을 결혼생활을 통하여 되돌아보았을 때에야 든 생각이었다. 그는 사실 어머니가 어떻게 느꼈든 전혀 상관하지 않았다.

그레인지는 브라운필드를 바라보았고, 브라운필드도 그를 바라보았다. 조시의 그림자가 그들 사이에 내려앉았다. 예전에도 그런 적은 없었지만 지금 역시도 그녀로 인해 그들은 아버지와 아들이 될 수 없었다. 이것이 바로 그녀의 복수였다.

마침내 그레인지가 일어서며 말했다.

"이런 데서 태어나려면 아기가 정말 튼튼해야 할 텐데. 에스키모 친척이 아닌 다음에야 얼어 죽고 말지. 아가가 일어나거든 조시를 보내 거들게 하겠다고 전해 다오. 아니면 내가 다시 오든지."

그레인지는 일어서서 침대 쪽을 보았다.

"하느님께선 이 모든 일이 기적이라는 것을 아실 게다. 이런 형편없는 곳에서 이렇게 깨끗하고 향긋한 냄새가 나다니."

"냄새가 그리 향긋하면 가져가지 그래요."

브라운필드는 아기에게 아무런 관심이나 황홀감도 느낄 수 없었고, 그저 인색한 경제적인 눈으로만 바라봤다.

멤은 무명 침대보 뒤에 누워 아기를 안고 둥글게 몸을 말았다. 부드러운 천에 감싸인 아기는 아직 씻기지 못해 축축하고 끈적였다. 멤은 그레인지가 왔을 때 아기를 둘러싼 축축한 막을 말리고 있었다. 하지만 매서운 추위를 걱정해 멈추었다가, 이제는 대신 아기를 부드럽게 쓰다듬었다. 아기는 거의 움직이지 않았다. 침대 근처에 난 창문에서 축축한 공기가 혹 하고 들이닥쳤다. 지난밤에 그녀는 브라운필드에게 이불로 창문을 가려달라고 부탁하였다. 하지만 그는 쓸 수 있는 이불이라고는 그가 덮고 있거나 그녀가 덮고 있는 것뿐이라고 말했다.

바람이 창틈으로 들어와 침대 아래에 놓인 신문을 들썩였다. 멤이 힘없이 남편을 불렀다.

"왜 그래, 여보?"

브라운필드는 커튼을 돌아 들어와 그녀를 내려다보았다. 그레인지도 따라왔다. 멤은 그레인지가 믿을 수 없다는 듯 헉하고 숨을 들이쉬는 것을 들었다. 브라운필드 옆에서 며느리를 내려다보던 그가 그녀 곁의 꾸러미를 발견했던 것이다.

"이런 한심한 녀석. 대체 네가 제대로 하는 게 뭐냐?"

그는 브라운필드를 밀치고는 부랴부랴 멤의 침대를 난롯가로 밀었다.

멤은 겁 먹은 눈으로 브라운필드를 힐끔거렸다.

"꼼짝도 안 할 거예요. 받침대에 고정되어 있거든요."

그녀의 눈은 기나긴 간밤으로 인해 움푹 들어가고 멍하게 풀어져 있었다. 그녀는 그런 눈으로 그레인지에게 이대로 가 달라고 부드럽게 간청했다. 그녀는 시아버지가 방 안을 돌아다니며 신문지와 낡은 깔개로 만든 침대보를 태우는 것을 불안하게 지켜보았다. 군데군데 끈적하게 젖어 있었지만 불에 잘 타올랐다. 그레인지는 그녀의 어젯밤이 어떠했는지를 보여 주는 증거물로 가득 찬 요강을 들고 나갔다.

그는 임시로 만든 커튼을 떼 내더니, 브라운필드에게 침대를 정리하고 장작을 가져와 언니들에게 아기를 인사시킬 준비를 하라고 명령했다.

"전 괜찮아요. 정말 괜찮아요."

멤은 얇은 이불로 손을 뻗는 그레인지에게 말했다.

그레인지는 어마어마한 자제심을 발휘하며 브라운필드에게서 장작을 받아 들고 불을 붙였다. 감사하게도 장작에 불이 붙기 시작했다.

"그래도 젖은 장작엔 불이 붙지 않는다는 걸 알 정도의 머리는 있구나."

브라운필드는 즐거우면서도 호전적인 미소를 히죽거리며 아버지 바로 곁에 서 있었다.

"창고에서 떼 왔거든요."

멤이 말했다.

"여보, 따뜻한 물이나 커피 좀 줘요."

그레인지가 그녀를 일으켜 자신의 코트를 그녀의 어깨에 걸쳐 주었다.

그레인지는 늘 멤을 아꼈다. 그는 그녀가 술집 뒤에서 뛰놀던 어린아이였을 적부터 알았다. 로린은 늘 그녀를 울려 놓고 숲 속으로 달아나 숨곤 했다. 그레인지는 브라운필드가 그녀와 결혼했다는 소식을 조시에게서 들었을 때 매우 기뻐했다. 비록 그녀가 조시의 친척이긴 해도 좋은 아내가 되어 브라운필드를 사람으로 만들어 주리라 기대했던 것이다. 하지만 멤에게는 조시와 같은 강인함이 전혀 없었다.

그는 듀드롭인으로 돌아온 날 밤 브라운필드와 조시가 함께 있는 걸 보았을 때 아들이 자신에게 신랄한 분노와 증오를 품고 있다는 것을 알아차렸다. 그래도 그는 브라운필드가 가장과 소작인 노릇을 직접 해 본다면 그런 감정이 사라지리라 기대하였다. 하지만 브라운필드와 팔 년을 함께 산 멤을 보니 브라운필드와 결혼했던 처녀의 늙어빠진 이모를 보는 것 같았다. 한때 그토록 검고 풍성했던 멤의 머리는 회색 목탄처럼 변해 베개에 납작 눌려 있었다. 그레인지는 그녀의 삶이 이렇게 굴러 떨어진 이유를 생각하자 절로 죄책감이 들었다. 때문에 그는 자주 며느리와 손녀들을 만나러 와 고기와 야채를 주고 몰래 돈을 쥐어 주었다. 이로 인해 그는 아내의 분노와 아들의 수그러들 줄 모르는 신랄함을 한가득 거둬들여야 했다.

브라운필드는 멤에게 미적지근한 커피 잔을 건넸다.

그레인지가 말했다.

"물론 마실 걸 달라고는 했지만 말이다. 집안에 먹을 것도 있을 게 아니냐. 수프나 뭐 그런 것 말이다."

브라운필드는 굳은 얼굴로 조용히 문으로 걸어가더니 마당에다 커피를 쏟아부었다.

"달라는 걸 줬는데 더 이상 뭘 원해요?"

이제 그녀에게 아무것도 주기 싫어진 그는 난로 앞에 단단히 자리잡고 앉았다. 그의 얼굴은 아이처럼 부루퉁해 있었다.

그레인지는 자신이 가져온 식료품으로 스튜를 만들었다.

대프니와 오넷이 옆방에서 축축한 이불 밖으로 기어 나오자 스튜의 따끈한 양념 냄새와 탁탁거리며 타는 따스한 장작 소리가 밀려왔다. 처음에 브라운필드는 스튜에 손도 대지 않았다. 그는 아이들이 할아버지에게 애정과 감사를 마구 표시하는 것을 원망스러운 눈길로 바라보았다. 하지만 그도 이내 먹기 시작했다. 그의 굶주림은 그의 자존심을 전혀 개의치 않았던 것이다.

그는 아버지에게 말했다.

"내 문제는 말이죠, 애들만 없다면 잘 해낼 수 있다는 거예요."

그는 대프니와 오넷이 번갈아가며 아기의 자그마한 주먹을 살펴보는 것을 쳐다보았다.

"아버지와 어머니가 나한테 던져 놓은 애새끼를 보기가 얼마나 싫었는지 몰라요."

그는 아버지의 눈을 빤히 응시했다.

"난 그놈이 한 번도 좋았던 적이 없어요. 아버지도 아시죠? 그게 다 아버지도 그 녀석을 싫어했기 때문이에요. 아버지가 아무도 안 보는 줄 알고 그 애를 꼬집는 걸 다 본걸요. 엄마가 낳은 사생아를 돌보자니 사는 게 신물이 났겠죠. 저도 마찬가지였어요."

그레인지는 고개를 푹 숙인 채 묵묵히 견딜 뿐이었다.

18장

브라운필드는 술에 반쯤 취했을 때만 세 딸에게 관심의 찌꺼기나마 보여 주었다. 때때로 아이들 때문에 마음이 찢어지는 것 같기도 했다. 하지만 그들이 진짜 사람이 낳은 아이들로 생각되지는 않았다. 그에게는 그들이 순진무구해 보이지도, 어린아이처럼 보이지도 않았다. 그는 대프니보다 한 해 뒤에 태어난 오넷에게 창녀한테나 쓰는 말로 야단을 쳤다. 또한 그는 아기 루스에게 손도 대지 않았다.

아이들이 어느 정도 자랐을 때 오직 대프니만이 브라운 필드가 자식들을 멸시하기 전인 '좋은 시절'을 아련하게나마 기억할 수 있었다. 그녀는 아기와 오넷을 나무 아래에 앉히고는 브라운필드가 예전에 얼마나 좋은 아빠였는지 들려주었다. 브라운필드는 어쩌다 그녀가 아기의 귀에 대고 속삭이는 것을 엿들었다. 그녀는 소중히 간직한 아빠와의 행복했던 시절에 대한 기억을 동생 자신의 기억으로 만들어 주고 싶은 것만 같았다.

5부

19장

브라운필드는 설마하니 멤이 집을 구할 수 있으리라고는 전혀 예상하지 못했다. 그가 처음 집을 구하러 딱 한 번 알아보러 갔을 때는 마땅한 집이라고는 하나도 없었다. 더구나 그는 멤이 집을 구하고 있다는 것조차 믿지 않았다.

"내가 모가지 되자마자 앞으로 살 대저택을 구해 놨다고 잘난 쭈그렁탱이 친구들한테 떠벌리고 다니지 그래?"

그는 팔을 뻗어 순식간에 그녀의 손목을 움켜쥐었다.

"앗, 여보."

그녀는 신발을 떨어뜨렸다.

"날 나리라고 부르지 못해."

그가 천천히 손목을 비틀자 그녀는 그 자리에 풀썩 주저앉았다.

"너처럼 못생긴 껌둥이 년은 남편을 나리라고 불러야 한다고."

"오늘 집을 못 구했어요."

그녀는 무덤덤한 어조로 나직이 말했다. 너무 지친 데다 발이 심하게 아팠기 때문이었다.

"그리고 세 놓는 사람 말고는 아무도 안 만났어요."

그가 밀치자 그녀는 화분 위로 쓰러져 꽃과 흙이 엎어졌다. 그녀는 부들부들 떨며 기다가 못이 박히고 물집이 난 발을 일으키고는 주름진 손으로 얼굴을 가리고 훌쩍였다. 딸들은 아기를 품에 안고 찌그러진 칸막이 옆에 서서 모든 것을 지켜보고 있었다.

'우리 모두 달려들어 저놈을 죽여 버려야 해.' 하고 멤이 생각했다. 그녀는 아이들의 눈길을 피하며 아기 루스를 받아 들고는 집 안으로 들어갔다.

"우라질 말라깽이 갈보년 같으니라고."

브라운필드는 악의에 차 중얼거렸다. 그러곤 쓰러져 가는 현관에 박힌 썩어 가는 난간에 발을 걸쳤다.

20장

그가 두 번째로 사료를 주고 나서 국자를 사료 자루에
도로 꽂는 참에 데이비스 대위가 들어와 문가에 섰다. 대
위는 씹는 담배를 우물거리면서 중간중간 침을 뱉었다. 반
쯤은 브라운필드가 일하는 모습을 관심 있게 지켜보는 듯
하고, 반쯤은 자신의 소와 외양간과 다른 모든 눈에 보이
는 것을 주의 깊게 평가하는 듯한 행동이었다. 그는 그저
거기 서 있었다. 올려 붙인 셔츠 소매나 엉기성기한 대머
리가 주인다워 보였다.

그가 말했다.

"제이엘 씨한테 자네가 당장 살 곳을 구한다는 얘기를
했다네."

그는 고개를 돌려 비탈을 내려다보다가 다시 브라운필드
가 사료 자루 묶는 것을 쳐다보았다. 사료 몇 알이 콘크리
트 바닥으로 떨어지자 대위의 입술이 굳어졌다.

"밭이랑 낙농 일을 모두 할 사람을 구하는 중이라면 자네보다는 그가 더 사정이 급할 거라고 했지."

자루를 묶던 브라운필드의 손이 순간 멈칫했다.

"네?"

그는 똑바로 서려고 했지만 웅크린 상체를 약간 폈을 뿐이었다. 그는 자신이 작은 검둥이 벌레 같았다. 반면 듬성듬성한 백발의 데이비스 대위는 거대한 백인 거인이라 마음만 먹는다면 자신을 간단하게 짓밟을 수 있을 것만 같았다.

"무슨 말씀이신지?"

그는 다시 물었다. 데이비스 대위의 눈이 천장을 훑더니 소들의 궁둥이를 이리저리 살폈다. 느긋하게.

망할 놈의 외팔이 자식, 하고 브라운필드는 생각했다. 그는 구부정한 등으로 말없이 서서는 높다랗게 솟은 백인을 올려다보았다. 그는 대위가 쳐다보면 즉시 시선을 옮길 준비를 했다.

그 잘난 노예 닦달꾼 아들 이야기나 온종일 늘어놓느니 할 말이나 어서 하지 뭐 하는 거야. 나랑 맞바꾸어 우라질 일꾼을 얻는다고 말이야! 대위가 고개를 돌리자 브라운필드는 얼른 시선을 피했다. 텅 빈 억지 미소가 그의 얼굴에 맴돌았다.

"물론 여기만큼 지내기 편하지는 않을 걸세."

데이비스 대위는 브라운필드와 눈을 마주치려고 했다. 브라운필드는 눈을 더욱 떨어트리며 경계심과 존경심이 담긴 미소를 신중하게 유지했다.

"브라운, 관심 있나?"

노인은 귀찮았는지 고개를 돌리지도 않고 침을 뱉으며 목청을 가다듬었다.

"제이엘 씨한테 자네가 관심 있어 한다고 벌써 얘기했거든."

"물론입죠!"

브라운필드는 그림이 인쇄된 커다란 손수건을 꺼내 손을 닦았다. 특히 손가락 사이를 정성스레 닦았다. 그는 제이엘 씨에 대해 생각했다. 구두쇠에 비열한 족속인 그는 흑인 여자가 곁에 있을 때 안심할 수 있는 사람이 아니었다. 브라운필드는 몸을 떨었다. 그런 인간 밑에서 일하고 싶지 않았다. 그는 자신과 멤이 어떻게 데이비스 대위 밑에서 일하게 되었는지를 떠올렸다. 데이비스의 동생이 브라운필드와의 일이 끝나자 그들을 이리로 보냈다랬다. 그 집 안주인이 죽어서 더 이상 멤이 필요 없었던 것이다. 그 대신 데이비스 대위는 동생에게 한철 동안 트랙터를 빌려 주었다. 이러한 교환은 그들 가족이 한 떼의 짐말인 양 정확하게 이루어졌다.

"좋게 말씀해 주셨다니 정말 감사합니다."

브라운필드는 여전히 웃으며 고개를 위아래로 흔들었다. 하지만 절대 시선이 마주치지 않도록 주의했다. 그는 거절할까도 생각해 보았다. 거부의 말이 목구멍까지 치밀었으나 결국 소리가 되어 나오지 않았다. 그는 당장 말할 듯 목청을 가다듬고는 발로 땅을 쿡쿡 찍었다. 그러나 아무말도 나오지 않았다. 오히려 주저하며 끙끙거리는 소리는 목이 졸린 채 내는 찬성의 소리처럼 들렸다.

"자네 뭐라고 했나?"

데이비스 대위가 서둘러 엄격한 목소리로 물었다. 큰 키
의 그가 문가로 몸을 돌리자 태양이 그의 백발에 후광처럼
얇은 띠를 둘렀다. 브라운필드는 그의 밝은 푸른색 눈을
힐긋 보고는 말없이 서 있었다.

"좋습니다."

그는 마침내 대꾸했다. 태양 아래 서 있는 노인 앞에서
무력해지고 만 것이다.

데이비스 대위는 희고 여윈 어깨를 으쓱하고는 붉은색
굴뚝이 솟은 자신의 하얀색 집으로 걸어갔다.

그는 부드러운 손으로 수염 깎은 턱을 감싸며 '식구들을
어떻게 돌보려고 저러는지, 참 안됐군.' 하고 생각했다.

21장

　브라운필드는 느지감치 귀가할 예정이었지만 식구들에게 늦는다고 미리 알려 주지 않았다. 여전히 모녀는 그 없이 감히 저녁을 들지 못했다. 대프니는 식탁 위 전깃줄에 매달린 등유 램프 불빛 아래에서 실눈을 뜬 채 욕실 비품 사진이 가득한 책장을 들여다보고 있었다.

　"엄마, 이사 갈 집에도 이런 변기가 있나요?"

　오넷이 물었다. 그녀는 대프니의 말라빠진 팔꿈치 너머로 반짝이는 비품들을 감탄하며 바라보고 있었다.

　"변기에서 반짝반짝 빛이 나요!"

　오넷은 다급히 외치고는 손가락을 쫙 펴서 네 개의 변기들을 쓰다듬었다. 흥분 때문에 목소리가 거칠었다. 대프니는 시어스로벅* 카탈로그와 동생 사이에 놓여 있던 팔꿈치

---

* 우편 주문 판매 회사.

로 장난삼아 오넷을 슬쩍 찔렀다.

"저리 비켜!"

대프니가 카탈로그를 독차지하려고 하자 오넷이 지저분한 손으로 한쪽을 꽉 움켜잡았다. 표지에는 밝은 색 모서리만 빼고는 마을의 하얀 수영장처럼 푸른 물이 가득 채워진 흰색의 깊은 욕조가 인쇄되어 있었다.

멤은 배고픔 때문에 얼굴을 찡그리며 식탁 아래로 무릎을 쭉 펴고 있다가 때때로 미소를 지으며 책장 넘기는 것을 지켜봤다.

"잠깐만, 대프니. 아직 싱크대랑 행주를 다 못 봤어!"

대프니가 색색깔의 전구와 멋진 램프가 따스하게 빛나는 그림을 보려고 서두르자 멤이 외쳤다.

"새집에는 전기도 들어오나요?"

오넷이 카탈로그의 부드러운 종이를 매만지며 조마조마하여 물었다. 램프의 노란 불빛이 멤과 아이들을 부드럽고 친절한 빛으로 감싸 안았다. 덕분에 그들은 예뻐 보였다. 아기 루스는 너무 작아서 가구에 전혀 관심을 보이지 않았다. 그저 난로 옆의 상자에서 깔깔거리고 킥킥거리며 놀고 있었다. 아기는 엄마의 관심을 끌어 보려고 했지만 아무 소용이 없었다.

"나는 아무 약속도 안 할 거야."

멤은 오넷의 심각해진 큰 눈을 보고는 웃음을 터트리며 거칠거칠한 손으로 그 애의 머리를 쓰다듬었다.

"거기에 뭐가 있을지는 비밀이란다. 하지만 주님께서 우리가 그것들을 모두 갖게 해 주실 거야."

그녀의 마지막 말은 혼잣말인 듯 나직했다. 뒷문이 열리고 닫히는 소리에 이어 브라운필드가 몰고 온 바람이 램프의 불길을 깜박거리다 못해 거의 꺼뜨리는 것을 보았기 때문이다.

"왜 아직도 상을 안 차린 거야?"

브라운필드가 들어오자마자 물었다.

"당신이 언제 올지 몰랐어요."

멤은 온순하게 말하며 의자에서 서둘러 일어났다. 덕분에 뼈밖에 안 남은 무릎이 식탁에 부딪혀 상처가 났다. 그녀는 순종적으로 냄비를 저어 완두콩 햄 요리를 접시에 담았다. 음식이 산더미같이 쌓인 접시를 브라운필드 앞에 내려놓고는 다시 냄비로 되돌아가 그녀와 아이들이 먹을 음식을 담았다. 브라운필드는 그녀가 어색하게 몸을 돌리다 화상을 입는 것을 보았다. 그는 히죽거리며 콩을 헤집더니 식탁 위와 셔츠 앞섶과 목구멍 안으로 마구 흩뿌렸다.

오넷은 아버지가 손으로 고기를 잡아 찢어 육즙이 온 식탁보에 튀는 것을 멍하니 바라보았다. 그 하얀 식탁보는 멤이 매우 자랑스러워하는 것이었다. 오넷의 눈에는 음식을 먹는 아버지가 꼭 돼지 같았다. 그녀가 눈을 껌벅거리자 그는 입안에 완두콩과 빵이 가득 든 채로 말했다.

"뭘 보는 거야?"

오넷은 재빨리 자기 접시로 눈을 돌리고는 천천히 먹기 시작했다. 그러면서 아버지가 고기를 빨아 먹고 완두콩을 게걸스럽게 삼키며 씩씩대는 요란한 소리를 듣지 않으려고 갖은 노력을 다했다.

멤은 고개를 푹 숙인 채 음식을 먹었다. 그녀는 남편이 더 먹고 싶을 거라고 생각할 때마다 그에게 음식을 건넸다. 대프니는 끽소리 못하고 가만히 앉아서 불안하게 음식을 씹으며 식탁 아래에서 묵주인 양 옷을 잡아 당겼다. 그녀는 되도록 엄마 가까이에 앉았다. 그녀는 아버지가 완두콩을 너무 많이 먹어서 부풀어 오르다가 빵 하고 터지는 광경을 생생하게 그려 보았다. 매우 기뻐하며 아버지를 파묻는 일을 돕는데, 거대한 완두콩 줄기가 비비 꼬여 자라나고 공포에 질려 그것을 바라보는 자신의 모습도 연이어 떠올랐다. 그녀의 눈이 묘하게 텅 비더니 소리내어 울기 시작했다.

"저 멍청이가 왜 저래?"

그녀를 노려보는 아버지의 강렬한 눈빛은 거대한 쥐의 그것과 닮아 있었다.

'저 새끼가 부풀어 올라 터져 버렸으면 좋겠어!'

대프니는 조심스러우면서도 슬프고 텅 빈 얼굴로 생각했다. 우리가 파묻을 수 있게 그냥 콱 죽어 주면 좀 좋아!

"새집 어쩌고 저쩌고 하던데 대체 무슨 소리야?"

쩝쩝 소리를 내며 어찌나 열심히 먹어 댔는지 땀을 뻘뻘 흘리던 브라운필드가 마침내 질문을 던졌다. 그는 웃음을 억누르는 것처럼 야비하게 그르렁거렸다.

"우린 제이엘 씨네 집으로 이사 갈 거야."

그는 가족들이 내뿜는 긴장과 침묵의 무게감을 즐겼다.

"난 안 갈 거예요."

멤이 말했다.

"난 안 가요. 애들도 마찬가지고요."

그녀는 주먹이 날아올 것을 대비해 여위고 가칠한 목에 힘을 주었다. 하지만 그는 그저 웃으며 둥근 옥수수빵으로 흩어진 완두콩을 꾹꾹 눌러 계속 먹어 댈 뿐이었다.

"물 줘."

그가 오넷에게 으르렁거리듯 말했다. 그녀는 돼지에게 구정물을 갖다 주는 셈 치기로 했다.

"예, 아버지."

아이는 고개를 푹 숙인 채 웅얼거리고는 아이스박스로 걸어갔다.

"어제 얼음 장수한테서 얼음 사오기로 했잖아요."

아이스박스에서 악취가 풍기자 멤이 말했다.

"저택을 구해 보겠다고 사방을 돌아다니지 말고 그냥 집에 눌러 있었으면 됐잖아. 당신이 정신을 똑바로 차렸으면 왜 얼음이 없겠어?"

그는 눈알을 굴리며 그녀의 어리석음을 탓하더니 고개도 돌리지 않고 그녀의 얼굴에 대고 기침을 했다.

혐오의 전율이 멤의 몸을 훑고 지나갔다.

'늙어 빠진 개새끼 같으니.'

그녀는 속으로 그렇게 생각하면서, 불안해 하는 아이들에게 어서 양껏 먹으라고 죄스럽게 재촉했다.

브라운필드도 예전에는 가는 손가락을 가진 멋지고 호리호리한 미남이었다. 등유 램프 불빛 아래 찌푸린 그의 눈은 맑고 깨끗했던 예전과 달리 핏발이 서고 누르스름했으며 흰자위에 인이 박혀 있었다. 백인들의 소를 돌보느라 바빴던 그는 정작 자기 소는 제대로 돌보지 못했다. 그에게 소가 단 한 마리라도 있던 때에 말이다. 그는 무좀이 너무 심해져서 날이 덥든 비가 오든 언제나 절룩거렸다. 날씨를 가리지 않고 밭일을 하고 소를 치는 바람에 기관지염에 걸렸는데, 알레르기와 두드러기 때문에 병이 더욱 악화되었다.

그는 건강한 체질이 아니었다. 처음 소 치는 일을 시작했을 때 손에 난 두드러기가 어찌나 가렵던지 그는 차라리 피부를 확 벗겨 내고 싶은 심정이었다. 몇 년 동안 하루도 거르지 않고 소젖을 짠 후에야 간지러움이 사라졌다. 하지만 그때는 손등이 회색 가죽처럼 변해 있었고, 손바닥은 껍질이 벗겨지고 희미하게 갈라져 동물 다루는 일 말고는 다른 일을 할 수가 없었다. 손이 코끼리 가죽처럼 단단해지고 무감각해질수록 그는 아내의 머리에 더 자주 주먹을 날렸다.

절대 아빠 같은 사람이랑은 결혼하지 않을 거라고 대프니는 속으로 맹세했다. 아버지의 크고 못생긴 손에서는 언제나 소 냄새와 쉰 우유 냄새가 났다.

"다 결정 났어."

브라운필드는 요란하게 트림하며 테이블 아래 사타구니 사이로 손을 찔러 넣었다. 그는 협박조로 멤에게 말했다.

"다음 주 목요일에 제이엘 씨네로 이사 가는 거야. 네년 헛바닥 따위는 필요 없어!"

"벌써 말했잖아요. 이제는 나와 애들을 돼지우리로 끌고 가지 못할 거라고요. 진흙탕도 참을 만큼 참았어요. 대프니는 성실한 사람들이 사는 곳에서 참한 아가씨로 자라야 해요. 이런 시골 구석에서 노예 시대처럼 백인 집에 얹혀 살 것이 아니라요. 오넷은 좋은 학교에 다녀야 해요. 루스도 마찬가지고요.”

그녀는 꿈에 잠겨 말했다.

“루스는 옥외 화장실 따위가 뭔지도 **모르고** 자랄 거예요.”

“두들겨 맞기 전에 그딴 어리석은 생각은 집어치워!”

“하나도 안 무서워요.”

그의 아내는 거짓말을 했다.

“어이, 못난이. 때가 되면 어떻게 해야 할지 알게 될걸.”

그는 바짝 긴장해 있는, 닳을 대로 닳은 그녀의 뺨을 꼬집었다. 그는 그렇게 하면서도 한때 그 뺨이 따뜻하고 부드럽고 포동포동하여 단번에 눈길을 끌었다는 사실을 희미하게 떠올렸다. 이제는 그 뺨이 웃음으로 물결치는 일을 거의 볼 수 없었다.

“나와 아이들은 비가 새지 않고 쥐구멍이 없는 집에서 살 권리가 있어요.”

그녀는 뺨을 획 빼내며 말했다. 그날 밤 기나긴 싸움 끝에 그는 그녀가 자신의 손을 경멸한다는 것을 알아챘다. 그는 그녀가 보고 냄새 맡을 수 있도록 거대한 손을 그녀의 눈앞으로 들이댔다. 그러곤 그녀의 옷 앞자락 아래로 할퀴듯 그 손을 쑤셔 박았다.

내가 남자라면, 하고 멤은 찡그린 얼굴로 접시를 닦으며 생각했다. 내가 남자라면 눈에 띄는 모든 남자와 지금껏 만났던 온갖 남자들을 모조리 두들겨 패 줄 텐데. 그중 몇 몇은 칼로 배때기를 확 갈라 버리겠어. 야비하기 짝이 없는 고집불통 개새끼들을 말이야.

22장

"여보, 이제 오세요."

다음 날 수요일 오후, 멤은 비장한 태도로 인사했다.

"그래, 못난이."

브라운필드는 현관에 들어서며 그녀를 의심스런 눈길로 살폈다. 슬프고 메마른 미소가 그녀의 두툼한 입술에 저절로 드러났다. 그녀를 스치는 햇빛 때문에 회색이나 다름없는 머리가 더욱 두드러져 보였다. 그녀는 결연한 비장감과 갑작스런 즐거움 사이에서 뒤틀린 추한 얼굴로 현관을 서성이고 있었다. 그녀가 이처럼 흥분한 모습을 보이기는 몇 년 만에 처음이었다.

"머저리같이 표정이 그게 뭐야?"

그는 방충망 문에 손을 뻗으며 그녀를 쳐다보았다. 그녀가 지금처럼 혐오스러웠던 적은 없었다. 결혼할 때만 해도 이 여자가 이렇게 흉측해질 줄 누가 알았겠어? 그가 스스로에게 묻는 사이 눈앞의 얼굴이 우스꽝스런 파이처럼 퍼지더니 부드러우면서도 깊은 웃음을 흘리기 시작했다. 신혼 시절 그녀가 하루도 빠짐없이 다정한 사랑의 말을 들려주며 지었던 웃음이었다.

"새집을 구했어요."

그녀는 마치 바닥에 닿으면 멋지게 폭발할 뭔가를 떨어뜨리듯이 말했다.

"시내에 새집을 구했다고요!"

그녀는 즐겁게 속삭였다.

그가 돌아보니 아이들의 입도 엄마처럼 찢어져라 벌어져 있었다.

그가 참을성 있게 말했다.

"새집을 구한 건 나도 알아. 하지만 다른 곳이 아니라 바로 제이엘 씨네 집이야!"

"웬걸요."

그녀는 즐겁게 말하며 여전히 낯선 웃음을 지었다.

"그 집엔 싱크대도 있고 실내 화장실도 있어요. 전기도 들어오고 꽃이랑 나무를 키울 정원도 있고요. 당신도 말했잖아요."

그녀는 평생을 통틀어 가장 큰 소리로 웃었다.

"제이엘 노인네 집은 한쪽이 완전히 쓰러졌고 온통 건초투성이라고요."

그 집에 대해 말하는 것만으로도 어지럼증이 밀려왔다. 그녀는 의자에 앉아 정신을 차리려고 눈두덩을 손으로 눌렀다.

그녀가 갑자기 침착해져서 말했다.

"게다가 집세가 한 달에 겨우 20달러예요. 당신이 시내에 있는 공장에서 일하면 충분히 벌 수 있는 금액이죠. 공장에서 일하면 비 맞을 일도 없을 거고요. 아이들 학교도 가깝고 이웃들도 괜찮아 보였어요. 지붕에는⋯⋯."

그녀는 다시 그 집의 장점들을 나열하기 시작했다. 그녀의 눈이 밝게 빛났지만, 이내 빛을 잃고 피곤한 기색을 띠었다. 집을 구하느라 온종일 돌아다녔던 것이다.

그녀는 담담하게 말하며 의자에서 일어나 걸음을 옮겼다.

"어찌되었든 다음 주 월요일 오전부터 그 집에서 살 거라고 주인한테 말했어요. 계약서에 사인도 했고요."

"계약서에 사인을 했다고?"

그는 분노가 치밀었다. 그녀가 그렇게 읽고 쓰기를 가르친 후에도 그는 여전히 읽고 쓰기를 할 수 없었다. 읽고 쓰기 수업은 구애와 함께 시작되었다가 결혼과 함께 끝났다.

"손가락을 당장 분질러 버리겠어!"

"정말 미안해요, 여보."

멤이 그를 구 년간 가장으로 섬긴 결과 두 사람 모두가 그 구 년 동안 무자비한 불행 속에서 살아야 했다. 그는 계약서에 사인할 만큼 글을 읽을 수 없다는 것을 결코 인정할 수 없었고, 그녀는 남편이 좁쌀만한 자존심을 지키도록 기꺼이 내버려 두었다. 하지만 그 세월 동안 그는 늙고 병들었으며 그녀는 늙고 악랄해졌다. 그녀는 매일매일 남편이 쓰러져 뒈지기를 빌었다. 그녀의 넓은 마음이 그들 둘 모두에게 족쇄를 채웠던 것이다.

그녀는 남편의 노기 띤 눈을 올려다보며 온화하게 말했다.

"하지만 누군가는 계약서에 사인해야 하잖아요. 무슨 기계 부품처럼 백인들 맘대로 맞바꿔져 이 쓰레기 더미에서 저 쓰레기 더미로 이리저리 끌려 다니는 것도 이젠 질렸어요."

그녀는 어깨를 활짝 펴고는 아기 루스를 팔에 안고 아이들을 곁으로 끌어당겼다.

"그 늙은, 애들아 귀 막아! 흰둥이 개새끼한테 말해요. 우리 일은 우리가 알아서 하겠다고요. 우린 가난한 검둥이일망정 머저리는 아니라고요."

침묵이 맴돌았다.

"적어도 나는 그래요."

그녀는 잔인하게 말을 뱉으며 얼굴을 아기의 머릿결 사이로 파묻었다.

"시내에서는 배가 고파도 들판에 나가 먹을 것을 한 자루 가득 구해 올 수 없다는 것쯤은 알 것 아니야. 자기가 무슨 짓을 하는지쯤은 알도록 해. 여길 떠나면 저 풀포긴지 뭔지 하는 것들도 모두 뽑아 버려야 한다고."

멤은 지지 않고 말했다.

"시내에서는 식료품점에서 음식을 팔아요. 화초는 제가 집 정원에 다시 심을 거고요. 그리고 일자리도 구할 거예요. 내가 굶어 죽든 말든 신경도 안 쓰는 그딴 슬픔에 미친 흰둥이 노친네가 내 화초를 못 가져가게 할까 봐 겁을 먹느니 차라리 지옥에 처박히겠어요."

"그딴 생각을 하다니 제정신이 아니군."

그는 술을 쭉 들이켰다.

"우린 다음 주 월요일에 무조건 제이엘 씨네 오두막으로 가는 거야. 당신은 화요일에 밭에 나가 김이나 매."

그는 못이 박인 그녀의 발을 내려다봤다.

"엄만 늘 교양이라곤 없는 못생긴 검둥이 년과는 어울리지 말라고 했는데."

멤이 엉덩이에 한 손을 올려놓으며 말했다.

"당신 엄마가 흑인이었다면 말예요, 이미 오래전에 당신이 어떤 여자도 먹을 수 없다는 걸 알았을걸요."

"내가 시내로 이사 갈 거라고는 꿈도 꾸지 마."

브라운필드는 잠이 쏟아지는 양 등을 돌리며 느긋하게 말했다. 그는 벽에 대고 웃고 있었다.

"난 남자라고. 그깟 공장 따위에서는 절대 일 안 해."

대프니와 오넷은 갑작스럽게 내려앉은 어둠 사이로 부모를 바라보았다. 아이들은 엄마의 뒤쪽에 있는 부엌문에서 말없이 지켜보고 있었다.

"알겠어? 이 망할 여편네야!"

브라운필드는 벌떡 일어나 쿵쿵 소리를 내며 걸어갔다.

"우리는 내가 말한 곳에, 내가 말한 때에 정확히 이사 가는 거야. 내가 이 망할 놈의 식구들을 부양하는 한 내 말을 따라야 해."

그는 죽여 버리겠다는 듯 비열한 눈길로 여윈 아내에게 겁을 주었다.

"내가 읽고 쓸 수 없다 해도 난 엄연히 바지를 입은 남자라고!"

분노에 휩싸인 그는 그녀 앞에 우뚝 서서 이마에 침을 뱉었다.

'내가 왜 저 껌둥이새끼한테 가만히 침이나 맞고 있어야 하지?'

그녀는 다소 침착하게, 그리고 생애 처음으로 진지하게 생각했다. 자기가 뭐 대통령이라도 되는 줄 아는 거야, 뭐야.

"당신은 당신 하고 싶은 대로 해요."

그녀는 재빨리 그의 주먹이 미치지 않는 곳으로 비켜섰다.

"당신 원하는 대로 하고, 당신 가고 싶은 대로 가요. 하지만 아이들이랑 나는 내가 계약한 집에서 살 거예요. 이제는 개집만도 못한 데서 더 이상 살지 않을 거예요. 우리도 다른 사람들처럼 화장실이 있고 욕실이 있고 전기가 들어오는 곳에서 살겠어요!"

"그래, 화장실이며 욕실이며 전기며 그것들 돈을 내줄 사람은 필요 없나 보지. 이 우라질 여편네야!"

브라운필드는 막아서는 아이들을 밀치고 그녀의 어깨를 움켜쥔 채 이리저리 흔들었다.

"여보, 내 말 좀 들어 봐요."

멤은 겨우 숨을 쉬면서도 침착하게 말했다.

"난 평생토록 노력했어요. 처음엔 훌륭한 사람이 되고 싶었죠. 하지만 나중에는 그저 살기 위해 몸부림쳤어요. 이젠 끝이에요. 내가 애들을 키우기 위해 지금보다 더 열심히 일할 거라고 생각한다면 당신은 악마처럼 비열하고 악랄한 게으름뱅이다 못해 멍청이기까지 한 거예요!"

"이빨 빠진 노새 같은 네년한테 누가 일자리를 주겠어?"

그는 땀이 쏟아졌고 손이 가려웠다. 그는 주먹을 꾹 쥐며 말했다.

"거울 좀 똑바로 보라고. 이 못생긴 늙다리 여편네야!"

멤은 '난 서른도 안 됐다고요.'라고 대꾸하고 싶었지만 대신 이렇게 말했다.

"나도 내 꼴이 어떤지는 알아요. 내 나이가 몇인지도 알고요."

그녀는 울지 않고 그에게 맞서는 것이 불가능한 것만 같았다.

"그렇다고 해서 내가 일자리를 구할 수 없는 건 아니에요. 우린 월요일 아침에 그 집으로 갈 거예요."

"그래 한번 해 볼 테면 해 봐, 이 망할 년."

그는 아내와 아이들을 떠밀고는 고래고래 소리지르며 집을 나갔다. 루스는 시끄러운 소리에 낮잠에서 깨 하품을 했다. 멤은 아기를 닦아 주고는 어깨 높이 들어 올렸다.

"이 아이는 전기가 들어오고 가스 난방이 되는 곳에서 자랄 거야!"

그녀는 부들부들 몸을 떨며 곱슬거리는 아기 머리에 온통 눈물 어린 입맞춤을 퍼부었다.

23장

"멤은 뭐라 하던가?"

금요일 오후 데이비스 대위가 유쾌하게 물었다. 브라운필드는 점심을 먹으러 집으로 가던 길이었다.

"제이엘 씨네로 이사해도 좋다고 하던가? 제이엘 씨 안주인께 멤의 쿠키 솜씨에 대해 말해 두었지. 으음, 음."

그는 활달하게 말을 이었다.

"자네 집사람은 정말 대단한 요리사야!"

브라운필드는 소리를 높여 대답했다.

"예, 좋다던걸요! 좋다면서 벌써 제이엘 씨 댁으로 옮길 준비를 다 마쳤습죠."

그는 대위의 차가운 시선을 받는 순간 끈적하고 멍한 느낌이 밀려와 제대로 숨을 쉴 수가 없었다.

돌로 저 노친네 대머리를 박살 내야 해. 우라질, 나와 멤은 미치광이 개자식 밑에서 일할 맘이 눈곱만큼도 없다고! 저 새끼가 우리 부부를 미친 연놈들로 보는 거야 뭐야! 그는 데이비스 대위에게 활짝 웃으며 등 뒤에서 양손을 꼭 쥐었다. 그리곤 작업복 아래에서 부들거리는 두 무릎을 딱 붙였다.

그는 되도록 침착하고 즐거운 표정을 지으려고 애쓰며 맥없이 말을 이었다.

"차질 없게끔 우리 둘이서 확실히 해 놓읍죠. 그럼요, 그렇고 말고요."

"그럼, 그렇게 알고 있겠네."

노인은 새된 소리로 말한 뒤 목청을 가다듬으며 집으로 돌아섰다. 그러다 뒤늦게 생각났다는 듯 덧붙였다.

"자네 부부도 그리 형편없는 일꾼은 아니었어. 자네들을 한 식구로 데리고 있어서 기뻤다네!"

하지만 지금은 1944년이라고! 브라운필드는 비명을 지르고 싶었지만, 대신에 "예, 주인님."이라고 대답했다. 그는 데이비스 대위가 3미터쯤 멀어진 후에야 몸을 움직였다.

"식칼로 저놈 배때기를 갈라 버리겠어!"

웅얼거리는 사이 불안에 젖은 땀이 옆구리를 타고 흘러내렸다. 그는 돌멩이와 덤불을 걷어차며 천천히 집으로 향했다.

24장

"여보, 시내에서 일자리를 구했어요."

멤이 현관 난간에 앉으며 말했다. 말랐지만 다부진 그녀의 다리가 공중에서 달랑거렸다. 브라운필드는 말없이 앉아 있었다. 뒤쪽에 두 딸애가 진지한 원숭이 같은 얼굴로 함박웃음을 감춘 채 서 있는 것이 느껴졌다.

"시내에서 일자리를 구했다고요. 그것도 주당 12달러나 준대요!"

멤의 목소리는 부드러웠지만 흥분이 가득했다. 그녀는 마치 처음으로 하늘을 날았다며 재잘대는 새 같았다.

그는 여전히 아무 말도 하지 않았다. 하지만 의자 좌판을 어찌나 꽉 움켜쥐었는지 양 손가락이 아플 정도였다.

"일주일에 12달러면 지금 당신이 버는 것보다 더 많아요. 그렇죠, 여보?"

멤이 물었다. 그녀는 남편에게 품삯이 얼마나 되는지 한 번도 물어보지 않았다. 그녀의 못생긴 입술 끝에 행복의 주름이 잡혔다. 그녀는 천천히 미소를 지우더니 조용히 그를 바라보았다. 아이들도 그녀 곁으로 다가와 모두들 브라운필드를 바라보았다.

"우리랑 함께 갈 거죠? 아니에요?"

그렇게 묻는 멤의 목소리에는 그다지 사랑이 배어 있지 않았다.

그녀는 말을 이었다.

"함께 갈 거라면 가장답게 직업을 구해서 최선을 다해요. 함께 가지 않겠다면 우리끼리 어떻게든 살아 보겠어요."

그들은 브라운필드를 남겨 두고 자리를 떠났다. 그는 다리를 난간에 걸친 채, 상대적으로 덜 신물이 나는 짧은 옛 시절과 그 후 십여 년간의 세월을 하나하나 돌이켰다.

25장

토요일 밤 브라운필드는 평소처럼 멤과 일주일에 한 번씩 치르는 싸움을 할 만반의 준비를 마쳤다. 그는 위스키에 잔뜩 취해 목청껏 욕을 퍼부으며 집으로 비트적비트적 들어왔다. 멤은 자는 척하며 벽을 향해 돌아누워 있었다.

그는 부르짖었다.

"네년은 나보다 한 수 위라고 생각하지. 안 그래? 안 그렇냐고! 이 더러운 여편네 같으니!"

그는 이불 속으로 손을 넣어 완강하게 저항하는 아내의 어깨를 움켜쥐었다.

"일어나. 내가 얘기할 땐 날 보란 말야!"

그는 어눌하게 단어들을 뱉으며, 위스키에 절어 악취가 풍기는 입으로 아내에게 키스하려고 상체를 숙였다.

"그래 그 궁상스런 낯짝으로 온갖 폼을 다 잡는 애새끼들하고 네년이 감히 나한테 맞먹으려고 들어!"

말을 마치는 순간 분노의 울음이 그의 목구멍에서 솟구쳤다. 마치 엄청 마음을 쓰고 있다는 듯한 태도였다. 멤은 그저 묵묵히 누워 있을 뿐이어서 꼭 숨을 쉬지 않거나 아무 생각이 없거나 혹은 아예 존재하지도 않는 사람 같았다. 하지만 그녀의 피곤에 지친 눈은 정확히 그를 바라보고 있었다. 두 눈에는 수년간 이어진 토요일 밤마다의 구타가 가져온 긴장과 흥분이 어른거렸다.

"이젠 이 꼴도 지긋지긋해."

그녀가 벌떡 일어나며 말했다. 그러곤 머리나 옆구리 혹은 가슴에 첫 번째 주먹이 날아오길 기다렸다.

"우라질!"

그녀는 이불을 내던지며 말했다. 해진 잠옷 속의 그녀는 철사처럼 연약했다.

"당신이라면 정말 진절머리가 나!"

말들이 작은 덩어리로 폭발하여 떨어지기가 무섭게 브라운필드의 코끼리 가죽 같은 첫 번째 주먹이 그녀의 입을 강타했다.

"망할 년이 어디서 서방님 말씀하시는데 끼어들고 지랄이야!"

그가 그녀를 흔들어 대자 찢어진 입술에서 핏방울이 뚝뚝 떨어졌다. 단 한 방의 주먹이 그녀를 무(無)로 끌어내렸다. 그녀는 그저 그의 손에 가만히 매달려 대여섯 번에 이르는 남편의 손찌검이 끝나기를 기다렸다. 그가 손을 놓자 그녀는 늘 그렇듯 휘청이며 쓰러졌다.

"내가 이사하라는 곳으로 이사해. 알았어?"

브라운필드는 고함을 치며 그녀의 옆구리에 발길질을 했다.

"제이엘 씨네로 이사 가든지 여기서 죽어 나자빠지든지!"

그는 흥분하여 펄펄 뛰었다. 멤은 눈을 감고 가만히 누워 있었다.

"알겠어? 이 망할 년아!"

그러자 멤은 누군가 관 뚜껑을 연 것처럼 번쩍 눈을 뜨고는 담담한 어조로 말했다.

"난 제이엘 씨 오두막에서 살지 않을 거예요. 벌써 말했잖아요."

그녀는 머뭇거리며 턱에서 피를 닦았다. 그러곤 차분히 말을 이었다. 그 어조는 여전히, 아니 아까보다도 더욱 담담했다.

"그만큼 당신이 남자 노릇하게 해 줬으면 충분해요. 이젠 당신이 남자가 아니라는 것쯤은 알 때도 됐잖아요. 날 죽도록 패고 싶으면 그렇게 해요. 하지만 난 절대 당신을 따라가지 않을 거예요!"

브라운필드는 이성을 잃었다.

"이 쭈그렁 껌둥이 화냥년이! 한마디만 더 해 봐. 그 잘난 주둥아리로 어디 한마디만 더 해 보라고. 네년 모가지를 따 버릴 테니까!"

그는 칼을 찾아 주머니를 더듬거렸다. 그러다 비틀거리며 멤을 끌어올렸다. 브라운필드가 자신을 침대 기둥에 확 떠밀고 옆머리를 걷어차 귀가 윙윙 울리는 동안 멤은 눈을 감고 가만히 있었다. 창백한 별들이 흐릿하게 떠올랐다가 이내 사라졌다.

옆방에 있던 아이들은 눈물이 어찌나 더디게 흐르는지 재채기가 날 지경이었다. 대프니와 오넷은 부들부들 떨고 있는 서로의 여읜 팔을 꽉 쥐고는 따스한 붉은 혀로 짭조름한 눈물을 서로 핥아 주었다. 그들은 아버지가 비틀거리다 자기 칼 위로 넘어져 어떻게든 심장에 칼날이 콱 박히기만을 간절히 빌었다.

루스는 계속 울먹이고 있었다.

"이리로 올까?"

오넷은 언니에게 물으며 여기서 달아날 방법과 남자가 되어 언니를 보호할 방법을 궁리했다.

"오겠지."

속삭이는 대프니의 목소리에는 어른의 냉정함이 서려 있었다.

"저 자식이 여기로 들어오면 널 붙잡도록 잠깐만 가만히 있어. 그럼 내가 부엌에 가서 식칼을 가져올게."

그녀는 눈물 자국을 따라 동생의 뺨을 조심스레 핥았다.

"내가 돌아왔을 때 저 새끼가 널 한 대라도 때렸다면 당장 배때기를 확 찔러 버리겠어!"

아이들이 침대 아래에서 몸을 움츠리고 있는 사이 새들이 새벽을 알리며 지저귀기 시작했다. 그들은 섬뜩한 살인이 그대로 이루어져 자유를 얻기를 꿈꾸다 어느새 잠이 들었다.

브라운필드는 꿈꾸지 않았다. 그저 정신을 놓았을 뿐이

었다. 늦은 일요일 아침, 햇빛이 깡패의 곡괭이마냥 그의 눈꺼풀을 찔러 댔다. 그는 몸을 쭉 뻗다가 옷을 전혀 걸치지 않았다는 것을 알아차렸다. 그는 침대 위에서 느긋하게 기지개를 켜고는 아침 동안 아내를 휘어잡을 셈으로 손을 뻗었다.

"눈 떠!"

멤의 목소리는 빌어먹을 강물처럼 담담했다. 그는 몸을 돌리던 동작을 멈추고는 서서히 눈을 떴다. 햇살을 피해 잘 안 떠지는 눈을 억지로 가늘게 떴다. 멤이 침대와 맞닿은 벽에 몸을 기대고 서 있었다. 손에는 엽총이 들려 있다. 처음에 그는 자신의 머리 근방에서 검고 부드러운 커다란 손잡이만을 보았다. 멤의 길고 주름진 손가락이 방아쇠를 당겼다. 그는 벌떡 일어나 반쯤은 그녀를 향해, 또 반쯤은 그녀 반대편을 향해 튀어 올랐다. 이불로 덮인 그의 몸에 날카로운 통증이 파고들었다. 그는 총알이 안겨 준 고통에 질겁하여 침대 위에서 몸부림쳤다.

"손가락도 까딱하지 마."

멤이 브라운필드의 허벅지 사이로 차갑고 단단한 총신을 겨누며 느긋하게 말했다. 순간 식은땀이 쏟아졌다. 그는 현기증이 일 정도로 미친 듯이 눈알을 굴리며 온 방 안을 살폈다.

"여보, 왜 이래?"

그가 쉰 목소리로 물었다. 입에서 누군가의 시체라도 든 것 같은 맛이 훅 끼쳤다. 그것도 죽은 지 몇 주는 된 시체였다.

"세상에, 일요일 아침부터 대체 뭐하는 거야?"

그는 방 안을 둘러보았다. 그러곤 아이들이 근처에 있으리라고 기대하며 물었다.

"애들은 어딨어? 지금 무슨 짓을 하는지 알고는 있는 거야?"

멤이 목구멍 깊숙한 곳에서부터 킬킬거렸다. 브라운필드는 이불 아래에서 벌벌 떨며 생각했다. 이런 젠장, 어젯밤에 머리를 걷어찼더니 저년이 미쳐 버렸구나! 멤이 총을 휘둘렀다. 그녀의 한 손은 개머리판을 완전히 감싸고 있었다. 브라운필드는 고통으로 울부짖으며 그 크고 두터운 양손을 천천히 떨어트렸다.

"한 번만 더 만분지 일이라도 움직였단 봐."

멤이 다른 한 손으로 총 아래쪽을 쥐었다.

"이봐, 브라운필드 씨, 눈곱만큼이라도 움직였다간 갖고 놀 물총이 달아날 줄 알라고."

"아니, 여보."

그는 흐느끼기 시작했다.

"대체 왜 이러는……."

"아가리 닥쳐."

멤은 뻘겋게 멍이 든 눈으로 그를 노려보았다.

"애들은 교회에 가고 없어. 시아버님이 오셨기에 아기를 맡아 달라고 했지. 그러니 여긴 우리 두 연놈 빼고는 아무도 없어. 우리 둘 중 하나가 골로 가든 말든 아무도 모를 거고, 아무도 상관 안 할 거라 이 말이야."

"오, 주님."

브라운필드가 신음하며 기도하기 시작했다.

"어이, 네가 모시는 신한테나 빌어! 네가 모시는 신한테나 말이야."

멤은 공포에 질린 그의 모습에 메마른 웃음을 킬킬거렸다.

브라운필드는 저절로 데이비스 대위가 떠올랐다. 마치 꺼다리 늙은 흰둥이가 신이라도 되는 양 그의 마음속에서 툭 하고 튀어나온 것이다.

"데이비스 대위가 널 가만두지 않을 거야."

그는 금방이라도 토할 것 같았다.

"이 침대에 눈곱만큼이라도 묻히기만 해 봐!"

그가 손으로 입을 막는 것을 보고 멤이 말했다. 브라운 필드는 침대 한쪽 밖으로 머리를 내밀어 바닥에 토했다. 그는 오래도록 역겨운 것들을 토해 내고는 지쳐 쓰러졌다. 머리가 어찌나 빙빙 도는지 멤도, 총도 생각나지 않았다.

멤은 냄새에 코를 찡그렸다.

"자 이제 저 더러운 것들 위로 비켜. 네놈이랑 여기 나란히 누워 있기 싫으니까! 썩 내려가지 못해!"

그녀는 총으로 다시 그를 내리쳤다. 브라운필드는 바닥으로 미끄러졌다. 더러운 구토물 위로 쿵 하고 떨어지며 벌거벗은 엉덩짝이 노란 웅덩이 언저리에 철퍼덕 하고 내려앉았다. 이런 고통은 생전 처음이었다. 멤은 침대에서 차갑고 냉철한 눈으로 그를 내려다봤다. 그녀는 기다란 총의 몸체를 드러내며 방금 겨눴던 곳을 다시 조준했다. 한동안 그대로 뻗어 있던 브라운필드는 재빨리 웅크려 사타구니를 가렸다. 그녀는 음울한 미소를 흘렸다. 곧 대머리가 될 말라깽이 고릴라, 딱 그 신세군 하고 브라운필드는 생각했다.

"내가 네놈이랑 결혼해서 사서 고생한 걸 생각하니 말이야, 내가 산파도 없이 애새끼들을 낳느라 생고생을 다 한 걸 생각하니 말이야, 뭐가 어쩌고 어째, 술에 취했다고, 날이 춥다고? 아비 된다는 작자가 어떻게 달랑 한 번 빼고 산파도 안 데려올 수 있어!"

그녀는 왼손으로 기다란 총신을 쓰다듬었다.

"내가 네놈을 쏘든 말든 데이비스 대위가 신경이나 쓸 것 같아? 그놈이 뭐라고 말할 것 같아? 안 봐도 훤하다 훤해. 자네, 세상에 다른 사람 불알을 쏴서 날려 버리는 일을 누가 생각이나 했겠나? 백인에겐 다른 사람 불알을 쏘는 일은 결코 없어. 수치야! 수치! 그러곤 생각하겠지. 껌둥이들은 다 미친 놈들이라고 내가 늘 말했잖아! 멤 코플랜드만 봐도 내 말이 옳았다는 증거가 아니고 뭐야. 세상에, 자기 남편 불알을 쏘다니. 물론 그놈은 자기가 흙이라도 만들어 내는 양 침을 뱉으며 계속 일하겠지. 그렇게만 한다면야 브라운필드 코플랜드가 불알이 몇 쪽이든 내가 알 게 뭐야!"

멤은 눈을 뜬 채 말하고 있었지만, 데이비스 대위가 그녀나 브라운필드를 보기 싫을 때 하는 짓거리가 바로 눈앞에 선명히 보이는 듯 얼이 빠져 있었다. 대위는 그들에게 말을 해야 할 때마다 그렇게 했다.

"비열하기 짝이 없는 바보 머저리 영감탱이야, 나 외에 누가 네놈한테 신경이나 쓰는 줄 알아! 아직도 그걸 모르고 있다니!"

"이 못생긴 껌둥이 개잡년!"

브라운필드는 힘을 되찾으려 애쓰며 나직이 중얼거렸다. 멤은 양손으로 개머리판을 휘둘러 그의 이마에 2센티미터가량의 상처를 냈다. 검붉은 피가 브라운필드의 벌거벗은 배 위로 뚝뚝 떨어져 다시 바닥으로 미끄러져 내려갔다. 낡은 나무 바닥이 진홍색과 노란색으로 물들었다. 그는 울기 시작했다.

"네놈이 살아 있는 한 다시는 날 모욕하지 마! 앞으로 살 날도 얼마 안 남았지만 말이야."

멤은 태연히 앉아서 피가 떨어지는 것을 지켜보았다.

"네놈이 날 저 판잣집에서 이 판잣집으로 끌고 다니게 내가 내버려 둘 줄 알았어? 네 기분이 상할까 봐서?"

그녀의 어조는 놀란 듯하면서도 부드러웠다.

"이봐, 브라운필드 코플랜드, 네놈을 남자답게 느끼게 해 주려고 내가 얼마나 머리를 얻어맞아 왔는지 알기나 해?"

그녀는 거의 감은 듯한 실눈으로 그를 노려봤다.

"네놈이 구 년 동안 날 어떻게 아무짝에도 쓸모 없는 늙어빠진 개새끼 취급을 했는지 한번 생각해 보라고."

그녀는 총을 꽉 움켜쥐었다. 브라운필드는 발작적으로 부들부들 떨었다.

"날 두들겨 패서 이 꼴로 만들어 놓고, 뭐라고? 너처럼 못생긴 껌둥이 년은 남편을 나리라고 불러야 한다고!"

아내는 탄식을 터트렸다.

그녀의 표정이 바뀌자 마음이 누그러졌다는 신호로 안 브라운필드가 사정했다.

"멤, 이 동네에서 흑인이 남자가 된다는 게 얼마나 어려운 일인지 잘 알고 있잖아."

눈물과 핏물과 구토물이 부들부들 떨고 있는 그의 다리 아래로 흘러내렸다.

"난 그저 진짜 남자가 되고 싶었을 뿐이야! 여보, 백인들 등쌀에 누가 제대로 살 수 있겠어?"

"오호라, 백인들한테 감히 맞서지는 못한다고?"

멤은 평정을 되찾고는 오른손으로 턱을 받치고 왼손으로 총을 쥐었다.

"이 꼬락서니 좀 봐. 바지에 쉬를 했다고 매 맞는 어린애 마냥 빽빽 울고 있다니."

"세상에 여보, 내가 얼마나 애썼는지 당신도 잘 알잖아. 그래도 돈이 안 벌리는 걸 어떡해. 백인들이 주는 집이라고는 다들 형편없는 것뿐이고. 그런데 남자가 무엇을 할 수 있겠어?"

그는 매 맞은 개처럼 머리를 움켜쥐었다.

"대체 남자가 뭘 할 수 있겠냐고!"

그는 갑자기 벌떡 일어나 총을 낚아채려고 했다. 멤은 다시 양손으로 개머리판을 꽉 쥐고는 뼈밖에 없는 앙상한 다리를 꼬았다.

"꼴같잖은 머저리처럼 울어 대는 걸 멈출 수는 있을 것 아냐!"

그녀는 총으로 그의 머리를 다시 내리쳤다. 브라운필드는 오물 덩어리로 미끄러져 꼼짝도 할 수 없었다.

"네놈은 집에서나 왕 노릇 한다는 걸 진작에 알아차렸

지. 언제나 그 모양이었어!"

그녀는 침대에서 내려와 그의 발치에 섰다.

"딱 한 번만 더 말해 주지. 네놈은 그저 아무것도 이해 못하는 돌대가리일 뿐이라는 걸 이제야 깨달았어. 하지만 이것만은 똑똑히 알아 둬. 나와 내 아이들은 내가 계약한 시내의 그 집으로 가겠어. 네놈이 따라오든 말든 상관없어."

그녀는 그의 축 늘어진 왼쪽 다리에서 깨끗한 부분을 골라 걷어찼다.

"내 말 알겠어?"

브라운필드는 신음하며 고개를 끄덕였다.

종아리에 고통이 밀려드는 동안, '미친년이랑 결혼했으니 이 꼴을 당해도 싸지, 싸!' 하는 생각이 어렴풋이 떠올랐다.

"같이 갈 생각이라면 내가 정한 규칙을 단단히 지켜. 거긴 내 집이고, 내 집에선 백인이 무엇을 원하든 눈곱만큼도 상관없으니깐 말이야! 첫째, 날 멤이나 여보, 아니면 당신이라고 불러. 좋을 대로 골라. 둘째, 애들은 대프니, 오넷, 루스라고 불러. 그럴 맘이 있다면야 '공주님'이라고 불러도 괜찮겠지. 셋째, 한 번만 더 내게 손찌검을 하면 네 머리통을 날려 버리겠어. 우선 네 불알부터 말이야. 네놈이 남자라고 내세우는 거야 그것 하나뿐이잖아. 넷째, 아이들 머리카락 하나라도 건드리면 네놈을 십자가에 못 박아 버리겠어. 예수처럼 네놈 사지에 칼날을 박아 버리겠다 이 말이야. 예수한테도 먹혔으면 네놈한테도 먹히겠지. 다

174

섯째, 신사답게 먹는 법을 배워. 내 식탁에선 돼지처럼 먹지 말라고. 교양 있는 사람처럼 나이프와 포크와 숟가락을 써. 여섯째, 네놈이 온 시내에서 계집질을 하든 말든 난 아무 관심도 없어. 하지만 토요일 밤 내내 그 짓을 해 놓고는 일요일 아침에 날 집적대서는 절대 안 돼. 일곱째, 내 새집에서 단 한 번만이라도 상스런 말을 입에 담는다면 네놈의 잘난 혓바닥을 잘라 버리겠어. 여덟째, 네놈이 잘못한 일이면 나나 데이비스 대위나 대프니나 오넷이나 루스나 100킬로미터 이내에 사는 다른 사람 탓하지 말고 네놈이 다 책임져. 아홉째, 술 처먹지 말고 멀쩡한 정신으로 들어와서 내 집에 존경을 표해. 열째, 날 다시는 못난이, 껌둥이, 깜상, 화냥년 따위로 부르지 마. 만약 한 번만 더 그러면 못난이 껌둥이 깜상 화냥년이 미치면 어떻게 되는지 똑똑히 보여 주겠어!"

멤은 한 걸음 물러선 뒤 명령했다.

"자, 벌떡 일어나 깨끗이 씻지 못해!"

브라운필드는 고개를 푹 숙인 채 천천히 몸을 일으켰다. 온몸이 땀과 피와 구토물로 끈적였고, 눈은 두려움으로 흐릿했다. 그는 여전히 요란하게 울며 여기저기 콧물을 뚝뚝 떨어뜨렸다.

"씻고 나서는 여길 깨끗이 치워 놔. 아이들이 할아버지랑 교회에서 돌아오면 모범 가장의 모습을 볼 수 있게 해. 만약 못 그러면 너랑 나랑 둘이서 그 이유를 따져 보게 될 줄 알아!"

멤은 여전히 그에게 총을 겨눈 채 말했다. 브라운필드는 목이 메여 아무 말도 할 수 없었다. 그는 부엌으로 비틀비틀 걸어갔다.

"이봐, 내 말 알겠어?"

멤이 뛰어가 총으로 그의 뒤통수를 갈겼다. 그는 무릎이 푹 꺾이면서 간신히 문 손잡이를 잡았다. 그는 아내의 냉혹한 노란 눈을 향해 핏발이 선 자신의 눈을 들어 올릴 수 없었다.

"예, 알겠습니다."

그는 여전히 눈을 내리깐 채 문에 기대 몸을 웅크리며 중얼거렸다.

"예, 알겠습니다."

그는 훌쩍이면서 한 번 더 말했다. 그러자 멤의 피곤에 지친 손이 총을 한구석에 내려 놓았다.

6부

26장

    브라운필드는 멤의 약점이 돌아오기를 기다렸다. 달과 해(年)의 순환이 그것을 몰고 왔다. 어느 이른 아침의 첫 신음은 아주 좋은 징조였다. 그녀의 몸이 그가 할 수 없는 일을 그녀에게 해 줄 터였다. 그가 예전에 부렸던 허세의 도움은 필요 없었다. 자궁이 부풀어 올라 다시 등뼈가 안으로 휘고 배가 밖으로 튀어나왔다. 그는 그녀의 주름진 배가 창백해지는 것을 교활한 눈으로 유심히 살폈다. 그리고 기다렸다. 그녀는 구토, 발과 잇몸의 통증, 부어오른 다리, 터질 것 같은 혈관과 머리, 혹은 덫에 걸린 자신과 아이들의 절망이라는 어지럽고도 냉혹한 현실 때문에 그에게 더 이상 저항할 수 없었다. 그는 그녀가 예전에 상상조차 못했던 나락으로 그녀를 다시 끌어내렸다.

27장

　석고 보드로 된 네 개의 방과 쥐구멍이 없는 바닥과 풀
이 무성한 마당과 현관 앞에 편지함이 있는 시내의 '저택'
에서 브라운필드는 죽은 듯이 지냈다. 공포가 사라지고 그
자리에 분노와 굴욕과 깊은 증오를 드러내고자 하는 원대
한 계획이 자리잡은 후에도 그는 계속 공포로 인해 개심한
듯 굴었다.

　그는 냉동 파이 공장에서 일하면서 얻은 만족에 분개했
다. 새 일이 목화나 옥수수밭 일이나 낙농장 일보다 더 쉽
다는 것이 그에게는 부당하게만 보였다. 사실 조립 라인에
서 복숭아 파이 쟁반을 놓는 일은 몹시 지루했다. 하지만
수년간 백인들의 소를 돌보며 돌아다닌 뒤인지라 단조로움
은 도리어 그의 고통을 덜어 주었다. 건물 안이 골고루 시
원했기에 들판의 찌는 듯한 더위가 어떠했는지 기억조차
아득했다. 손도 덜 축축했다. 손이 젖을 일을 할 때면 언

제나 고무장갑을 낄 수 있었다. 그는 파이 원료 혼합물을 커다란 통에 쏟아붓는 것을 즐겼고, 압력솥의 물 공급 호스를 조절하는 걸 좋아했으며, 거의 새것 같이 반짝거리는 커다란 기구들을 매일 씻기를 고대했다.

새집에도 개선의 느낌이 감돌았다. 하얀 욕조와 세면기와 거울과 하얀 변기가 딸린 실내 화장실. 이제 그는 비를 맞거나 지독한 냄새에 시달리는 일 없이 볼 일을 보고, 일어나 자기 자신을 볼 수 있었다. 그의 눈에는 증오스런 핏발이나 사나운 노란 빛이 사라지고 없었다. 그는 거의 신사나 다름없었다. 아니, 그는 이제 자신이 백인과 다름없다고 생각했다.

그는 순종적으로 때 묻은 벽에 페인트칠을 하고 나무를 심고 망가진 전선을 손보느라 끙끙거렸다. 그는 때때로 전깃불 아래에서 아내가 우편으로 받은 카탈로그를 보았다.(사실 그림만 주르르 훑었다.) 새 옷과 총과 보트 등 온갖 물건들의 사진은 환한 빛 아래에서 더욱 멋있어 보였다. 그는 아침에 잠에서 깨면 소음이라고는 거의 없는 따스한 가스 난방기와 멤의 경제력을 증명하는 또 다른 예인 냉장고를 사용했다. 비록 새 냉장고가 아니라 몇 년간 쓰던 중고이긴 했지만 얼음이 녹거나 음식이 상하는 일은 전혀 없었다.

만약 이것들 중 하나라도 자신이 해낸 것이었다면, 이사를 고집한 사람이 바로 자신이었다면, 그는 편안함과 진심 어린 개선의 느낌을 아마도 저항 없이 받아들였을 것이다. 그러나 그는 아내에 대한 쓰라린 감정을 버릴 수 없었다.

그녀는 자신이 그보다 더 영리하고 더 믿음직하다는 것을 증명해 보였다. 그는 종종 대놓고 만사를 불평했고, 아내가 어떻게 '무너져' 다시 오두막으로 돌아가게 될지에 대해 남몰래 골몰했다.

그들이 다시 화해하여 행복한 생활과 비슷하지만 그들이 알던 신혼과는 그리 닮지 않은 상태로 지내게 되었을 때 덜 파괴적이며 덜 비인간적인 미래를 기대한 것은 멤 혼자뿐이었다. 그는 자신의 감정을 넘어설 수 없었다. 그는 마음에 비밀을 품은 채 지냈다. 때때로 욕정이 사랑으로 둔갑해 필사적으로 사랑을 나눌 때조차도 그는 앞을 내다보고 있었다. 씨를 뿌려 놓으면 그것이 자라 그녀를 약점과 의존으로 무너트릴 것이며 결국엔 궁극적인 파괴로 이어질 것이었다. 그녀는 본질적으로 전사가 아니었다. 따라서 멤은 전투가 곧 끝난다고 생각했다. 그녀는 악랄하지 못했고, 그는 그 점을 이용했다.

옛 상처를 치료하고자 하는 열망은 아예 그런 일이 없었던 것처럼 완전히 지워 버리고자 하는 열망으로 대체되었다.

그는 잠시나마 혼자만의 시간을 보낼 때면 아내의 부실한 건강과 여윈 몸과 망가진 이(그가 부러뜨린 것들과 그녀가 번쩍이는 금색을 좋아하리라 제멋대로 판단한 치과의사가 금박을 입힌 두 개의 이)를 생각했는데, 그때마다 아내의 예전 모습이 기억난다는 사실을 차마 인정할 수 없었다. 둥글고 토실토실한 얼굴과 열릴 때마다 순결한 흰빛을 발하는 입. 그러나 그녀의 웃음은 그와 그들이 앗아 갔다.

이제 그녀는 실없는 농담에도 쉰 목소리로 깔깔대며 마음 속 가장 깊은 곳에 얼마 안 되는 재미나마 그러모았다. 그럴 때면 그녀의 쌍둥이 송곳니 거울에 그의 모습이 반사되었다. 그는 거대한 검은 일격이 떨어져 그녀를 파괴해 버렸으면 싶었다. 하늘에서가 아니라 그 자신에게서.

28장

그녀가 일자리를 잃자 그는 승리감에 들떠 교활한 즐거움을 누렸다. 그녀는 병에 걸렸다. 새집에서 그가 밀어붙인 두 번의 임신은 새 생명으로 이어지지는 못했지만 그나마 남아 있던 그녀의 건강을 거의 모조리 앗아갔다. 그녀는 다시 시내에서 일자리를 구할 수 있으니 시골로 돌아갈필요는 없다고 힘겹게 가족들을 설득시키고, 감기에 걸린아이들을 돌보고, 자신의 발을 치료하느라 오랜 시간을 보내야 했다. 브라운필드는 그런 와중에도 여전히 강하고 자유롭게 돌아다니는 자신을 생각하니 마음속 어딘가가 슬퍼지기도 했다. 하지만 일자리를 다시 얻는다는 것은 그녀에게나 가족들에게나 사라지고 말 헛된 꿈에 불과했다. 그녀가 어찌나 애를 썼는지 남편조차도 존경심을 보이는 듯했다. 그녀는 자신이 그를 사랑하는지는 따지지 않았다. 그들은 일종의 평화를 누리고 있었다. 시내의 집에서 그는 더 이상 그녀를 때리지 않았다. 아이들은 행복한 얼굴로 학교에 갔다. 아기는 실내에서 화장실 가는 연습을 했다.

브라운필드가 흡족하게 바라보며 기다리는 동안 그녀의 자신감은 건강과 함께 모두 사라져 갔다. 그녀는 그가 일부러 계획을 세웠다는 것을 믿을 수 없었다. 모든 것을 따져 봤을 때 그가 제대로 처신하고 있다는 생각만 들었다. 하지만 사실 그는 비밀 계획이 드러날 때까지만 그녀가 그렇게 믿어 주기를 원했을 뿐이었다. 그리고 그날은 그녀가 침대에서 일어나지도 못해 일자리를 알아볼 수 없을 때 도래했다.

며칠째 비가 내리고 있었다. 멤은 공장이나 상점이나 식당에서 아무 일이라도 얻기 위해 매일 노력했다. 하지만 고용주들은 그녀가 너무 말라서 결핵 환자일 거라 생각했는지 아무도 고용하려 들지 않았다. 그녀는 매일 녹초가 되어 돌아왔다.

아이들은 엄마의 침묵만 보고도 사태를 파악했다. 그들은 엄마가 병든 지금, 아버지가 다시 그들을 지배하게 될 위험이 있다는 것을 그녀보다도 더 빨리 알아챘다. 그러다 멤이 기침을 하며 부들부들 떨던 날, 확실한 치명타가 떨어졌다.

"왜 난방이 안 되는 거죠?"

그녀가 힘겹게 숨을 쉬며, 일을 마치고 돌아온 브라운필드에게 묻자 그가 말했다.

"가스비를 안 냈으니깐 그렇지."

"당신이 내지 그랬어요?"

"이건 당신 집이니 빌어먹을 청구서들은 당신이 알아서 해야 할 것 아니야."

멤은 씩씩거리다가 얼굴을 벽 쪽으로 돌렸다. 루스가 그녀에게 걸어와 같이 노래 부르며 놀리려고 했다. 하지만 엄마는 아이를 밀쳐낼 뿐이었다. 그녀는 유령이라도 본 듯 얼굴이 잿빛으로 변해 있었다.

그녀가 남편에게 말했다.

"당신도 책임이 있잖아요. 아이들이 얼어 죽도록 내버려 둘 참이에요?"

"집세도 안 냈어."

그는 침대 뒤 옷장에서 자신의 옷을 모두 꺼내기 시작했다.

"얼마나요?"

가족들은 겁에 질려 얼어붙은 채 그를 뚫어져라 쳐다보았다. 마치 그가 그들의 폐를 움켜쥐고서 호흡을 좌지우지하는 것만 같았다.

"당신이 온갖 약들을 사들이고 당신이나 애들한테 써서는 안 될 돈을 써 댈 때부터였지. 한 두어 달 됐나."

그는 최후의 카드를 내밀었다. 주머니에서 퇴거 통지서를 꺼내 침대 위로 던졌던 것이다.

"우라지게 잘 읽는 당신이니 이게 무슨 소리인지 말 좀 해 줘."

아내는 퇴거 통지서를 집어 들고는 부들부들 떨며 세세히 읽어 갔다. 공포에 질리고 힘을 잃어 창백해진 얼굴로 그녀는 남편이 짐을 싸는 것을 쳐다보았다.

"뭐 하는 거예요?"

"이사 갈 준비하는 거지."

"하지만……이사라니요!"

그녀는 아늑하고 멋진 집과 할부로 사들인 물건들과 깨끗한 푸른 벽과 광이 나는 나무 바닥과 상록수로 덮인 창턱을 둘러보았다.

"하지만 어디로요? 아무 의논도 없었잖아요. 왜 집세를 안 냈어요? 돈도 충분히 벌잖아요."

그녀는 다시 말을 이었다.

"우린 아팠잖아요. 모두 감기에 걸렸어요. 그래서 지난달에 돈을 많이 썼던 거예요."

그녀는 점점 이성을 잃었다. 아이들이 감기약에 취해 침대에 나란히 앉아 있었지만 그녀는 전혀 개의치 않았다.

"대체 우리를 어디로 데려가려는 거예요?"

그녀는 사라지고 없는 힘을 보여 주려 애쓰면서 힘없이 사정하듯 다시 물었다.

그는 저도 모르게 낄낄거렸다.

"왜 그 잘난 추론법 중 하나를 써먹지 그래? 제이엘 씨네 오두막으로 가지, 우리가 달리 어디로 가겠어!"

그것은 도저히 견딜 수 없는 악몽이었다. 멤은 정신을 잃었다. 그들을 데려다 주러 온 트럭에 옮겨질 때조차도 정신을 제대로 차릴 수가 없었다. 그녀는 짐을 싸거나 비를 안 맞게 가재도구를 가리거나 집에 작별 인사를 할 겨를도 없었다. 남편을 도우러 온 친구들이 소중한 접시를 깨트리고 커튼을 찢고 아이들의 옷을 진흙탕에서 질질 끄는데도 그녀는 너무 힘이 빠진 나머지 말릴 수가 없었다.

그들은 한밤중에 브라운필드가 '무너진' 그녀를 위해 찍어 둔 집에 도착했다. 심지어 그조차도 그 집을 보자마자 피부가 따끔거렸다. 제이엘 씨는 다른 사람을 시켜 집을 청소해 놓겠다고 약속했지만 여전히 젖은 건초가 집 안의 반은 채우고 있었다. 창에는 유리도 없이 나무 덧문만 달랑거렸다. 세 개의 방 모두 비가 들이쳤다. 바닥에는 고작 낡은 지붕과 마찬가지로 양철판이 깔려 있어 건초 더미 아래가 젖는 것을 겨우 막아 줄 뿐이었다.

"일어나, 일어나. 여기가 바로 당신의 새집이야!"

브라운필드가 소리쳤다. 그들은 땅을 딛기가 두려운 것처럼 보였다. 집은 고속도로에서 멀지 않았지만 어두운 무언가가 느껴졌다. 버려진 채 절름거리는 것 같은 어떤 기색이.

"안 돼. …… 이럴 순 없어."

멤은 그의 손을 뿌리치고는 다시 기절했다. 깨어나 보니 그녀는 아이들에게 둘러싸여 건초 더미 위에 뻗어 있었다. 그녀가 새로 장만한 가구들이 주변에 아무렇게나 쌓여 있는 게 보였다. 브라운필드는 친구들과 다시 시내로 가고 없었다. 아이들은 아저씨들이 가구를 못 가져가게 하려고 열심히 싸워야 했다고 말했다. 브라운필드가 가구를 그들에게 주려고 했다는 것이었다.

29장

"이봐, 아줌씨. 네년이 무너지기를 오래도록 기다렸지."

그는 거의 삼 년 만에 처음으로 술 냄새를 풍기며 집에 들어왔다.

"여기가 내가 마련할 수 있는 곳이고, 여기가 네년이 살아가야 할 곳이야. 그래 이제 일이 내 뜻대로 굴러가니깐 마음에 들어?"

그는 미치광이처럼 즐거워하며 말했다.

"당신도 백인처럼 당신 집을 갖게 될 거야. 반듯하고 아늑하고 페인트칠이 되어 있고 깔끔하게 치워진 집을 말이야. 이것을 하게 될 거야, 저것을 하게 될 거야. 염병할.

내가 좋아서 너랑 잤는 줄 알아? 그거라면 조시 아줌마가 네년은 꿈도 못 꿀 정도로 끝내주게 해. 네년의 문제점은 피임에 대해 아무것도 모른다는 거야. 대체 얼마나 더 애들로 배를 가득 채울 생각이야?"

그는 그녀를 노려보며 서 있었다. 집에는 전기가 들어오지 않았지만 아침이 거의 다 되었기에 브라운필드의 가면이 완전히 벗겨졌다는 것을 서로가 알기에 충분해 보였다.

"훌륭하신 고귀 양, 높으신 말에서 떨어졌으니 이를 어쩐다."

그는 낄낄거리지 않을 수 없었다. 그녀는 완전히 무기력해져서 아무것도 할 수 없었다.

"높으신 말에서 떨어지다니."

그는 다시 말하고는 더 크게 웃었다. 그녀 얼굴을 보아하니 곧 죽을 것 같은 표정이었다.

"브라운필드, 난 병자예요. 하지만 당신한테 자비를 구하지도, 죽지도, 아이들을 떠나지도 않을 거예요. 아무리 이런 날씨에 날 처박아 둔다 해도 절대 감기에 걸리지 않겠어요. 난 건강해져서 다시 일자리를 구할 거예요. 그리고 그땐 아예 당신을 떠나 버릴 거예요."

"아무것도 날 막을 수 없다, 이 말이야? 아주 힘이 넘치는구먼!"

그는 계속 웃어 댔다. 그러다 웃음을 멈추고는 모자 아래로 그녀를 뚫어져라 쳐다보았다.

"이 해골 바가지야. 거기 누워서 끙끙 신음이나 해 대는 주제에 뭐가 어째? 네년이 일어나면 멋대로 돌아다니게 내버려 둘 줄 알아? 그래서 날 바보로 만들어 사람들 비웃음이나 사게 하려고!"

"날 정말 막을 수 있다고 생각해?"

그녀는 엄마가 아빠를 자극할까 봐 아이들이 벌벌 떨고

있다는 것을 알면서도 물었다.

"내가 널 막을 거야."

그는 비닐에 감싸인 물건들을 둘러보며 말했다.

"총으로도 날 막을 수 없을걸."

"난 네년이 하는 짓이라면 뭐든지 막을 수 있어. 내가 널 막을 거라고!"

대프니는 울먹였고, 오넷은 흐느꼈으며, 루스는 어린아이 특유의 역겨움과 당혹감으로 혼자서 주위를 두리번거렸다. 세 소녀는 자신들의 아버지를 알지 못했다. 그들 역시 그가 변할 수 있다고 생각했다. 그들은 그가 변했다고 믿었다. 그들은 그저 일을 덜고, 걱정이 줄고, 가스 난방이 되고, 전깃불이 들어오기만 하면 만사가 다 잘될 것이라고 생각했다. 그들은 너무 어렸고 그의 끈질긴 기억들을 전혀 모르고 있었기에 그를 잘못 판단했던 것이다. 그들은 실수했다는 것을 알아차렸을 뿐만 아니라 아버지가 별로 변하지 않았다는 사실도 깨달았다. 그는 그저 물정 모르는 이들을 속이기 위해 가면을 썼던 것이었다.

"이거 알아요?"

루스는 담요가 깔린 건초 더미 뒤에서 새된 소리로 심각하게 말했다. 아버지는 등을 돌린 채였고, 대프니는 동생이 말하지 못하게 막으려고 들었다.

"아느냐고 물었잖아요."

루스는 있는 힘껏 용기를 내어 다시 한 번 더 크게 말했다. 사실 속으로는 벌벌 떨고 있었다. 아버지가 그녀를 향해 돌아섰다. 그녀는 막내였고 아직 네 살도 채 안 되었다.

"아버진 개새끼예요."

그녀는 그렇게 말하고는 재빨리 담요를 덮었다. 브라운 필드가 그녀에게 가한 최초의 주먹질을 느끼지 않기 위해.

30장

루스가 확실하게 기억하는 유일한 아버지의 선택인 이 집에서 그녀는 네 번째와 다섯 번째와 여섯 번째의 생일을 맞았다. 그녀는 다섯 살에 학교에 입학해 매일 아침 대프니와 오넷을 따라다녔다. 어머니는 결코 새집에 놀러 오지 않는 친구들에게 늘 이렇게 말했다.

"우린 제이엘 씨네 낡은 집을 빌렸어."

그 제이엘 씨네 낡은 집에서는 겨울이면 부엌 양동이 물이 꽁꽁 얼고, 여름이면 번뜩이는 폭풍이 뒷마당에 핀 색색깔의 풀들을 녹슨 양철통과 흥진 리놀륨 조각으로 날카롭게 파헤쳤다. 여름이 되면 집은 고요하고 뜨거운 곰팡내와 빈둥거리는 파리가 윙윙거리는 소리로 채워졌으며, 집을 둘러싼 대기는 썩어 가는 건초와 거름이 짓밟혀 피워 대는 먼지로 그득했다.

집 뒤편 언덕 아래에는 샘이 있어 물을 구할 수 있었다.

거기서 조금만 더 가면 돼지우리가 있었다. 야생풀이 장작 더미 사이에서 높이 자랐다. 장작은 날씨에 찌들어 회색으로 바랜 낡은 옥수수 창고 벽을 따라 쌓여 있었는데, 창고 안에는 낡은 쟁기와 깔때기와 얼룩덜룩한 녹색 병이 가득했다. 병에는 말한테 바르는 약이 담겨 있었지만, 헝겊 마개로 막아 놓아 모두 증발하고 없었다. 수십 가구의 소작인 가족들이 이곳에서 살다가 떠나면서 땀과 돼지죽과 불편의 다양한 냄새들을 썩어 가는 나무에 깊이 새겨 놓았다.

대프니와 오넷은 제이엘 씨네 오두막이 못 견딜 정도로 끔찍해서 볼 때마다 불평을 했다. 시내에서 살다가 샘에서 물을 길어 날라야 하고 비가 와도 진흙탕을 지나 냄새 나는 옥외 화장실로 가야만 하는 이 집으로 이사한 것은 어마어마한 추락이었다. 그들은 옛날의 궁색한 시절이 영원히 가 버렸다고 생각했다. 이제 막 아기 티를 벗은 루스는 그래도 새집에 대한 충격이 덜했다. 물론 엄마가 불행해한다는 것을 알고 있었기에 새집을 좋아할 수는 없었다. 하지만 집 뒤편 밀짚이 깔린 벌판에는 갖고 놀 것들이 많았다. 그녀는 가재가 사는 샘 근방에서 자라는 수련과 고사리의 시원한 푸르름을 즐겼다.

그들이 제이엘 씨네 오두막으로 이사 갔을 때 대프니는 아홉 살이었고 오넷은 여덟 살이었다. 오넷과 루스가 그렇게 나이 차가 많은 것은 그사이에 태어난 아기들이 모두 죽었기 때문이었다. 루스가 네 살이었을 때 멤이 또다시 임신을 해, 한동안 집에 아기가 있었다. 대프니와 오넷은 루스가 볼 수 있도록 남동생을 품에 안는 걸 좋아했다. 언제나 창의력이 풍부했던 대프니는 아기의 미래에 대한 이야기를 지어냈다. 그는 의사가 되어 시내에서 큰 병원을 운영하고 간호사와 한 번 혹은 (첫 번째 결혼이 잘 되지 않는다면) 두 번 결혼할 것이라고 대프니는 말했다. 루스가 보기에는 남동생이 아이라기보다는 주머니쥐 같았다. 그는 둥글게 몸을 말고 잠을 잤다. 눈 언저리는 적회색이었고, 누르스름한 고수머리는 노란색이라기보다는 흰색에 가까웠다. 덕분에 아기는 진짜 아기가 아니라 유령 아기처럼 보였다. 루스는 그 아기가 커서 뭔가가 된다는 것을 결코 상상할 수 없었다. 그가 먹는 그런 음식으로는 루스만큼이라도 자랄 수 없을 성싶었다. 그의 울음소리는 가늘고 애처로웠다. 그렇긴 해도 대프니와 오넷이 루스더러 함께 놀기엔 너무 어리다고 따돌려서 혼자일 때면 그녀는 쾌활하고 강인한 남동생과 함께 놀거나 동생의 두목 노릇을 하고 싶다고 생각했다. 하지만 아기는 대체로 너무 조용해서 집에 없는 듯했다. 아기는 계속 잠만 잤다. 그러던 아기가 세상을 떠났을 때 아이들은 그다지 동생을 그리워하지 않았다. 대프니와 오넷은 아기가 얼어 죽었다고 속삭이며 울었다. 죽어 있는 그를 발견했을 때 온몸이 파랬기 때문이다. 하지만 학교 생활과 놀이와 제이엘 씨네 오두막에서의 일상 사이에서 창백한 남동생은 얼마 안 가 잊혔다.

아기가 죽은 후 멤은 일자리를 구해 하루 종일 집에 없었다. 시내의 어느 집에서 하녀 일을 구한 것이었다. 루스는 엄마가 왜 다시 자기를 떠나는지 이해할 수 없었다. 시내에 살았을 때 낯선 여자들이랑 남겨졌던 것만으로도 충분했다. 그들은 가슴이 지저분한 코담배 애호가거나 쌀쌀맞고 싹수가 노란 신경질적인 말라깽이 아가씨들이었다. 대프니는 동생에게 언젠가 이 시골과 조지아 주와 브라운필드를 떠나기 위해 엄마가 일하러 가는 거라고 말했다. 루스는 앞의 두 가지가 무슨 뜻인지는 몰랐지만 아버지를 떠난다는 것에는 매우 기뻐했다.

대프니는 오넷보다 더 많은 것을 알고 있었다. 그녀는 자신을 코플랜드 가족의 비밀지기라고 불렀다. 그녀는 틈만 나면 어렸을 때 브라운필드가 어떻게 함께 놀아 주었는지에 대해 이야기했다. 그가 어떻게 사탕을 사 주었고, 그가 어떻게 그녀를 번쩍 들어 흔들어 주었으며, 그가 어떻게 그녀에게 노래 부르고 춤을 춰 주었는지를. 오넷과 루스는 큰언니의 기억이 부러운 나머지 그 추억을 자기 것인 양 삼아 버렸다. 자상한 아버지였던 브라운필드에 대한 대프니의 추억은 그렇게 그들의 것이 되었다. 대프니를 제외한 두 사람에게는 그들이 기억하는 척하는 브라운필드와 지금 알고 있는 브라운필드가 완전히 다른 존재였다. 아버지가 좋은 사람이었을 때의 모습을 '기억'하는 것은 아이들이 가장 즐기는 게임이 되었다. 한번은 오넷이 루스에게 아버지가 했던 굉장한 친절('나한테 예쁜 옷을 사 줬어.' 혹은 '내 인형을 고쳐 줬어.')에 대해 재잘거리는 것을 브라운필드가 들었다. 그때 그는 단순히 오넷이 구제할 수 없는 거짓말쟁이가 될 거라고만 생각했다. 아이들은 아버지가 자신들의 게임을 이해하지 못한다는 것을 알았고, 그

때문에 더욱 재미있어 했다. 그들의 '좋은' 아빠는 게임을 이해할 것이며, 따라서 브라운필드는 그에 비하면 아무것도 아니라고 그들은 말했다.

대프니는 오넷보다는 너그러웠다. 오직 브라운필드가 멤을 괴롭힐 때만 그녀에게서 살기가 돌았다. 브라운필드가 자신을 때릴 때면 대프니는 불타오르는 완벽한 공허로 마음을 유지함으로써 견뎌 냈다. 어릴 적의 추억 때문이었겠지만 대프니는 아버지의 사랑을 얻기 위해 참으로 열심히 노력했다. 그러나 이로 인해 그녀의 신경은 매우 예민해졌다. 그녀는 아주 작은 소리나 움직임에도 펄쩍 뛰었다. 신경과민이 심해지자 브라운필드는 그녀를 놀렸다. 그는 대프니가 아둔하고 정신이 나갔다고 말했다. 그는 그녀에게 욕설을 퍼부었고, 대프니가 아니라 대피*라고 불렀으며, 옆구리에 멍이 들도록 꼬집었다. 그래도 그녀는 몸의 떨림을 감추려고 애쓰며 용감하게 서 있었다. 그녀는 그 집을 경멸했다. 깨끗하게 치우는 것이 불가능했고, 브라운필드가 멤에게 강요한 고통이 어떤 것인지를 루스나 오넷보다 더 명확하게 알고 있기 때문이었다. 그녀는 그 집을 증오했다. 겨울엔 추웠고, 사시사철 따뜻할 때라고는 없었다. 그녀는 여름이든 겨울이든 바들바들 몸을 떨었다. 하지만 그녀는 집에 대한 증오를 아버지에 대한 감정과 철저히 분리시켰다. 그녀가 어떻게 그럴 수 있었는지 루스와 오넷은 결코 알 수 없었다. 그들은 대프니만큼 브라운필드를 너그

---

* daffy는 '어리석은' 혹은 '미친'이라는 뜻.

럽게 봐줄 수 없었다. 그들은 아버지가 인간 악마이며, 그가 그들을 어디로 데리고 가든 그곳은 당연히 지옥일 것이라고 생각했다. 그들도 대프니만큼이나 그가 두려웠다. 하지만 보다 냉담하고 비정한 두려움이었다. 아버지는 악천후나 치통이나 일상적인 나쁜 뉴스나 다름없었다.

오넷은 대개는 유쾌했다. 요란하고 명랑한 그녀는 저돌적인 반항심과 생기로 가득 차 있었다. 그녀는 통통한 멋쟁이였다. 피부는 달콤한 오렌지처럼 부드러워 밀랍을 칠한 과일 같았다. 브라운필드는 세 아이 중에서 그녀를 제일 싫어하는 듯했다. 그는 오넷이 커서 아무 생각 없는 오동통한 창녀가 될 것이라고 짐작했다. 그리고 아이가 여덟 살이 될 때까지 그러한 생각을 끊임없이 주입시켰다. 오넷은 아버지를 무시하는 법을 배웠다. 그녀는 일곱 살 적부터 교회에 가거나 잠자리에서 기도문을 암송하는 것을 거부했다. 여덟 살이 되어서는 다양한 외설적인 표현들을 익혔고, 아홉 살에는 보지와 자지에 지대한 관심을 보였다. 그녀는 그 집을 세상에서 가장 멍청한 소가 사는 곳보다 약간 나은 우리 정도로 여겼다. 그녀는 바닥을 쓸지도 않을 뿐더러 빗자루를 만들 밀짚마저 제대로 뽑아 오지 않았다. 그녀는 밀집이 깔린 벌판 한가운데 앉아서는 라디오에서 들은 리듬앤블루스 곡들을 흥얼거렸다. 멤은 들판을 가로지르며 밀짚을 뽑고 빗자루를 엮으면서 꿈에 취한 듯 오넷의 노래에 귀 기울였다. 그녀는 딸애를 꾸짖지 않았다. 오넷은 엄마를 만만하게 여겼고 조금도 소중히 대하지 않았다. 그녀는 멤이 너무 눈을 낮추어 결혼했다고, 선생이나 석공이나 혹은 좋은 집과 땅을 가진 다른 누군가와 결혼했어야 했다고 생각했다. 그녀는 멤을 전혀 존경하지 않았다. 때로는 멤의 지갑에서 동전을 훔쳐 내기도 했다.

'멋진 집'을 잃은 멤의 슬픔이 결코 벗어날 수 없는 것은 아니었다. 그녀는 집을 잃게 만든 질병으로부터 회복하였고, 확고한 결단력으로 새는 지붕과 쥐구멍을 고쳤다. 또한 휘어진 덧문을 손보고, 앞마당의 잡초를 질식사 시키려는 쓰레기들을 말끔히 치웠다. 그렇다고 예전에 오두막에 살았을 때처럼 열심히 일하지는 않았다. 그저 제법 깨끗하게 혹은 그녀와 대프니가 할 수 있는 만큼 깨끗하게, 비가 너무 많이 새지 않게, 처음 이사 왔을 때처럼 쥐가 제멋대로 기어다니지 않게만 집을 치웠다. 그녀는 낙심하여 장작더미 주변의 습하고 비옥한 흙에 약간의 꽃씨를 뿌렸다. 이후로 다시는 상자나 화분에 꽃을 심을 생각을 하지 않았다.

7부

31장

할아버지네 집에서 맞은 첫날 아침, 루스는 무거운 눈꺼풀을 겨우 들어 올렸다. 벽난로 위에 걸린 커다란 괘종시계가 서늘한 침대와 거실 사이로 마지막 메아리를 울릴 쯤이었다. 루스는 코가 꽉 막힌 것 같아 킁킁거렸다. 그녀는 앞에 있던 기다랗고 따스한 등허리에 바짝 달라붙었지만, 그 등은 스르르 일어나더니 침대 옆에서 기지개를 켰다. 이어서 앞쪽으로 발을 질질 끄는 소리가 들렸다. 그녀는 한숨을 쉬며 눈을 깜박이다가 반대쪽으로 돌아누웠다. 그쪽에 있는 사람은 얼굴을 그녀에게로 향한 채 코를 골고 있었다. 숨결에서 양파와 민들레 냄새가 훅 끼쳤다. 루스는 몸을 돌려, 방금 나간 사람이 남기고 간 빈자리의 온기 위에 나른하게 몸을 눕혔다. 밤새 긴 여행이라도 한 것처럼 기묘하고 불안한 느낌이었다. 아침 공기에서는 왠지 낯선 냄새가 풍겼다. 그녀는 눈을 번쩍 뜨고 이불을 유심히 살펴보았지만 언제 이 방에서 잠이 들었는지 전혀 기억나지 않았다. 그녀는 주위를 두리번거렸다. 한구석에 옷장이 있고, 노란 광택제가 발린 갈색 나무 서랍장에는 유리를 깎아 만든 손잡이가 달려 있었으며, 침대 맞은편 창문 아래에는 자홍색 제라늄 빛 소파가 놓여 있었다. 그쪽 벽에는 오래된 사진이나 그림이 여러 개 걸려 있었는데, 콧수염에 왁스를 칠한 사람들이 곱슬머리에 머릿기름을 발라 가운데 가르마를 타고는 높다란 모자를 쓰고 있었다. 그림 하나는 회색빛인데, 여자가 어찌나 아파 보이는지 그림을 그릴 때 이미 죽어 있었을 것 같았다. 그것은 바로 루스의 할머니이자 그레인지의 첫 번째 부인인 마거릿을 연한 빛깔로 그려 놓은 것이었다.

루스는 마지못해 정신을 차리고 이곳이 어디인지 억지로 생각해 냈다. 결국 여기가 할아버지 집이고, 옆에서 자고 있는 사람이 의붓할머니인 조시라는 사실을 깨닫고는 깜짝 놀랐다. 전날 밤 잠자리에 어떻게 들었는지 기억해 내려고 했지만 아무것도 기억나지 않았다.

방 앞쪽에서 할아버지가 난로에 등유를 붓자 불길이 타닥거리는 소리가 났다. 의붓할머니의 코는 제멋대로 그르렁댔다. 루스는 이불을 바스락거리지도, 깨어난 기척을 내지도 않은 채 기억을 돌이켜 보았다.

전날 밤은 크리스마스이브였다. 루스는 크리스마스 선물로 세발자전거를 받기로 되어 있었다. 혹은 적어도 그렇게 생각했었다. 하지만 엄마는, 산타 할머니가 죽었기(혹은 달아났기) 때문에 올해 산타 할아버지가 매우 힘든 한 해를 보냈으며, 그 탓에 아무것도 만들 기분이 아니었다. 특히 장난감은 더더욱 만들 생각이 없었다. 자기는 북극 한구석에서 눈이 퉁퉁 붓도록 울고 있는데 다른 사람들이 마냥 기뻐한다면 산타 할아버지가 무척이나 마음 아플 것이기 때문이었다. 그래서 엄마는 오렌지와 어쩌면 박하사탕 정도를 받지 않을까 하고 생각한다고 루스와 오넷과 대프니에게 말하였다.

그날 밤 브라운필드는 시내에서 술에 크게 취해 돌아왔다. 그가 어찌나 고함을 쳐 댔는지 대프니는 루스와 오넷을 데리고 닭장에 몸을 숨겼다. 루스는 꼬꼬댁거리던 닭들에게서 날것 냄새가 나던 기억이 떠올랐다. 그것은 기분 좋은 냄새가 아니라 날고기에서나 날 법한 냄새였다. 닭들은 닭장을 돌아다니며 그들의 손과 얼굴 여기저기에 응가를 해 댔다. 하지만 대프니는 동생들을 썩은 내 나는 닭장 한구석에 그대로 앉히고는 틈새로 집을 살폈다. 한번은 5학년인 오넷이 같은 학교 남학생이 쉬는 시간만 되면 자신의 반바지를 벗기려 든다고 말하는 바람에 동생들이 낄낄 웃음을 터트렸다. 그러자 대프니는 두 동생의 따귀를 때렸다. 그녀는 몸을 격렬하게 떨고 있었다. 그녀는 결코 동생들처럼 장난을 치지 않았다. 이따금 발작을 일으키는 데다 항상 진지한 태도로 지내기 때문이었다. 언니가 뺨을 때릴 때까지만 해도 두 사람은 이 모든 것이 놀이라고 생각했다. 과격하긴 했지만 나름대로 재미있는 놀이 같았다. 그 둘은 브라운필드가 거의 항상 비열하고 제멋대로이며 술에 찌들어 있다고 간주했다.

하긴 그는 대체로 밤새 집에 들어오지 않고 툭하면 시내의 술집에서 싸움을 벌였다. 대부분은 시비를 건 상대방에게 실컷 두들겨 맞기 일쑤였다. 그러면 상대방은 미안한 마음에 그를 억지로 집까지 바래다 주었다. 브라운필드는 "나두 자존심이 있다고. 나도 말이야!" 하고 꼬인 혀로 고래고래 고함을 치다가 잠이 들었다. 그러면 사람들은 악취를 풍기며 축 늘어진 그를 털썩 내려 놓았다. 때로는 노래를 부르며 현관까지 오기도 했다. 쿵! 그가 현관에 쓰러지는 소리에 잠이 깬 루스와 오넷은 이불 속에서 그를 비웃었다.

대프니는 집 안에 강한 긴장감이 감도는 것을 느꼈지만, 루스와 오넷은 아무런 느낌도 없었다. 대프니는 늘 동생들을 돌보아야 했다. 브라운필드는 맨정신으로도 그들을 때리거나 걷어찼다. 그들은 맞는 동안에 아버지를 증오했다. 하지만 나머지 시간에는 아무 생각 없이 종일 집 뒤편 나무 아래에서 행복하게 놀았다. 그곳에서는 희미하게라도 아버지에 대한 생각이 드는 일이 없었다.

멤은 남편이 아이들을 때리면 말리려고 갖은 애를 다 썼다. 그녀는 항상 이렇게 말했다.

"여보, 이러지 말아요. 나중에 늙으면 다 큰 자식들 앞에서 어떻게 얼굴을 들려고 이래요?"

그러면 그는 아내의 머리를 쥐어박거나 다리를 걸어참으로써 대답을 대신했다.

멤만이 일을 계속하고 있었다. 브라운필드는 제이엘 씨한테 해고당했다. 그들은 살던 집을 빌려 멤의 월급으로 집세를 냈다. 그녀는 일주일에 17달러를 벌었는데, 매주 일시불로 받으면 그들에게는 거액이었다. 그녀가 엿새를 일하고 받은 돈은 브라운필드가 제이엘 씨의 낙농장과 목화밭에서 일하고 받은 삯보다 훨씬 많았다. 브라운필드는 멤이 자기를 위해 일한다며 술 친구들에게 은근히 자랑하고 다녔다. 하지만 정작 멤은 아침마다 출근을 말리는 남편과 씨름을 해야 했다. 그는 때때로 침대에 누워 아내가 출근 준비하는 것을 바라보았다. 그러다 그녀가 집을 떠날 시간이 되면 그는 재빨리 그녀의 손을 잡고는 곁에 눕히려고 들었다.

"이리 와, 여보. 어서 이 불쌍한 영감탱이 곁에 누우라고."

곪아서 누런 그의 눈은 집념으로 얼어붙어 있었다.

그러면 멤은 눈살을 찌푸리며 아이들을 돌아보았다. 아이들은 그가 그녀의 몸에 손을 대기만 하면 당장 모든 동작을 멈추었다.(그들은 어리둥절하고 궁금했다. "왜 아버진 엄마가 침대에 눕기를 원하지? 지금 아침이라는 것도 모르는 걸까?") 멤은 그에게 말했다.

"여보, 이것 놔요. 일하러 가야 한다는 거 잘 알잖아요."

그녀는 신발을 내려다보았다. 간호사의 것처럼 새하얬다. 그녀는 휙 팔을 빼내고는 달리다시피 하여 도로 아래로 사라졌다.

브라운필드는 으레 지껄였다.

"염병할. 여편네들은 그저 망할 놈의 일밖에 모른다니

깐. 조만간 제이팬에나 가 봐야지. 거기 여자들은 여자가 해야 할 **진짜** 일이 뭔지 잘 알고 있거든!"

그는 싸늘한 난로에 침을 뱉거나 아이들에게 신발을 던졌다. 신발은 대개 잎을 모아 놓은 단지나 멤이 갈라진 맨벽에 붙여 놓은 잡지 그림에 부딪쳤다.

아이들 셋은 서둘러 옷을 입고는 곤로 위의 보온기에서 빵과 지난밤에 먹고 남은 비스킷을 꺼내 쥐고서 재빨리 학교로 달려갔다.

그는 침대에 팔베개를 하고 누워 한마디 했다.

"너네는 순 쓸모없는 것들만 배우지. 밤일하는 법을 배운다면 또 모를까."

처음에 루스는 그런 말에 상처 받았다. 견딜 수 없을 만큼 커다란 상처였다. 그런데 어느 날 브라운필드가 자신의 철자 교과서를 들여다보며 더 쉬운 단어들을 발음하려고 끙끙대는 것을 보고 루스는 깜짝 놀랐다. 브라운필드는 막내딸이 보고 있다는 걸 알아차리자 그녀에게 벌컥 책을 던졌다. 루스는 잽싸게 피하고는 깔깔 웃으며 문 밖으로 달려갔지만, 마음 한편에서는 슬픔이 일었다. 당시 1학년이었던 루스는 그것이 시기심임을 알고 있었던 것이다.

닭장이 먼지투성이인지라 아이들은 재채기를 했다. 그때 아버지가 현관 밖으로 비트적비트적 나오더니 집 둘레 덤불을 살펴보고 다녔다. 그는 하늘을 향해 엽총을 쥔 채 욕을 퍼붓고는 다시 비틀거리며 집으로 들어갔다.

그제서야 루스와 오넷은 지금 놀이를 하는 것이 아니라는 사실을 분명히 깨달았다. 마침내 두려움이 그들을 엄습

했다. 아버지의 손에 들린 총을 보고는 그가 엄마를 기다리고 있다는 것을 굳이 들을 필요도 없이 알 수 있었다. 그들은 울기 시작했다.

대프니는 언제나 걱정이 많고 불안했다. 만약 누군가가 뒤로 몰래 걸어와 "어이!" 하고 외치면 그녀는 십중팔구 발작을 일으킬 것이다. 지금도 그녀는 배를 움켜쥐고 있었다. 당황하거나 화가 나면 늘 그랬다. 그녀는 한 달에 한 번씩 몹시 고통스러워하며 울고 또 울었다. 한번은 배를 부여잡고 우는 그녀의 얼굴에 부글부글 끓는 기름 거품 같은 땀방울이 가득 맺혔다. 바로 그때 브라운필드는 그녀의 움켜쥔 손을 걷어찼다. 잠을 자려는데 시끄러워서 잘 수가 없다는 것이 그 이유였다.

멤이 대프니를 병원에 데리고 갔지만 간호사는 아이가 신경이 예민한 것 외에는 아무 이상 없다고 말했다. 멤은 아이가 예민한 건 이미 알고 있으며 그걸 어떻게 치료해야 할지 알고 싶다고 말했지만, 간호사는 머리 염색하는 문제로 옆 간호사와 수다를 떠느라 여념이 없었다. 부들부들 떨고 있는 대프니의 손을 잡은 채 격분하여 서 있는 멤을 두 간호사 모두 무시해 버렸다. 대프니는 특히 백인을 두려워했다. 백인을 별로 접할 일도 없었던 대프니는 그들이 특별히 잔인하기 때문에 무서워한 것은 아니었다. 명암이 전혀 없는 얼굴과 공허가 반짝이는 무감각한 눈을 한 백인이 꼭 유령처럼 보였던 탓에 어린애 같은 두려움을 지니게 된 것이었다. 그녀는 그들이 열정이나 냄새나 피 같은 불순물이 전혀 없는 존재라고 믿었다. 그래서 자신과는 달리 그들은 무시무시한 신이라고 생각했다. 그녀의 두려움은 세상을 완전히 에워싸고 있었다. 어둠, 건물, 동물 이름을 지닌 오래된 나무와 꽃도 모두 두려움의 대상이었다. 그녀는 세상을 두려워했다. 하지만 동생들을 보호해야 할 사람은 바로 그녀 자신이었다. 그녀는 바들바들 떨면서 아버지의 주먹에 간신히 맞섰다. 그사이 오넷과 루스는 고함을 치고 울음을 터트리며 브라운필드에게서 달아나 뒷마당을 지나서 숲으로 달려갔다.

이제 그녀는 동생들에게 시내로 가서 엄마를 막아야겠다고 떨리는 목소리로 말했다. 아버지가 술에 취해 있는 동안 엄마가 집에 오지 못하게 할 수 있을 것이라고 했다. 그들은 언니와 함께 가고 싶었지만 대프니는 혼자 가야 더 빨리 갈 수 있다고 동생들을 말렸다. 그들은 언니가 먼지투성이의 검은 몸을 이끌고 스웨터도 없이 몰래 빠져 나가는 것을 바라보았다. 밖에는 싸락눈이 내리고 있었다. 그녀는 여윈 갈색 토끼처럼 냅다 고속도로로 뛰었다. 하얀 싸락눈으로 회색빛이 된 검은 밤은 그녀를 축축한 도로 속으로 스르르 빨아들였다.

오넷은 닭장 왼쪽에서 소리 없이 울었고, 루스는 추위에 벌벌 떨며 틈새로 마당을 살펴보았다. 앞마당 앞쪽에 자리한 닭장은 널빤지와 녹슨 함석 쪼가리로 만든 삐딱한 건물로, 퀴퀴한 냄새가 진동했다. 여름에는 닭장 문 앞에 드문드문 풀이 자랐지만, 겨울인 지금은 온통 축축한 진흙탕에 미끈미끈한 얼음뿐이었다. 집은 고속도로에서 30미터 정도 떨어져 있었고, 그사이에 모난 자갈로 덮인 오르막길이 쭉 이어지다가 문 앞에서 갑자기 끊겼다. 그들이 이사 온 후로 집 바깥은 전혀 변한 것이 없었다. 여름에는 풍상에 찌든 덤불에서 자주색 꽃이 피었고, 겨울에는 바람 때문에 흉해진 가시덤불이 마당 한구석에 서 있었다. 현관은 한쪽이 푹 꺼지고 다른 쪽은 초석에서 붕 떠올랐다. 닭장 쪽 현관 끝에 매달린 낡고 녹슨 칸막이에는 들쑥날쑥한 구멍들이 뚫려 있었다. 현관 계단은 멤이 튼튼한 나무를 베어 두 개로 토막낸 뒤 질질 밀어서 쌓은 2단짜리였다. 집은 얇은 회색 판자로 지어졌는데, 안쪽에 보강재라고는 전혀 없었다. 멤은 안벽에 종이 상자를 줄줄이 붙였다. 판자 틈새로 바람이 불어닥치면 종이 상자는 살아 있는 양 팽팽해지거나 펄떡거렸다.

루스는 거실 겸 안방인 곳에서 불빛을 보았다. 집에는 모두 방이 세 개 있었는데, 하나는 부엌이었다. 작으나마 그들만의 방도 있었다. 그들은 부모와 같은 방을 쓰지 않는 것만으로도 몇몇 사람들보다는 형편이 나았다. 벽 사이로 소리가 다 들릴지언정 최소한 보지 않을 수는 있었다. 가끔씩 밖을 내다보는 아버지의 그림자가 창문에 어른거렸다. 루스는 먼지 속에서 몸을 잔뜩 움츠렸다. 그녀와 오넷은 왜 닭장에서 꽁꽁 언 채 앉아 있어야 하는지 그 이유를 정확히는 알지 못했다. 하지만 그들은 확실히 겁이 났고, 그 때문에 다른 곳에 갈 마음이 전혀 들지 않았다.

멤은 시내에서 집으로 돌아올 때 대개는 걸어오거나 차를 얻어 타고 왔지만, 때로는 일하는 집의 주인이 커다란 푸른색 크라이슬러로 데려다 주기도 했다. 멤은 주인 양반이 괴짜라고 생각했는데, 이유인즉 시세보다 5달러나 더 많은 17달러를 주당으로 주겠다고 고집했기 때문이다. 북부 출신인 그는 구강암으로 죽어가고 있다는 소문이 떠돌았다. 그가 유태인이라는 말도 있었는데, 그들로서는 왜 그가 다른 이들과 다른지 확실히 알 수 없었다. 그의 눈은 다른 백인들과 달리 흑인들의 눈을 내리뜨게 만들지 않았다. 어쨌든 그들은 굳이 신경쓰지 않았다. 멤은 그가 잡지를 주고 대프니와 오넷이 읽을 책을 준다는 점에서 그를 좋아했다. 하지만 안주인은 좋아하지 않았는데, 그녀는 교외의 거대한 농장 지주의 딸로, 전형적인 남부 미인이었다. 그녀는 항상 유색인 아이들에게 정말 '귀엽다'고 말하며 동전을 주었다. 루스도 그 아주머니를 싫어했는데, 엄마를 두고 '멤, 우리 유색인 친구'라고 부르기 때문이었다.

루스는 고속도로에서 차가 멈추는 소리에 깜짝 놀랐다. 엄마가 낮게 중얼거리는 소리가 들렸다. 태워 준 데 대해 집주인에게 감사하는 것이리라. 이어서 오르막길을 터벅터벅 올라오는 소리가 났다. 그녀는 대프니 언니가 함께 있는지 보기 위해 틈새로 바깥을 살폈다. 하지만 발소리가 가까워져도 이야기 소리는 들리지 않았다. 루스는 차를 타고 오던 집주인과 엄마가 도로에 있는 언니를 보지 못한 모양이라고 생각했다. 곧 멤의 실루엣이 시야에 들어왔다.

멤이 6시까지 일한 탓에 날은 이미 어둑해져 있었다. 그녀는 두 팔 가득 여러 개의 꾸러미를 든 채 넘어지지 않도록 땅을 보고 걸었다. 루스는 닭장을 달려 나가고 싶었지만 그녀와 오넷은 그 자리에 얼어붙어 있을 뿐이었다. 그들은 숨을 멈춘 채 엄마가 닭장을 지나치는 것을 뚫어져라 바라보았다. 현관 등이 켜지고 브라운필드의 기다란 그림자가 비틀거리며 나오더니 엽총을 흔들었다. 멤은 현관을 올려다보고는 인사를 했다. 숨이 차서 헐떡이는 목소리는 지독히도 지쳐 있었지만 활기가 느껴졌다. 욕을 퍼붓던 브라운필드는 멤이 빛이 닿는 곳에 도달할 즈음 현관 계단으로 내려섰다. 술에 취한 그는 정확히 아내의 얼굴을 겨냥하여 방아쇠를 당겼다.

루스는 엄마가 자갈밭 피 웅덩이 위에 얼굴 없이 누워 있던 것을 기억해 냈다. 메스꺼움과 섬뜩한 한기가 밀려왔다. 흩뿌려진 피는 후광처럼 엄마의 머리를 빙 두르고 있었다. 열두 개의 연노랑 오렌지들이 전등 불빛에 반짝였다. 루스와 오넷은 어느새 엄마 곁으로 와 있었다. 그 순간 그들은 아버지를 전혀 개의치 않았다. 그는 이미 욕을 퍼부으며 집 안으로 들어간 뒤였다. 그들은 거기서 오렌지와 박하사탕과 그 밖에 선물로 받고 싶어 했던 모든 것을 보았다. 루스는 산타 할아버지는 없다는 생각에 슬퍼졌다. 엄마가 바로 산타 할아버지였던 것이다. 루스는 한겨울임에도 엄마가 신은 신발 바닥이 해어져 구멍이 뚫려 있는 것을 발견했다. 벗겨지다시피 한 멤의 오른쪽 신발에는 납작한 신문지 뭉치가 반쯤 비죽 나와 있었다. 대프니가 비명을 지르며 달려와 엄마의 다리로 몸을 던졌다. 그녀는 온기를 주려고 엄마의 발을 문질러 댔다.

루스는 그 후에 무슨 일이 벌어졌는지 몰랐고, 알고 싶지도 않았다. 그녀는 얼굴을 베개에 묻고 흐느꼈다. 왜 엄마는 총을 보고도 계속 걸었을까? 그녀는 도통 이해할 수 없었다. 달아날 수 없었던 것일까? 하지만 멤은 총을 든 남편에게 걸어가면서 속도를 늦추지도 않았다. 지친 동시에 활기찬 인사를 한 번 건넨 후로는 단 한마디도 하지 않았다. 그녀의 지독한 평온에 아이들은 커다란 충격을 받았다. 그것은 심오하고도 불가피한 휴식처럼 괴상야릇한 것이었다.

　"루스, 엄마는 잠자는 거지? 그렇지?"

　오넷은 그렇게 물으며 텅 빈 얼굴에서 감긴 눈을 찾으려고 들었다.

　"얘야, 얘야."

　할아버지가 침대 곁에 앉아서 말했다.

　"할머니를 깨우긴 싫지? 안 그러니?"

　그녀는 고개를 끄덕였다. 그러곤 할아버지의 목에 팔을 두르고 나직이 훌쩍였다. 벌써 술을 마셨는지 그에게서 옥수수 술 냄새가 났다. 하지만 할아버지의 진한 담배 냄새와 옥수수 냄새는 그녀의 마음을 가라앉혀 주었다. 그는 다정하게 손녀의 등을 토닥거렸다.

　"늙은 여우 형제 이야기해 줄까? 듣고 싶지 않다면……."

　그가 슬픈 눈으로 그녀를 내려다보았다.

　"그래, 이야기 따윈 듣고 싶지 않겠지. 나도 굳이 말하고 싶지 않구나. 나도 내가 무슨 소리를 하고 있는지 모르겠다. 이런 제기랄. 산더미 같은 문제 위에 또 문제가 쌓이다니. 세상에 엄마를 잃는 것만큼이나 슬픈 일은 없지."

그는 고개를 설레설레 흔들었다.

"아이고 하느님. 암, 그렇고 말고……."

그는 아내를 바라보았다.

"저 입 좀 다물었으면 정말 소원이 없겠다. 코 고는 소리 때문에 환장하겠어."

루스는 오래도록 유심히 할아버지를 살펴보았다. 그의 눈은 젖어 있었고 뺨은 파르르 떨렸다.

"할아비는 그만 보거라."

그의 목소리는 쓰디썼다.

"네가 아는 것 외에는 나도 전혀 모른단다."

그는 팔을 뻗어 세상 모든 일을 암시했다.

그 후 할아버지가 허풍으로라도 루스에게 그처럼 심각하게 말하는 일은 다시 없었다.

32장

　큰 키에 마른 체격인 그레인지의 무성한 철회색 머리는 몇 년에 걸쳐 조금씩 희어지다 결국 눈처럼 완전히 새하얘져 버렸다. 담배를 씹기도 하고 피기도 하며, 술이면 도수를 가리지 않고 다 마시면서 양치질도 제대로 하지 않는 사람치고는 드물게 입이 깨끗했다. 그는 때때로 잠옷 끝자락으로 이를 닦기도 했는데, 루스로서는 어떻게 할아버지의 이가 그처럼 건강하고 하얀지 도저히 알 수 없었다. 뒤쪽 베란다의 보글보글 끓던 단지 속에서 미소 짓는 할아버지의 치아를 본 그녀는 할아버지가 어쩌다 한 번씩 이를 몽땅 꺼내 삶는 모양이라고 한참 동안이나 믿었다. 그래도 충치 먹은 젖니가 한 번에 하나씩만 빠진다는 것은 알았다.

　그는 이따금씩 심하게 앓았다. 몹시 우울할 때면 콱 죽고 싶다고 말하기도 했다. 루스가 마음을 다잡으라고 격려해야 할 때도 여러 번 있었다. 할아버지가 바닥에 꼼짝도 않고 죽은 듯이 누워 있으면 그녀는 자기도 모르게 달려가 마법의 포옹과 키스를 하였다. 그녀는 이내 둘 사이의 차이를 무시하는 법을 배웠다. 그들은 할아버지와 손녀로서 잘 지냈으며 사소한 다툼도 전혀 없었다. 그레인지는 결코 손녀를 때리지 않았다. 만약 누군가가 그녀를 때리려 들었다면 그레인지는 그를 흠씬 두들겨 패 주었을 것이다. 심지어 조시도 루스를 때릴 수 없었다. 안됐지만, 야단조차 칠 수 없었다.

그녀가 뭐라고 할라치면 그레인지는 꼭 이렇게 말했다.

"당신이 육아에 대해 뭘 알아? 당신 딸이 어떻게 됐는지 한번 보라고!"

조시는 샐쭉해졌지만 그레인지의 일격에 아무 대답도 못 했다.

루스는 처음부터 조시를 질투했다. 그레인지가 조시를 미인으로 여긴다고 생각했기 때문이다. 하지만 그레인지 역시도 아내를 그다지 좋아하지 않았다. 그는 그것을 종종 큰 소리로 말했다. 그는 그녀가 집에서 뚝 떨어져 나온 고양이처럼 지낸다고 했다. 조시는 통통하고 노르스름하였으며, 얼굴엔 주근깨가 가득하고 눈빛이 연한 색이었다. 그래서 사람들은 그녀를 척 보고는 미인이라고 말했다. 하지만 루스가 자세히 살펴본 바로는 숨결에선 쉰내가 나고, 립스틱은 너무 붉고, 내뱉는 말마다 감언이설과 불평이 가득한, 누런 뚱뚱보일 뿐이었다. 그녀의 목소리는 언제나 차가 출발한 후에야 쉬를 하고 싶다고 말하는 버르장머리 없는 뚱보 소녀 같았다.

루스는 조시가 자신과 함께 사는 것을 그다지 반기지 않는다는 사실을 눈치챘다. 그레인지가 루스의 머리를 감기고 땋아 주라고 하자 조시가 이렇게 말했던 것이다.

"여덟 살짜리 어린애 머리를 어떻게 땋는지 내가 무슨 수로 알겠어요?"

"당신이 로린 머리를 빗기느니 차라리 잘라 버렸던 건 나도 알고 있어. 하지만 앤 내 손녀라고. 그 애 머리를 빗기지 않겠다면 내가 당신 머리를 모조리 뽑아 버리겠어."

그날 루스는 조시가 씩씩거리며 머리를 땋는 동안 숨죽여 낄낄거렸다. 그녀와 조시는 친구가 될 성싶지 않았다.

그레인지는 루스와 함께 살기 전까지는 낚시나 일광욕이나 조각을 하며 하루를 보냈지만, 루스가 들어온 이후부터 목화를 기르기 시작했다. 루스는 여름 내내 온종일 목화밭에서 할아버지를 보며 놀았다. 루스도 목화를 따 보고 싶어 했지만 할아버지는 절대로 허락하지 않았다. 그녀는 목화가 너무나 부드럽고 가벼워 보이는 데다, 이른 아침이면 이슬을 머금고 반짝거리는 것이 그렇게 예쁠 수가 없었다. 그녀는 왜 할아버지가 목화에 손도 못 대게 하는지 도통 이해할 수 없었다. 그레인지가 조시에게는 목화를 따라고 했는데, 그녀는 루스가 따지 않는다면 자신도 따지 않겠다고 대꾸했다.

조시는 코웃음 쳤다.

"이 망할 놈의 농장을 사는 데 돈을 보태라면 몰라도, 저 솜뭉치를 따느니 차라리 감옥에 처박히고 말지."

그레인지는 기다란 자루와 자신의 두 손만으로 혼자 목

화밭을 가꾸었다. 루스는 목화를 조면기로 운반할 땐 트럭 뒷칸에 타도 좋다고 허락받았다. 덕분에 그녀는 트럭이 고속도로로 이어지는 흙길을 달려가는 동안 트럭 뒷칸에 탈 수 있었다. 고속도로에 도착하면 그레인지는 매번 트럭을 멈춰 세우고는 그녀를 집으로 돌려보내거나 옆자리로 옮겨 태웠다.

그녀가 시내에 도착할 때까지 계속 목화 더미 위에 있고 싶다고 말하자 그레인지는 날카롭게 중얼거렸다.

"넌 농사꾼이 아니야!"

"하지만 할아버지, 다리까지만 뒤에 타고 가는 것도 안 돼요?"

그녀가 처음 그렇게 물었을 때 그는 너무나 화가 나서 대답도 하지 못했다. 그녀는 자신이 매우 특별하다는 생각을 갖기 시작했다. 학교에 가면 부모의 트럭 뒷칸에 타는 아이들과는 함께 놀지 않았으며 그들을 조롱했다.

"그래 백인들이 실컷 비웃게 벙긋벙긋 웃어라, 껌둥이들아!"

그러자 아이들은 어떤 말이 그녀에게 가장 큰 상처를 주는지 재빨리 간파했다. 그들은 그녀를 '시건방 양'이라고 불렀고, 만약 그 말에 별 반응이 없으면 '그레인지 **할망구**'라고 놀렸다.

어쩌다 트럭 꼭대기에 올라가 놀 때면 그녀는 더할 나위 없이 행복했다. 높은 곳에 올라서면 들판과 숲을 가로질러 저 멀리 하늘까지 수십 킬로미터는 다 보일 것 같았다. 그 무렵 하늘은 구름 한 점 없이 맑았다. 그레인지와 루스는 조시를 집에 남겨 둘 때가 더 많았다. 루스는 브라운필드에 대해 거의 생각하지 않았다. 어쩌다 생각이 날 때면 그레인지가 조지아 주의 감옥은 최고라며 재빨리 그녀를 안심시켰다.

그레인지는 또한 앞뜰에 야채를 키웠다. 현관 앞에 앉아 있으면 토마토가 자라는 것이 보였다. 그는 잘못 자란 커다란 양배추를 납작한 무딘 칼로 줄기에서 뚝 떼어서는 루스의 머리에 왕관처럼 씌워 주곤 했다. 그는 당근과 완두콩도 키웠는데, 가을이면 손녀와 밤늦게까지 수다를 떨며 햇빛에 말린 완두콩의 깍지를 깠다. 농사일이건 다른 일이건 일이라면 무조건 질색인 조시는 그런 밤이 오면 '옛 시절'이나 젊은 시절에 대해 기나긴 이야기를 들려주다가 마지못해 일어나 과일 단지를 씻었다. 그러면 다음날 아침 그녀가 완두콩을 단지에 담아 '팔도록' 그레인지가 거들어 주었다.

이런 가사(家事)를 할 때면 루스는 조시의 거부감을 뼈저리게 느끼고는 엄마의 죽음을 슬퍼했다. 그냥 잊어버렸을지도 모를 기억들이 새집에서는 새로운 놀잇감이 되었는데, 그것은 잠 못 이루는 기묘한 순간에도 밀려왔지만 대개는 꿈속을 통해 와르르 몰려왔다. 열매를 따서 포장하는 나른하고 느릿한 긴 가을 낮이면 엄마에 대한 멋진 추억들이 새록새록 떠올랐다. 추억은 감자를 쌓고 통에 넣는 더운 여름날에도 무럭무럭 자랐지만, 겨울 앞에서는 힘을 쓰지 못했다.

어른들은 결코 그녀의 부모 일을 입에 담지 않았다. 그들은 그녀의 부모가 없는 것처럼, 혹은 애초에 그런 사람들이 존재하지 않았던 것처럼 행동했다. 루스가 부모에 대해 간단한 질문을 하거나 기억나는 일이 없느냐고 물으면 조시는 조개처럼 입을 꾹 다물었다. 하지만 그레인지는 그들에 대해 이야기를 하곤 했다. 그는 그들을 잊어서는 안 되며, 특히 성녀인 멤을 기억해야 한다고 말했다. 그는 멤의 근검절약이나 근면성실을 이야기하며 조시와 줄줄이 비교하기를 좋아했다. 그는 멤에 대한 생생한 추억을 떠올리며 흥분해서는 아내가 며느리만 못하다고 책망했다. 그러면 조시는 울음을 터트리거나 괴로워하는 척했다.

　"이 게으른 여편네야!"

　그는 으레 이렇게 비난을 시작했다.

　"변명할 생각도 하지 마. 입만 싼 창녀 같으니라고. 피부는 누르스름해 가지고 저게 흰둥이지, 어디 흑인이야? 어미도 모르는 화냥년 뚱땡이가 화장만 처바르면 다냐고! 어디 낯 뜨겁게 덜렁거리는 젖통을 이리저리 내밀고 다녀! 남자라면 사족을 못 쓰는 년이! 다리는 왜 쩍 벌리고 지랄이야! 썩 오므리지 못해. 어린애 앞에서 뭐 하는 짓이야!"

　하지만 그녀가 울기 시작하면 그도 누그러들었다. 그는 결국엔 중얼거리곤 했다.

　"젠장, 망할 입은 왜 쩌억 벌리고 거기 서 있는 거야. 내가 말할 때는 썩 와서 내 우라질 무릎 위에 앉지 못해!"

　처음에는 그런 용서의 장면이 잦았고, 때때로 그들은 매우 행복해 했다. 조시는 순순히 그에게로 와서는 껌을 씹으며 얄미운 작은 혀로 진홍색 립스틱에 침을 묻혔다. 눈물은 이미 다 사라지고 없었다. 그레인지는 그녀의 가슴 깊이 얼굴을 파묻으며 중얼거렸다.

"오오. 이런, 내가 또 이성을 잃었군."

루스는 항상 할아버지 할머니와 잠을 자지는 않았다. 그레인지는 온화했지만 단호했다.

"사람들이 떼로 한 침대에서 자는 건 건강에 안 좋아. 어쨌든 둘이 딱 좋지. 어른이라면 말이다."

루스는 그 둘과 떨어져 자신의 침대에서 몸을 뒤척였다. 그러곤 할아버지가 조시를 그토록 경멸하면서도 결국엔 왜 무릎 꿇고 마는지 그 신비를 풀어 보려고 애썼다. 잠이 오지 않으면 엄마가 눈앞에 나타났다. 못이 박인 손은 따스했고, 튼 입술은 부드러웠으며, 두 눈에는 온화한 슬픔과 강인함과 고통이 담겨 있었다.

33장

조시가 토라진 채 일상의 뒤안길로 사라지는 동안, 루스와 할아버지는 서로 떼려야 뗄 수 없는 사이가 되었다. 굳이 계획을 세운 것은 아니었지만 그들은 늘 함께였다. 그레인지가 가는 곳에는 루스도 갔고, 그레인지가 하는 것은 루스도 하였다. 조시는 그레인지가 농장을 사는 데 보태기 위해 술집을 팔아 버렸기 때문에 달리 갈 곳이 없었고, 옛 친구들도 찾아오지 않았다. 그레인지와 루스는 그들이 하는 일에 조시의 관심을 끌어 보려고 건성으로나마 애를 썼지만, 조시는 농장 일에 아무 흥미도 느낄 수 없었다. 그녀는 자신을 도시 여자로 여겼다. 그녀는 그들을 거부했고, 그들은 거부당하여 기뻐했다. 그들은 그녀가 중얼거리고, 이리저리 왔다 갔다 하고, 자홍색 손톱을 손질하도록 내버려 두었다.

크리스마스이브를 며칠 앞둔 어느 겨울, 그레인지는 암

브로시아*를 만들 준비를 했다. 제대로 배운 적은 없었지만, 그는 분명 어느 백인 여자의 딸이었을 누군가에게서 암브로시아가 신들이 영생하기 위해 먹는 음식이라는 말을 들은 걸 기억하고 있었다. 신은 암브로시아를 먹은 후에는 아무것도 먹지 않는다고 했다. "신이 스스로를 창조하는 동안에 잔뜩 먹어 뒀기 때문이란다."라는 것이 그레인지의 간단한 설명이었다.

암브로시아를 만들기 위해서는 손으로 찢은 신선한 코코넛과 파인애플과 오렌지가 필요했다. 아마 위스키나 포도주 한 잔 같은 다른 뭔가도 들어갔겠지만, 루스는 주로 오렌지와 코코넛이 기억났다. 플로리다에 살고 있는 그레인지의 누이가 커다란 상자와 작은 상자 하나씩에 이것들과 포도를 담아서 보내 주곤 했다. 그래서 온 집안이 과일 상점처럼 보였다. 그레인지는 옷장이나 화장대나 벽난로 선반처럼 '높은 곳'에 과일을 두기를 좋아했다. 아이들은 크리스마스 때만 들어올 수 있었는데, 그럴 때면 그레인지가 맘 좋게도 등 뒤나 머리 위로 손을 뻗어 빛나는 오렌지나 포도를 건네 주었다. 그러고는 '수리수리 마수리!' 같은 마법 주문을 깜박했다는 양, 깜짝 놀란 어린 손님들에게 씩 웃어 보였다.

암브로시아를 만드는 데 다음으로 꼭 필요한 것은 거대한 교유기(攪乳機)였다. 그레인지는 교유기를 두 개 갖고 있었는데, 하나는 우유처럼 흰색으로 꼭대기에 희미하지만

---

* 그리스 신화에 나오는 신들의 음식.

멋진 그림이 있었고, 다른 하나는 흙으로 만든 갈색이었다. 그것들은 조시의 어머니 것으로, 주중에는 흰색을, 일요일에는 갈색을 썼다고 그레인지가 말했다. 현관 쪽 방에는 눈을 동그랗게 뜬 그녀의 사진이 있었다. 그들은 그녀를 추억하기 위해 크리스마스 암브로시아를 만들 때 갈색 교유기를 썼다.

그레인지와 루스와 조시는 둥그렇게 앉아서 새벽 2시까지 오렌지 껍질을 벗기고 코코넛을 조각냈다. 물론 한 시간 안에 모두 끝날 일이었지만, 그레인지는 열 번에서 열다섯 번은 하던 일을 멈추고 다른 누군가, 혹은 무언가에 대한 진실을 들려주었다. 그는 리머스 아저씨 이야기*를 모두 외우고 있었다. 더구나 그가 지어낸 존이라는 이름의 영리한 농장 일꾼 이야기는 더 재미있기까지 했다. 존은 루스의 영웅이 되었다. 어떤 상황에서건 혼잣말을 하는 것이 그레인지를 떠올리게 하기 때문이었다.

그레인지는 리머스 아저씨가 바보라고 생각했다. 동물들을 똑똑하게 만들 만큼 영리한 사람이 꼬마 백인을 죽이지도(혹은 꽁꽁 묶어서 몸값을 받아 내지도) 않고, 국회로 가서 나라를 개선시킬 방법을 찾아보지도 않기 때문이었다. 그레인지가 생각하기에 국회는 바보 같은 법률만 통과시키고 있었다.

"흰둥이들이 우리 권리를 없애게 내버려 두지 말고, 들

---

* 19세기 말에 남부의 흑인 민화를 바탕으로 창작된 우화로 노예인 리머스 아저씨가 토끼 이야기를 들려주는 형식임.

고 일어나서 멍청한 흰둥이들한테 밥 먹을 때마다 그렇게 버터를 처바르면 엉덩짝이 터질 거라고 말해 줘야 해! 우리한테 필요한 건 우라질 정치가야. 어쭙잖은 시인 흉내나 내는 자식이 아니라 말이야!"

그는 어린 시절을 회상하기도 했다. 죽은 자나 정령과 맞닥뜨리기 일쑤였고 성령과도 종종 마주쳤다는 것이었다. 그는 그것이 한기와 비슷한 것으로, 조심하지 않으면 영혼이 폐렴에 걸릴 수도 있다고 했다.

그는 머리 둘 달린 사람과 마법사, 보통 흑인들보다 더 예민한 별난 사람들에 대한 이야기를 들려주었다. 그들이 주는 것을 받아 모자 아래에 쓰면 아내가 달아난 사람은 아내가 돌아오고, 아내한테 질린 사람은 아내가 달아난다고 했다. 한번은 박쥐로 변신한다는 소문이 돌던 늙은 마법사가 걸상으로 만든 가루를 자그마한 주머니에 담아 주었는데, 덕분에 그의 치질이 말끔하게 치료되었다고도 했다.

루스가 물었다.

"치질이 뭐예요?"

그가 대답했다.

"어른이 되면 걸리는 매우 안 좋은 병이란다."

그는 매덜레인 자매라는 머리 둘 달린 여자가 시내에 살고 있다는 이야기도 들려줬다. 그녀는 백인 여자였는데 스스로 집시 점쟁이가 된 거랬다.

루스가 물었다.

"왜 그랬대요?"

그레인지가 대답했다.

"누구의 요리사도 되기 싫었던 게지."

매덜레인도 매우 영험하긴 하지만 그가 소년이었을 때 알았던 머리 둘 달린 사람만큼 신통하지는 않다고 그레인지는 말했다. 이제는 머리 둘 달린 사람을 보기 힘들어졌다고 그는 탄식했다.

"머리 하나보다는 둘이 훨씬 많은 걸 볼 수 있는데 말이야."

루스가 가장 좋아하는 이야기는 그가 교회에 다니게 된 사연이었다.

그것은 그가 일고여덟 살이던 어느 봄에 일어났다. 부흥 집회 기간이었는데, 당시의 그는 길 아래에 사는 백인 아이들과 싸움을 벌이곤 했다. 그의 표현을 빌면, 대개는 그들을 '흠씬 두들겨 패' 주었다. 생애 대부분을 독실하고 근면한 하녀로 보낸 그의 어머니는 아들이 싸우는 것을 단 한 번도 심각하게 말린 적이 없었다. 그녀는 그저 부드럽게 그의 영혼이 망가지지 않기를 빈다고 말할 뿐이었다. 그 대신 더더욱 교회의 '가슴' 안으로 그를 밀어 넣고자 애썼다. (그레인지는 가슴이라고 말할 때마다 늘 조시의 옷 앞자락을 쳐다보았다.) 그는 교회의 모든 것에 반항했다. 그는 부흥 집회가 싫었고, 교회가 싫었고, 무엇보다도 목사가 싫었다. 어머니는 온화하게 설득했지만 아무 소용이 없었다. 그레인지의 외삼촌인 버스터가 놀러온 날에도 그녀는 아들에게 교회에 다니라고 열심히 설득하기 시작했다. 버스터는 가슴이 나무통처럼 생긴 데다 비열했다. 그레인지는 외삼촌이 외숙모를 때리는 것을 창문을 통해 본 탓에 그를 좋아하지 않았다. 버스터는 누이가 아무 효과도 없을 게 뻔한 부드러운 간청을 하는 것을 듣더니 그레인지의 어깨를 와락 붙잡았다. 그러고는 성령을 받는 것이란 무엇인지, 구원이 얼마나 좋은 것인지, 마음을 연다면 '순수한' 빛이 어떻게 날아 들어와 충만해지는지 등에 대해 장광설을 늘어놓았다. 간단히 말해서, 그레인지가 종교에 귀의하지 않는다면 그날 밤 집에 돌아왔을 때 호되게 패겠다는 것이었다.

그레인지는 별안간 유쾌한 웃음을 터트리며 이야기를 중단했다. 이야기를 듣던 사람들이 깜짝 놀랐지만, 그것은 그가 예상한 바였다. 그는 뛰어난 이야기꾼이었으며, 그들의 시선을 받는 것을 즐겼다. 탁탁대며 이글거리는 난로의 불꽃이 그레인지의 얼굴에 어른거렸다. 그는 난로에 자주 침을 뱉었는데, 놀라우리만큼 명중률이 높았다. 심지어 루스는 할아버지가 침 뱉는 것을 좋아할 지경이었다. 매끄럽고 멋진 진갈색 입술이 잠시 오므라들었다가 순백의 이가 드러나면, 쇠로 된 난로가 강타당하며 치익 하는 소리를 내지른다. 그리고 그 순간 그들이 숨도 안 쉬고 난로를 뚫어져라 바라보며 기다렸던 광경이 펼쳐졌다. 갈팡질팡하던 불꽃이 차르르 소리와 함께 침을 종말로 이끄는 것이었다.

그레인지는 억지로 자리에 앉혀졌다. 그의 표현을 빌자면 간증자 좌석에 '벌컥 떠밀렸다.' 주위에는 온통 부활한 영혼이 가득한 것이 분명했다. 첫째로, 모두 구원받은 사람들이었던 형제님들의 주변에서 영혼의 강렬한 향기가 혹 끼쳤기 때문이었다. 주로 옥수수 술 아니면 집에서 만든 포도주 냄새였다. 예배가 시작됐을 때 형제님들은 쇠꼬치처럼 뻣뻣하게 앉아 있었다. 그날 저녁 그들 모두는 의자에서 굴러 떨어지지 않기 위해, 풀이 죽어 딱딱한 나무 의자에 앉은 그레인지에게 시선을 고정시켰다. 버스터 외삼촌도 그런 형제님들 중 하나였다. 그레인지는 삼촌이 교회 안을 떠도는 자기의 복숭아 껍질 브랜디 냄새를 맡고 있으리라 상상했다.

자매님들은 모두 가장 좋은 옷을 빼입고 있었다.

그레인지가 말했다.

"그때는 기다란 드레스를 입었지. 다리 한번 보려다 목 부러지기 십상이었어."

당시 여자들은 붉은색, 노란색, 초록색 드레스를 즐겨 입었으며, 머리는 '하늘 끝까지' 치솟아 있었다. 그레인지는 싱긋 웃었다.

"도마뱀이 그들 머리에 떨어졌다간 주룩 미끄러져서 발톱이 부러지고 말았을걸!"

신도들은 설교가 시작되기 전에 공작 떼처럼 모여 앉아 떠도는 소문을 주고받았다.

"세상에, 아무개 자매! 어쩜 이리 예쁜가요. 정말 눈에 넣어도 안 아프겠어요!" 혹은 "무슨 말을 그렇게 해? 애를 열하나쯤 낳은 것도 아니고. 아직 팔팔한 청춘으로만 보이는걸."

그들은 창 밖이나 난로에 침을 툭툭 뱉으며, 긴 치맛자락 아래로 발목을 슬쩍 내비치려고 갖은 애를 다 썼다. 하지만 목사가 설교단에 오르면 그들은 바로 "오, 이 죄인을 용서하소서!"라고 외치기 시작했다. 그들은 내내 슬픈 표정으로 그레인지를 바라보며 탄식을 늘어놓았다.

그러다 예배가 끝날 무렵 목사가 개심자들을 앞으로 불렀다. ("이때 누굴 부른다고요? 죄수*요?" 하고 루스가 묻자 그레인지는 이야기를 중단하지도 않고 대답했다. "그게 그거야.") 예전엔 구원받지 않고도 행복하게 지내던 두세 명의 십 대들이 머리를 숙인 채 앞으로 줄줄이 나왔다. 걔네는 아마 전날 밤에 뭔가를 훔쳤을 거야 하고 그레인지가 덧붙였다. 교회는 찬송가로 들썩이기 시작했다. 자매들은 소리 높여 외쳐 대고 설교단 위의 목사는 땀을 뚝뚝 흘렸다. 목사는 가끔씩 손수건으로 대머리를 닦았다. 그가 예배를 보는 내내 침을 뱉었던 바로 그 손수건이었다. 그레인지는 자신을 애처롭게 바라보는 어머니의 시선을 느꼈다. 아들이 교회의 품 안에 무사히 들어가기를 그녀가 세상 그 무엇보다 바라고 있음을 그도 잘 알고 있었다. 그도 성령을 받고 싶었다. 버스터 외삼촌이 장담한 매질을 생각하니 무서워 죽을 지경이었기 때문이다.

그는 어머니를 바라보며 외삼촌에 대해 생각하다가 그를 찾아 설교단 옆자리를 건너다보았다. 그는 여전히 제자리에 앉아 있었다. 하지만 교회가 주님의 영으로 들끓어 모두가 벽을 기어오르다시피 하는 와중에 외삼촌은 쿨쿨 자고 있었다. 세상에! 침이 줄줄 흘러 조끼 주머니로 떨어지는데도 그는 여전히 코를 골았다. 그레인지는 홀린 듯 그

---

* convert(개심자)와 convict(죄수)의 발음이 비슷한 데서 온 오해.

광경을 바라보았다. 버스터 외삼촌의 입가에 묻은 찌꺼기를 들쑤시고 다니는 놈은 바로 커다란 뚱뚱보 집파리였다. 등불 빛에 파리의 날개가 호박 보석처럼 빛났다. 버스터 외삼촌의 입가를 부지런히 돌아다니는 모양이 꼭 방 한구석을 쓸고 있는 주부나 훔친 파이를 먹는 게걸스런 꼬마 같았다. 바로 그때 그레인지는 흑인 감리교 교회의 하느님과 협상을 했다.

버스터 외삼촌의 벌어진 입과 그 주변에서 노니는 거대한 파리를 보면서 그는 자기 자신에게 맹세했다. 만약 파리가 외삼촌의 입으로 들어가고 외삼촌이 그 파리를 삼킨다면, 즉시 벌떡 일어나 성령이 임하셨다고 외치고 계속 교회에 다니겠다고. 그는 성령이 혼자서는 결코 오지 않는다고 결론 내렸다. 그런데 이런 생각을 하자마자 파리가 조심스럽게 버스터 외삼촌의 입안으로 기어 들어갔다. 바로 그 순간 잠이 깬 외삼촌은 교회의 모든 이가 자신을 바라보고 있다고 생각하고는 구레나룻이 난 묵직한 턱을 서둘러 다물었다. 그러곤 경건한 독선으로 침을 삼켰다. 파리가 아래로 내려간 것이다! 외삼촌의 안색이 금방이라도 토할 것처럼 파리해졌다. 그레인지는 즉시 벌떡 일어나 목사의 손을 잡고 흔들기 시작했다. 버스터 외삼촌은 한 손으로 입을 틀어막고는 그의 곁을 지나쳐 갔다. 어머니는 울면서 소리 질렀고, 그 이후론 대체로 행복하게 지냈다고 그레인지는 말했다.

이것이 그레인지가 교회의 가족이 된 사연이었다. 하지만 그는 여전히 신을 믿지 않았다. 세상에 어느 신이 자존심이라는 것이 있다면 일고여덟 살짜리 어린애와 그런 지저분한 계약을 하겠냐는 것이었다.

이야기의 뒷부분을 듣던 루스는 웃음을 터트리며 의자에서 벌떡 일어났다. 그녀와 그레인지는 교회 안에서 전통의 부조리를 흉보며 실없는 여자애들 마냥 나직이 낄낄거리는 일이 잦았다. 교회에 가는 것 또한 전통의 부조리 중 하나였다. 목사나 옷을 쫙 빼입고 교회에 다니는 사람들은 그 둘을 무시무시한 신성 모독의 화신으로 여겼다. 하지만 토요일 밤마다 마누라를 두들겨 패고 아이들을 괴롭히는 작자들이 일요일마다 자기 정의감에 불타 하느님에게 경의를 표하며 얌전 빼는 것을 보고 있자니 그레인지와 루스는 우습기 짝이 없었다.

34장

조시는 그들이 자그마한 통나무집에서 함께 춤추는 것을 보았다. 그 집은 그레인지가 루스의 놀이방으로 지은 것이었다. 그날 열 번째 생일을 맞은 루스는 머리부터 발끝까지 새 옷을 입고 있었다. 조시는 화가 치밀었다. 그레인지는 결혼한 이후로 한 번도 그녀에게 옷을 사 준 적이 없었다. 또한 루스와 함께 살기 시작하면서부터 그는 단 한 번도 조시와 춤을 추려고 들지 않았다.

"이런 망측한 일이!"

그레인지와 루스가 그녀를 빙빙 돌며 숨 가쁘게 춤추는 동안 조시는 냅다 소리를 질렀다.

"게다가 당신 심장은 벌써 구멍투성이잖아!"

그들은 그레인지의 쉰 목에서 나오는 블루스 음악에 맞추어 계속 춤을 추었다. 노래를 부를 때 그는 고통스러워 보였다. 하지만 루스는 할아버지의 심장이 어떤 상태인지 전혀 알지 못했다. 그저 할아버지의 사랑을 듬뿍 받는다는 사실만을 알았고, 그것으로 만족했다.

"할아버지 심장이 어떻다는 거예요?"

그녀가 물었다. 하지만 그레인지는 슬픈 노래에 넋을 잃고 있었다. 루스는 할아버지가 매우 멋진 노인이라고 생각했다. 그는 키가 크고 야위었으며 툭 튀어나온 엉덩이를 가지고 있었다. 그가 춤을 출 때면 그날 하루가 좋았는지 나빴는지 전혀 감을 잡을 수가 없었다. 그는 눈을 감고 노래를 흥얼거렸다. 그는 항상 자신만의 노래를 불렀다. 루스가 라디오에서 들어본 적이 없는 노래들이었다. 그의 노래는 그녀의 마음을 감동시켰다. 그가 춤추는 모습을 보는 동안 그녀는 매우 오래된 무언가와 왠지 가까워진 느낌이 들었다. 그레인지는 걸을 때와 마찬가지로 춤출 때도 무릎에 스프링이 달린 듯했다. 술을 마시며 춤을 출 때는 유쾌함과 천박함 사이를 아슬아슬하게 비켜갔다. 그는 즐거워했다. 루스에게는 그의 심장이 신체 기관이 아니라 노랫소리에 담긴 떨림인 듯 생각되었다.

그들은 단둘이 출 때 가장 춤을 잘 추었다. 춤 덕분에 루스는 자신이 몸을 갖고 있다는 사실을 깨달았다. 그녀는 또한 할아버지에게도 몸이 있다는 것을 인식했으며, 할아버지가 자신의 몸을 다루는 능력에 존경을 품게 되었다. 그레인지는 춤을 통해 루스에게 아무도 가르쳐 주지 않은 역사를 가르쳤다. 루스는 춤을 통해 전혀 알지 못했던 고국을 살짝 엿볼 수 있었고, 쿵쿵거리는 북소리를 느낄 수 있었다. 춤은 따스한 전류가 되어 바다 너머의 다른 춤추는 사람들과 그들을 연결시켰다. 할아버지의 유연하고 아름다운 늙은 팔다리를 통해 그녀는 우아함이 얼마나 멋진 것인가를 깨달았으며, 그녀 자신도 우아하게 움직이는 법을 배울 수 있었다.

조시는 일요일마다 그들을 남겨 두고 나가기 시작했다. 그녀는 시내로 가 브라운필드가 수감된 교도소를 찾아갔다. 그레인지는 그녀를 막지 않았다. 설령 그랬다 하더라도 루스는 전혀 알지 못했다. 하지만 루스는 이 엄청난 일에 깜짝 놀랐다. 그를 만날 만큼 용감한 사람이 세상에 있으리라고는 전혀 상상도 못 한 일이었다. 조시는 브라운필드가 교도소에 갇힌 이후로 많이 변했으며, 막상 보면 그라고 믿기 힘들 정도일 거라고 말했다. 루스는 그를 다시 볼 일이 없을 거라고 생각해 왔다. 심지어 그가 사형되기를 바라기까지 했다. 그가 곧 출옥할 것이라는 조시의 말이 그녀를 두려움에 떨게 했다. 하지만 시간이 지나면서 조시의 면회는 예사로운 일이 되었고, 루스는 다시 긴장을 풀고 할아버지와 즐겁게 지낼 수 있었다. 이제는 조시가 브라운필드에게 줄 닭을 요리하고 파이를 굽느라 온 시간을 다 보냈기 때문에 그녀가 할아버지를 독차지할 수 있었다.

"네가 얼마나 이기적이고 제멋대로인지 알기는 하니?"

하루는 조시가 이상하게 일그러진 얼굴로 그녀에게 물었다.

"무슨 말인지 잘 모르겠어요."

루스가 대답했다.

그레인지와 극장에 가기로 했기 때문에 그녀는 서둘러 옷을 입고 있었다. 솔직히 루스는 자신이 조시를 할머니로 여기지 않는다는 사실을 전혀 의식하지 못했다. 더더군다나 그녀가 그레인지의 아내라고도 전혀 생각하지 않았다.

루스는 문 밖으로 뛰어가며 물었다.

"우리랑 같이 극장에 가기 싫다고 하셨잖아요?"

차가 출발하고 있을 때 루스가 외쳤다.

"안 그러셨어요?"

35장

여름과 가을이면 루스와 그레인지는 과일주를 만드는 향
기롭고도 소박한 일에 온 시간을 다 바쳤다. 그들은 최상
의 맛을 내는 비결을 알고 있는 과일주를 줄줄이 열거할
수 있었다. 언제나 신맛이 나는 과일주도 몇 개 알았다.
복숭아 철에는 복숭아 씨와 껍질을 모아 갈색 교유기에 물
과 함께 넣고는 익게끔 내버려 두었다. 그러면 9월쯤 독한
복숭아주가 만들어졌다. 여름이 끝날 무렵엔 커다란 앨버
타 복숭아를 반으로 쪼개 물과 함께 교유기에 넣었다. 적
어도 일주일에 한 번씩 살펴보고, 가끔 맛을 봤다. '시음'
은 언제나 그레인지가 맡았다. 그러다 크리스마스가 되면
그들은 복숭아주를 마셨는데, 유리잔 옆에 복숭아 조각이
들러붙곤 했다. 여름에 옥수수 속대로 담근 술 단지를 봄
에 집 바깥에 내놓으면 하얗고 달콤한 술이 시원해졌다.
검은딸기, 무스카딘 포도와 스커퍼농 포도, 때로는 자두로

도 술을 담갔다. 루스는 거의 그레인지만큼이나 과일주를 좋아했다. 한번은 사람들 앞에서 그녀가 아픈 기색을 보이다 토한 적도 있었다. 모임에서 술을 마신 사람이 그레인지만이 아니라는 것을 모두가 분명히 알 수 있었다. 루스가 아홉 살이 된 무렵에는 그레인지마저도 그녀의 주량에 깜짝 놀랐다. 그녀는 술이 너무나 맛있어서 우유처럼 한 잔 가득 마시고 싶은 마음에 안 취한 척 굴곤 했다. 하지만 그레인지는 원천적으로 술을 못 마시게 하는 법을 알고 있었다. 그는 손녀딸과 함께 숨겨 두었던 술 단지를 몰래 다른 장소로 옮겼다. 하지만 이러한 예방 조치는 그에게도 문제를 일으켰다. 그가 어디에 숨겼는지 잊는 바람에 루스에게 술 단지 찾는 것을 도와 달라고 부탁해야만 했던 것이다.

부끄럼 없는 술꾼인 그는 정기적으로 이교도가 되었다. 그는 낮 동안에 포도주나 옥수수주 2리터를 야금야금 마셨다. 술이라면 종류를 가리지 않았다. 주말에는 평소 주량의 두 배를 마셨는데, 때로는 집을 못 찾아올 정도였다. 그는 두어 번 고속도로와 집으로의 진입로가 갈라지는 곳에 드러누운 채 발견됐다. 더 이상 걸을 수 없었던 것이다. 그럴 때면 그는 자신을 찾으러 온 가족들에게 자유의 가치에 대해 지칠 만큼 장황한 독백을 늘어놓았다.

"염병할 개처럼 죽게 여기 내버려 두란 말이야!" 하고 그는 허세를 부렸다.

"검둥이는 지옥으로 꺼지는 게 더 나아!"

조시는 그를 부축하고 루스는 회초리를 들고 뒤에서 따

르며 그레인지를 집으로 데려갔다. 그가 길에 주저앉으려고 들면 루스가 회초리로 그의 다리를 때려서 막았다. 그가 우울해 할 때마다 루스는 자신이 할아버지보다 더 어른스럽다는 느낌을 받았다. 그가 술에서 깨면 그녀는 그의 머리가 아프든 말든 잔소리를 늘어놓았다. 그리고 담배도 그가 직접 찾아서 불 붙이게 했다. 그렇게 무시해 버리면 월요일 밤쯤 그는 정신을 차리고 부끄러워할 뿐만 아니라 겁에 질려 뻣뻣해졌다. 자신이 손녀를 너무 멀리 밀어내 버렸을까 봐 두려웠던 것이다.(어쨌든 그녀는 아직 어린애라서 자신을 이해하지 못할 것이고, 심지어 오해할지도 몰랐다!) 그는 그녀가 나중에 자신에게 반항하게 될까 봐 걱정했다. 그는 자기 아들의 아버지가 된 것을 저주했고, 아들의 딸이 자신을 아들과 똑같이 여길까 봐 염려했다.

루스는 그레인지가 술에 취할 때마다 브라운필드를 떠올렸다. 마음의 닫힌 곳이 억지로 고통스럽게 열리는 것만 같았다. 그녀는 다시 가까운 이에게서 증오와 파괴의 악마를 보았다. 하지만 그녀는 그레인지가 흉악스런 아들과 조시 때문에 술을 마시는 거라고 믿었다. 그레인지와 그의 아내는 서로 거의 말을 하지 않았다. 그들의 냉담함 때문에 집안 분위기가 고약할 때가 적지 않았다. 공기 중에는 항상 루스의 침입에 대한 조시의 반감이 떠돌았다. 루스 역시 그레인지에게 마거릿이라는 다른 아내가 있었다는 것을 알고 있었다. 그는 마거릿을 결코 잊지 못했다. 그는 그녀에 대해 말할 때마다(오직 술에 취했을 때만 그랬다.)

울음을 터트렸다. 그러면 루스는 이미 죽은 지 오래된 그녀를 온 마음을 다해 증오했다.

하지만 그레인지의 죄악은 다른 사람이 아닌 바로 그 자신을 겨냥한 것이라고 루스는 믿었다. 그의 실패한 삶에 대한 완전한 승리는 바로 그 자신 안에 있는 기쁨이었다. 루스가 그레인지에게 끌리는 것도 이 때문이었다. 그는 죄인이었다. 그는 이를 기꺼이 인정했다. 하지만 그는 다른 이를 위해 기꺼이 자신을 희생했다.(당시 루스는 그가 마땅히 주어야 할 것을 오직 그녀에게만 주었다는 것을 알지 못했다.) 그가 삶에 아낌없이 퍼붓는 열정을 그녀는 비난할 수 없었다.

그가 맑은 정신으로 돌아와 죄책감과 수치심에 빠져 있거나, 조시가 누군가(주로 브라운필드였다.)를 만나러 가려고 옷을 차려입으며 그를 비난한 뒤에는 단둘만 남겨진 집 안 전체에 장막이 내려뜨려졌다. 고개 숙인 그레인지의 회색 머리 둘레에서 장막은 가장 짙어졌다. 그는 루스가 가까이 오거나, 그녀가 땋아 내린 머리로 자신의 턱을 별안간 내려칠 때만 고개를 들었다. 그렇게 맞으면 어쩔 때는 아프기까지 했다. 그러고 나면 그 둘은 서로를 껴안았다.

아버지와 아들의 다른 삶에 관해 그녀가 무엇을 알 수 있었을까? 그녀는 그 아버지를 사랑했고 그 아들을 두려워했다. 그녀가 어떻게 판단을 내릴 수 있었겠는가? 루스가 보지도, 이해하지도 못했던 부부간의 친밀한 생활과 조시에 대해 무엇을 알았겠는가? 그녀가 알 수 있는 것은 할아버지가 그녀의 아버지에게 결코 아버지 노릇을 한 적이 없었다는 정도에 불과했다. 브라운필드와 그레인지는 서로를 저주했고 상대방의 연륜이나 젊음을 전혀 존중하지 않았다. 어쩌면 그레인지의 사랑에 결함이 있었을 수도 있다. 그의 삶이 그러했듯. 그것도 아니라면 언제 어디서 그런 폭력이 시작된 것일까? 그리고 조시는 어떤 비밀을 알고 있는 것일까? 그토록 어린 아이가 파괴된 가족애의 결과와, 돌덩이와 같은 증오와, 검게 탄 마음 사이의 영역과, 울부짖는 영혼의 복수를 어찌 이해할 수 있었겠는가?

36장

그레인지와의 생활은 그녀가 예전에 집에서 알던 것을 능가하는 비인간적인 잔인함에 대한 이해와 혼란한 세계로의 입문을 의미했다. 기나긴 우울과 슬픔이 지나간 후, 분명한 이유 없이 눈물이 그녀의 뺨을 타고 흘러내리는 순간이 더러 있었다. 하지만 그럴 때를 제외하면 뒤집힌 우산 모양의 지붕 아래에서 사는 노란 사람들과 인디언에 대해 격의 없으면서도 강경한 대화를 나누곤 했다. 루스는 그때 처음으로 바다라는 것이 있으며, 그것이 베이커 카운티보다 훨씬 크다는 사실을 알게 되었다. 그녀는 파리, 런던, 뉴욕과 같은 이국적 이름으로 불리는 장소에 대한 묘사를 흥미롭게 들었다. 과일주를 만들고 춤을 추며 충만하고도 즐거운 나날을 보내는 것 외에도, 거대한 폭탄, 조상들의 강요된 노예 생활, 붉은 사람들의 급격한 소멸, 백인들의 타고난 약탈 근성, 무수한 공포를 불러일으킨 사람들에 대해 대화를 나누었다.

혹인의 역사가 세세히 거론되는 날도 있었다. 연설, 방송, 북부의 거리 한구석에서 행해진 강연 등 그레인지는 자신이 들었던 모든 것을 기억에서 끄집어내 손녀에게 들려줬다. 미국이라는 부유한 깡패 나라에 반대하는 열정적인 웅변을 할 때도 있었다. 그녀가 총을 지녀도 될 만큼 나이가 들었을 때는 새와 토끼를 쏘는 법을 가르쳐 주었다. 그녀는 차라리 다른 일을 하는 것이 더 좋았지만 토끼는 감자랑 요리해서 먹으면 맛있는 데다, 새도 닭고기와 맛이 비슷했다. 그래도 그녀는 여전히 사냥이 마음에 들지 않았다.

루스는 그레인지가 백인을 왜 그토록 혐오하는지 이해할 수 없었다. 엄마는 그녀가 백인 아이들과 놀 때 간섭한 적이 없었다. 할아버지네 집 아래쪽에는 멋진 백인 아이들이 많이 사는 것 같았지만, 함께 노는 것은 엄격히 금지되었다. 예닐곱 살인 그 애들은 확실히 보이는 만큼 건전하지는 않았다.

"왜요?"

그녀가 신경질적으로 손톱을 씹으며 반항적으로 묻자 그레인지는 말했다.

"첫째, 그들은 널 아프리카에서 납치했어."

"나를요?"

"내 말 잘 들으렴. 둘째, 그들은 널 사슬에 묶어 여기로 데려왔어."

"이잉?"

그녀는 중얼거리며 발목을 내려다봤지만 약간 불그스름

할 뿐 아무런 흔적도 없었다.

"셋째, 그들은 매일 너를 노예로 부려먹고 두들겨 팼어. 먹을 것으로는 잡초나 던져 주고 말이야……."

그녀는 할아버지의 말을 잘랐다.

"우리가 딜시한테 주는 것처럼 말예요?"

"콜라드 양배추를 줬지. 아니면 창자나."

"곱창 말이에요? 전 그거 맛있기만 하던데. 콜라드도요."

그들은 여자한테 몹쓸 짓을 했어.(당시 루스는 겨우 아홉 살이었다.)

"네? 뭐라고요?"

그녀가 흥분하여 외쳤다.

그들은 악마야.

그들은 푸른 눈을 가진 마귀지.

그들은 너의 철천지원수야.

"그 위선자들하고는 말도 섞지 마라. 안 그랬다간 그들이 널 파멸시키고 말 거야."

그녀는 단추를 만지작거리며 말했다.

"그들은 나한테 아무 짓도 안 했어요. 할아버지가 잘못 알고 있는 거예요."

"그들은 네 아버지와 어머니를 죽였어."

그녀가 아는 한 아버지는 여전히 살아 있었다. 물론 때때로 그가 죽기를 바라기는 했지만 말이다.

"아녜요. 안 그랬어요."

그녀는 할아버지의 말을 이해할 수 없었기에 그저 이렇게 말했다.

37장

그레인지에게 아들은 살해당한 며느리와 마찬가지로 죽은 것이나 다름없었다. 설령 아들이 살아 있다는 생각을 더 오래전에 버렸다 하더라도 그의 의견은 별반 달라지지 않았을 것이다. 그는 여전히 아들이 미국의 황야에서 영혼을 잃어버린, 산 자인 동시에 죽은 자인 수많은 사람들 중 하나라고 말할 터였다. 브라운필드가 생애를 보낸 오물 구덩이는 무(無)나 다름없었다. 브라운필드는 아내를 살해한 죄로 감옥에 갇혀서도 계속해서 사악한 음모를 꾸몄다. 그는 가능한 모든 순간에 비열한 태도로 일관했다. 그가 유일하게 믿을 수 있는 친구는 아버지의 아내뿐이었다. 그레인지는 조시가 브라운필드의 도움을 받아 남편을 거스를 가능성을 고려하였다. 조시는 남편이 손녀에게만 관심을 쏟고 아내를 소홀히 한 죗값으로 고통을 주고자 할 터였다. 하지만 그는 그런 생각을 금방 떨쳐 버렸다. 그는 루스에게 삶의 진실을 가르쳐 주어야 했다. 아내나 아들 혹은 다른 누군가가 무슨 음모를 꾸미건 그는 그 순간이 닥쳤을 때 능히 이겨낼 수 있을 것이었다. 그사이 조시는 오고 가며 종종 브라운필드의 이름을 입에 담았다. 그가 끄덕도 하지 않은 것은 아니었다. 하지만 어느 날 조시는 남편이 천성적으로 세상에서 가장 질투가 없는 사람이라는 사실을 불현듯 깨달았다.

루스가 때때로 브라운필드에게 흥미를 느낀다는 점이 그레인지의 마음을 어지럽혔다. 그가 보기에 루스는 자신에게 혐오와 공포를 심어 주었던 바로 그 점 때문에 아버지에게 끌리는 듯싶었다. 그녀는 아버지가 무슨 대단한 수수께끼라도 되는 양 계속해서 그의 이미지를 곱씹었다. 아버지에 대해 생각할 때마다 그녀는 혼란스러워 보였다. 마치 잘 알고 있는 문을 앞에 두고도 열쇠가 없다는 사실을 깨달은 듯한 표정이었다. 그는 멤의 집으로 달려가 멤과 손녀들이 마당 한가운데 함께 쓰러져 있는 것을 목격했던 그날 밤 일을 다시는 떠올리기 싫었다. 손녀들 중 대프니와 오넷은 멤의 아버지인 북부 출신의 말씨 부드러운 목사와 그의 아내가 급히 데려가 버렸다. 그들의 턱은 경악으로 벌벌 떨리고 있었다. 비극에 마음이 갈가리 찢어진 노인은 아내보다 더 깊이 슬퍼하며 아이들을 모두 데려가고자 하였다. 오래전 아이들의 엄마를 거부했던 그가 말이다. 루스만은 친할아버지의 품에서 떼어낼 수 없었다. 그레인지가 그 아이를 간절히 원했던 것이다. 그것은 자신에게 그런 감정이 있다고는 생각도 못했을 만큼 강렬한 열망이었다. 그 모든 일을 겪고 난 후에도 그럴 수 있다니. 처음에 조시는 그가 겁에 질린 아이에게 그토록 애정을 쏟는 것을 우습게 여겼을 따름이었다. 그녀는 그가 아내인 자신은 그처럼 아낀 적이 없었다고 말했는데, 그것은 사실이었다. 그가 처음 조시와 결혼하고자 한 동기가 의심스러운 것이니만큼 그녀가 그렇게 생각한 것은 당연했다. 그녀의 약점은 그를 너무나 오랫동안 기다려 왔고 그를 너무나 사랑한다는 것이었다. 그녀는 어리석게도 결혼하면 그가 자신에게 어떤 잘못도 저지르지 않으리라 믿었다.

그레인지는 북부에서 돌아왔을 때 그녀가 정절을 지키지는 않았을지언정 여전히 자신을 기다리고 있으리라는 것을 알고 있었다. 그녀로서는 그가 느끼는 변화를 전혀 이해할 수 없었다. 베이커 카운티를 떠나 북부로 갔을 때 그가 갖고 있던 세상에 대한 지식은 갓난아기의 것이나 다름없었다. 세상일이 만만치 않다는 것만 아는 정도였다. 그는 사실 자신이 어디로 향하고 있는지조차 제대로 알지 못했다. 그는 그저 소문으로 듣기에 더 좋다는 곳을 찾아갔다. 조시는 그가 세상을 알게 됨으로써 얼마나 깊은 반감을 갖게 되었고, 세상이 안 보이는 곳에서 얼마나 파묻혀 지내고 싶어 하는지를 전혀 알 수 없었다. 평범하고 견문이 좁고 생각이 없는 많은 사람들처럼 그녀도 그가 백인에 의존하는 것을 얼마나 지긋지긋해 하는지를 이해하지 못했다. 그가 어쩌다 한 번이라도 백인의 낯짝을 보느니 차라리 장님이 되고 싶어 한다는 것도 그녀는 알지 못했다. 그레인지는 어디에 가든 백인이 모든 것을 좌지우지한다는 것을 알고 있었다. 백인이 조지아를 다스리듯 뉴욕도 그들이 통치했다. 푼탱 거리에서처럼 할렘도 마찬가지였다. 애당초 계획했던 대로 조시와 함께 갔더라면 그녀도 아마 이해할 수 있었을 것이다. 그가 베이커 카운티로 돌아왔을 때 원했던 것은 오직 두 가지뿐이었다. 백인들로부터의 완전하고도 무제한적인 독립과 세상으로부터의 은둔. 이를 확보하기 위해서는 조시의 돈이 필요했다. 조시는 그가 그토록 사생활을 중시하는 것이 자신에 대한 사랑 때문이라고 생각했다. 그녀는 그가 자신의 매력을 보다 잘 즐기기 위해 세상에서 격리된 농장을 원하는 줄로만 알았다. 그녀의 자만심은 언제나 편협하고도 위대했다.

그는 세상에 대한 억누를 수 없는 증오를 그녀에게도 심어 주려고 수없이 노력했다. 그가 자신 때문에 일어난 살인(혹은 자살)에 대해 말해 주자 그녀는 공포에 질렸다. 백인이 아닌 흑인 여자가 당한 것인 양 경악해 마지않았다. 그는 백인과 흑인이 서로 다르다는 것을 그녀에게 이해시킬 수 없었다.

"생명은 누구의 것이든지 소중해요."

열여섯 살에 강간당하고도 결코 복수하지 않은, 뚱보 창녀 같은 아내가 경건하게 말했다.

"그들이 우리한테 한 짓은 어떻고?"

"어떻게 당신이 그런 짓을 할 수가 있어요?"

"눈에는 눈이야. 어쨌든 당신도 내가 처자식을 버린 걸 알았잖아. 그들은 굶어 죽을 수도 있었어. 하지만 당신은 그 일 갖고는 아무 말도 안 했지."

조시는 고개를 푹 숙였다.

"그건 사정이 다르잖아요."

그가 물었다.

"어째서? 그들을 버렸기 때문에 우리 둘이 같이 살 수 있어서?"

그녀는 울음을 터트렸다. 그러다 턱을 벌벌 떨면서 무의식적으로 말했다.

"신이여, 이이를 굽어 살피소서."

그러자 그레인지는 말했다.

"그래, 그럴 때도 됐지. 그럴 때도 됐다고!"

이제 그는 손녀에게 세상사를 가르쳐 주려고 했지만 그녀는 받아들이지 않았다. 그러자 그는 자신이 세상의 낯선 곳에 대해 배울 때의 모습이 떠올랐다. 태어난 곳이기에 언제나 고향일 수밖에 없는 이 고장도 다른 곳만큼이나 싫었다. 하지만 그에게 조지아 주가 고향이라면 그 외의 장소는 모두 타향이었다.

루스가 말했다.

"할아버지, 정 싫으면요, 대여섯 명쯤 골라서 머리에 총알을 박아 버리지 그래요!"

뒤틀린 현실을 넘어서는 그녀의 상상력은 텔레비전에서 방영된 서부극에서 연유된 것이었다. 텔레비전에서는 흰말을 타고 마음에 들지 않는 상대에게 결투를 신청하면 그만이었다. 물론 이기는 쪽은 항상 주인공이었다. 열 살배기 아이는 이 규칙을 엄격히 적용했다.

"나보다 훨씬 많은데도?"

"얼마나요?"

"수십 억은 될 거야."

"와이엇 어프*는 자기를 죽이려던 사람을 한 번에 다섯이나 쏘아 맞췄어요. 하나는 술집 지붕 위에 있었고, 하나는 술집 문 안쪽에 있었고, 하나는 거리 중앙의 마차 뒤에 있었고, 다른 하나는 그의 아내 뒤에 숨어서 뒤쪽에 있었다고요. 모두 몇 명이죠?"

"실제 상황에서는 너무 많은 수야."

"하지만 모든 걸 따져 봤을 때 할아버진 좋은 사람이에요. 그러니 괜찮을 거예요."

그의 믿음에 비하면 불의에 대항하는 그의 행동은 쓸모없고 보잘것없으며 이기적인 데다가 비겁하기까지 했다.

"그분도 그들을 싫어해요?"

그녀는 당황한 표정이었다. 그녀는 아버지를 말할 때면 언제나 '그분'이라고 했다. 마치 하느님이라도 일컫는 양. 그 무렵 그녀는 아버지를 증오하는 동시에 존경했다.

한번은 그가 그녀에게 물었다.

"내가 오래전에 네 할머니를 떠났다는 걸 알고 있니?"

"할머니도 조시 할머니처럼 헤펐어요?"

"그게 무슨 말이냐?"

그는 이렇게 어린 아이가 정확하게 꿰뚫어 본다는 사실에 깜짝 놀랐다.

---

* 서부영화 「OK 목장의 결투」로 잘 알려진 전설적인 총잡이.

"에이, 할아버지도. 저라도 달아났을 거예요. 걸레였잖아요!"

그는 부드럽게 말했다.

"아니야, 그렇지 않았어. 할머닌 참 예뻤지. 예쁜 여자라면 다 그렇듯 할머니도 좋은 것을 원했단다. 그런데 가질 수가 없으니깐 거기에 신경을 안 쓰게 다른 멋진 일을 바라게 된 거지. 나도 마찬가지였어. 한참이 지났지만 좋은 것을 가질 수도, 멋진 일이 일어나지도 않았어. 그래서 흥을 돋우려면 서로 싸우는 수밖에 없었던 거야."

그레인지는 손녀의 머리를 내려다보았다.

"예전에 밑에서 일했던 백인 노친네는 껌둥이 거죽에 좋은 값이 치러진다고 하면 당장 내 등가죽을 벗겨 갈 인간이었지."

"세상에!"

그녀는 그에게서 한 발짝 물러섰다.

그는 무엇이 문제인지 알고 있었다.

"좀 더 커 보면 너도 알 게다. 흰둥이들을 뱃속에서부터 증오하게 될걸. 아무렴 그렇고말고!"

"다 거짓말이죠?"

그녀는 벌떡 일어서며 말했다.

"할아버진 그분만큼이나 나빠요! 사람을 죽인……!"

그녀는 말을 계속할 수가 없었다. 분노의 눈물이 그렁그렁 맺혔다.

"덫이나 살펴보러 가자꾸나."

그는 못 본 척하며 총을 집어 들었다.

그녀가 마침내 입을 열었다.

"백인이 울 엄마를 죽인 게 아니에요. 그분이 그랬어요!"

"네 말이 완전히 틀린 건 아니야."

그레인지는 그녀의 어깨에 손을 얹었다.

"내 이론에 흠집을 내는 뱀 한 마리가 있다면 그게 바로 네 아비란다."

"할아버지가 저지른 진짜 비열한 일이나 말해 주세요."

덫을 살피며 숲 속을 느긋하게 거닌 덕분에 루스는 감정이 차차 가라앉았다.

그는 논쟁할 때마다 이런 식으로 끝이 날까 걱정이었다. 손녀딸을 잃을 위험을 감수할 수는 없으므로 그는 그것을 결코 말해 줄 수 없었다. 하지만 실제 행동과 전투와 승리로 말을 뒷받침하지 않는다면 어떻게 필수적인 증오를 그녀에게 가르쳐 줄 수 있겠는가? 증오는 그녀의 생존을 보장해 줄 것이었다. 그는 자기 자신이 부끄러웠다. 이것은 그의 약점이었다. 하지만 확실히 이 때문에 그녀는 그를 좋게 생각했다. 사실 그녀는 할아버지가 진짜 악마, 진짜 살인자가 될 수 있다고는 생각지 않았다. 살인은 감히 생각도 할 수 없는 범죄였다. 다른 이의 생명을 앗아 간 사람에게는 눈곱만큼의 동정도 줄 수 없었다. 그러나 그가 순수한 것만은 아니었다. 그는 일단 자기 식으로 사는 법을 익힌 후에는 철저히 그렇게 살았다. 그의 주위에는 온통 그러한 선택에 대한 저항이 자리했다. 손녀조차 그 저항의 일부였다. 그는 가장 뛰어난 장점이었던 순수와 순진을 잃었다. 황야에서는 순수와 순진이 아무 쓸모없으며 강한 이빨과 발톱만이 필요함을 깨달았던 것이다. 루스 역시 이를 깨달아야 할 터였다.

루스가 말을 꺼냈다.

"그럼?"

"예전에⋯⋯."

그는 말을 하려다 입을 다물었다. 그는 천천히 고개를 저었다. 폭력과 고통의 세월들이 날짜와 그림이 새겨진 더러운 종잇조각이 되어 마음속에서 소용돌이쳤다. 범죄의 잔해가 가득한 바다에서 수년 전 어느 날 밤의 기억이 떠올랐다.

그가 아내와 브라운필드와 갓난아기 스타를 남겨 두고 북부로 떠난 것은 1926년 봄이었다. 그는 몇 주 동안 듀드롭인에서 조시와 지냈다. 하지만 그녀의 강박적인 '사랑'과 마거릿의 죽음을 기뻐하는 모습이 그의 신경에 거슬리기 시작했다. 그랬다. 그는 마거릿의 죽음을 며칠 후 전해 들었으면서도 집으로 돌아가지 않았던 것이다. 그는 크게 충격 받았고, 브라운필드가 어떻게 지내는지 염려스러웠다. 하지만 그는 계속 북부로 가야 한다고 생각했다. 그는 자유로운 삶을 갈망하고 있었다. 이는 심지어, 아니 특히 조시와는 함께 갈 수 없다는 것을 의미했다.

여름이 중반에 접어들 무렵 그는 북부의 뉴욕으로 가기 위해 일하고, 구걸하고, 도둑질했다. 굳은 표정과 부동의 건물들 사이에서 그는 그저 할렘으로 향하는 또 다른 배고픈 무명인에 지나지 않았다. 그는 곧 예전에 꿈도 못 꿨던 행동들을 하고 있는 자기 자신을 발견했다. 밀주와 마약과 장물을 팔았고, 흑인 여자를 백인 남자에게 팔았다. 당시 그런 재미를 볼 만큼 돈이 있어 보이는 사람은 백인들뿐이었다. 처음에는 이런 일을 하기가 무척 힘들었다. 범죄 세계의 동업자들이 말한 대로 그는 촌구석에서 온 개새끼에 지나지 않았기 때문이었다. 다행히도 촌놈 출신이라고 해서 새로운 범죄 기술을 습득하는 것이 불가능하지는 않았다. 다른 불우한 남부 이주자들과 달리 그는 굶어 죽지 않았다. 물론 굶어 죽기 일보 직전까지는 갔지만 말이다.

그는 황금으로 뒤덮인 거리를 기대하며 북부로 향했다. 이것은 그보다 앞서 도착해 실상을 더 잘 아는 사람들에게는 이미 진부한 표현이었다. 그래도 그들은 매년 여름 교향으로 돌아가 여전히 똑같은 소문을 퍼트렸다. 그는 북부에 오기만 하면 대대적인 환영을 받으며 앞길이 훤히 뚫릴 줄로만 알았다. 그는 황금 거리가 없다는 것에는 이내 익숙해졌지만 거리에서 대화를 나누는 사람이나 친절함을 찾아볼 수 없다는 것에는 결코 익숙해질 수 없었다. 그는 더이상 '물건'으로도 여겨지지 않았다. 매일 만나고 지나치는 사람들에게 그는 아예 존재조차 하지 않다니 그 얼마나 잔인한 일이었던가! 남부에서 그는 끊임없이 경멸 어린 감시를 받으며 신경이 바싹바싹 타들어 가는 비참한 생활을 했다. 하지만 그들은 그가 존재한다는 것은 알고 있었다. 그들의 경멸이 바로 그 증거였다. 북부에서 그는 홀로 유폐되어 자신의 존재를 잊지 않기 위해 스스로 적대적인 눈길을 만들어 내야만 했다. 대체 왜 그들은 그가 보이지도 않는 듯 굴었던 걸까? 그는 침묵을 입 닥치게 하기 위해 매일 끊임없이 자신의 이름을 되풀이해 말했다.

"그레인지. 내 이름은 그레인지야. 그레인지 코플랜드가 바로 내 이름이야."

굶주림의 고통으로 죽을 것만 같던 순간 그는 어느 임산부를 살해했다. 그는 그때 기마경찰을 간신히 피해 센트럴 파크에서 구걸하고 있었다. 화창한 겨울 낮이 끝나고 어둠이 내려앉던 무렵이었다. 그는 덤불 아래 웅크리고 앉아 자식에게 버림받은 노인들과 자전거를 타거나 산책하는 사람들이 모두 떠나기를 기다렸다. 그러다 마침내 잘 차려입고 배불리 먹은 사람들이 상쾌한 공원으로 들어와 해가 저물 때까지 노닐었다.

당시 삼 년 반 동안 뉴욕에서 살았던 그는 힘들게 훔친 두터운 옷 한 벌을 입고 있었다. 그는 유능한 도둑이었다. '의심스럽다는 이유로' 경찰에게 몇 번 두들겨 맞은 후에는(그는 실제로 훔친 일에 대해서는 두들겨 맞지 않았다) 결코 잡히는 법이 없었다. 더러는 잘 먹고 깨끗하게 씻고 따뜻하게 지내기 위해 차라리 잡혀서 형을 선고받았으면 하고 바라기도 했다. 하지만 자유를 향한 욕망이 그러했던 것처럼 그의 운이 다른 종류의 '안전'에 빠지는 위험으로부터 그를 구해 주었다. 안전은 어느 정도 그의 영혼에 맞긴 했지만 그의 마음에 대혼란을 불러일으키는 것이었다.

덤불 사이에 웅크리고 앉아 손가락이 뻣뻣해지지 않게 조용히 주무르던 그는 어느 연약해 보이는 임산부를 유심히 보았다. 그녀는 연못가 벤치에 앉아 있었다. 오랫동안 거기 앉아 있는 것으로 보아 누군가를 기다리는 것이 분명했다. 그녀의 손가락에는 반지가 끼어 있지 않았다. 시간이 지남에 따라 그녀의 몸이 오들오들 떨렸다. 추워서인지 지쳐서인지 알 수 없었다. 그녀는 묵직한 푸른색 코트를 입고 있었는데, 색이 다소 바랜 것이었다. 검은 부츠는 털가죽으로 안감을 넣은 듯했다. 거의 백색에 가까운 금발은 매우 짧게 쳐져 있었다. 넓적한 얼굴은 파리하고 일그러져 보였다. 반면 입술은 하얀 얼굴에 비해 놀라울 정도로 새빨갰다. 가까이서 보니 립스틱이 입술보다 더 넓게 덕지덕지 발라져, 원래의 입술선이 어딘지조차 알기가 어려웠다. 새빨간 입술은 퉁퉁 부어 올라 꼭 불이 붙은 것만 같았다.

그는 임신에 매혹되었다. 여인의 부푼 배로 인해 달콤하고도 고통스러운 기억의 혼합물이 떠올랐다. 창조의 과정은 정말 굉장하다고 그는 생각했다. 그것은 기적이었다. 하지만 마거릿의 배를 생각하니 입술이 저절로 쓰디쓰게 비틀렸다.

손에 입김을 불면서 벌벌 떨며 웅크리고 있자니 역시 금발에 근육질인 키가 큰 군인이 성큼성큼 걸어와 여자를 껴안았다. 그들은 몇 분 동안 연못가를 거닐었다. 그는 여자의 손을 비벼 주고 여자의 귀에 입김을 불어 주었다. 공원에는 다른 사람이 거의 없었다. 공원 경찰이 말을 타고 지나다 연인들을 발견하자 미소를 지었다. 경찰관 역시도 저들이 너무나 진심 어려 보여 예전의 자기 모습이 떠올랐을 거라고 그레인지는 생각했다.

연인들은 곧 연못가 벤치 위에 자리 잡았다. 군인이 주위를 조심스레 둘러본 후 거대한 배를 살며시 쓰다듬자 여자가 웃었다. 그레인지는 이유도 모른 채 벤치 가까이로 기어갔다. 단지 연인의 얼굴에 떠오른 사랑의 표정과 이제 막 태어나려는 생명에 끌리고 있다는 것을 알 뿐이었다. 적어도 그는 그것이 사랑처럼 보인다고 생각했다. 그는 한동안 배고픈 것도 잊은 채 두 사람이 짙어지는 어스름 아래에서 키스하는 것을 바라보았다. 그들은 곧 부모가 될 것이나 아마도 결혼하지는 않은 사람답게 순결한 키스를 주고받았다. 그러나 공원 가로등 불빛을 받아 빛을 발하던 금발의 젊은이가 주머니에서 은색의 물체를 꺼냈다. 그가 그것을 들고 있는 사이 잠시 반짝하고 빛이 났다. 젊은 여인은 차분하면서도 기쁨에 들뜬 붉은 얼굴로 가만히 있었다. 남자가 여자의 손가락에 반지를 끼워 주자 그녀가 눈물 흘리는 것을 그레인지는 느낄 수 있었다. 젊은이는 여전히 여자의 양손을 꼭 쥔 채 긴장하여 무어라고 말했다. 그녀는 짧게 친 머리를 거대한 몸 위로 푹 숙이더니 믿기지 않는다는 듯이 남자를 바라보았다.

"어째서요?"

그녀가 외쳤다. 배신당한 여인의 날카로운 상처가 목소리에 실려 그레인지의 귀를 울렸다. 그는 이제 그들이 다투는 모습을 보았다. 여자는 은반지를 연못으로 던지려고 들었다. 젊은이가 가로막자 그녀는 결국 힘없이 반지를 발아래에 떨어뜨렸다. 그들은 그것을 주울 생각도 하지 않고 가만히 앉아 있었다. 그레인지가 듣기로는 젊은이한테 이미 아내가 있는 것 같았다. 군인은 시계를 힐끔거리다 일어나서 그녀의 눈썹에 키스하려고 했다. 여자는 고개를 돌렸다.

군복을 입은 군인은 키가 크고 용감하며 고결해 보였다. 아마 이 때문에 여인은 경멸의 냉소를 띠고 있는 것 같았다. 여자가 젊은이에게 고개를 돌릴 때 그레인지는 그 얼굴에서 냉소를 보았다. 찌그러지고 닫힌 여자의 매정한 옆얼굴이 드러났던 것이다. 군인은 뭐라고 중얼거리며(아마 반지의 가격에 대해 말하는 것 같았다.) 신발로 반지를 툭툭 찼다. 그러다 마지못해 지갑을 꺼냈다.(여자가 그가 주는 반지라면 무조건 연못에 던져 버리겠다고 말하였던가?) 그레인지에겐 난생 처음 보는 거금이었다. 젊은이는 여인의 힘없이 떨군 손에 두툼한 돈뭉치를 밀어 넣었다. 그레인지 쪽으로 고개를 돌리는 여자의 얼굴에서 눈물이 떨어졌다. 가늘고 하얀 작은 손이 눈에서 턱으로 내려가는 모습을 보니 그런 것 같았다.

군인이 돌아서자 그녀의 눈은 멍하니 텅 비었다. 연못을 바라보던 그녀는 나무와 높이 솟은 단단한 바위로 눈을 돌렸다. 그가 완전히 사라지자 그녀는 그가 가 버린 쪽을 쳐다보았다. 하지만 어둠은 그의 건장한 체격이 만들어 낸 마지막 은빛 잔상마저도 곧 지워 버렸다. 그녀는 조용히 눈물을 흘렸다. 그러다 코를 훌쩍이더니 빠르고 격렬한 흐느낌을 터트렸다. 마치 스스로 목숨을 끊고 싶으며, 끊을 수 있다고 믿는 것처럼. 어쩌면 죽음까지는 아니더라도 모든 것을 잊게 할 긴 잠에 빠져들 것처럼.

그레인지는 행복의 정절에서 절망의 나락으로 떨어지는

모습을 모두 지켜보았다. 그는 생전 처음으로 백인들이 검둥이 앞에서 거들먹거리지 않을 때 그들 사이에서 일어나는 일을 있는 그대로 목격한 것이다. 그의 마음이 아가씨뿐만 아니라 군인에 대한 연민으로 아려 왔다. 마지막 순간, 군인의 얼굴은 처참하기 이를 데 없었다. 그리고 지금 아마도 평소라면 자존심을 지켰을 여인이 부끄럼도 없이 흐느끼고 있었다. 물론 주위에 아무도 없다고 생각했기 때문에 그러했을 것이다. 그녀는 자신의 무덤인 거대한 배를 그대로 드러낸 채 그곳에 앉아 있었다. 아니면 적어도 그녀에게는 무덤처럼 보이는 듯했다. 그녀가 배를 몸에서 떼어 내 연못으로 내던져 버리겠다는 듯이 우는 내내 두 손으로 배를 누르고 있었기 때문이다.

그레인지는 그녀에게 도울 일은 없는지 말을 걸어 보기로 결심했다. 이렇게 추운 날씨에 저렇게 울면서 밤새 있다가는 병이 나지 않을까 걱정이 되어서였다. 하지만 별안간 그녀는 충분히 울었다는 듯이 울음을 멈추고 코를 푼 뒤 눈을 닦았다. 꽤나 조심스러운 태도였다. 지난 삼십 분과는 전혀 다르게 도도한 엄숙함이 스며드는 것이 거의 눈에 보이는 듯했다. 그녀의 얼굴은 고통으로 얼룩지기를 거부하고 있었다. 그는 직접 보기도 전부터 그녀의 두 눈이 상처를 털어 내고, 입술과 볼과 오래된 웃음 주름이 미소 지으리라는 사실을 알 수 있었다. 심지어 슬픈 기색조차 느껴지지 않았다.

더 이상의 고통이 없는 성소, 무감각한 상태로의 몰입은 그녀의 눈물보다도 더욱 애처로웠다. 또한 버림받았음에도 냉철하게 평정을 유지하는 그녀의 태도는 특히나 백인이었기에 더더욱 그에게 충격이었다. 저렇게 품위를 유지하고서는 절대로 블루스 음악이 나올 수 없을 터였다. 그것은 자기 연민이 결여되어 있다는 뜻이었고, 이는 곧 누구에게나 일어나기 마련인 기본적 비극에 대해 동정심을 덜 갖고 있다는 의미였다.(그레인지는 사람의 자아에는 때때로 약간의 연민이 필요하다고 철석같이 믿고 있었다.) 그가 보기에 그녀는 열 명의 아들을 전쟁터에 내보내 죽게 만들고도 남을 여인네였다. 그녀는 자신의 용기를 증명하는 국기를 하나씩 받을 때마다 최소한의 눈물만을 흘리며 아들을 떠나보낼 것이었다.

그가 어떻게 그녀가 움직이리라는 것을 예상했을까? 사실 전혀 알지 못했다. 그는 벌벌 떨면서 낮은 초록색 울타리를 넘어 덤불을 따라 걸었다. 그녀는 막 떠나려는 참이었다. 은반지는 사람들이 무수히 밟고 지나갔을 흙 위에 여전히 떨어져 있었다. 그녀는 무심하게 손에 있던 돈을 떨어트렸다. 반으로 접힌 밝은 초록색 지폐들이 펄럭거렸다. 가짜 돈도 아닌 진짜 돈이 버려지는 것을 본 순간 그레인지의 눈에 다른 것은 전혀 들어오지 않았다.(애간장을 녹여 대는 저 푸른 지폐를 설마 버릴 리가!)

뉴욕의 온갖 곳에서 온갖 것들을 훔친 그에게 도둑질은 제2의 언어인 양 원할 때면 언제든지 이용할 수 있는 유용한 수단이었다. 그는 훔치는 기술을 익혔고 잡혔을 경우 피해자의 마음을 풀어 줄 신세타령(불행히도 대부분 진실이었다.)도 충분히 늘어놓을 줄 알았다. 그는 또한 교활함과 폭력의 유용함도 잘 알고 있었다. 도둑질을 하자니 양심의 가책이 느껴질 때도 있었다. 하지만 지금은 그저 줍기만 하면 된다. 생전 처음으로 거리낄 것이 없는 일이었다.

그가 반지와 돈을 주워 센 것은 여자가 연못을 따라 조금 걸어간 뒤였다. 100달러짜리 지폐와 20달러짜리 지폐로 700달러까지 세자, 그는 믿을 수 없다는 듯이 숨을 흑 들이켰다. 흥분한 그는 벤치에 주저앉아 머리를 등받이에 기댔다. 굶주림 때문에 머리가 멍한 상태에서 극도로 흥분하다 보니 기절할 것만 같았다. 그는 현기증과 구토와 싸우며 이를 꽉 깨물고 양손을 맞잡았다. 마치 돈이 묵직한 종이 개구리처럼 코트 안주머니로 뛰어드는 것 같았다. 하지만 쿵쾅거리며 안주머니로 들어오는 모든 것을 내쫓고 있는 것은 바로 그 자신의 심장이었다. 그는 여자의 모습을 눈으로 찾았다. 앉은 채로는 보이지 않아 일어서니 여자가 연못 깊은 곳 근처에서 발을 멈춘 채 가만히 서 있었다. 그녀는 바람에 날려갈 것 같았다. 아마도 눈이 너무 피곤해 그녀가 흔들리는 것처럼 보이는 듯싶었다. 처음에 그는 후들거리는 다리로 최대한 빨리 뛰어 얼른 공원 밖으로 나가야겠다고 생각했다. 근처를 순찰하는 공원 기마경찰의 말발굽 소리가 벌써 들리는 것만 같았다. 하지만 눈앞의 장면이 너무나도 쓰라리고 슬픈 데다 지독히도 애처로워 그냥 사라질 수가 없었다. 달아나기는커녕 그의 두 발은 별안간 젊은 여자가 서 있는 쪽으로 향했다.

그는 너무나도 허기진 나머지, 자신의 덥수룩하고 너저분한 용모, 얽히고 설킨 턱수염, 악취가 풍기는 겨드랑이와 입에 대해 미처 생각하지 못했다. 그녀가 지독한 악취에 기겁하거나, 위로하겠답시고 별안간 나타난 흑인 부랑자를 거부할 수도 있다는 생각이 눈곱만큼도 들지 않았던 것이다. 미리 이런 것들을 고려해야 했다고 그는 나중에야 생각했다. 여자와 아기가 죽은 후에야 말이다. 하지만 그 순간에는 전혀 그런 생각이 들지 않았다. 사실 그때 그는 자신과 그녀가 서로 다를 바가 없다고 생각했다. 비탄은 모든 존재를 평등하게 한다는 생각에 여자를 향해 걸어갔던 것이다.

그는 허둥지둥 돈을 나눴다. 여자한테 300달러를 주고, 자신은 400달러를 가질 셈이었다. 반지 역시도 여자에게 돌려주려고 했다.

그는 경찰이 주위에 없는지 수시로 뒤를 살피며 조심스럽게 그녀에게 접근했다. 그는 1미터를 남겨 두고 걸음을 멈추었다. 그러곤 그녀처럼 연못을 가만히 바라보았다. 그러다 문득 애당초 무슨 생각을 했는지 불확실한 기분이 들자, 그는 일부러 무심한 척하며 조금씩 조금씩 그녀에게로 다가갔다.

그 당시 연못은 가운데만 빼고 가장자리가 얼음으로 하얗게 덮여 있었다. 쓸쓸한 풍경이었다. 낙엽들이 연못가를 뒹굴다 못해 짓이겨졌지만, 얼음이 그것들의 완전한 분해를 가로막았다. 눈에 띄는 것은 거의 대부분이 침울했고, 연회색 어둠은 싸늘했다. 환하게 밝혀진 공원 가로등 불빛에서도 활기나 따스함은 전혀 느껴지지 않았다.

그녀는 그레인지 쪽에서 불어오는 바람을 맞으며 서 있

었기에 재빨리 그의 출현을 알아차렸다. 그녀는 손으로 살며시 코끝을 쥐더니 전형적인 뉴욕 방식으로 그를 보는 동시에 보지 않으며 발을 뗐다.

"아가씨?"

그는 손을 뻗으며 그녀를 쫓아갔다.

그녀는 못 들은 척하며 연못 위로 튀어나온 작은 전망대에 올라섰다. 그는 돈과 반지를 쥔 채 그녀를 지켜보며 아래에 서 있었다.

"실례합니다. 아가씨."

그는 기계 같은 동작으로 모자를 벗었다.

"저쪽 벤치에서 이걸 찾았습니다. 혹시……?"

그녀는 백지장처럼 새하얗게 질렸다. 그녀의 눈에는 학습되고 준비된 비명을 지를 듯한 차가운 긴장이 감돌았다.

"아녜요!"

그녀는 외마디 소리를 질렀다. 그러고는 힘으로 물리치겠다는 듯이 가느다란 팔을 뒤로 높이 쳐들었다.

"내 것이 아니에요."

그녀는 휙 등을 돌리고는 그가 떠나기를 기다렸다.

"아가씨 돈인 걸 다 아니 걱정 말아요."

그는 참을성 있게 말하고는 한 발을 전망대 계단에 디디고는 돈을 무릎 위에 쥐었다.

"젊은 군인이 아가씨한테 주는 걸 다 봤어요."

그녀의 자그마한 등이 뻣뻣하게 굳었다. 그렇게 춥지만 않았더라면 그녀가 새빨개진 얼굴로 고개를 휙 돌려 자신을 흘끗 살피는 것을 그레인지도 보았을 텐데. 그는 조용히 몸을 떨며 그녀 뒤에 서 있었다.

"이리 주세요!"

그녀가 돌아서며 새되게 말하더니 화난 표정으로 그를 위아래로 훑었다. 그는 반지와 함께 돈을 건넸다. 그녀는 반지를 난간에 올려놓고는 돈을 세었다.

"돈이 모자라요. 전부 돌려줘요! 당신은 절대 가져갈 수 없어요. 당신이 훔치게 놔두느니 모조리 연못에 던져 버리겠어요!"

그녀가 20달러짜리 지폐 한 장을 연못으로 던졌다. 그레인지는 본능적으로 연못을 향해 몸을 굽혔다가 얼음을 보고 물러섰다. 그 모습에 립스틱을 바른 그녀의 입꼬리가 교활하게 올라갔다. 그가 빈손으로 일어나자 그녀의 입에서 웃음이 흘러 나왔다.

"멍청이가 따로 없군."

그녀는 다시 낄낄거렸다.

그레인지는 침을 삼켰다. 그는 그녀의 종족 전체를 증오했다. 임신한 채 앞에 서 있는 여자는 자신의 고통으로부터 아무것도 배우지 못했다. 자신보다 약한 사람 앞이 아니면 무력하기 짝이 없는 주제에 복수를 즐김으로써 두 사람 사이에 가능했던 모든 공감의 끈을 갈기갈기 찢어 놓았다.

그녀는 신성시 되는 거대한 황금빛의 임신한 소처럼 거기 서 있었다. 그녀는 예쁘지 않았다. 그저 미인의 표준 복사본을 다시 복사한 데 지나지 않았다. 그녀는 버림받았지만 여전히 누군가가 자신을 끝없이 원하고 사랑하리라 확신하고 있었다. 그녀는 아무것도 나을 것이 없는데도 자신이 흑인 부랑자보다는 한 등급 위라고 자신했다.

"껌둥이, 다 내놓지 못해."

그녀는 위협적으로 말하며 그레인지를 향해 다가왔다. 그는 기가 차서 말이 나오지 않았다.

저년이 나한테 손을 대기만 하면 바로 배때기를 걸어차 흰둥이 애새끼가 튀어나오게 해 주겠어! 거의 투명하다시피 한 흰 얼굴이 점점 다가오자 잔인한 생각이 불쑥 떠올랐다. 순간 마비라도 된 듯 발목 바로 위에서 날카로운 통증이 일었다. 그는 그녀의 뒤틀린 얼굴과 가차 없는 눈빛을 보고서야 그녀가 정말 자신을 걸어찼다는 것을 믿을 수 있었다.

천 개의 북이 그의 관자놀이 안에서 쿵쿵거렸다. 목이 바싹 타들어 갔다. 굶주림과 피로로 흐릿해진 두 눈이 늑대처럼 붉게 충혈되었다. 그는 그녀를 덮쳐서는 돌로 된 전망대 바닥으로 내던졌다. 그가 어깨를 잡고 흔들어 대자 그녀는 비명을 질렀다. 그는 그녀를 일으켜 세워 질질 끌었다. 하지만 굶주림 때문에 그의 분노는 순식간에 사그라졌다. 그는 그녀를 때릴 수 없었다. 그녀가 자신의 눈앞에 당당히 서서 냉정하게 욕을 퍼붓자 옛 농장 시절의 좌절감이 되살아났던 것이다. 그녀는 그를 두려워하지 않았다. 목숨을 걸고 싸워야 할지도 모르는 마당에 그녀가 여전히 자신을 껌둥이라고 부른다는 사실이 그에게는 너무나 비현실적으로 보였다.

그녀는 다시 흐트러짐 없는 걸음으로 전망대에서 풀밭으로 향했다. 그가 계단 앞에 서 있었지만 그녀는 '거리낌'

없이 비키라고 말했다. 그녀는 소리를 지를 필요도 없을 만큼 그가 약하다는 것을 알고 있었다. 그녀는 그를 경멸했지만, 경멸하는 만큼 두려워하지는 않았다. 그녀는 경찰을 찾을 터이고, 그러면 경찰이 그에게서 돈을 뺏고 본때를 보여 줄 것이었다. 그때 갑자기, 불룩한 배의 무게와 거리를 잘못 판단한 여자가 연못의 얼음 사이로 떨어졌다. 그레인지는 말없이 가만히 서 있었다. 하지만 이내 계단을 뛰어 내려가 그녀에게 손을 뻗었다. 그러다 불현듯, 할아버지가 불타는 집에서 백인 '주인님'과 '마님'의 탈출을 도운 것을 고백했을 때 자신이 얼마나 비웃었던가 하는 생각이 떠올랐다. 그제야 그는 상대방이 누구든 그 생명을 구하려고 드는 것은 본능이라는 사실을 깨달았다. 그가 쭉 내민 팔은 거의 여자에게 닿을 듯했다. 그녀는 자그맣고 하얀 손을 뻗어 그의 손을 움켜쥐었다. 하지만 그것이 누구의 손인지 깨닫자 스스로 놓아 버렸다. 그레인지는 더러운 갈색 손을 도로 당겨 바라보았다. 여자는 얼음을 깨고 둑으로 기어오르기 위해 안간힘을 쓰고 있었다. 하지만 옷이 얼음에 걸려 가파르고 끈적끈적한 비탈의 진흙에서 빠져나올 수 없었다. 그녀가 거부한 자신의 손을 유심히 쳐다보던 그는 몸을 돌려 허겁지겁 흩어진 돈을 주웠다. 결국 그녀는 가라앉았다. 그녀가 마지막 숨결로 혐오스럽다는 듯 내뱉은 말은 '껌둥이', 단 한마디였다.

"이 자식아, 당장 공원에서 나가!"

"이 늦은 시간에 여기서 뭘 꾸물대는 거야?"

"네. 지금 갑니다, 주인님."

그레인지는 상상 속의 주인을 향해 꾸벅 고개를 숙였다. 두 사내는 경멸의 웃음을 터트렸다.

　　그는 죽은 백인 여자를 종종 생각했다. 사실 그녀와 그녀의 커다란 배는 항상 그를 따라다녔다. 아마 다른 여자였더라면(심지어 임신한 창녀였더라도) 그는 자신을 두려워하든, 경멸하든, 싫어하든, 혹은 어떤 심한 반감을 보이든 전혀 개의치 않고 안전하게 구해 줬을 것이다. 하지만 그는 그녀를 구하기를 단호히 거부한 자기 자신을 목격했다. 그녀의 경멸은 그의 마지막 한계를 넘어섰다. 그는 그들에게 무슨 일이 일어나도 다시는 상관하지 않을 셈이었다. 그녀는 아마도 그가 사형선고를 내린 유일한 백인일 것이었다. 그는 마음속으로 수천, 수만, 아니 백인 전체를 죽였다. 그녀가 그 첫 번째였고, 아마도 유일하게 실제로 죽인 백인이었다.

　　여자를 죽게 한 것은 저주 받아 마땅한 범죄라고 그는 생각했다. 하지만 묘하게도 그 죄가 그를 해방시켰다. 그는 자신의 불운한 삶이 어떤 점에서 보상받은 기분이었다. 그에게 다시 살아갈 힘을 준 것은 훔친 돈이 아니라 자신이 앗아간 백인 여자의 생명과 자신이 부인한 그녀 아이의 생명이었다. 그는 흑인이 자존심과 남성을 되찾거나 얻기 위해 반드시 감내해야 할 필요악을 의지에 반해 저질렀을 뿐이라고 확신했다. 흑인은 압제자를 죽여야만 하는 것이다.

　　그는 평생 이러한 확신을 버리지 않았으며, 이와 더불어 말년에는, 자고로 죽이는 자라면 자신의 차례가 되었을 때

죽음을 피해서는 안 된다고 믿었다. 억압하는 것을 모조리 없앰으로써 억압된 남성을 자유로이 해방시킨 후에는 생에 대해 더할 나위 없는 열정을 갖게 된다! 하지만 문제는 바로 이 때문에 위의 진리를 받아들이기가 지극히 어려워진다는 것이었다.

그날 밤 공원을 떠난 후로 그는 최후의 순간이 오기를 계속 기다렸다. 그는 준비된 동시에 준비되지 않았다. 그는 생애 처음으로 자유를 맛보았다. 그는 천 번의 내일을 볼 수 있기를 원했다! 아마도 그가 그 여자를 죽인 동시에 죽이지 않았기 때문이겠지만(그는 도움의 손길을 내밀었는데도 그녀가 거절했으므로) 그는 자신의 생명을 바치게 될지는 모르고 있었다. 하지만 그의 고양된 감정은 죽음을 위한 준비의 일부였다. 죄인은 하느님의 얼굴을 대면한 후에는 믿음을 없애는 더러운 과거를 끊임없이 되풀이해 살기보다 기꺼이 곧바로 하느님을 맞기 마련이다.

"자식들에게 증오를 가르치시오!"

그레인지는 할렘 거리를 오가며 고래고래 소리쳤다. 그의 눈은 새로운 종교로 몽롱했다.

"자식들이 살아남기를 원한다면 그들에게 증오를 가르치시오!"

수십 명의 흑인 아이들을 데리고 레넉스 거리를 따라 발을 질질 끌며 걷던 어머니들이 희망 없는 눈으로 그를 돌아보았다. 아이들은 그 말의 우스운 복잡성을 이미 이해했다는 듯이 그를 보고 낄낄거렸다.

그는 상점가의 교회로 들어가 예배를 방해했다.

그는 소리 질렀다.

"자식들에게 백인을 사랑하도록 가르치지 마시오! 그들을 증오하도록 가르치시오!"

매끄러운 목소리의 흑인 목사와 공들여 가발을 쓰고 분을 떡칠한 희끄무레한 흑인 자매들이 공포에 질려 그를 바라보았다.

"집사님들, 저 술주정뱅이 죄인을 어서 끌어내십시오!"

전도사들이 소리쳤다. 기생충들!

피로에 지친 집사들이 미안해 하며 그에게 다가왔다. 그들은 아내를 먹여 살릴 수 없을 때면 그 경건하고도 난폭한 손으로 그녀를 죽도록 두들겨 팰 것이었다. 그런 그들이 점잖게 말했다.

"형제님, 한잔하셨나 봅니다."

"푹 주무시는 게 낫겠어요!"

그들 중 어느 누구도 일요일 저녁에 아이들에게 고기를 먹일 만큼 충분히 돈을 벌지 못했다.

그들은 그레인지에게 속삭였다.

"이웃을 사랑하십시오. 우리를 핍박하는 자에게 선을 행하십시오."

그레인지는 맞받아 중얼거렸다.

"그래 지금껏 그놈들을 사랑했지."

그의 목소리는 교회 오르간의 우울한 연주와 경쟁하며 점점 높아졌다.

"지금도 그놈들을 사랑하지. 하지만 하느님의 말씀을 따르느라 정작 우리는 죽어난다 이 말이야! 당신들은 이미 죽었어."

집사들이 그를 달래며 친절하게 교회 밖으로 이끌었다. 그레인지는 깊은 좌절감으로 그들을 증오했다. 남부에서처럼 북부에서도 백인 이웃을 사랑해 봐야 남는 것은 마약에 찌든 몸뚱이와 부모를 경멸하는 아이들뿐이었다. 그들은 어째서 자기 자신을 전혀 사랑할 수 없고 자식들을 향해 분노만을 뿜어 대는지 그 까닭을 감히 헤아려 보기나 했을까? 아니, 전혀 아니다.

그는 7번가의 한 모퉁이에서 소리쳤다.

"그들을 향한 증오가 우리 모두를 하나로 뭉치게 할 것입니다. 단결할 유일한 방법은 증오입니다. 어쨌든 우리는 마음 깊은 곳에서부터 그들을 증오하고 있습니다. 제 말은 그 증오를 밖으로 활짝 터트리고, 젊은이들에게 가르쳐 주어야 한다는 것입니다. 젊은이들에게 증오를 가르친다면 굳이 고통의 학교에서 그것을 배우지 않아도 될 것입니다."

"증오는 남자의 정신에 해만 끼칠 뿐이오."

누군가의 말에 그레인지가 답했다.

"남자는 정신만으로 살지 않습니다. 남자는 입과 배로 삽니다. 남자는 자존심과 가슴으로 삽니다. 남자는 먹어야 합니다. 남자는 자야 합니다. 남자는 자신의 삶을 돌볼 수 있어야 합니다. 만약 사랑이 이 모든 것을 가져다 준다면 어서 가서 사랑하십시오. 하지만 이 긴 세월 동안 사랑은 우리에게 아무것도 해 주지 않았습니다. 이곳을 떠돌아다니고 있는 마약 중독자와 살인자들의 정신에 사랑이 그처럼 좋은 영향을 미친다면 대체 효과가 왜 없는 거랍니까? 수많은 마약 중독자와 살인자들이 거리에 넘쳐나는 판국에. 그것도 어린애도 아닌 다 큰 남자들이!

흰둥이 예수의 가르침을 아이들에게 계속 가르치고 싶다면 그렇게 하십시오. 하지만 전 뭔가 새로운 것을 찾을 겁니다. 나중에는 여러분도 그렇게 될 것입니다! 증오는 여러분 안에서 자랄 수밖에 없기에 결국은 폭발할 수밖에 없습니다. 이번만큼은 옳은 방향으로 말입니다!"

그는 마침내 피 맛을 본, 길들인 사자 같았다. 신이 아닌 자들에게 저항하지 않을 이유는 더 이상 없었다. 아내와 자식과 가까운 친구들에게만 터트렸던 그의 공격성은 이제 진짜 적인 세상을 향해 드러나기 시작했다. 연못에서의 사고 이후 몇 주 동안 그는 할렘 주변에서 더 많은 이탈리아인과 폴라드인과 유태인과 싸움을 벌였다.(그들은 모두 백인이었다. 그는 그들 사이에 문화적 차이점이 있다는 것을 알지 못했다. 그저 그들이 '백인답게 행동'하면 코에 주먹을 날렸다!) 그는 그곳에 그렇게 많은 백인들이 사는 줄 몰랐다. 싸움을 벌이며 그는 자신에게 자유와 남성다움을 선포했던 분노에 정당하게 가해진 달콤한 피의 물결 역시도 맛보았다. 그는 백인의 얼굴을 내리칠 때마다 사랑스런 아내의 이름으로 주먹을 휘둘렀다.

하지만 이내 마주치는 모든 백인과 싸울 수는 없다는 사실을 깨달았다. 더 이상 싸우고 싶은 의욕도 없었다. 사람은 자신이 할 수 있는 최선의 방법으로 스스로를 해방시켜야 한다고 그는 생각했다. 그는 한동안 그들에게서 완전히 떨어진 성소를 찾아 그들을 알 필요 없는 삶을 누리리라 결심했다. 그는 평생 그곳을 백인으로부터 방어하고 보호하여 더럽혀지지 않도록 지켜 낼 것이었다.

그래서 그는 베이커 카운티와 조시에게로 돌아왔다. 이곳은 그의 고향이었고, 그녀는 세상에서 그를 사랑하는 유일한 사람이었으며, 성스런 안식처를 사기 위해 그가 가진 것보다 더 많은 돈이 필요했기 때문이었다.

오래도록 그에 대한 사랑과 희망으로 살아 왔던 조시는 소중한 생계 수단인 듀드롭인을 팔라는 그의 설득에 넘어갔다. 그는 자신과 그녀의 돈을 합쳐 농장을 샀다. 시내와 큰길에서 멀리 떨어져 소나무와 오크나무 숲 뒤에 자리한 농장이었다. 그는 직접 일용할 양식을 키웠고, 술을 만들었으며, 고기를 소금에 절이거나 말렸다. 마침내 그는 자유로워졌다.

하지만 그는 자유를 위한 값을 치러야 했다. 조시였다. 그녀는 다시 한 번 남자에게 이용당했으며 그가 충분히 만족을 얻은 후 버림받았다는 사실을 하루하루 깨달아 가고 있었다. 그는 그녀에게 잘못을 저질렀다. 그런 생각이 그를 끈질기게 괴롭혔고, 마침내 그는 처음으로 그녀를 제대로 평가하기 시작했다. 그녀는 친절하고 마음이 넓었다. 살면서 수많은 고통을 겪었는데도 여전히 사랑하는 마음을 잃지 않았다. 하지만 그에게는 루스가 있었다. 그 아이는 조시를 향한 그의 사랑이 커지는 것을 방해했고, 조시의 참된 미덕과 열정을 인정하는 것을 막았다. 루스에게는 그가 필요했고, 너무나도 순수하여 도저히 저항할 수 없었다. 슬프게도 조시는 전혀 그렇지 못했다. 그는 자신이 두 쪽으로 나누어지는 것만 같았다. 나이 든 여인을 위로해 주고 싶은 동시에 어린아이에게 책임을 느꼈다. 게다가 브라운필드도 있었다. 그는 조시가 아들에게 손댄 것을 한 번 용서하긴 했으나(사랑해서가 아니라 욕심과 편의를 위해 진심으로 용서했다.) 또다시 용서할 수 있을지는 확신할 수 없었다. 조시와 브라운필드는 그의 무관심에 앙갚음하고자 기회를 노리고 있었다. 하지만 이 점에 대해서조차 그에게 책임이 없는 것일까?

루스는 몸을 숙여 덫에서 자그마한 토끼를 집어 들며 말했다.

"할아버진 이기적이지 않아요. 할아버지는 절대 도둑질하지 않잖아요. 욕을 하긴 하지만 아무런 해도 끼치지 않는걸요."

할아버지가 손을 뻗자 그녀는 웃으며 토끼를 건넸다. 토끼의 연약함이 그의 손에 전해졌다.

"할아버지는 죽이는 걸 좋아하지 않아요. 심지어 먹기 위해 죽일 때도요."

"아무것도 주장하지 않는 누군가를 죽일 필요는 전혀 없단다. 하지만 어떤 이들은 살기 위해 순수함을 버릴 수밖에 없지."

루스는 여전히 웃고 있었다.

"할아버지는 키가 큰 데다가 커다란 부츠에 기다란 총을 메고 있어서 무서워 보여요."

그녀는 충동적으로 그의 팔을 안았다.

"하지만 할아버지에게 따뜻한 마음이 있다는 건 우리 둘다 잘 알잖아요. 안 그래요?"

　그레인지는 손녀에게 자신의 과거를, 임신한 여자의 일을, 증오에 대한 강연을 결코 말할 수 없으리라는 것을 알고 있었다. 그는 먹을 것을 사기 위해 노파와 다리가 부실한 학생들을 상대로 강도질했다는 사실을 결코 루스에게 말하지 않을 것이었다. 그는 이기심을 비롯한 모든 죄를 저질렀고, 조시의 마음이 자신보다 훨씬 순결하다는 사실역시 결코 말하지 않을 것이었다. 루스가 서 있는 땅이, 언젠가는 그녀의 것이 될 이 땅이 피와 눈물로 사들인 것이라는 사실을 결코 말하지 않을 것이었다. 루스가 자신을 믿기에, 루스로 인해 증오에 대한 소중한 교훈을 얻었기에 그는 결코 손녀딸에게 사실을 말하지 않을 생각이었다. 그는 증오를 불어 넣어야만 증오를 가르칠 수 있다는 것을 깨달았다. 하지만 어떻게 루스의 순수함을 망가뜨리고, 얼굴에서 신선함을 없애고, 호기심으로 빛나는 쾌활한 눈빛을 흐려 놓을 수 있겠는가?

　적어도 사랑은, 남자에게 자신이 사랑했다는 자부심을 남겨 준다. 하지만 증오는 젊은이의 신뢰와 믿음 앞에 수치심만을 남길 뿐이다. 지금의 그가 그러하듯.

　그는 입을 열었다.

　"내가 과거에 저질렀던 모든 잘못을 생각하니 난 아무래도 덩치 크고 사납게만 보이는 겁쟁이로 죽을 것 같구나. 삼십여 년의 세월이 흐른 후에야 자신을 사랑하는 법을 배우고는 지나치게 사랑에 빠져 버린 겁쟁이 말이다."

그녀는 한참 후에야 할아버지가 자신이 알고 있는 모습으로 다시 태어났다는 사실을 알게 되었다. 심지어 그가 죽은 후에도 그녀는 모든 것을 완전히 알지 못했다. 잔혹함과 살인이 그의 인내심과 힘을, 그리고 사랑을 키웠다는 사실을.

8부

38장

브라운필드는 더러운 부츠를 신은 붉은 얼굴의 간수에게 묶인 채 멤의 장례식에 참석했다. 멤이 죽은 후에도 브라운필드는 자신이 저지른 행동 때문에 난처해 하기는 했어도 결코 후회하지는 않았다. 하지만 정작 자기 자신에 대해서는 깊이 고민하지 않았다. 그는 풍만한 여자를 좋아했다. 그것으로 도덕적 고뇌는 끝이었다. 멤은 말라 빠진 여자였다. 심지어 잘 먹을 때조차도 예전처럼 통통해지지 않아 그는 짜증이 났다. 그런고로 아내를 살해했다. 그는 자신의 신경 체계가 논리적인지 아닌지를 물을 만큼 바보가 아니었다. 그는 자신이 무엇을 좋아하는지 분명히 알고 있었다.

예전에 그녀가 포동포동하던 때만 해도 그는 멤에게 완전히 사로잡혀 있었다. 그것은, 파이라고는 어쩌다 한번 먹을 수 있었던 어린 시절에 그가 블랙베리 파이에 반한 것과 비슷했다. 그는 원 없이 탐닉하고자 했다. 투자할 시간이 충분할 때 그리해야 했다.

그의 마음은 땅, 소, 앙상함으로부터의 자유와 풍만함에 대한 기대로 꽉 차 있었다. 듀드롭인에서 처음 만났을 때 그녀의 얼굴은 그에게 파이나 위스키에 대한 기억만큼이나 일차원적 특질을 지녔다. 그는 그녀의 본원적 존재를 잊고서 비교 대상물로 취급했다. 그녀는 맛있는 파이나 질 좋은 위스키나 다름없었다. 그에게는 더 이상 존재하지 않는 사람이기에 그녀에겐 자아라는 것도 아예 없었다. 망자가 된 멤은 신화로 남았다. 포동포동한 아름다운 소녀의 모습으로 그를 사랑에 빠트렸으나 바로 눈앞에서 추한 노파로 변하여 소리를 질러 대며 그를 보잘 것 없는 사람으로 만들어 버린 이가 바로 멤이었다.

그녀가 그에 대한 우위를 계속 유지했더라면 그렇게 죽어서 그의 마음에 작은 조각상으로밖에 남게 되지는 않았을 것이다. 하지만 타고난 약점 탓에 얼마 안 가 가증스럽고 강력한 마녀에게 지배 당한 멤은 자신의 외적인 강인함을 부끄럽게 여기기 시작했다. 자신의 강함을 이용해 그를 조롱하며 계속 오물 속에 나뒹굴게 하지 않은 이상 그녀는 당연히 파멸할 수밖에 없었다. 온화함으로 적조차 감복시킬 수 있다는 어리석은 믿음과 용서야말로 그녀의 약점이었다. 총으로 그의 머리를 세차게 내려친 다음이라면 둘 중 한 명은 반드시 그 총을 사용하게 되리라는 것은 지극히 논리적인 결론이었다. 10점짜리 결의로 인해 그녀는 패배했다. 그는 결의라고는 없었지만 굴욕에 대한 기억만으로도 결국에는 잃은 것을 되찾을 수 있었다. 그날 일요일 아침 그녀의 발아래 쓰러져 구토물 위를 나뒹굴며 잃어 버렸던 것을 말이다. 그녀를 '무너지게' 했다는 것만으로는 벌이 충분치 않았다. 그녀는 떠남으로써 다시 그를 이길 수 있다고 생각했다. 그리고 그는 그녀가 떠나려고 들 경우 어떻게 할지를 미리 경고했다. 그는 한번 뱉은 말은 반드시 지키는 사람이 바로 자기라고 믿었고, 그런 생각을 그대로 실천했다. 심지어 그 말은 의무나 다름없었다.

게다가 그녀는 통통하지 않았고, 그는 말라 빠진 여자를 싫어했다. 무언가 그릇된 가치관을 가진 사람을 올바르게 이끌기란 어려운 일이다. 그리고 그는 그런 것에 대해 알고 싶어 하지도 않았다.

39장

조시는 브라운필드에게 루스가 살아 있으며, 그레인지와 잘 지낸다는 소식을 전했다. 브라운필드는 아버지가 감히 자신의 아이를 기르려 든다는 사실에 분개했다. 그는 멤의 아버지가 북부로 데려간 오넷과 대프니에 대해서는 별로 신경 쓰지 않았다. 그들을 찾아 북부로 갈 수 없다는 것을 알기에 그들의 양육권을 쉽사리 포기했다. 그는 십 년간 감옥살이를 하며 간수와 판사와 베이커 카운티의 유력 인사들 집에서 잔디를 깎고 나무를 심어야 했다.(하지만 칠 년 후에는 가석방될 예정이었다.) 그사이 그는 특이한 감정을 느꼈다. 자신이 남부를 사랑하고 있음을 깨달은 것이다. 남부를 떠날 생각을 한번도 진지하게 해 본 적이 없다는 것이 그가 남부를 사랑한다는 증거였다. 그는 남부를 완전히 이해한 것 같았다. 남부에서는 어리둥절할 일이 전혀 없었다. 남부는 달콤하고, 폭력적이며, 더구나 친절했다. 남부는 나름의 법을 발전시켰다. 엄격한 카스트 제도 하에서 한 인간의 생명은 본질적으로 눈에 띄지 않으며 운에 좌우되기 마련이었다. 죄를 범하더라도 고독에 빠질 일이 없었다. 죄는 사방에서 솟아나 이리저리 옮겨 다녔다. 마치 나무에 기생하는 이끼와 같았다. 범죄가 실행된 후에야 어떤 벌을 받게 될지 정해졌다. 심지어 같은 죄를 저질렀다 해서 같은 벌을 받는 것도 아니었다. 벌은 죄가 아니라 사람에 따라 결정됐다. 즉, 벌은 개별적이었다. 죄에서 개성을 얻을 수 없다 하더라도 벌에서는 개성을 누릴 수 있었다. 이 점이 브라운필드의 마음에 들었다. 그는 이것을 자신이 선택한 방식으로 자신의 적을 고문하고 벌할 수 있다는 의미로 받아들였다. 자신은 벌을 정할 수 있으며, 다른 어느 누구도 그것을 방해할 권리가 없다는 것이었다.

감옥에는 살인자, 포주, 차 도둑, 술주정뱅이, 무고한 자 등이 갇혀 있었지만, 어느 누구도 형벌과 죄 사이에 명확한 관련이 없었다. 열일곱 살 난 소년은 자동차 휠캡을 훔쳤다고 해서 오 년 형을 선고 받았다. 브라운필드는 도끼로 아내뿐만 아니라 장모와 처고모까지 죽인 자를 알게 되었는데, 그는 삼 년 만에 가석방되었다. 가석방되기 전에는 모범수였다. 그는 모범수가 되기 전부터도 일요일마다 외출해 예배에 참석했고, 원할 때면 언제든지 애인과 함께 잠시나마 시간을 보낼 수 있었다. 간수들과는 주말마다 포커를 쳤다. 그런데도 이에 대해 아무런 제재가 없었다. 브라운필드는 이 점이 매우 마음에 들었다.

잘 손질된 넓은 잔디밭에 층층나무, 목련, 미모사를 심으면서 브라운필드는 뻔뻔스럽게도 자신의 딸을 데려다 키우는 아버지에 대해 곰곰이 생각했다. 그는 또한 그레인지의 평온하고도 부유한 생활에 대해 깊이 생각했다. 그레인지를 사랑하지는 않았지만, 아버지가 단 한 번도 자신을 사랑해 주지 않았다는 사실에 몹시 우울해질 때가 적지 않았다.

브라운필드는 감옥에 있는 동안 읽고 쓰기를 꽤 많이 배웠다. 한번은 유색인 난에서 멤의 피살에 관한 기사를 보았는데, 거기서 자신의 이름을 발견하기도 했다. 그는 자기도 모르는 사이 기사 전체를 다 읽고는 다른 기사까지 읽기 시작했다. 친구가 된 도끼 살인마는 자신에게도 같은 일이 일어났다고 말했다. 법정에 끌려갔는데, 애인이 신문을 와락 내밀며 이렇게 말했다고 했다. "봐요, 당신 사진이 실렸어요!" 그녀는 그가 전기 사형에 처해질까 봐 걱정스런 마음에 그를 북돋워 주고자 했다. 간수가 신문을 빼앗는 바람에 볼 수는 없었지만, 애인은 나중에 감옥으로 더 많은 신문을 가지고 왔다. 그녀 말로는, 그가 가벼운 형을 받은 것을 축하하는 내용이었다. 신문에 그의 사진이 실렸다는 점에서 그들 두 사람은 몹시 기뻐했다! 그는 신문에 실린 자신의 못생긴 사진을 오랫동안 바라보며 신기해했다. 그러다 문득 기사 내용이 무엇인지 궁금해지더니 어느새 글을 읽기 시작했다는 것이었다. 그는 어디서 ABC를 배웠는지 전혀 기억하지 못했다. 아이였을 적에 조그마한 어린이 놀이책을 하나 갖고 있었는데, 어머니가 그에게 그 책을 수도 없이 반복해서 읽어 준 게 그가 받은 교육의 전부였다.

휠캡을 훔친 소년은 고등학교에 다녔는지라 글을 매우 잘 읽었다. 브라운필드와 도끼 살인마는 그 아이에게서 수업을 받으며, 그를 교수님이라고 불렀다. 어느 날 신문지 여백에다 자신의 이름과 나이와 죄수번호를 쓰고 있던 브라운필드는 별안간 놀라운 사실을 깨달았다. 멤이 그에게 읽고 쓰기를 가르치는 데 실제적으로 성공했으며, 그는 그동안 그녀와 함께 보낸 시간뿐만 아니라 그녀의 가르침까지 완전히 잊고 있었다는 것이었다. 그는 경탄하며 한동안 손을 뚫어져라 바라보았다. 그러다 가슴이 찢어질 듯 격렬한 울음을 터트리며 바닥에 쓰러졌다.

하지만 그 눈물도 그를 위로하거나 자신의 삶이나 자신이 저지른 일을 분석하게 하지는 못했다. 그 울음은 그저 죄를 잉태시킨 삶의 일부였던 것이다. 그는 고독을 느꼈을 뿐이었다. 힘겹게 브라운필드에게 다가오던 내적 성찰은 그의 관심을 끌어 보기도 전에 그만 무릎 꿇고 말았다. 그렇게 마지막으로 깊은 생각이라는 것을 해 본 그는 자신이 파멸하리라는 것을 확신했다. 감옥에 있으면서도 그는 늘 그랬듯이 조시를 원했고, 아버지를 원했으며, 심지어 어머니를 원했다. 그는 혼자 남겨진다는 것이 너무나 두려웠다. 그는 하느님이 혼자임을 깨닫는 바람에 우주를 창조하고 인간에게 따스한 두 팔과 혀를 주었다고 생각했다. 그러고는 자신이 하느님의 마음을 다른 어느 죄수보다도 더 잘 이해한다고 확신했다.

"내 딸."

그는 엉성하면서도 매혹적인 문자로 글을 썼다.

"그레인지도 해치우겠어."

그는 사탕 껍질, 신문, 종잇조각에다 이런 글을 쓰고는 굳이 숨기지도 않았다. 그는 글을 아무 데나 내버려 두고 다녔는데, 그것들은 그의 존재와 음모의 뚜렷한 증거였다.

그레인지와 도끼 살인마는 삶의 동기에 대해 종종 대화를 나누곤 했다. 그들은 토요일 밤마다 텔레비전을 보았는데, 마침 「드래그넷」*에서 '동기'라는 새로운 단어를 주워들었던 것이다. 브라운필드는 감옥에 들어온 동기가 자신을 스스로 통제할 수 있는지 여부를 알아보고 싶은 강렬한 열망 때문이었다고 말했다. 어딘가로 가고자 할 때마다 보이지 않는 힘이 자신을 반대 방향으로 밀어냈다는 것이었다.

"난 소작농이 되고 싶은 마음이 조금도 없었어. 다른 사람 밑에서 일하고 싶지도 않았고, 아무런 관계도 없는 흰둥이들이 내 삶에 이러쿵저러쿵 간섭하는 꼴을 보고 싶지도 않았지."

"바로 그거야. 내 말이 그 말이야."

도끼 살인마가 말했다. 성직자였던 그는 어느 개심자와 결혼해 가정을 꾸렸다. 그는 복음을 전파한 돈으로 아내와 처가 식구들을 먹여 살릴 수 없다는 사실을 너무 늦게서야 깨달았다. 결혼이 그에게서 멋진 검은 양복을 앗아 가는 바람에 그는 땀과 먼지로 얼룩진 작업복을 입고 들판에서

---

* 1950년대 미국에서 방영된 형사 시리즈물.

일해야만 했다. 그렇다 하더라도 그 들판은 결코 그의 것이 될 수 없었다. 그 역시도 보이지 않는 힘에 맞서 몸부림쳤기에 친구의 말을 너무나도 잘 이해했다. 하지만 그는 그 보이지 않는 힘이 바로 하느님이라고 생각하고는 아내와 처가 식구들을 살해했다. 그것이 바로 신의 품을 떠나기 위해 그가 선택한 방법이었던 것이다.

"그때 내 느낌이 딱 여기 신문에 나온 글자들 같았어. 인쇄된 글자 말이야. 줄이 미리 다 정해져 있지. 그래서 눈가리개를 씌운 노새 마냥 왼쪽으로도 오른쪽으로도 옴짝달싹도 못하는 신세잖아. 단어들은 면이 끝날 때까지 바로 앞 단어 뒤에 줄줄이 이어져야 한단 말이야."

브라운필드는 다소 흥분하여 친구를 바라보았다. 그는 손가락으로 계속 신문을 찌르고 있었다.

"여기에 박힌 단어가 줄 바깥으로 달아나 이곳에 자리 잡는다면 그 기분이 어떨지 생각해 보라고!"

두 사내는 마음대로 움직이고 스스로 결정하는 단어의 힘에 대해 곰곰이 생각했다. 도끼 살인마가 고개를 주억거렸다.

"나는 종종 내가 신발 같아. 백날 천날 서 있어야 하는 놈이나 신는 염병할 단화인 거지. 그래서 내 기분이 어떤지 보여 주려고 옷장 선반에 신발을 올려놓곤 했어. 그러면 마누라든 지랄 맞을 장모든 절대 바닥에 못 내려놨지."

"그래. 다른 사람들은 신발이나 흑인용 쪼가리 신문 기사가 무슨 수를 쓰든 그 자리에서 꼼짝도 못한다는 걸 생각도 못하고 있지. 자신이 진짜 남자라는 걸 아는 사람은 왜 우리밖에 없을까?"

브라운필드는 연필로 종이를 꾹꾹 눌러 가며 '남-자'라고 적었다. 그러고는 단어가 벌떡 일어나 자기 가슴을 쿵쿵 쳐 대기를 침울하게 기다렸다.

"그래, 그게 바로 우리야."

그는 그렇게 말하고는 도끼 살인마를 향해 씨익 웃어 보였다.

40장

브라운필드는 쉽사리 조시의 고통을 이용할 수 있었다. 그녀가 처음 면회 왔을 때는 놀랐지만 이내 그녀를 한 권의 책처럼 통째로 읽을 수 있었다. 조시는 자신의 짐을 하느님에게 맡기는 일을 포기했다. 그녀는 더 이상 교회에서 죄를 참회하지 않았고, 기도문을 외거나 예언자에게 걱정거리를 의논하지도 않았다. 대신 그녀는 감옥에서 이 모든 것을 처리했다.

그녀는 일요일 오후마다 찾아왔는데, 그날은 죄수들도 미리 허락을 받으면 나무 아래를 거닐 수 있었다. 그녀와 브라운필드는 작은 탁자를 마주 보고 앉곤 했다. 달이 가고 해가 바뀜에 따라 그녀는 마음속 고민을 모두 브라운필드에게 털어놓았다. 그는 사제와 같은 얼굴로 동정적이면서도 교활하게 그녀의 말을 들었다.

아버지의 무관심, 순수함을 지키기 위한 그레인지의 헌

신, 루스를 자신의 존재와 긍지와 삶의 의욕과 영혼에 있어 더없이 소중한 기적 같은 존재로 받아들이는 그의 맹목적 태도 등에 대해 그녀가 불평할 때마다 그는 귀를 기울였다.

조시는 손을 꽉 맞잡으며 말했다.

"나라는 사람이 이 세상에 있다는 것조차 모르고 있다니깐. 하루 종일 둘이서 붙어 지내지 뭐야. 나는 그저 옆에 꼽사리 끼어서 그이한테 말 한마디라도 들을까 기다리면서……."

브라운필드는 안됐다는 표정으로 듣고 있다가 그녀의 손을 잡았다.

"여길 나가면 바로 그 앨 데리고 갈게요."

그는 약속했다. 하지만 조시는 깜짝 놀라서 몸을 곧추세웠다.

"그 앨 데려간다는 건 네 아버지한테서 숨 쉴 공기를 뺏어가는 짓이나 마찬가지야. 그이는 일주일도 못 살고 죽을 걸! 얼마나 걜 아낀다고!"

"아줌마 바보예요? 그놈이 죽든 말든 무슨 상관이에요."

"그런 말 하면 못써!"

그녀는 그에게서 손을 빼냈다.

"알았어요. 알았어. 화내지 말아요."

하지만 그는 아버지가 루스를 그토록 아끼니 그녀를 빼앗는 것이야말로 완벽하게 복수하는 길이겠다고 내심 생각했다.

조시는 그를 조심스레 살폈다.

"네가 계속 그이를 욕한다면 난 다시는 안 올 거야. 그인 날 사랑해. 난 알고 있어. 루스야 그이도 어쩔 수 없는 일이잖니. 하지만 언젠가는 정신을 차릴 테니, 난 그날만 기다릴 거야. 그이가 우리 둘 다 사랑하는 건 절대 불가능하지 않아."

브라운필드가 물었다.

"평생 정신을 못 차리면요? 그땐 어떻게 할 거예요?"

조시는 마당 저 너머로 쓸쓸한 시선을 던졌다.

"나한테 돌아올 거야. 분명 돌아올 거야."

그렇게 몇 달이 흘러갔다. 하루는 브라운필드가 조시에게 성생활이 어떤지 물었다. 환갑을 맞은 그녀였지만 여전히 사랑을 나누고 싶어 할 테고, 앞으로도 계속 그러할 것이었다. 그녀는 울음을 터트렸다.

"그럼 이젠 아줌마 근처에도 안 온다는 거예요?"

조시는 고개를 끄덕였다.

"아버지한테 모든 것을 다 바쳤는데도 고마워하지조차 않는다고요?"

그는 웃음이 났다. 조시의 볼이 새빨개졌다. 그녀는 그의 뺨을 갈기고는 방을 뛰쳐나갔다.

그 다음부터는 일이 순조롭게 풀렸다.

조시는 브라운필드와 이야기하며 분통을 터트렸다.

"내가 그놈한테 대체 어떻게 했는데! 날 개만도 못하게 취급하다니!"

브라운필드가 거들었다.

"아버지한테 그 잘난 농장을 사 주려고 전 재산을 다 팔고, 또 얼마나 열심히 일했어요! 나 원 참. 감사할 줄 모르는 인간 같으니라고. 나한테 아줌마 같은 마누라만 있었어도 요 모양 요 꼴은 안 됐어요."

조시가 완전히 분노에 빠져 그의 말에 장단을 맞춰 줄 때면 브라운필드는 신이 났다. 이내 그는 처음 세웠던 계획에 조시를 끌어들였다.

"여기서 나가면 당장 루스를 데려가겠어요. 그러면 예전처럼 두 사람이 오붓하게 지내게 될 거예요. 모든 게 원래대로 돌아가는 거죠."

조시는 기꺼이 고개를 끄덕였다.

"그 둘이 다시는 같이 못 있게 하겠어요."

그러자 조시가 물었다.

"하지만 어떻게? 네가 루스한테 손가락이라도 대는 날엔 그이가 널 쏴 죽일걸."

브라운필드가 말했다.

"아버지야 자기가 백인들보다 낫다고 생각하겠죠. 하지만 백인의 법을 마음대로 할 수는 없어요. 법은 우리 편이에요. 어쨌든 제가 다 알아서 할 테니 아줌마는 염려 말아요."

조시는 활짝 웃으며 말했다.

"그것 참 다행이다!"

지난 세월 동안 그래 왔듯 그녀는 사랑하는 남자를 영원히 자기 것으로 만들 계획을 세웠다.

9부

41장

"울타리가 튼튼하면 이웃이 생기지 않는 법이지. 그래서
여기다 울타리를 치는 거야."

루스는 망치를 들고서 할아버지 옆에 서 있었다. 맨발의
그녀는 가장자리에 주름 장식을 두른 핑크색 원피스를 입
고 있었다. 그레인지는 나란히 박은 말뚝의 머리 부분에
가시철조망을 풀어 연결하고는 못을 박아 고정시켰다. 아
이는 까치발로 서서 놀라 휘둥그레진 눈으로 할아버지의
어깨 너머를 유심히 살폈다. 울타리 세우는 것을 보기는
생전 처음이었다.

그는 철조망을 팽팽하게 조이면서 다시 말했다.

"재산을 표시하는 말뚝을 찾으렴. 그러곤 말뚝을 따라
쭉 사각형으로 울타리를 치는 거야. 철조망이 튼튼하고 날
카로운지 잘 확인해야 해."

루스는 철조망의 자그마한 가시 하나를 손가락으로 눌러

보았다. 피가 솟자 그녀는 놀라서 뚫어지게 쳐다보다 재빨리 새 옷에 핏방울을 문질러 닦았다. 두 눈엔 공포와 고통의 기억이 차갑게 떠올라 있었다. 눈빛이 하늘만큼이나 어두웠다. 하늘은 활짝 열려 있다가도 한 점의 구름이 태양을 가리기만 해도 어두워졌다.

그레인지는 갑자기 손을 멈추었지만, 그녀가 무슨 생각을 하고 있는지 알아차린 눈치는 전혀 보이지 않았다. 다만 그는 못이 박인 손가락으로 피가 날 만큼 세게 철조망의 가시를 눌렀다.

"인디언들이 어떻게 우리 흑인들이랑 의형제를 맺었는지 한 번도 말해 주지 않았구나."

그는 태연히 손녀의 손가락으로 손을 뻗으며 말했다. (아이는 공포에 질려 자신의 손가락을 내려다보고 있었다.) 그녀는 피를 깨끗이 닦았는지 확인한 후에야 할아버지에게 손가락을 맡겼다. 피를 모두 닦긴 했지만 할아버지가 손가락을 쥐자 다시 핏방울이 솟았다. 그는 아이와 함께 풀밭에 나란히 앉아 피가 흐르는 서로의 손가락을 맞대었다.

아이는 어린 소녀답게 깔보듯이 말했다.

"하지만 할아버지, 그들은 손가락이 아니라 팔을 맞댔어요. 바로 여기요."

그녀는 손으로 팔을 가리켰다.

"바로 이 부분을 서로 맞댄 거예요."

그녀는 부드러운 팔뚝을 할아버지의 튼튼하고 검은 팔뚝에 갖다 댔다.

그레인지가 말했다.

"그건 그들이 백인과 의형제를 맺을 때 쓴 방법이야. 하지만 진짜 그럴 마음은 없었지. 인디언들은 그런 뒤에 백인의 머릿가죽을 벗겼거든. 마법의 약을 썼다지, 아마. 하지만 우리와 의형제를 맺은 건 진심이었어. 백인들이 양쪽 모두에게 한 짓을 보면 알 수 있지. 인디언은 우리 흑인들하고는 자기들끼리 하는 것처럼 팔이나 손목이 아니라 손가락을 맞댔어!"

"정말요? 거짓말이죠?"

그레인지가 유쾌하게 말했다.

"나랑 있을 때는 '거짓말' 같은 단어는 입에 올리지도 말아라. 사람들이 네가 본데없이 자랐다고 생각할 거야."

"하지만 지금은 할아버지랑 저뿐이잖아요. 그리고 남들이 뭐라 하든 무슨 상관이에요. 게다가 제가 아무리 할아버지를 낯부끄럽게 한들, 할아버지가 술이랑 도박으로 우리 돈을 다 날리는 것만큼이나 부끄러운 짓이겠어요?"

"에 그러니깐, 인디언들은 우리의 영원한 친구야. 우리도 방금 의형제의 의식을 치렀으니깐……."

"하지만 우린 인디언이 아니잖아요. 우린……."

"물론 아니지. 누가 인디언에 관해 무슨 말을 하더라도 인디언들은 좋은 사람이라는 것을 명심거라. 심지어 인디언이 인디언에 대해 흉을 보더라도 말이다. 더러 싸가지 없게 구는 인디언도 있겠지만, 그건 어떻게 해야 할지 잘 몰라서 그러는 거란다. 그러니 너는 총을 겨눈 다음 내가 너한테 한 말을 모두 말해 주렴."

루스는 낄낄거렸다.

"난 머릿가죽이 벗겨지고 싶지는 않아요."

"그들도 마찬가지란 걸 명심해. 게다가 이건 정말 중요한 일이야."

노인은 얼굴을 찌푸렸다.

"흑인은 학대받는 모든 사람들의 친구가 되어야 해. 특히나 유색인종이라면 더 그렇지."

루스도 얼굴을 찌푸리며 말했다.

"할아버진 길 아래에 사는 가난뱅이들을 막으려고 울타리를 치는 거잖아요. 그 사람들도 학대받고 있는 것 아닌가요? 얼마나 굴욕적이겠어요. 그들도 친구로 대해 줘야 해요. 백인이라고 해서 그러지 못할 이유는 없다고 봐요."

"나도 예전에 그리 생각하고 친구가 되려고 했지. 하지만 이 세상에 절대 의형제가 될 수 없는 유일한 종족이 바로 백인이란다. 오랜 세월이 흐르는 동안 양쪽 다 서로 친구가 되기 싫어하게 됐지. 그래서 울타리를 발명하게 된 거야. 백인들이 성경 하나 달랑 들고 이 땅에 오기 전에도 인디언들이 서로 땅을 뺏고 울타리를 세워서 길을 막았다고 생각하니? 천만의 말씀. 그런 일은 전혀 없었어. 인디언들은 다른 이가 풀이나 땅을 맘대로 사용해도 조금도 개의치 않았어. 신께서 모든 사람들을 위해 풀이나 땅을 만드셨기 때문이지. 하지만 저 아래에 사는 인간들은, 기회만 생겨 봐, 우리 땅을 자기 멋대로 빼앗고 말걸. 그놈들은 빼앗고 싶은 건 다 빼앗아 버려. 유사 이래 계속 그런 식이었지. 그래서 울타리라는 것이 만들어진 거야. 이젠 그놈들이 울타리를 감내하는 법을 배워야 해.……이제는 날카로운 가시가 그놈들을 향해 뻗어 있지!"

그레인지는 단호한 태도로 울타리로 걸어갔다. 루스는 포도 넝쿨 같은 기다란 머리 사이로 할아버지를 바라보았다. 그녀의 머리는 태양 때문에 갈색으로 바랬으며, 끝부분이 사자의 털처럼 노랬다. 머리를 서툴게나마 땋긴 했지만, 일부가 빠져서 꼬불꼬불 흘러내렸다. 그녀는 나이가 들면 할아버지의 허락을 받은 뒤 빗으로 머리를 쫙 펴야겠다고 생각했다. 포도 넝쿨처럼 구불구불한 머리는 손질하기가 너무 어려워 그대로 내버려 둘 수 없다고 할아버지를 설득할 생각이었다. 머리를 예쁘게 손질하는 법은 그레인지나 루스에게나 그저 당혹스러울 따름이었다. 그녀가 머리에 대해 투덜대면 할아버지는 감고 나서 기름을 좀 바르라고만 말했다. 루스는 때론 조시라도 머리 손질을 거들어 주었으면 좋겠다고 생각했다. 덜렁거리는 가슴으로 온 집 안을 싸돌아다니며 거짓말이나 수다를 늘어놓지만 말고 손녀의 머리나 좀 빗겨 주면 좋을 텐데.

제 생각을 물으신다면, 하고 루스가 팔베개를 한 채 태양을 바라보며 느긋하게 말했다.

"할아버진 나쁜 사람이에요. 정말 나쁜 노인네라고요. 본데인지 뭔지가 없는 그런 사람 말예요."

그녀는 중얼거리며 눈을 감았다.

그는 돌아보지 않고 울타리를 치는 일에만 집중했다. 그는 단단하고 붉은 흙 속으로 말뚝 구멍을 더 깊이 파고, 철조망을 더 단단히 조이고, 말뚝을 더 높이 세웠다.

그는 멀지 않은 곳에 자신의 첫 번째 삶의 그림자가 여전히 버티고 있는 것만 같았다. 그는 지금 세 번째 아니면 네 번째에 해당하는 마지막 삶을 살고 있었다. 그레인지 코플랜드의 첫 번째 삶. 이글이글 타오르는 태양이 열기로 가로막더니, 사라졌지만 결코 잊을 수 없는 풍경 속에 그를 즉각 가두었다. 숨막히는 악몽처럼 줄지어 자라는 거대한 목화밭이 다시 눈앞에 펼쳐졌다. 태양이 그의 구부러진 등을 마구 두들겨 댔다. 태양빛은 챙이 넓은 밀짚모자를 뚫고 들어와 그의 뒷머리를 퍽 치고는 폭발했다. 그는 마거릿을 보았다.(첫 번째 삶, 첫 번째 아내!) 그녀는 결혼할 때 그랬던 것처럼 매력적이고 쾌활하며 종잡을 수 없는 앳된 처녀로, 그에 대한 사랑 없이 그저 강하고 금욕적으로 행동했다. 그러다 마거릿의 표정이 서서히 변화했다. 두 눈 사이에 고뇌의 주름이 생겼다. 그래도 눈썹은 여전히 젊고 부드러우며 근심 걱정이 없었다. 실제로 그녀는 꿈속에 사는 것처럼 최면에 걸린 듯 즐거운 얼굴이었다. 그러나 고통이 그녀의 잠을 깨웠다. 그녀가 황홀경이 아닌 공포와, 자유가 아닌 속박과, 영원한 사랑이 아닌 깊은 절망과 결혼했다는 사실을 그가 굳이 말해 줄 필요는 없었다. 또한 그들의 고통 뒤에 누군가가 있다는 것 역시 굳이 알려 줄 필요가 없었다. 그녀는 알고 있었지만, 그는 몰랐다. 그가 그녀를 그처럼 잔인하게 대하고(그는 그렇게 확신했다) 떠나 버림으로써 그녀 스스로 목숨을 끊고 사생아 아기를 살해하여 정죄하게 만든 누군가가, 무언가가 있었다는 것을.

슬프게 사랑했으며, 용감하게 분노하고 복수하고자 했던

아내에 대해 그는 손녀에게 대체 무슨 말을 해 줄 수 있었을까?

매년 한 겹 한 겹 음울한 그림을 덧칠하듯, 힘겹고 몰인정한 세월이 그녀의 사랑스러운 얼굴 여기저기에 덕지덕지 붙어 버리고 말았다고 그가 과연 말할 수 있었을까? 결코 자신들의 것이 될 수 없는 목화 재배가 세상의 전부였던 그 시절, 절망에 빠져 사랑조차 멈추어 버렸으며, 심지어 얼마 안 가 사랑을 기억할 수조차 없게 되었음을 말할 수 있었을까? 명예와 진실이 결여된 남자다움에 대한 믿음을, 그 자신의 타락을, 절망과 뱀의 이빨을 이겨 내기 위해 술병을 숨겨 두듯 항상 조시를 감추어 둔 사실을 말할 수 있었을까? 남자는 결혼을 하면 사창가 출입을 그만두므로 그레인지 역시 결혼을 존중하여 혈기왕성한 젊은 시절의 노리개였던 조시를 더 이상 만나지 않으리라고 마거릿이 믿었다는 것을 말할 수 있었을까? 그러다 남편이 매주 토요일 밤마다 거의 빠짐없이 조시를 만나고 있다는 사실을 알게 되었을 때 마거릿이 얼마나 당황하고 놀랐는지를 과연 루스에게 말할 수 있었을까? 남성다움과 자긍심을 느끼기 위해 조시가 필요하다는 그의 설명에 마거릿이 어떻게 저항했는지 말할 수 있었을까? 그는 아내에게 이렇게 말했다. 앞으로 계속 알거지로 살더라도 여전히 여자들을 안을 수는 있어. 그는 그녀를 납득시켰다. 당신을 사랑해. 내 아들들을 낳아서 기를 여자는 바로 당신이기 때문이야. 조시를 사랑해. 그녀는 결코 아들을 낳을 수 없기 때문이야.

그는 오두막 문가에 홀로 앉아 있는 마거릿을 보았다.

그녀는 그가 어김없이 마차를 몰고 듀드롭인으로 떠나는 것을 지켜보았다. 그녀의 당황은 갈증으로 변했고, 그녀는 남편의 게임을 따라하기 시작했다. 그녀는 남편이 원치 않는 자신의 몸을 다른 남자들에게 내던졌다. 그리고 마침내는 그 모든 것의 원인이었던 시플리와 뒹굴었다. 그것만은 그레인지도 참을 수 없었다. 그는 그녀를 죽이거나 떠날 수밖에 없었다. 그리고 결국 둘 다 했다.

노인의 기이할 만큼 고요한 눈빛은 울타리 너머의 손녀에게로 향했다. 그는 루스가 자신을 잘 알긴 하지만 자신의 다른 삶에 대해서는 전혀 모르고 있다는 사실에 감탄했다. 심지어 그녀는 아버지의 쓸쓸한 탄생에 대해서조차 모르고 있었다. 갓 태어난 아기가 흔히 그렇듯 곧 죽으리라는 말을 들었을 때는 슬픔으로 얼룩진 회색빛 징벌의 날이었다.

그는 아들이 태어났는데도 전혀 기뻐하지 않으며 물었다.

"아이 이름은 뭘로 하지?"

그녀는 우울해 하며 무심하게 말했다.

"앞에 뭐가 보여요?"

문 앞에 서 있던 그는 가을빛으로 물든 조지아의 목화밭으로 시선을 던졌다. 그는 대답했다.

"갈색 들판."

그는 혹시 저 들판이 세상의 나머지 부분까지도 모조리 덮고 있는 것은 아닌가 하는 절망적인 생각이 들었다.

그녀는 자신의 따스한 품안에서 잠든 아기를 내려놓으며 말했다.

"갈색이라. 갈색 들판. 브라운필드로 하죠."

그녀에게는 아이에 대한 연민조차 보이지 않았다.

"킹 앨버트라는 이름만큼이나 좋네요. 뭐라 이름 짓든 달라질 게 뭐 있겠어요?"

그녀는 이미 아이의 삶을 데려가려고 버티고 서 있는 것에 굴복했다. 겨우 결혼생활 이 년 만에 그녀는 대규모 농장의 세계에서는 어머니의 명령권이 2순위이며, 아버지는 아무런 명령권도 없다는 사실을 깨달은 것이다.

"여보, 나 좀 살려 줘요! 여보, 나 좀 도와 줘요!"

명령권 1순위자가 처음 그녀를 덮쳤을 때 그녀는 울부짖었다. 그는 그녀를 무시하며 위스키로 귀를 틀어막고는 스스로에게 말했다. 아내의 용서할 수 없는 죄를 결코 탓하지 않을 거라고. 하지만 그는 마거릿을 비난했고, 시플리를 비난했으며, 시플리라는 성을 가진 세상 모든 사람을 비난했다. 조시의 품에 안기면 마거릿의 울부짖음이 더 이상 들리지 않았고, 그녀의 흑인 애인들도 더 이상 신경 쓰이지 않았다. 시플리의 흰 피부에 대한 증오는 그레인지 자신의 죄를 사해 주었고, 그의 검은 피부는 마음속에서 위협을 가하는 수치심을 막아 주었다.

그의 아내는 자신이 죄를 지었으니 죽어 마땅하다고, 남편의 삶에서 빠져 줘야 한다고 믿으며 죽었다. 이제 그레인지는 두 눈에 눈물이 그렁한 채 자신이 정말 바보였다고 뉘우쳤다. 그는 자신에게 말했다. 저 엄마 없는 어린아이에게 등을 돌리고 다른 어린애와 지낸다면 저 아이가 과연 그것이 내가 통제할 수 없는 어떤 것 때문이라는 사실을 이해할까? 물론 아니다.

"지금부터 최후의 심판일까지 시플리들을 줄줄이 늘어놓아 봤자 저 앤 계속 제 할아비의 애정에 대체 무슨 문제가 생긴 건지 알고 싶어 할 테지!"

중얼거리는 그레인지의 눈에 물기가 어렸고 철조망에 얹힌 두 손은 후들거렸다.

"그렇게 찡그리고 서 계시니 꼭 슬픈 옛날이야기 같아요. 그만 정신 차리세요!"

아이가 다가와 그의 팔에다 손을 얹었다.

"더위 먹었나 봐요. 앉아서 좀 쉬세요."

그녀는 말을 물가로 이끌듯 할아버지의 멜빵을 잡아당겼다.

"할아버지 같은 노인네는 햇빛을 오래 쬐면 안 좋아요."

"뭐라고? 노인네에 대해 뭘 안다고 그러냐? '할아버지 같은 노인네는 햇빛을 오래 쬐면 안 좋아요!'"

그는 아이의 말을 흉내 내며 놀리면서도 울타리 근처 그림자가 드리워진 곳에 엉덩이를 붙였다.

"재잘대는 손자들이 생길 만큼 나이가 들면 너도 너한테 뭐가 좋은지 알게 될 게다. 하지만 그때는 이미 너무 늦은 뒤지!"

그는 재빨리 과거를 돌돌 말아 날카로운 곳을 없애고 날선 곳을 지운 뒤 그 위에 드러누웠다.

"내 생전 너처럼 건방진 애는 처음이다."

그는 등을 쭉 뻗어 나무에 기댄 뒤 담배 파이프를 꺼냈다. 아이는 성냥불을 켜 파이프에 불을 붙여 주며 할아버지의 손가락을 꼭 쥐었다. 그러곤 성냥을 후 불어서 껐다.

"전 그래도 할아버지처럼 뻔뻔하진 않아요."

그녀는 재치 있게 대꾸하고는 할아버지를 밀치며 나무에 기대앉았다. 그 바람에 그는 넘어질 뻔했다.

그는 진지한 표정으로 손녀를 바라보며 말했다.(그는 이따금씩 만나는 동료나 친구들에게 이런 말을 하기로 유명했다. "그 애의 교육은 내가 책임져!")

"그런 말 하면 못써. 내가 고것이라고 말한다고 해서 너도 고것이라고 말해선 안 돼. 나도 고것이 정확한 표현이 아니라는 건 알아. 하지만 정확한 게 뭔지 늘 생각나지는 않기 때문에 고렇게 말하는 거야."

루스가 박수를 치며 외쳤다.

"바로 그거예요! 할배, 아니 할아버지, '고렇게'라고 하지 말고 '그렇게'라고 해야 하는 거예요. '고'가 아니라 '그'예요."

아이는 깔깔거렸다.

그는 괜스레 파이프 담배를 피우며 말했다.

"아나 모르나 확인해 본 거야. 울타리를 쳐 놓으면 감히 내 땅에 발을 디딘 놈이나 짐승에게 총을 쏠 수 있다는 이점이 있지. 법에 그렇게 할 수 있다고 써 있어."

그녀는 참을성 있게 말했다.

"아직도 기분이 안 좋은가 봐요. 더위 먹지 않은 게 확실해요?"

그녀는 턱을 가슴에 닿을 정도로 푹 숙인 채 느긋하게 앉아 있었다. 그러다 풀 사이에 놓인 할아버지의 다리를 슬쩍 건드렸다. 그녀의 새 옷 여기저기에 풀색 얼룩이 져 있었다. 그녀는 얼룩을 유심히 보다가 자신의 배 위로 유쾌하게 콧노래를 흘려보냈다.

"새 옷을 사 줘서 고맙다고 말했던가요?"

그녀는 그의 눈을 올려다보며 물었다. 그는 마지못해 웃었다.

"그 옷은 지난 토요일에 포커 게임을 해서 딴 거야. 20달러는 딸 수 있었는데, 순식간에 15달러나 잃었지 뭐냐. 그래서 그 옷을 사야겠다고 생각했지. 거기 있던 여자들한테 물었지. 내 손녀딸 치수가 뭐지? 그랬더니 글쎄 자기들은 옷 치수에 대해 잘 모른다고 하더구나.(그 치들은 치수도 안 가리고 아무 옷이나 훔쳐 댄단 말이야.) 그러면서도 아마 12일 거라고 하더군. 그래서 치수가 12인 옷을 골랐지. 고것, 아니 그 끝에 주름장식이 달린 걸 보니 너한테 딱 어울리게 어른스러워 보이지 뭐냐. 그래서 옷을 파는 백인 여자한테 이랬단다.(그 여자는 내 말을 듣고 싶어 하지 않았지만 그러든 말든 난 말했지.) 어른처럼 구는 버르장머리 없는 어린애가 필요하면 내 손녀딸을 데려가시오. 그 애는 치장하느라 내 돈을 다 뺏어간다오. 정말 버릇 없는 아이지 않소? 그리고 또 이렇게 말했지. 그 앤 이 옷을 보면 당장 기름때를 묻히고 흙먼지에서 데굴데굴 구를 거요. 그러다가 마음이 변하면 옷을 갈기갈기 찢어 놓을 테고요. 예, 정말 못 말리는 말괄량이라오! 나한테 이 옷을 판 여자한테 그렇게 말했단 말이다."

그레인지는 껄껄 웃었다.

"그 여잔 너의 장점을 전혀 모르는 게 분명해. 그저 이렇게 이를 악물고는 내가 자기를 물 먹였다는 식으로 쳐다보며 가만히 서 있더군."

그는 입술을 다물어 쑥 내밀었다.

"손녀딸이라고만 하지 말고 제 이름을 말해 주셨어야죠. 그러니 사람들이 할아버지가 무슨 말을 하는지 모르죠."

그녀는 별것 아니라는 듯 웃었다.

"제가 아무리 버르장머리가 없기로서니 할아버지만하겠어요. 아무튼 이 옷을 사 주셔서 감사드려요."

그녀는 학교에서 배운 단어들을 써 봐야겠다고 생각했다. 그레인지는 새로운 단어를 배우는 데 열심이었다.

"정말 마음에 쑥 들어요."

그녀는 미소 지었다.

"틀림없다니까요. 할아버지는 정말 옷 고르는 안목이 있어요!"

그녀는 일부러 입속으로 말했다. 그러면 라디오 성우처럼 소리가 났다. 할아버지는 활짝 웃음 지었다.

그는 엉금엉금 기어가 어리둥절한 표정으로 덤불 속을 뒤지더니 5리터들이 병을 하나 들고 나왔다.

그가 입을 떼었다.

"좀 마실……."

"아녜요. 전 겨우 열 살인걸요. 그리고 간을 걱정해야 할 사람도 있고요."

"내 간은 걱정 마렴. 끄떡없을 테니."

노인은 싱글벙글 웃으며 위스키를 마셨다. 루스는 피가

난 손가락을 구부리며 막연히 인디언에 대해 생각했다. 그러다 위스키가 할아버지의 턱으로 방울지며 흘러내리자 손으로 닦아냈다.

"소독약으로 쓰려고요."

그녀는 당당하게 미소 짓고는 손을 구석구석 핥았다.

"루스는 너에게 맞는 이름이 아니야! 그래서 내가 네 이름을 부르지 않는 거야.……네 이름은 성경에서 따온 게 확실해. 문제는 내가 읽지 않은 부분*에서 따왔다는 거지."

"할아버지도 안 읽은 걸 제가 무슨 수로 알겠어요?"

그녀는 혀로 위스키 방울들을 모으며 말했다.

어느 날 그들은 이웃에 있는 집을 구경하기로 했다. 그 집엔 매끈한 소나무 껍질색의 머리가 목까지 내려오는 호리호리한 사내가 한 명 있었고, 헐벗은 아이들 여섯 명이 그를 따라다녔다. 그들은 계단에서 놀았는데, 한결같이 굶주리고 반항적인 태도였다. 입에는 언제나 소나무 이파리나 밀짚을 물고 있었다. 루스와 그레인지는 자신들의 울타리 안 덤불 뒤에 엎드려 눈에 띄지 않게 숨어 있었다. 그레인지가 루스의 교육상 '백인'을 관찰할 필요가 있다고 생각했기 때문이었다. 루스는 그들의 피부가 냉장고처럼 완전한 흰색이 아니라 회색과 노랑색과 핑크색이 합쳐진 것이라는 사실을 발견했다. 어릴수록 더 핑크색에 가까웠다.

"저 사람들 지금 뭘 하는 거죠?"

---

* 구약성서 세 번째 권인 룻기를 말함.

그녀는 궁금했다. 나이가 가장 많은 두 소년과 그들의 아버지가 나무 아래 누워 담배를 피우거나 씹고 있었다.

그레인지가 말했다.

"우리 땅을 차지할 계획을 세우고 있지."

"왜 그렇게 생각하세요?"

"여자들이 못 보게 잡초밭에 드러누워 있는데 그거 외에 또 뭘 하겠니?"

"그냥 여자들 수다가 듣기 싫어서 저러고 있는 건지도 모르잖아요."

그레인지는 그들을 노려보며 말했다.

"그건 저들이 네가 그렇게 생각하길 바라는 거야."

"저 사람들 모두가 언제나 저기 누워서 우리 농장을 차지할 계획을 세운다는 말이에요?"

그레인지는 순간 심술이 나서 대꾸했다.

"그래."

"날씨나 목화 시세 같은 다른 이야기를 할 때도요?"

루스가 몸을 일으켜 앉자 그레인지는 들킬세라 재빨리 그녀를 잡아당겼다.

"누구 한 사람이라도 저들이 진짜 사람인지 확인해 봤을지 궁금해요."

"아무도 그런 적은 없어. 소문으로는 저들도 사람이라고는 하더구나. 하지만 정작 웃긴 것은 저들이 왜 사람답게 행동하지 않느냐는 거야."

할아버지와 함께 그들이 있는 곳과 반대 방향으로 기어 가며 루스가 말했다.

"제가 크면 그 이유를 알아볼게요. 전 직접 만나서 얘기해 보고 싶어요. 우리에 갇힌 말똥가리 구경하듯 볼 필요는 없잖아요."

"내가 뭘 가르쳐 주기만 하면 너는 무조건 더 알려고 들지. 내 생전 너처럼 뻔한 진실을 두고도 그 뒤를 캐고 드는 여자애는 처음이다."

나중에 그는 루스에게 물었다.

"오늘 봤던 사람들을 내가 알고 있고, 그 집 안주인이 집 안에서는 담배를 피거나 씹지 못하게 한다는 걸 우연히 들었다고 말한다면 넌 뭐라고 하겠니?"

"그럼, 그래서 덤불숲에 모여 있었던 거예요?"

루스는 잠시 곰곰이 생각해 보았다.

"그러면 그렇지."

아이가 그저 그렇게 말하자 할아버지는 스스로 내뱉은 진실에 화가 치밀었다.

42장

어느 날 학교에서 어떤 사건이 일어났다. 이로 인해 그녀는 백인에 대해 그레인지가 알려 준 것보다 더 많은 것을 알게 되었다. 그녀는 늘 그렇듯 마지못해 잠에서 깼다. 그녀는 아침에 일어나는 것을 싫어했다. 특히나 오두막이 아닌 본채에서 잠을 깰 때면 더했다. 그녀는 본채를 '조시의 집'이라고 부르는 반면, 오두막은 자신과 할아버지, 특히 자신의 집이라고 생각했다. 루스는 그레인지와 함께 아침을 먹었다. 할아버지는 오트밀과 와인을, 아이는 오트밀과 우유를 먹었다. 그런 뒤 두 사람은 함께 고속도로를 따라 학교로 걸어갔다. 학교는 집에서 1킬로미터도 떨어져 있지 않아 숲을 가로질러 가면 고작 몇 분밖에 걸리지 않았다. 그레인지는 늘 그렇듯 학교 계단에서 손녀딸과 헤어졌다. 다른 아이들도 늘 그렇듯 그 둘을 빤히 쳐다보며 주위에 서 있었다. 따스하고 화창한 3월의 그날, 학교 뒤로

돌아 숲으로 사라지는 그레인지의 푸른색 셔츠에 태양이
연한 그림자를 드리웠다. 그들 둘 다 숲길을 통해 집으로
돌아가는 것을 무척 좋아했다. 그레인지가 학교에서 집까
지 내내 침묵을 지키는 데다, 숲 덕분에 단둘이서 호젓한
시간을 보낼 수 있기 때문이었다.

학교에는 교실이 세 개 있었다. 우물에서 가까운 첫 번
째 교실에서는 1, 2, 3학년들이 공부했고, 가운데 교실에서
는 4, 5, 6, 7학년이, 나머지 교실에서는 8학년에서 12학년
에 이르는 상급생들이 수업을 받았다. 학교는 시멘트 초석
위에 세워져 땅에서 제법 올라가 있었다. 지하에 창고가
있어 상급생 남녀 학생들이 그곳에서 은밀한 데이트를 즐
기곤 했다. 교실은 건물의 각 면에 달린 높다란 계단 때문
에 꼭 2층에 있는 것처럼 보였다. 루스는 계단과 현관을
지나 설렘과 두려움을 안고서 가운데 교실로 들어갔다. 그
녀는 6학년이라, 4학년에서부터 7학년 학생들과 함께 한
교실에서 공부했다. 담임은 그레이슨 선생님이었다. 그 다
음 해에도 그레이슨 선생님이 루스의 담임으로 남아 있다
가, 그녀가 옆 교실로 옮겨간 후에야 리틀 선생님으로 담
임이 바뀌었다. 그레이슨 선생님은 짙은 갈색 피부의 미인
으로, 손톱에 섬세하게 매니큐어를 칠하고 머리에는 스트
레이트파마를 했다. 그녀는 늘 회색 옷을 입었는데, 아무
도 안 본다고 생각할 때면 침을 묻힌 손가락으로 레드 폭
스 스타킹 솔기를 바로잡곤 했다.

4학년의 첫 번째 과목은 보건이었다. 그레이슨 선생님은
책상 사이를 오가며 '몸과 마음을 깨끗하게' 관리하는 것

에 대해 강의했다. 다음 과목은 시민 정신으로, 선생님은 교실 앞뒤로 걸으며 '애국심으로 나라에 봉사'하는 것의 중요성을 설명했다. 10교시에는 역사 공부의 중요성을 강조했다. 다른 학년 학생들은 지루해 하며 콧노래를 불렀다. 그레이슨 선생님은 분명하면서도 강렬한 목소리로 힘차게 외쳤다. 역사를 통해 세계에 일어난 일을 모두 알 수 있다고. 엘리 휘트니와 조면기, 토머스 제퍼슨과 독립선언문, 조지 워싱턴과 긴급 소집병*. 선생님은 미국 역사가 다른 역사보다도 더욱 중요하다고 말했다. 그녀는 왜 그런 걸까요? 하고 아이들에게 묻더니 스스로 대답했다.

"미국의 역사는 바로 우리의 역사이기 때문입니다. 자유로운 사람들의 자랑스러운 역사죠! 우리는 자유를 지키기 위해 지금까지 싸웠어요."

선생님의 새된 외침이 판지 벽에 부딪치며 울려 퍼졌다.

"역사는 우리 흑인들이 무슨 일을 당했고, 또 무엇을 했는지 가르쳐 줍니다."

그녀는 웅변을 하듯 진주만과 남북전쟁에 대해 설명했다. 교실과 양쪽에 있는 다른 반에서 나는 소음을 압도하려고 애쓰며 그녀는 활짝 웃는 얼굴로 말했다. 우리가 어디에 있으며, 여기까지 오기 위해 어떻게 했는지를, 세계가 완전히 계몽하는 데 역사가 얼마나 중요한 역할을 하는지를!

---

* 통고받는 즉시 언제라도 군무에 종사하기로 동의한 미국 독립 전쟁 당시의 민병대원.

교실 뒤쪽에서 4학년 학생이 손을 들더니 안 들린다고 말하자 선생님은 뒤쪽으로 걸어갔다. 선생님은 녹음기를 튼 것처럼 그 자그마한 소년에게 질문했다.

"역사를 공부하는 것이 왜 중요하지?"

소년은 무뚝뚝하게 대답했다.

"잘 모르겠어요."

그러자 그레이슨 선생님은 말하는 박자에 맞춰 박수를 치면서 설명했다.

"역사로 인해 세계에서 일어난 일을 알 수 있기 때문이야!"

그 소년이 말했다.

"예, 선생님."

그때 교실 다른편에 있던 5학년 학생이 조지 워싱턴이 미국의 아버지인 게 맞느냐고 물었다. 선생님은 그 학생이 벌써 새 역사 교과서를 읽었다며 무척 기뻐했다.

루스가 보기에 그레이슨 선생님의 말은 전혀 이치에 맞지 않았다. 선생님은 교과서에 있는 단어를 그대로 줄줄이 늘어놓았지만 교과서를 읽는 것과는 달리 전혀 논리적이지 않았다. 선생님이 한 문단을 설명할 때 그것이 책의 내용과 얼마나 일치하는지 전혀 확신할 수 없었다. 교실은 중간중간 소음으로 들썩였고, 선생님이 요약한 내용엔 그다지 써먹을 만한 것이 없었다. 하지만 루스는 작년에 그레이슨 선생님한테 배운 덕분에 그녀가 딴생각하는 학생을 귀신처럼 집어낸다는 사실을 알고 겁을 냈다. 선생님은 제자의 마음이 다른 곳으로 향하기가 무섭게 넋 놓고 있는 몽상가를 엄하게 야단쳤다. 그러고는 매를 때리거나 교장 선생님께 보내 벌을 받게 했다. 자신의 교실에서 수업을 진행하던 교장 선생님은 암송하고 있던 제자를 멈추게 하거나 책상에서 고개를 드는 일 없이 그저 그 학생을 일주일간 집에서 근신하게 했다.

루스는 그레이슨 선생님이 잠시 몸을 돌릴 때마다 일부러 집중하는 표정을 짓고 손으로 교과서를 되는 대로 훑었다. 그것은 몽상에 빠졌다는 걸 감추기 위한 그녀의 비결이었다. 그녀는 그날 아침에 받은 새 세계사 교과서를 내려다보았다. 그레이슨 선생님이 이번에 역사 수업을 하는 것도 이 새 책 때문이었다. 백인 학교에서 이 책을 얻기 전에는 역사 교과서가 단 한 권도 없었다. 철자 교과서, 지리 교과서, 독해 교과서뿐이었다. 루스는 그 책들을 이미 몇 달 전에 다 읽은 데다가, 어찌나 자주 봤는지 완전히 외울 정도였다. 이제 루스는 새 교과서를 훑어보았다. 칼라도 몇 개 있었지만 삽화는 대개 흑백이었다. 너덜너덜한 갈색 표지에는 예쁜 도시 그림이 그려져 있었는데, 눈이 동그란 금발 아이가 시계탑 맞은편에서 다리 아래의 거리를 막 건너려는 참이었다. 한쪽에 조그마하게 '런던'이라고 씌어 있었다. 루스는 표지를 넘겼다. 책의 내용이 시작되는 본문이 아니라 속표지가 나왔다. 오른쪽에 재클린 페인이라는 어떤 여자 아이의 이름이 씌어 있고, 그 아래에 베이커 카운티 초등학교라고 적혀 있었다. 그곳은 백인들이 다니는 학교였다. 다른 교과서도 모두 그 학교에서 받은 것이기에 전혀 놀라울 게 없었다. 하지만 다음 순간 루스는 헉 하고 숨을 들이켰다. 앞쪽 전체 속표지에 거대한 나무 그림이 그려져 있고, 그 위에 커다란 초록색 글자로 '인류 계통수'라는 제목이 달려 있었던 것이다. 나무에는 온갖 종류의 사람이 있었다. 연한 푸른색과 노란색 꼭대기에 백인이 있었고, 그들은 시험관으로 뭔가를 하는 중이었다. 그중 한 사람의 상의에 '과학자'라고 적혀 있었고, 그들 뒤에는 높다란 건물, 자동차, 기차, 비행기가 보였다. 재클린 페인은 그 아래에 이렇게 적어 두었다.

'주 : 미국인, 독일인, 유럽 최북단에 사는 사람들.'

그리고 괄호 안에 '영국'이라고 적혀 있었다. '미국인' 아래에는 노란색으로 그려진 사람들이 있었는데, 웃기게 생긴 작은 밀짚모자를 쓰고 거대한 물소를 뒤따르고 있었다. 그들 뒤쪽에는 옥이나 대나무로 된 작고 귀여운 물건들이 잔뜩 있었다. 그 그림 아래에 재클린 페인은 둥근 글씨체로 이렇게 써 놓았다.

'주 : 황인종. 중국인, 일본인, 여기서 멀리 떨어진 극동에 사는 사람들 등.'

그 아래에는 붉은색으로 아메리칸 인디언이 그려져 있었다. 그들은 평온한 모습으로 앉아 있었는데, 한 노인이 기다란 깃털로 덮인 파이프로 담배를 피우고 있었다. 그 곁에는 여자들이 앉아서 멋진 깔개나 도자기나 바구니를 만들었다. 그 그림 아래에 재클린 페인은 이렇게 적었다.

'주: 우리의 아메리칸 인디언들. 우리는 그들을 야생의 원시 생활과 질병에서 구해 주었으며, 그림에서와 같이 쓸모 있는 일을 하는 법을 가르쳐 주었다. 그들은 또한 구슬

제작으로도 유명하다.'

하지만 마지막 그림을 보자 루스는 놀라서 숨을 들이키고 말았다. 나무의 밑바닥에, 그것도 나무에 연결된 곳이 아닌 뿌리 없는 가지처럼 따로 불쑥 튀어나온 곳에 한 남자의 그림이 있었다. 고수머리 흑인이 두터운 입술로 웃으며 뼈다귀로 코를 꿰뚫은 채 서 있었던 것이다. 풀로 만든 치마를 입고 부글부글 끓는 솥단지 앞에 서 있는 폼이 마치 선교사가 오기를 언제까지나 기다리고 있는 것 같았다. 재클린 페인은 그 그림 아래에다 깔끔한 글씨체로 딱 한 단어만 적었다. 심지어 풀로 된 치마가 그가 직접 만든 것인지의 여부도 적혀 있지 않았다. 루스는 뺨이라도 얻어맞은 기분이었다.

'주: 껌둥이.'

정신을 차린 그녀는 뭔가가 잘못되었다는 것을 깨달았다. 교실의 모든 아이들이 낄낄거리면서 자신을 바라보고 있었다. 그들은 그녀의 눈앞에서 방실방실 웃고 있는 못생긴 원시인으로 변했다. 그녀는 최대한 경멸스럽게 그들을 노려보았다. 바로 그때 위를 올려다본 그녀는 막 어깨로 떨어지는 가죽끈을 발견했다. 가죽끈은 계속해서 루스의 어깨를 내려쳤다. 그 묵직한 휙휙 소리에 아이들의 웃음소리가 사그라졌다. 아이들은 그것이 어떤 느낌인지 알고 있었다. 화가 치민 루스는 서서히 몸을 일으키고는 책을 바닥에 내던졌다. 그레이슨 선생님의 히스테릭한 목소리가 귀를 때렸다.

"너도 다른 아이들과 마찬가지야. 결국 보잘것없는 인간이 되고 말겠지. 중요한 게 뭔지도 모르고 딴짓이나 해 대니!"

루스는 천천히 교실 앞으로 걸어갔다.

"대체 어딜 가는 거야?"

그레이슨 선생님이 역사책을 주워 먼지를 털었다.

"너 같은 인간들은 남의 재산을 좀먹게나 만들지! 당장 돌아와 앉지 못해!"

하지만 루스의 손은 이미 문 손잡이에 가 있었다. 그녀는 뒤돌아서서 선생님을 쳐다봤다. 그레이슨 선생님은 가죽끈을 들고 앞으로 걸어오고 있었다. 그녀의 어깨 위로 학생들이 내뿜는 달콤한 흥분이 어찌나 짙게 피어 오르는지 그 맛이 느껴질 정도였다. 기분 전환을 하고 싶다는 순수하고도 단순한 욕망. 그것은 피를 보고자 하는 욕망이었다. 바로 루스의 피를.

"사악하기 짝이 없는 이 머저리 망할 년!"

루스는 그레인지에게서 주워들은 거대한 단어의 창고에서 욕설을 골라내 선생님에게 퍼부었다. 그레이슨 선생님과 학생들이 순간 모두 얼어붙어 분노의 한숨을 내쉬었다.

"너 방금 뭐라고 했니?"

그레이슨 선생님이 마침내 입을 열고 다그치더니 아까보다 더 위협적으로 다가왔다.

루스는 부들부들 떨며 대답했다.

"들었으면서 뭘 그래요. 한 번만 더 내 몸에 손을 대면 할아버지랑 이놈의 건물을 뽑아다 당신 머리 위에 내던져 주겠어요. 빌어먹을 거짓말쟁이에 얼간이인 당신 목구멍에

다가는 벽돌과 막대기를 처박아 버리고요!"

그녀는 벌컥 문을 열고는 계단을 뛰어 내려갔다. 숲에 이르자 울음이 터져 나왔다. 가슴이 어찌나 쓰라린지 그녀는 당장 죽을 것만 같았다.

"할아버지 말이 바로 이런 뜻이었을까?"

그렇게 끊임없이 되뇌던 그녀는 차라리 죽어 버렸으면 좋겠다고 생각했다.

여름은 루스에게 피난처가 되어 주었다. 5월에서 10월까지 그녀는 자유였다. 숲 속 깊은 곳에 지은 오두막에서 마음껏 놀거나, 그레인지가 백인 도서관에서 몰래 훔쳐 온 책이나 만화를 읽었다. "이로 인하여, 이때에, 거기에, 보라, 보라, 보라!"와 같은 성경 구절을 눈 가는 대로 읽고는 혼동에 빠지기도 했다. 겨울은 매섭고 무자비했다. 그녀는 배우기를 좋아하면서도 학교는 싫어했다. 엄마와 살 때는 그렇지 않았다. 오히려 학교를 재미있어 했다. 그때는 오넷과 대프니 언니와 함께 웃고 떠들며 학교까지 걸어 다녔다. 지나가는 백인 학생용 스쿨버스에 모래를 던지기도 했다. 하지만 이제 어머니는 죽고 없었고 아버지는 감옥에 갇힌 신세였다. 언니들이 있는 곳이 정확히 '북부' 어디인지도 알 수 없었다. 그녀는 북부라고 하면 새들이 똥을 눌 자리조차 없을 만큼 건물과 사람으로 빽빽한 거대하고 스산한 풍경만이 떠올랐다. 그것은 그레인지 때문이었다. 그는 남부인에게 북부를 떼어 주면 양념이 있든 없든 상관도 않고 먹어치울 것이라고 말했다.

차마 인정하기는 어려웠지만, 그녀는 엄마의 죽음 때문에 흥밋거리가 되었으며, 학교 학생들 모두가 가난한데도 가장 가난한 아이로 취급되었다. 아버지는 살인자이고, 어머니는 죽고 없기 때문이었다. 그녀는 학생들 사이에서 어머니가 중요한 필수품이라는 사실을 곧 깨달았다. 아이들 대부분은 아버지가 없었고, 설령 있다 해도 기억하지 못하는 경우가 태반이었다. 할아버지와 산다고 해서 특별 대우를 해 주지도 않았다. 아이들은 그를 '웃긴' 괴짜 영감이라고 여겼다. 카드를 아주 잘하는 건 알겠지만 너무 말이 없어서 믿을 수가 없다고 했다. 그레인지 코플랜드가 아버지 농담*을 듣고 웃는 것을 본 사람이 단 한 명이라도 있어? 하고 그들은 물었다. 루스 외에는 아무도 본 적이 없었고, 루스가 봤다고 말해도 시큰둥해 할 뿐이었다. 가끔씩 루스는 할아버지와 교회에서 낄낄거리기가 낯부끄러웠다. 신도들이 하나같이 신실한 태도로 그들의 점수를 하나하나 매기고 있었기 때문이었다.

그레인지와 함께 산 달부터 루스는 놀림감이 되었다. 그것은 게임의 법칙이었다. 아이들은 「샐리는 햇살을 빙글빙글 돌아요」나 「어이, 라이저 제인 양」 같은 노래를 부르며 놀다가도 루스가 슬픈 얼굴로 나타나면 그 즉시 동작을 멈추고 무자비한 침묵을 지켰다. 그녀가 열한 살 때는 학교에 이상한 소문이 돌았다. 숲 속에서 그녀와 산책한 사람은 다시는 돌아오지 않는다는 것이었다.(루스가 숲을 거닐

---

* 아버지들이 주인공으로 등장하는 농담.

며 나무에 말을 거는 모습이 자주 눈에 띄었는데, 그것은 확실히 이상한 광경이었다.) 아이들은 그녀가 숲에 총을 숨겨두었다가 사람들 눈이 보기 싫을 때 그들의 머리를 날려버린다고 쑥덕거렸다. 눈을 보면 엄마 생각이 나기 때문이라는 것이었다. 그 소문을 엿들은 루스는 엄마의 장례식에 왔다가 장의사가 서툴게 처리한 시신을 본 사람이 그런 말을 지어냈다고 확신했다. 하지만 대체 무슨 말을 할 수 있었겠는가? 전학을 와서 사연을 모르거나, 소문을 미처 듣지 못했거나, 장례식에 참석하지 않았던 학생과 우연히 마주칠 때만 루스는 즐겁게 지낼 수 있었다. 루스만 소문의 대상이 된 것은 아니었다. 집안 식구가 다 그랬듯 조시도 온갖 구설수에 올랐다. 루스는 4학년이 되자 고개를 숙이고 걸어 다녔다. 그러다 5학년 때부터 서서히 머리를 들기 시작했으며, 6학년에 이르자 잰 머리를 구름 속에 처박고 다녀서 자기 머리가 어디에 있는지도 모른다는 말을 들었다.

나이가 들수록 배척과 무시는 점점 더 심해졌다. 열세 살 무렵에는 모든 사람들이 그녀가 살인자의 딸임을 알게 되었다.(그것은 단지 아버지가 살인자라는 문제가 아니었다. 아이들 대다수는 친척 중에 살인을 한 사람이 있었다. 하지만 아내를 죽였다는 것은 너무도 충격적인 일이었다.) 공공연한 놀림은 사라졌지만 긴장감은 여전히 맴돌았다. 그러다 교도소에서 출소한 그녀의 아버지가 시내에 종종 모습을 드러내기 시작했다. 그가 석방된 그 주에 조시는 루스와 그레인지를 떠나 브라운필드와 살림을 차렸다. 새로운 소문과 조롱이 학교를 휩쓸었다. 전에는 살인자의 딸이라고 놀리며 따돌렸지만, 이제는 할아버지의 '마누라'가 되었다고 놀려 댔다. 그레인지는 중풍에 걸려 말이 없는 다른 할아버지들과 판이하게 달랐다. 조시가 집을 나간 후 호기심 많은 사람들에게 온갖 이야기를 떠벌린 게 분명했다. 그레인지가 아내보다 손녀딸을 더 좋아하며, 그녀가 떠난 지금 그들 두 사람이 거리낌 없이 즐기고 있다는 소문이 떠돌았기 때문이다. 그레인지가 루스에게 놀이방으로 만들어 준 오두막은 조시로 인해 추잡한 장소가 되었다. 그녀는 그들이 진짜로 어떤 사이인지 전혀 알 수 없다고 말했다. 같은 반 학생들은 경멸과 의심이 가득한 태도로 루스를 전보다 더 확연하게 따돌렸다.

루스가 좋아한 사람은 로셀 파스칼이 유일했다. 같이 말을 나눠 본 적은 한 번도 없었다. 로셀은 매끈한 피부에 곱슬거리는 검은 머리를 가진, 늘 생각에 잠겨 있는 듯한 모습의 아름다운 소녀였다. 그녀는 알코올중독자 아버지의 무남독녀였다. 사람들은 그가 아내를 잃은 슬픔에서 결코 회복될 수 없었다고 말했다. 하지만 불행히도 그의 아내는 사랑받을 자격이 전혀 없는 여자였다고도 수군거렸다. 선생들은 로셀을 특별히 냉담하게 대했다. 그 때문에 루스는 화가 났고 그녀를 동정했지만, 정작 본인은 이를 모르는 것 같았다.

로셀이 12학년일 때 루스는 그녀가 월트 테럴과 결혼한다는 것을 알게 되었다. 월트는 그 고장에서 가장 부유한 흑인이었다. 그는 2차 대전에서 돌아온 영웅으로, 다리에 총알 자국이 그대로 남아 있었고, 가슴에는 광을 낸 메달이 가득했다. 그는 중요한 날에는 반드시 옷에 메달을 달았다. 심지어 주일학교에서 여는 바비큐 파티에도 메달을 달고 왔다. 주일학교는 그의 땅에 세워졌기에 그의 이름을 따서 이름 붙여졌고, 모두들 그를 존경했다. 주일학교 선생들은 그에게 아첨을 떨었다. 하지만 루스가 보기에 그는 자신의 아버지뻘이었다. 이제 겨우 열여섯 살인 로셀이 왜 그런 노친네와 결혼한단 말인가?

졸업식에서 루스는 장래의 남편 곁에 서 있는 로셀을 유심히 보았다. 로셀의 아버지는 창백한 얼굴로 멍하니 근처에 서 있었는데, 술이 안 깬 것이 분명했다. 다른 사람들은 이리저리 거닐며 대화를 나누는데도, 그는 아이들 목소리와 멋진 정장으로 이루어진 화려한 물결 속에서 나무토막처럼 떠돌고 있었다. 그래도 딸애의 이름이 호명되었을 때는 그의 눈에서 잠시 빛이 났다. 그는 월트 옆에 앉아 있었는데, 그 순간만은 생기가 돌았다. 월트의 커다란 머리와 넓적한 어깨는 로셀의 아버지 옆에 탑처럼 우뚝 솟아 있었다. 로셀이 다시 자리로 돌아왔을 때 그녀는 마치 아버지의 품속으로 뛰어들 것처럼 보였다. 아버지와 딸은 닫힌 문처럼 서로의 눈을 가만히 바라보았다.

루스는 고등학교 계단을 조심스레 내려가다가 충동적으로 말했다.

"로셀 언니, 나랑 얘기 좀 할래요?"

로셀은 일부러 무심하게 대답했다.

"그래, 좋아."

그들은 1개 대대와의 교전을 중지하고 철수하듯 남자들에게서 떨어져 나왔다. 루스가 뒤돌아보니 그레인지가 어떤 사람들에게 장황하게 말을 늘어놓고 있었다. 멀찍이서 낯선 사람처럼 바라볼 때마다 할아버지는 기괴해 보였다. 호리호리한 키, 프레더릭 더글러스*처럼 부스스한 머리, 자신과 상대방 사이의 공기를 열정적으로 휘저으며 춤추는 두 손.

"너 그레인지 할망구지."

로셀의 말에 루스는 깊이 상처 받았다. 하느님께 믿음을 고백했더니 정작 하느님이 한다는 말이 세탁물 좀 찾아와 달라는 것이나 매한가지였다. 로셀은 느긋하게 내뱉은 말이 스스로도 우스운 듯 활짝 웃었다. 루스의 말에는 사투리 억양이 없었다. 적어도 본인은 그렇게 생각했다. 살면서 단 한 번도 남부인이 아닌 사람과 이야기해 본 적이 없었는데도 말이다. 그녀는 왜 자신이 다른 남부인들처럼 말하지 않는지 그 이유를 몰랐다. 사실 그녀는 남부인의 말이라면 무엇이든 보다 세련된 것을 상상하고 바꾸거나 없애려고 들었다. 단 그레인지만은 예외였다. 할아버지의 말은 강력하고도 화려했다. 하지만 로셀은 남부의 백인 여자처럼 무심하고 나직하게 말했다. 루스에게는 그녀의 억양이 매력적인 침묵처럼 들렸다. 다른 아이들이 '그레인지 할망구'라고 말했다면 화를 냈을 테지만, 로셀 앞에서는 그저 상처받았을 뿐이었다.

---

* 19세기에 활동한 미국의 흑인 노예 폐지 운동가.

"내 이름은 루스예요."

"나도 알아."

그들은 운동장 귀퉁이에 있는 나무 아래에 섰다. 뒤쪽에는 여학생용 옥외 화장실이 있었고, 반대편으로 멀리 우물이 있었다. 우물에서는 어린 학생들이 돌아가며 바가지로 물을 마시고 있었다. 덩치 큰 소년이 참을성 있게 옆에 서 있었는데, 손에 커다란 나무 양동이가 매달린 줄을 쥐고 있었다. 양동이에서 물방울이 뚝뚝 떨어져 바닥에 튀었다.

로셀이 말했다.

"너도 나만큼 나이가 들면 저 더러운 우물에서 물을 마시면 안 돼. 이끼 긴 양동이나 미끌미끌한 공용 바가지는 내던져 버려야 해! 그게 바로 진보야. 우린 백인들보다 딱 십오 년 뒤져 있어."

루스는 무슨 말을 해야 할지 몰랐다. 그녀도 그 바가지로 물을 마시는 게 싫었다. 하지만 자란 후에는 저기서 물을 마시면 안 된다는 말은 처음 들어 보았다. 고속도로를 바라보고 있는 로셀의 표정은 단호했다. 백인들이 가득 탄 차들이 속도를 줄이지도 않고 쌩쌩 지나갔다. 근처에 학교가 있다는 사실을 알려 주는 표지판은 전혀 없었다. 아이들은 고속도로를 건널 때 뛰어야 했다. 그러다 어느 남학생이 죽은 일도 있었다. 이에 조지아 주 정부는 운전자들의 눈에 띄게 '사망' 표시로 하얀 나무 십자가를 세웠다. 하지만 경고 표지판을 세울 생각은 아예 하지 않았다.

로셀은 그저 지루한 마음에 무언가 캐묻는 듯한 얼굴로 루스를 바라보았다. 그러자 그만 용기가 싹 달아난 루스는 로셀을 이리로 데려와 물어보려던 것을 도무지 말할 수가 없었다.

그러다 마침내 불쑥 말을 꺼냈다.

"왜 그 사람이랑 결혼해요?"

"안 될 건 또 뭐니?"

로셀은 무덤덤하게 답했다.

"이 동네에서 허섭스레기 같은 일이나 하며 살 작자랑 결혼하느니 악마랑 결혼하는 게 훨씬 나아."

"일?"

루스가 물었다. 그녀는 결혼이라면 당연히 낭만적인 사랑으로 이루어진다고 생각해 왔다. 그러다 싸구려 식당에서 즉석 요리를 만들고 있는 로셀을 상상해 보았다. 로셀은 여전히 아름다웠다. 이번에는 하녀가 된 로셀을 떠올렸다. 로셀은 도리어 하녀를 고용해야 할 사람으로 보였다. 로셀은 비참한 하층민이 될 운명이 아니었으며, 본인도 이를 잘 알고 있었다.

루스는 로셀을 끌어안고 싶었다. 하지만 어떻게 그처럼 차갑고, 그처럼 무심하며, 그처럼 냉혹하리만큼 아름다운, 그리고 그처럼 냉정한 얼굴을 하고 있는 소녀를 안을 수 있겠는가? 루스는 울음을 터트렸고, 그러자 로셀이 그녀를 안아 주었다.

"이런 일로 울지 마."

로셀의 목소리는 기묘하게도 가늘고 쓸쓸했다.

"그 사람이랑 결혼하는 게 훨씬 나은 이유를 때가 되면 우리 둘 다 알게 될 거야."

그들은 그렇게 잠시 서로를 꼭 껴안고 있었다. 그러다 로셸은 차분하면서도 단호한 표정으로 자리를 떠났다. 루스는 그것이 인형의 얼굴이라고 생각했다. 텅 빈 완벽함 안에 자신감 외엔 아무것도 없는 얼굴.

로셸을 다시 본 것은 일 년이 지난 뒤였다. 로셸 아버지의 장례식장에서였는데, 그는 아내의 공동묘지 무덤 석판 위에서 얼어 죽은 채 발견됐다. 값비싼 검은색 상복을 입은 로셸은 비탄에 잠긴 여왕 같았다. 그녀는 더욱 성숙해 보였으며, 남편에게 정이 든 게 분명했다. 버려진 어린아이처럼 남편의 품 안에 꼭 안겨 있었기 때문이다. 언제나 멍청한 군인처럼 보이는 월트의 얼굴엔 자부심과 성취감이 번뜩이고 있었다.

43장

어느 날 루스의 장래가 불쑥 큰 문제로 떠올랐다. 그녀의 신체가 미래를 위한 준비가 되었다고 결정한 날이었다. 하지만 루스는 아직 준비가 덜 되었다고 생각하고 있었다. 그녀는 공포로 짓눌리고 죄어드는 것 같았다. 그레인지가 그녀에게 미리 생리대와 허리띠와 포근한 장미향이 나는 활석을 사 주었던 터라 예상치 못한 일은 아니었지만 갑작스럽기는 매한가지였다. 그레인지는 그러한 성장에 대하여 손녀에게 어떻게 말해야 할지 고민하면서도 흥분되었다. 하지만 그녀 스스로도 아는 것이 너무 많아 그레인지가 제대로 가르쳐 주기가 쉽지 않았다. 그녀는 여성스런 몸으로 인해 무방비 상태가 되었다고 느끼고는 겁에 질렸다. 의지에 반하여 원치 않는 임신을 할 수 있다고 생각했던 것이다. 그런 일을 막기 위해 정신은 아무것도 할 수 없었다. 주변에서 매일 일어나는 일처럼 자신도 '아이를 가지게'

될까 봐 죽도록 두려울 뿐이었다. 임신은 상황을 더욱 악화시키는 덫이었다. 그녀는 아직 남자나 결혼에 대해 침착하게 생각해 볼 단계가 아니었다.

"어른이 되면 전 뭘 하고 살까요?"

그녀는 다소 불안해 하며 할아버지에게 물었다.

"그게 무슨 말이냐? 우리에겐 농장이 있잖니. 최후의 심판이 올 때까지 우린 여기서 살면 돼."

그녀는 그레인지의 목화밭을 바라보았다. 달빛 아래 목화밭은 너무나 아름다웠다. 그들은 또한 정원을 가꾸고 닭과 돼지를 키웠다. 은둔자에게는 그야말로 완벽한 삶이었다.

"전 은둔자가 되지는 않을 거예요. 언젠가는 여길 떠날 거예요. 물론 할아버지 농장을 욕하려는 건 아녜요. 저도 할아버지처럼 북부로 갈까 봐요. 뉴욕이며, 125번 거리며, 나이트클럽이며, 길에서 욕설을 뱉으며 서 있는 사람들을 보고 싶어요."

"난 허락하지 않을 게다."

그레인지가 단호히 말했다.

"할아버지가 여기 계시는 동안에는 가지 않을 거예요."

그가 그런 상상을 했다면 부끄러워해야 마땅하다는 듯 루스가 말했다.

"그래도 안 돼. 거긴 마녀의 젖꼭지처럼 냉혹하고 추악한 데다가 사람들은 희한한 말이나 해 대지."

"벌써 다 말씀하셨잖아요. 하지만 여기서 뭘 하겠어요? 매덜레인 자매님이 하는 일을 따라할 수도 있겠지만 아직 자매님이 그 일을 하고 있잖아요. 그 긴 세월 동안 말예요. 솔직히 말해서요, 할아버진 제가 점쟁이가 되어 무신론자 백인 여자들을 겁주기를 바라는 것 같아요. 하지만 전 뿌리를 파고 나무에 똥이나 처바르려고 태어난 게 아니에요! 욱! 어쩌면 그레이슨 선생이랑 같이 도로 저 아래에서 강의를 할 수도 있겠죠. 멍청이 둘이서 말예요. 하지만 전 아이들이 내 말을 하나도 못 알아듣는다는 걸 알면서도 걔들 앞에 설 만큼 강심장이 아녜요. 게다가 그렇게 싫어하는 그레이슨 선생과 가까이 지내고 싶지도 않고요."

"너야 그 선생보다 훨씬 똑똑하잖니. 학생들한테 무엇을 가르쳐야 할지 다 알고 있고."

"그레이슨 선생보다 똑똑하다는 거야말로 저의 가장 큰 단점이에요. 그 여자는 어느 날 내 등 뒤로 와서 날 우물에 떠밀 거예요. 사악한 마귀 할망구!"

"흥분할 것 없다. 더 이상 널 볶지 말라고 내가 따끔하게 일러뒀어. 눈알이 빙그르르 돌도록 모가지를 비틀어 버리겠다고 했지. 그 선생 남편도 같이."

루스는 한숨을 쉬었다.

"그럼 다른 무슨 직업을 구하겠어요?"

그녀는 방으로 달려가 신문을 가지고 나왔다. 그러곤 구인 광고란을 펼쳐서 읽기 시작했다.

"법률 회사에서 안내원으로 일할 매력적인 남부 미인 구함."

마을에는 법률 회사가 단 하나뿐이었고, 그것은 백인용이었다.

"내 외모로는 어림도 없을걸요."

루스는 중얼거리고는 다시 읽기를 계속했다.

"재봉 공장에서 백인 여성 구함. 최근 재가동한 새로운 공장으로 신 관리 기법하에서 작업복을 만들 재봉사 구함. 신입 연수 실시 등."

구인 광고의 흑인란에는 딱 하나의 광고만이 있었다.

"저녁마다 다림질, 요리 등 손쉬운 가사일을 할 유색인 중년 여성 구함. 주당 6달러."

루스는 신문을 내려놓고 그레인지를 보았다.

"난 요리사 따위는 되지 않겠어요."

"물론이지."

그는 동의했다.

"내가 커서 뭐가 됐으면 좋겠어요? 월트 테럴 외엔 대안이 없잖아요."

그녀는 쓰디쓰게 말을 이었다.

"그 사람은 로셀이 차지해 버렸고요!"

"너를 팔아선 안 돼. 그런 건 꿈도 꾸지 마. 뭔가 좋은 일이 생길 거야. 세상은 변하기 마련이잖니."

그는 그렇게 말하면서도 그다지 확신이 서지 않았다.

"대통령도 바뀌잖니. 언젠가는 우릴 도와 줄 대통령이 나올 거야. 너는 모르겠지만, 루스벨트 대통령은 부커 T. 워싱턴*을 백악관에 초대해 함께 점심을 먹었단다. 그때 우리는 모두 굶주렸지만, 그래도 그런 일이 도움이 되었

---

* 19세기 말부터 20세기 초까지 교육가 및 개혁가로 활동한 미국의 흑인.

어. 그리고 지금은 우유부단하고 수다쟁이 같은 아이젠하워가 대통령이지. 의회에서는 백인이 흑인 학교를 책임질 필요가 없고, 대통령도 이에 동의한다고 떠들어 대고 말야."

"좀 있으면 우리 학교는 재정난으로 끝장날 거예요."

"내 말 좀 자르지 마라. 사람이 변한다는 것만큼은 분명해. 사람을 포기하면 안 되는 것도 그 때문이지. 젊은 시절 싸움꾼 주정뱅이에다 마누라를 두들겨 패던 날 봤더라면 넌 나를 포기해 버렸을 거야. 그럼, 그렇고 말고. 날 참을 수 없어 했을 거야. 하지만 지금 넌 날 포기하지 않잖니.(뭐, 당시 너는 태어나지도 않았고, 그때 일을 생각하지도 않기 때문이겠지만 말이다.) 네 앞의 나는 점잖은 교양인이고, 술도 신사처럼 목을 축일 정도로만 마시지. 오직 한 여자를 위해 밭에서 열심히 일하고, 번 돈을 모두 집으로 가져오고 말이야. 애야, 세상에는 더 나은 삶을 위해 싸우는 흑인이 언제나 있기 마련이야. 그런 사람들 수가 늘어나면 모든 흑인이 잘 살게 될 거야. 무슨 수로 그렇게 될지는 나도 몰라. 너네 아버지 세대처럼 딱한 흑인들도 없을 게다. 하지만 뛰어난 지도자가 나와 제대로 변화를 이끈다면 분명 그런 세상이 올 게야.

옛날엔 내 목숨이 내 것이 아니던 시절도 있었고, 내 목숨이 내 것이었지만 백인 열 놈만 보낼 수 있다면 죽든 말든 상관하지 않던 때도 있었지. 난 아직도 그때가 가장 좋은 시절이었다고 생각해. 하지만 그렇게 사는 것도 질렸고 흑인들이 기도나 하며 가만히 뭉개고 앉아 있는 꼴을 보기도 짜증나서 다시 여기로 돌아왔지. 그리곤 주님의 뜻이었는지, 아니면 다른 무엇의 도움이었는지 널 맡게 됐어. 어떤 목소리가 내게 말했지. 싸움을 그만 멈추어라, 여기에 울분을 참고 견뎌야 할 이유가 있다, 라고.

내가 죽으면 이 농장은 네 것이 돼. 난 온갖 수단을 다 써서 이 농장을 샀어. 우리가 세운 울타리가 자유를 지켜 줄 거야. 총을 들 일이 없는 한 넌 안전해. 총은 정말 중요한 거란다. 사랑이 언제나 먹혀들진 않아. 약간의 사랑과 약간의 총알이 필요한 거지. 그래서 너더러 자신을 통제하라고 말하는 게야.

어쨌든 내가 너만을 바라보고 산다는 건 잘 알 게다. 주말마다 교회에 가던 시절에는 뭔가 커다란 것을 얻고자 했지. 내가 세상 전체를 사랑하게 될 만큼 큰 것을. 하지만 암만 해도 그런 것은 얻을 수 없었어. 네 할미랑 나는 온갖 일로 끊임없이 싸웠지. 우리가 그렇게 서로 볶아 댔기 때문에 네 할미는 아무 관련 없는 다른 모든 사내들을 사랑할 수 있었을 게야.

백인들은 나를 미워했고, 나도 나를 미워했어. 그러다 이번에는 내가 백인들을 미워하게 되었고, 따라서 나 자신을 사랑하게 되었지. 그땐 그저 날 사랑하려고만 했어. 그러다 너를 사랑하게 되었지. 그 후론 다른 사람들은 가급적 무시하고 지냈어. 너는 내게 특별해. 왜냐하면 넌 나의 일부거든. 전에 난 그 일부를 원치도 않았지. 너는 오래오래 살면서 아이들을 많이 낳았으면 좋겠구나. 네가 나한테 가르쳐 준 것을 아이들한테도 가르쳐 주렴. 제대로 보지 않으면 봐 봐야 아무 소용없다는 걸 말이다."

"울타리 뒤에 숨어서 그렇게 하라는 거예요?"

루스는 못 미덥다는 표정이었다.

"흑인들이 일어서기만을 기다리자니 너무 지루해요. 전 이미 일어날 준비가 되어 있지만, 다른 사람들은 아녜요. 아무래도 제가 먼저 일어나서 다른 사람들을 이끌어야 할 것 같아요."

"넌 아직 그럴 준비가 안 되어 있어. 네가 진짜 잘 안다고 말할 수 있는 흑인이 몇이나 되니? 그러니깐 밀고하지 않고 너와 함께 일어설 사람 말이다."

그가 다시 물었다.

"그리고 백인은 몇이나 아니?"

그녀는 믿을 만한 흑인을 헤아리며 세 손가락을 꼽았다. 그중 한 명만이 예전에 용사였던 사람이었다. 백인은 한 사람도 꼽을 수 없었다.

44장

조시가 떠난 후 집안에는 오두막과 평화와 고요와 속속들이 추구하는 흥겨운 만족의 매력들이 점점 깃들어 갔다. 그레인지와 루스는 깔개나 커튼이나 그림이나 베갯잇에서 아름다움을 보았다. 루스의 방은 밝음과 노랑과 하양으로 이루어진 진정한 태양이었다. 루스는 노란색과 흰색 면으로 퀼트를 만들어 침대에 깔았다. 커튼은 하얀 물방울 무늬가 새겨진 반투명 스위스 천이었고, 숲과 마주한 책상에는 늘 책이 어지러이 놓여 있었다. 그녀는 신화, 브론테 자매*, 토머스 하디, 그리고 로맨스 작가들을 좋아했다. 만약 무인도에 난파된다면 그녀는 『제인 에어』와 포켓판 유의어 사전과 아프리카에 관한 모든 책을 챙길 것이었다. 또한 각 대륙의 지도와 찰스 디킨스의 모든 작품과 한 더

---

* 자매가 모두 소설가였던 샬럿, 에밀리, 앤 브론테를 말함.

미의 종이와 한 움큼의 연필을 가져갈 것이었다. 책상에는 붉은 표지의 성경과 대형 사전과 밴더빌트 양의 『에티켓』을 남겨 두리라. 성경은 그레인지가 어느 모텔 방 바깥에 있던 수레에서 가져온 것이었고, 사전 역시 어떻게였는지는 몰라도 그레인지가 구해 온 것이었는데 가져가기엔 너무 무거웠다. 루스는 할아버지가 괜히 『에티켓』을 구해 왔다고 기분 상해하지 않도록 요령껏 그 책 읽기를 피했다. 옷 중에서는 무명천 바지 두 벌과 격자 무늬 셔츠와 겨울 부츠와 붉은색 모직 재킷과 아마도 드레스 한 벌을 골라 갈 생각이었다. 또한 목걸이에 넣어 둔 멤의 사진도 가져갈 터였다. 그 목걸이는 열네 번째 생일 때 그레인지가 선물한 것이었다. 사진 속의 멤은 고통 당하면서도 여전히 희망에 차 있는, 아이를 하나 둔 젊은 아내였다. 자그마한 목걸이 속에서 그녀는 차분하지만 믿기지 않는다는 표정으로 밖을 바라보고 있었다.

그레인지의 방은 온통 갈색과 붉은색과 푸른색과 검은색이었다. 그의 방은 그의 일부였으며, 방 안 가득 밴 담배와 건초 냄새 사이로 오렌지 술 냄새가 희미하게 풍겼다. 그레인지는 난롯가에 앉을 때면 갈색 단화를 난로의 갈색 돌에 기대 세우고, 붉은색 플란넬 내의를 흔들의자에 걸었다. 내의는 침대의 푸른색 퀼트에 섞인 붉은색과 조화를 이루었다. 일 년에 사분의 삼은 집 안의 모든 방에서 꽃을 볼 수 있었다. 아이리스나 사사프라스 차로 손님을 접대하는 현관 쪽 방은 물론이고 두 개의 침실과 부엌에도 꽃을 꽂아 두었다.

"이게 뭔가요?"

개중 대담한 손님은 이렇게 물었는데, 아마 예전에 자신이 뱉었던 악평을 떠올리거나 집주인의 괴팍함을 생각하는 모양이었다.

"생존의 차예요."

루스는 할아버지에게 윙크하며 말했다. 할아버지는 "손녀딸이 애써 내온 차이니 드시오."라고 말할 때 외에는 손님을 무시하며 담배만 피우면서 조용히 앉아 있었다. 호기심에 주기적으로 찾아와 거북스러워 하는 방문객 앞에서 그레인지는 지극히 태평스러워 보였다.

손님은 때때로 변명하듯 물었다.

"그걸 어떻게 알죠?"

그러면 그레인지는 태연히 대답했다.

"내가 말해 줬소."

어느 누구도 감히 그레인지와 논쟁을 벌일 용기는 없었다.

그레인지는 나이가 들수록 더욱 침착해졌으며, 자신의 임무를 분명히 확신하게 되었다. 세상에서 자신이 해야 할 유일한 일은 루스를 헤라클레스적인 위대한 임무와 치명적일지 모를 거대한 투쟁과 불행의 전조라 할 만큼 냉혹한 현실에 준비시키는 것이었다. 그는 자신만의 방법으로 손녀딸을 교육시킨 것을 결코 후회하지 않았다. 교회의 집사들은 루스에게 독실한 자매님들의 보살핌과 세례를 베풀려는 형제님의 손길을 피하도록 가르치지 말라고 그를 타일렀지만 아무 소용이 없었다. 그레인지가 손녀딸에게 영적

인 기운을 주겠다며 손을 내미는 사람은 물어 버리라고 가
르친다는 소문이 돌았는데, 이는 사실이었다.

"내가 죽은 후에 그 사람들이 진흙투성이의 개천이나 샘
에서 네게 세례 주려고 들거든 그놈들 다리를 냅다 걷어차
서 빠져 죽게 내버려 두거라."

이를 위해 그는 어느 백인 남자를 고용해 루스에게 수영
을 가르치게 했다.

그는 또 손녀딸에게 이렇게 말했다.

"모든 바위와 나무에 노예 족쇄의 한쪽 끝이 묶여 있단
다. 천사에 미친 집사가 손대기 전에 먼저 잘난 복음의 귀
를 콱 붙잡아서 코가 비뚤어지도록 잡아당겨."

그녀가 그레인지의 가르침을 어찌나 잘 받아들이는지
악마가 이미 어린 루스 코플랜드의 몸에 들어갔다고 여러
종교 단체 회원들이 믿는 것도 당연했다. 할아버지가 그러
하듯 손녀도 교회처럼 엄숙한 장소에서 낄낄거리는 것을 커
다란 재미로 안다는 사실에 그들은 놀라움을 금치 못했다.

10부

45장

 조시가 브라운필드와 살림을 차린 후 루스는 그 두 사람
이 학교 뒷숲에서 어슬렁거리는 광경을 여러 번 보았다.
루스와 같은 반 아이들은 브라운필드에게서 멀찍이 달아났
는데, 그중 몇몇은 그 와중에 야유를 보냈다. 하얗게 분칠
하고 아무렇게나 가발을 쓴 조시는 술에 취한 브라운필드
를 부축하고 있었다. 그녀의 얼굴에 오랜 고통과 인내가
어려 있는 것을 보고는 루스는 어리둥절했다. 그레인지는
늘 학교 우물이나 운동장 귀퉁이의 자그마한 목조 발전소
에서 루스를 기다렸다가 함께 집으로 돌아왔다. 특히 날이
우중충할 때면 반드시 손녀를 데리러 왔다. 그러던 어느
날 그들은 브라운필드와 조시와 정면으로 마주쳤다. 그날
그레인지와 루스는 진짜 연인들처럼 운동장을 따라 거닐고
있었다. 그레인지는 몇 걸음 뗄 때마다 손녀딸의 스카프를
조심스레 바로잡아 주었다. 그들은 시내의 백인 도서관에

서 일하는 흑인 관리인에 대해 말하며 키득거렸다. 그레인지는 루스에게 줄 책을 훔치러 도서관에 갈 때마다 그 흑인 관리인에게 곤죽이 되도록 술을 먹였다. 그들은 거의 부딪치기 직전에야 브라운필드와 조시를 발견했다.

"아니, 골드 더스트* 쌍둥이들 아니야?"

조시가 그들이 꼭 쥐고 있는 손을 훑어보며 무례한 태도로 말했다. 의붓할머니의 눈에서 적나라한 질투를 보고는 루스는 처음으로 한기를 느꼈다.

연인인 양 의붓어머니의 어깨에 손을 걸치고 있던 브라운필드가 말했다.

"그러게, 우라질 골드 더스트 쌍둥이로군. 산책하러 나오셨나 보지!"

그는 손바닥으로 바지 앞을 뻔뻔스럽게 문질렀다.

루스는 깜짝 놀란 나머지 히스테리를 일으킬 정도로 당황했다. 그녀는 할아버지의 옆구리에 꼭 붙어서 그들을 외면한 채 지나치려 했다. 교실 유리창에서 그를 얼핏 보기는 했지만 그녀는 그것이 실재가 아니라고 확신했더랬다. 그는 고통스런 과거가 드리운 그림자일 뿐, 다시 육체를 얻거나 말을 걸 수는 없다고 생각했던 것이다. 술에 찌든 그의 목소리를 듣자 그녀가 그토록 잊으려 했던 공포가 당장에 되살아났다.

그레인지가 말했다.

---

* 20세기 초부터 제작된 비누의 상표로, 포장지에 흑인 쌍둥이가 그려져 있음.

"이런, 내 마누라와 내 아들이로군."

루스가 올려다보니 그의 눈은 얼어붙은 갈색이다 못해 거의 검은색에 가까워 보였다. 창백한 피부가 퍼석한 것이 늙은이 같았다. 그것은 그녀가 할아버지도 이제 늙었다고 생각한 몇 안 되는 순간 중 하나였다. 할아버지가 이제 살 만큼 살았으니 죽을 때가 됐다고 말할 수도 있겠구나 싶은 생각이 드는 것이었다. 그날 그레인지는 작업복에 단화를 신었지만 위에 나들이옷인 개버딘 코트를 걸치고 있었다. 루스는 부드러운 코트 천에 얼굴을 묻었다. 그러다 얼굴이 할아버지의 어깨에 닿자 깜짝 놀랐다.

"무슨 일이냐?"

그레인지는 다소 떨리는 목소리로 심술궂은 눈초리의 두 사람에게 물었다.

그러자 브라운필드가 대답했다.

"저 망할 년은 내가 키울 거예요!"

"넌 얠 키울 수 없어. 이 앤 내가 키울 거고, 내가 키워야 해."

조시는 여전히 거대해 보이는 가슴을 내밀며 말했다.

"아녜요. 저 앤 브라운필드의 아이이고 브라운필드가 키워야 해요. 당신 같은 노인네가 저렇게 어린 애를 키우는 것은 점잖은 일이 못 돼요."

그녀는 거들어 달라는 뜻으로 브라운필드를 돌아보았다. 하지만 그는 루스를 노려보며 무아지경에 빠져 있는 것 같았다. 그의 딸은 의심이 가득한 멍한 시선으로 파르르 몸을 떨었다. 그녀는 자신이 나이가 제법 든 만큼 더욱 엄마를 닮아 보이리라고는 상상도 못하고 있었다.

그녀의 할아버지가 힘을 그러모아 단호히 말했다.

"널 칠 년 만에 풀어 주다니 알다가도 모르겠군. 저런 놈은 교도소에 평생 가둬 둬야 하는데."

"저 앤 브라운필드의 자식이에요!"

조시는 웃으려고 했지만 너무 흥분한 나머지 울 것 같은 표정이었다.

"시끄러워. 당신이 좋은 엄마 노릇이라도 해 볼 모양이지."

그레인지는 그녀를 쳐다보지도 않고 말했다.

"그런 게 아니에요."

조시는 남편에게 초조하게 손을 뻗다가 수줍은 나머지 도로 거두었다.

"저 아이가 아버지에게 돌아가면 나도 당신한테 돌아갈 거예요."

그러자 브라운필드는 즉시 정신을 차리고는 조시에게 위협적인 웃음을 던졌다. 루스가 보니 조시는 맞을까 봐 움츠리는 것이었다. 루스는 그런 불안감을 도저히 견딜 수 없어 울음을 터트렸다. 그러고는 걷잡을 수 없이 떨리는 몸을 던져 할아버지의 품에 안겼다.

"돼먹지 못한 매춘부 따위는 필요 없어. 악마 같은 사내들이나 당신 같은 여자를 찾지. 당신도 겪어 봐서 잘 알 것 아니야. 차라리 서로 모르고 지냈으면 나았을 것을."

그는 이글거리는 두 눈을 아들에게로 향했다.

"네놈이 이 앨 고아 신세로 만드는 바람에 내가 맡게 된

344

거야. 네놈이 이 애 어미를 죽여서 말이야. 이 아이가 아빠가 필요했던 그 긴 세월 동안 너는 대체 어디에 있었냐? 그 어디에도 없었어! 심지어 한지붕 아래 살 때조차 너는 술독에 빠져 아이 곁에 있어 주지 않았어. 그러곤 네가 유일하게 가진 소중한 사람을 죽여서는 감옥에 처박혔지. 뉘우침이라고는 눈곱만큼도 안 보이는 네가 무슨 수로 백인들을 얼러 그렇게 일찍 나왔는지 도통 모르겠군. 하긴 검둥이가 검둥이를 죽였는데 백인이 관심이나 두겠어! 당신 나랑 약속했잖아."

그는 조시를 쳐다보았다. 그녀의 눈에서 눈물이 떨어져 분을 바른 얼굴에 줄이 그어졌다.

"약속은 지켜야 할 것 아니야. 내 아들이랑 놀아난다고 해서 내가 자존심 상해 할 거라고 생각했다면 착각도 이만저만이 아니야. 두 연놈이 진흙탕에서 같이 뒹구는 거야 당연한 일이지!"

조시가 훌쩍이며 말했다.

"너무 그러지 말아요. 너무 그러지 말라고요!"

그레인지는 조시를 무시하며 계속 말했다.

"저놈은 내가 오래전에 자기를 떠났다고 원망하지. 그래 맞는 말이야. 하지만 난 어떻게든 잘못을 만회하려고 했는데도 저놈이 못하게 했어. 그리곤 이번에는 자기가 이 아이를 떠나 버렸지. 저놈이 무슨 짓을 하든 이 아이를 빼앗아 갈 수는 없어. 절대로!"

"여보, 난 그저……."

브라운필드가 조시의 말을 끊었다.

"애원할 것 없어요. 저 잘난 맛에 사는 양반이 아줌마 말을 들어줄 것 같아요? 그러는 자기는 제대로 아버지 노릇을 했던가? 별충하겠답시고 내 아이를 기르게 가만히 내버려 둘 줄 아나 보지?"

그레인지는 루스를 밀치고는 주먹을 들어올리며 외쳤다.

"이 망할 자식아! 한 번만 더 주둥이를 나불거리면……."

"아버지랍시고 대체 나한테 해 준 게 뭐가 있어!"

브라운필드는 그렇게 외치면서도 아버지의 주먹 쪽으로는 한 발짝도 다다가지 않았다.

조시가 간청했다.

"그레인지, 당신 아들은 당신을 사랑해요. 무슨 일이 있었는지 브라운필드가 다 말해 줬어요. 당신이 떠난 후에 글쎄 가는 곳마다 백인들이 진흙탕에 밀어 넣으려고 들었다지 뭐예요. 당신도 그게 어떤 건지 잘 알잖아요. 그놈들 때문에 원치도 않는 일을 할 수밖에 없었던 거예요."

그레인지는 한동안 너무 역겨워 말조차 나오지 않았다. 그는 루스를 돌아보았다.

"네 아비 덕분에 비난과 범죄에 대해 미처 모르던 걸 알게 됐구나. 저놈은 행복하면 행복하다고 나를 비난해 댈 인간이야. 난 저놈을 전혀 이끌어 주지 않았지. 저놈 주장대로 사랑해 주지도 않았고 말이다. 하지만 저놈은 자기가 어른이 되었을 때 내가 저질렀던 잘못을 바로잡을 수 있었어. 자식들한테 좋은 아버지가 되었다면 저놈도 진짜 사내와 진짜 아버지가 됐을 거야. 내가 저놈과 제 어미한테 어떻게 했는지 잊고는 자기 가정과 자기 아내와 자기 자식들을 말아먹어 버렸어. 그러면서도 자기 탓은 절대 아니라고 우겨. 나약한 인간이 된 게 자기 책임은 아니라면서, 모든 문제의 뿌리는 나와 백인 놈들에게 있다는 거야. 저런 염병할 생각이나 하는 머리로 대체 뭘 하겠어?"

브라운필드가 말했다.

"그게 뭐가 어때서, 이 망할 노인네야!"

조시는 덩치에 비해 너무 작은 손수건을 꺼내 눈물을 닦았다. 그녀는 자그마한 수건 뭉치로 눈을 두드리며 말했다.

"그레인지, 당신도 책임이 있잖아요. 언제나 그렇게 말했으면서……."

브라운필드가 끼어들었다.

"닥쳐요."

"……당신도 백인들을 탓했잖아요. 바로 그놈들 때문에 우리가 온갖 몹쓸 꼴을 당한다면서요……."

브라운필드가 말했다.

"모조리 그놈들 탓이지."

그레인지는 브라운필드와 조시에게서 여전히 등을 돌린 채 계속 루스에게 말했다. 그는 찌르기 춤을 추는 것처럼 손을 휘저으며 숨쉴 겨를도 없이 급하게 말을 늘어놓았다.

"자기가 자기 인생을 망쳐 놓고는 남 탓하는 게 얼마나 위험한 짓인지 내가 잘 알아. 나도 바로 그런 실수를 저질렀기 때문이야! 내가 아무리 똑바로 생각하려고 해도 흰둥이들이 내 머리를 타락시켜 버렸어. 모든 게 그놈들 탓이라고 믿는 그 순간 그놈들은 신과 같은 존재가 되어 버리지! 모든 잘못이 다 그들 탓이 되는 거야. 정작 본인은 물처럼 나약해져 아무것도 아닌 인간이 되고 말야. 악마를 탓하며 주변 사람들을 파괴시키고는 백인들에게 모든 책임을 돌리지. 우라질! 그래 봐야 그놈들에게 힘만 더해 주는 짓이야. 우리한테도 영혼은 있어. 안 그래?"

브라운필드가 대꾸했다.

"조시 아줌마한테 들으니 아침으로 백인 열 놈을 먹어 치웠다면서요. 그래 이제는 백인 애호가로 탈바꿈하셨나 보지!"

그레인지는 아들에게로 휙 몸을 돌렸다.

"난 한 사람 외에는 백인도, 흑인도 사랑하지 않아. 지금 난 사랑 타령 하는 게 아니라 진짜 남자에 대해 말하고 있는 거라고!"

그는 다시 루스에게로 향했다.

"백인들 때문에 내가 아내를 떠나기는 했어. 하지만 어디 가는지도, 이미 그녀를 용서했다는 것도, 내가 잘못한 걸 안다는 것도 말하지 않고 그냥 내뺀 것은 결코 남자다운 짓이 아니었어!"

브라운필드가 외쳤다.

"엄마한테 눈곱만큼도 관심이 없던 주제에!"

그레인지는 계속 말했다.

"백인들 때문에 백 명의 창녀랑 놀아나는 것이야말로 남자다움의 증거라고 착각할 뻔도 했지. 하지만 내가 재미나 보려고 조시와 사는 게 대체 무슨 남자다운 짓이겠냐? 내 말을 고분고분 잘 듣고 농장 사는 데 돈이나 보탠다면 여편네가 죽든 말든 상관도 안 했는데 말이다."

조시가 그에게 팔을 뻗으며 말했다.

"오, 여보, 아직 늦지 않았어요. 그러니 그런 말은 말아
요."

브라운필드가 그녀의 손을 밀치면서 외쳤다.

"주둥이 닥치지 못해!"

그레인지는 계속 말을 이었다.

"네 아비도 그래. 백인들 때문에 그런 오두막에서 살아
야 했어. 짐승처럼 마누라와 아이들을 두들겨 팬 것도 백
인들 탓이지. 그래야 자기가 똥만도 못한 인간이라는 느낌
을 지울 수 있거든. 하지만 네 아비가 네 어미를 죽인 것이
무슨 남자다운 짓이겠냐? 백인이 방아쇠를 당긴 건 아니잖
아? 설령 백인 때문에 방아쇠를 당겨야 했다 해도 네 아비
는 총구를 자기 쪽으로 겨누어야 했어. 사내도 아닌 놈이
살아서 뭐해? 그런데도 백인 놈한테 총을 쥐어 줘 버렸지.
약해 빠져서는 백인의 의지와 자신의 의지를 분간하지도
못했던 게야. 나도 그랬고. 우린 둘 다 책임을 내던졌어.
남자가 근육을 잃어 버렸으면서도 자기 잘못은 **조금도** 뉘우
치지 않았던 거지."

그레인지의 눈이 축축하게 젖어 들었다. 그는 아들을 바
라보았다.

"내가 다르게 살았다면 네 엄마와 난 백인이 내준 오두
막에서 벌써 굶어 죽었을 거야. 그래도 네 엄마는 내 손을
잡은 채 **죽을** 수는 있었겠지! 내가 할 수 있는 거라곤 그것
뿐이었을 거야. 그래도 네 엄마는 내가 남자답다고 했을
거야."

그레인지는 손녀딸만큼이나 몸을 떨었다. 그는 이러한 떨림에 강인함이 깃들어 있다는 것을 늘 알고 있었지만, 브라운필드는 오히려 기가 살았다.

"개새끼 같으니라고. 엄마가 죽을 때 손 잡아 주는 게 어지간히도 도움이 되겠군, 그래! 굶어 죽는 마당에 그깟 손 잡는 게 무슨 대수야."

"난 네 엄마한테 해명을 하고 싶은 게야. 그걸 모르겠냐? 나한테 관심을 가져 준 사람은 세상에 네 엄마뿐이었어. 그런데도 난 멋진 사내가 되겠다는 구실로 네 엄마 인생을 망쳤지! 농장에서 이 년을 일했는데도 남는 건 하나도 없었어. 그래서 난 내가 가진 것들에게서 등 돌렸던 거야. 제자리걸음만 했다는 사실을 차마 마주할 수 없었던 게지. 애야, 내 말은 말이다……."

그레인지의 목소리가 잦아들어 속삭임처럼 나직해졌다.

"……어느 날 내 인생을 되돌아보고는 내 잘못을 깨달았어. 그제야 내가 똑바로만 했더라면 네 엄마가 지금도 살아 있을 거라는 걸 깨달았지. 하지만 네놈이 그랬던 것처럼 나도 마누라를 죽음으로 몰고 갔어. 애야, 우린 죄인이란다. 우리가 그것을 인정해야만 그때부터 제대로 된 삶을 살 수가 있어."

브라운필드가 말했다.

"내가 왜 당신 앞에서 죄를 인정해요? 내 인생을 망쳐 버린 백인 새끼들을 뭐하러 용서하냐고요?"

"애야, 내 말 좀 들어라. 백인 놈들이 좌지우지하지 못하도록 네가 정신을 똑바로 차렸어야지. 이 애는 못 내줘. 네가 데려갔다가는 이 애도 알지도 못하는 백인 놈들에게 복수하겠다고 덤비다가 목숨만 잃고 말 거야. 우리한테 아무짓도 안 한 사람들을 벌주겠다고 덤비는 건 스스로 죽음을 자초하는 짓이야!"

"법원에서 그랬어요. 내가 저 애를 데려올 수 있다고요. 이봐요 노인 양반, 난 끝까지 싸울 거예요! 지금이 공정하게 교환할 기회예요. 저 앨 주고, 이 여잘 데려가요."

그는 루스에게로 손을 뻗었다. 그러자 루스는 가엾게도 뒷걸음질쳤다.

브라운필드는 딸애를 노려보며 물었다.

"네가 뭐가 그리 대단하냐?"

그는 정말 그 답을 알고 싶었다. 이 살벌한 대화가 진행되는 동안 루스는 단 한마디도 할 수 없었다. 그녀는 당신이 엄마를 죽이는 바람에 자신이 따돌림을 당하게 됐다고, 당신을 너무나 경멸한다고 브라운필드에게 말해 주고 싶었다. 하지만 아무 말도 나오지 않았다. 그녀는 그가 자신의 협박을 어떤 식으로든 실행에 옮길 것이고, 그러면 할아버지를 떠나 그와 살아야 할지도 모른다는 사실에 완전히 겁에 질려 있었다.

"저놈은 절대 널 뺏어갈 수 없어."

조시와 브라운필드가 으스대며 자리를 떠나자 그레인지가 말했다. 하지만 그는 심장이 아픈 듯 가슴을 움켜쥐고 있었으며, 얼굴에는 그다지 확신이 없었다.

그들은 휘청이는 다리로 숲을 지나 눈물을 흘리며 집으로 돌아갔다. 숲에서 그들은 일순간 함께 주저앉았다. 그들은 앞으로 무슨 일이 닥칠지 이미 알고 있는 것처럼 흐느껴 울었다. 루스는 급기야 그레인지와 함께 살지 않는 자신을 상상했다. 바로 그 순간 그녀는 그레인지도 더 이상 사랑과 보호의 힘으로 지켜 주지 못해 손녀가 짐승 같은 아버지 밑에서 다시 고아처럼 살아가는 모습을 상상하고 있다는 것을 깨달았다. 브라운필드는 그레인지 자신이 만들어 낸 짐승이었다.

그날 밤 그레인지는 잠자리에 들기 전 몇 시간이나 루스의 성경을 탐독했다. 그는 애굽 땅에서 탈출한 이스라엘 아이들을 크게 찬미했다. 그는 이스라엘 사람들의 탈출 이야기를 루스에게 백 번도 넘게 되풀이해 말했다.

"그렇게 하길 잘한 게야."

"정말요?"

"자신과 다른 사람의 영혼을 지켜야 한다는 것을 알 만큼 정신이 온전할 때 탈출했잖니. 내가 틀렸는지도 모르겠다마는, 다른 사람들도 그렇게 생각한단다."

그는 난롯가에서 생각에 잠겨 성경을 바라보았다.

루스가 물었다.

"왜 그러세요?"

"우리는 여기서 마음 편히 살 수 없어. 이러다가는 미쳐 버릴 거야."

"여기서요?"

"이 농장이 아니라 이 나라 말이다. 살아남으려면 이곳을 떠나야 해. 그 긴 세월 동안 사람답게 살려고 기를 썼는데도, 너 말고는 사람다운 게 뭔지 아는 인간이 하나도 없어. 때문에 우리는 죽고 말 거야. 총 말고도 사람을 죽이는 방법은 여럿 있지. 미치광이에 대한 노래도 있잖니."

루스가 말했다.

"세상을 뜯어고치는 게 더 나을 거예요. 모두가 공평해지면 우리도 마음 편히 살 수 있잖아요."

"그놈들이 이미 한 짓을 되돌릴 수는 없어. 잊을 수도, 용서할 수도 없어."

"우리한테 나쁜 짓을 그만하게 하면 용서하기가 더 쉽지 않겠어요?"

"솔직히 말해 그놈들이 나쁜 짓을 멈출 수 있으리라고는 생각지 않아. 적어도 한 번에 말이다."

그레인지는 의자에 기대 손을 주머니에 찔러 넣었다. 그러곤 천천히 말을 이었다.

"설령 멈출 수 있다 하더라도 이미 너무 늦었어. 용서를 찾아 내 마음을 구석구석 뒤져 보았지만 전혀 찾을 수가 없었어. 그나마 비슷한 거라도 찾아 보니 무감각이 나오더군. 덕분에 이미 불붙은 그놈들 몸에 기름을 붓지는 않게 됐지. 하지만 그들이 명령하는 꼴은 절대 못 봐."

루스가 깔깔거리자 그레인지는 단호하게 말했다.

"스스로를 인간으로 여기지 않는다면 자부심이라는 것도 있을 수 없어."

그는 고개를 숙여 슬픈 표정으로 난롯불을 바라보았다.

"어렸을 적엔 누가 개미를 죽이기만 해도 울음을 터트렸지. 이제 와서 생각해 보니 난 그런 느낌을 좋아했던 거야.

세상 사람들 중 절반 앞에 멍하니 무감각하게 서 있고 싶지는 않아. 부드럽고 따뜻하고 섬세한 뭔가가, 그러니깐 수줍음 같은 것이 조금 전에 내 안에서 완전히 불타 버린 것만 같아."

"그래도 증오보다는 무감각이 나아요."

루스가 부드럽게 말했다. 할아버지가 그처럼 고민하는 모습은 처음 보았다.

그레인지는 오랫동안 그 생각을 해 보았다는 듯 말했다.

"문제는 말이다. 무감각이 온 신체 기관으로 퍼진다는 거야. 특히 심장에 말이다. 도움을 청해 울부짖는 백인들 소리를 못 듣게 되면 이내 흑인들의 울부짖음도 들리지 않게 되지."

그는 루스를 바라보았다.

"어쩌면 네가 우는 소리도 듣지 못할지 몰라."

"제가 울면 분명 들릴 거예요!"

"네 아비는 못 듣잖니?"

그레인지는 다시 이스라엘 어린이들 이야기를 읽었다. 그러다 몇 분 후 아래 구절을 읊었다.

"기초들이 무너지면 의인이 무엇을 할 수 있으랴?*"

루스가 물었다.

"기초를 다시 세우면 되지 않나요?"

"이미 늦었어. 기초가 무너질 때 의인들도 그 위에 있었거든."

---

* 시편 11:3.

그는 성경의 다른 구절을 읽었다.

"그들은 내게 선을 악으로 갚아 내 혼을 서글프게 하였나이다.*"

그는 루스를 바라보았다.

"악인이 악취를 풍기기 전에 미리 내쳐도 된다는 건 주님도 알고 계셔. 영혼이 망가지면 용서도 불가능하지. 우리 안에서 용서가 사라져 버리거든."

그레인지는 한숨 쉬었다.

"이런 곳에서 젊은이들이 어떻게 순수를 지키겠어? 나는 그게 괴로운 거란다."

루스는 할아버지의 손에서 성경을 치우며 말했다.

"다 괜찮을 거예요. 교회를 싫어하는 사람이 어쩜 이리도 성경은 좋아하실까."

그레인지는 단호한 시선으로 손녀딸을 바라보았다.

"이건 심각한 문제야. 넌 이 농장에서 살면서 보호받았어. …… 그래서 고통의 세월을 보낸 사람이 얼마나 지쳐 빠지는지를 전혀 몰라. 너를 괴롭히는 놈들에게 있는 힘껏 대항해야 해. 그놈들은 흑인이라는 이유만으로 널 분명 괴롭힐 거야. 젠장! 네 마음을 상하게 할 걸 생각만 해도 그놈들이 치가 떨려! 하지만 그렇다고 네가 싸우다가 완전히 나가떨어져서 스스로 가난뱅이 검둥이가 되는 건 정말 원치 않아! 그건 그놈들한테 완전히 지는 거야. 그러니 그런 일이 일어나기 전에 떠나야 해!"

---

* 시편 35:12.

"그럼 할아버진 왜 떠나지 않았나요?"

루스가 묻자 그레인지는 불쾌하다는 듯 대답했다.

"예전엔 세상이 이렇게 큰 줄 몰랐어. 미국이 세상의 전부인 줄 알았지. 게다가 미국 놈들 좋아할 일은 하기 싫었거든."

루스는 할아버지의 뒤에 서서 그의 커다란 귀를 장난스레 당겼다.

"이런. 완전히 망가지기 직전에 간신히 영혼을 구하셨네요."

그레인지는 일어나 시계 태엽을 감았다.

"정말 그랬으면 좋겠다. 하지만 브라운필드와 조시를 보니 난 너무 느렸던 게야."

한밤중에 루스는 어떤 소리에 잠이 깼다.

"얘야, 자니?"

할아버지가 물었다. 그는 침대를 내려다보며 서 있었다.

"잠이 안 오는구나. 오늘 있었던 일이 자꾸 떠올라서 말이다."

루스는 일어나 불을 켰다. 그레인지는 잠옷 차림에 머리에 털모자를 쓰고 있었다. 루스는 잠이 덜 깬 목소리로 물었다.

"왜 그러세요?"

그레인지는 그녀에게 작은 책자를 건넸다.

"이걸 주려고."

"이게 뭐예요?"

"통장이야. 네가 대학 갈 때 쓰려고 모아 둔 거란다. 네 아비가 분명 무슨 짓을 벌일 게야. 내가 널 얼마나 지켜 줄 수 있을지 솔직히 자신이 없구나."

루스는 눈을 비비고는 통장을 펼쳤다. 그녀와 할아버지의 이름으로 된 통장이었다. 저축액이 900달러에 달했다.

"밀주(密酒)를 판 돈이란다."

그는 자신의 방으로 돌아가 다시 찌그러진 시가 상자를 들고 왔다. 상자에서 덜그럭덜그럭 소리가 났다. 그는 상자를 열어 지폐와 50센트, 25센트, 10센트, 5센트, 1센트짜리 동전을 세었다. 400달러까지 센 그는 나머지 20달러짜리 지폐와 동전들을 그러모았다.

"포커를 쳐서 딴 거란다."

루스와 함께 산 이후로 그는 거의 매주 도박을 했다. 루스는 시가 상자를 조심스레 침대 아래에 넣었다.

그레인지가 말했다.

"내일 은행에다 넣어라."

그녀는 울컥 울음이 치밀었지만 아무렇지도 않게 말했다.

"네, 그럴게요."

"내가 도박 친구들을 모조리 이겨서 네 앞으로 생명 보험을 들게 했단다."

그레인지는 한 손으로는 돈을 쥐고, 다른 손으로는 수줍은 듯 잠옷을 잡아당겼다.

"한 해에 한 명씩 죽는다면 돈 걱정 안 하고 지낼 수 있을 게야. 대학에 다니려면 이런저런 것들이 많이 필요한 법이지."

루스가 말했다.

"그럴 순 없어요! 그 할아버지 자식들은 어떡하고요? 그 사람들도 돈이 필요할 거예요!"

"그 돈은 네 거야. 내가 도박에서 딴 거니깐 당연히 네 것이다."

그는 한동안 바닥을 내려다보며 침묵을 지켰다.

"내가 잘못했다는 거냐?"

그는 손에 들린 돈을 바라보았다.

"그렇게 몹쓸 짓은 아니라고 생각했는데."

루스가 재빨리 말했다.

"할아버지가 잘못했다는 말이 아니에요. 절 위해 그러셨다는 것 알아요. 하지만 할아버지가 이미 주신 것만으로도 충분해요! 그리고 앞일에 대해선 너무 걱정하지 마세요."

그녀는 할아버지의 손을 잡으며 말했다.

"지금쯤 아버지는 술에 찌들어 내가 자기 딸이라는 것도 잊어버렸을 거예요!"

그레인지는 몸을 돌리며 다시 말했다.

"아침에 일어나자마자 은행에 가거라. 내가 내일 차로 데려다 주마."

루스는 명령하듯 말했다.

"이제 그만 주무세요."

"너도 잘 자라."

하지만 그 뒤로도 몇 시간이나 집안에 긴장이 감돌았다. 그들 둘 다 잠을 이룰 수 없었던 것이다.

집 안에는 전에 없던 질서가 생겼다. 그레인지의 장부를 본 루스는 그가 외상값을 모두 받아 냈다는 것을 알아챘다. 그레인지가 옛 고객을 찾아가 밀린 금액을 주지 않고는 못 배기게 만들었던 것이다. 루스의 은행 잔고는 조금씩 조금씩 늘어났다. 프레드 힐이 2달러, 마누엘 스토크스가 5달러, 그리고 데이비스 존스가 삼 년 전에 차로 치어 죽인 돼지 값으로 16달러를 냈다. 울타리도 세심하게 점검했다. 썩은 기둥을 대체하고, 가시철조망도 더욱 촘촘한 것으로 새로 갈았다. 심지어 숨겨 둔 과일주 단지도 루스의 지시에 따라 다른 곳에 다시 파묻었다. 증유기도 쉽게 부서지고 별 소용없는 작은 것 하나만 남기고 나머지 두 개를 숨겨 두었다. 루스가 열여섯 번째 생일을 맞을 무렵 브라운필드에 대한 그녀의 두려움은 다소 누그러들었다. 그레인지는 손녀딸의 생일 선물로 그들이 쓰던 낡은 차를 그녀 명의로 옮겼다. 그는 루스에게 진작 운전을 가르쳐 준 터였다. 이제 루스는 시내로 가 장을 보며 생애 처음으로 혼자서 백인과 맞부딪쳤다. 시내는 백인들의 손아귀에 있었다. 그레인지는 자신이 아는 모든 것을 루스에게 가르쳐 주려고 했다. 그는 벌써부터 이렇게 떠벌리기 좋아했다.

"넌 나보다 훨씬 대단한 사람이 될 거야, 아무렴!"

그는 손녀딸이 독립적으로 행동하는 것은 좋아했지만 사내아이처럼 구는 것에는 반대했다. 루스가 반항적인 구름 뭉치처럼 제멋대로 자라 치렁치렁해진 머리를 자르겠다고 말하면 그는 늘 투덜거렸다. 그는 손녀딸이 청바지가 아니라 치마를 입어야 한다고 주장했다. 적어도 주말에는 말이다. 그는 낙시머* 병이나 폰즈 핸드 크림을 그녀의 화장대에 갖다 놓았다. 그레인지는 루스가 예전에 알던 모습보다 많이 부드러워졌다. 그는 몇 시간 동안 말 한마디 없이 생각에 잠겨 파이프를 피웠다. 그는 밤마다 지도를 보며 한 번도 가 보지 못한 장소에 대해 궁금해 했다. 그는 점차 그곳을 손에 잡힐 듯 구체적으로 그리게 되었다. 그는 손녀딸의 순수함과 열린 마음과 유머와 동정심이 그 어느 나라, 어느 국민, 어느 장소보다도 중요하다고 확신했다. 그런 만큼 루스를 보호하기 위해 만반의 준비를 갖추어야 했다. 자신의 지난 삶에 비추어 봤을 때 미국이 손녀딸의 순수를 파괴하고, 모든 것에서 진실의 씨앗을 찾으려는 커다란 두 눈을 멀게 할 게 확실했다. 따라서 망설임 없이 미국을 떠나도록 루스를 설득해야 했다.

하지만 루스가 이 땅에서 계속 산다 해도 여전히 여자로서의 만족과 웃음과 기쁨을 누릴 수 있을 것이었다. 언젠가는 남자를 만나고 아이를 낳아 행복해 할 것임에 틀림없었다. 분명 매일매일이 조금씩 다른, 깨어 있는 시간을 보낼 것이었다. 화창하고 기쁜 날이 있는가 하면 비 내리고 슬픈 날도 있을 것이고, 생각에 잠겨 조용히 보내는 날도 있을 것이었다. 가급적 후회는 적게 하고, 직접 만든 술을 마시고 춤을 추다 보면 하루하루가 과거가 되고 현재가 되고 미래가 될 것이었다. 그녀가 보낸 날들이 그녀의 미래가 될 것이었다. 그레인지는 난롯가에 앉아 파이프를 피우

---

* 화장품 상표.

거나 침대 위에서 등을 구부린 채 발톱을 깎을 때면 그런 생각들을 했다. 그는 살아남았지만 생존이 다가 아니었다. 그가 원하는 것은 루스가 온전하게 살아남는 것이었다.

46장

하루는 루스가 학교에 가는데 아버지가 혼자서 기다리고 있었다. 그는 불을 쬐는 부랑자처럼 아스팔트 도로 옆에 쪼그리고 앉아 있었다. 8시 30분의 깨끗하고 부드러운 햇빛 덕분에 그의 얼굴은 맑게 빛났다. 그를 발견하자 루스의 심장이 쿵쾅거렸다. 불안해진 그녀는 최근 새로 생긴 습관대로 몇 번이나 손으로 이마를 눌렀다. 이내 그녀는 그의 앞을 지나쳤다. 그녀는 고개를 돌린 채 걸음을 재촉했다. 목장에서 조심스럽게 황소를 돌아가서는 종종걸음을 치는 자신의 모습을 상상했다. 하지만 브라운필드 때문에 그녀는 걸음을 멈추어야 했다. 그가 붙잡은 것은 아니었다. 만약 그랬다면 그녀는 견디지 못했을 것이다. 그가 자리에서 벌떡 일어나 말없이 서 있는 것만으로도 그녀를 멈추게 하기에 충분했다.

도로 가에 높이 솟은 초록색 울타리 앞에 선 그는 지난

번에 봤을 때보다 왜소해 보였다. 그녀는 자신이 더 크게 느껴졌다. 그녀는 이제 열여섯 살로, 더 이상 어린애가 아니었기 때문이다. 하지만 다른 한편으로는 자신이 작게도 느껴졌다. 혼자서 그를 대면해야 했기 때문이다. 브라운필드가 술에 취해 있지 않아서 루스는 놀랐다. 그는 약간 헐렁해 보이는 깨끗한 셔츠를 입고 있었다. 몸무게가 줄었거나 다른 사람 옷을 입은 듯했다. 그녀는 처음으로 아버지의 가슴에서부터 주름지고 메마른 목 아래까지 꼬불꼬불한 털이 나 있는 것을 보았다. 그녀는 눈으로는 그의 얼굴을 위아래로 살피면서 속으로는 가슴에 난 털을 생각했다. 덕분에 아버지의 눈을 마주보면서도 잠시 충격을 면할 수 있었다. 그녀는 늘 아버지의 눈을 피해 왔지만 지금 그의 눈은 그녀의 눈과 마찬가지로 고통스런 슬픔에 잠겨 겁에 질려 있었다. 그녀는 놀랐다. 그의 두 눈은 마치 그녀에게 뭔가를 말하고 있는 것 같았다. 그녀는 부르르 몸을 떨며 양팔로 책을 끌어안는 것으로 대답을 대신했다. 그는 딸이 혼란스러워하자 자신의 구두를 내려다보았다. 두 사람을 둘러싼 공기에는 조지아의 봄꽃과 붉은 먼지와 건초의 여러 가지 달콤한 향내가 가득했다. 시공을 초월한 듯한 새 울음소리와 학교로 향하는 아이들의 목소리가 들렸다.

"무슨 일이에요?"

그녀는 두려움과 분노와 희망을 동시에 느끼면서 물었다. 그녀는 그 희망을 이해할 수 없었다. 아버지가 그녀에게 희망을 줄 리는 없을 터였다. 그는 왠지 불쌍해 보였다. 하지만 끊임없는 경계심에 이어 그보다 더한 놀라움이 밀려왔다. 브라운필드는 혀로 입술을 축였다. 대개는 위스키 때문에 축축한 입술이 오늘은 바싹 말라 있었다!

"꼭……."

그는 말을 하다 머뭇거렸다.

"엄마를 닮았구나."

"네? 무슨 일이냐니까요?"

루스의 목소리는 날카로웠다.

"그냥 널 보러 왔다. 네가 괜찮다면 말이다."

그는 딸애가 두렵다는 듯 주눅이 들어 천천히 대답했다.

새 울음소리와 멀리서 들리는 학교 종소리가 침묵을 깨트렸다. 브라운필드는 눈앞에 있는 딸을 보고 또 보았다. 그는 당황한 나머지 거의 겁에 질린 듯 보였다. 딸애를 생전 처음 보는 사람 같았다.

"이만 가 봐야 해요. 벌써 지각이에요."

그의 간절한 시선 아래 몇 분이 지난 후 그녀는 나직이 중얼거렸다. 그의 눈빛에는 루스가 사막의 오아시스라도 되는 양 더할 나위 없는 갈망이 깃들어 있었다. 루스는 열기와 한기를 동시에 느꼈다. 하지만 그가 외쳤다.

"잠깐만!"

그가 붙잡거나 길을 가로막은 것도 아닌데 루스는 조금도 움직일 수 없었다. 그는 계속 루스를 뚫어져라 바라보았다. 그의 발치에는 화려하게 포장된 물건이 놓여 있었는데, 사탕인 것 같았다. 그녀는 그에게서 아무것도 받고 싶지 않았기에 잠시 그쪽을 힐끔거렸을 뿐이었다. 하지만 그는 그것을 알아채고는 수줍게 말했다.

"네 선물이야. 네가 책 읽기를 무척 좋아한다고들 하더구나."

아버지를 생각할 때마다 떠올랐던 분노가 그녀의 마음에 서서히 타오르기 시작했다. 그 긴 세월 동안 방치해 놓고는 이제 와서 형편없는 책 한 권으로 자신의 마음을 살 수 있다고 생각했다는 말인가!

"무슨 책이에요?"

그녀는 냉랭한 목소리로 물었다. 그녀의 눈에서 쓰라린 열기가 불꽃을 튀겼다.

"왜, 그 있잖니. 제목은 모르겠다만, 조시 아줌마 말로는 네가 좋아할 거래."

"그럼, 조시 아줌마한테 전하세요. 난 그걸 안 좋아한다고요. 두 사람이 눈곱만큼이라도 관련된 것이라면 절대 좋아하지 않겠다고요."

루스는 무례하게 발로 책에다 흙을 끼었었다. 그 즉시 그녀는 겁을 집어먹었지만, 브라운필드는 이를 전혀 알아차리지 못했다. 그는 그저 빤히 쳐다보며 그녀가 자란 모습이나 그녀의 목소리나 그녀의 존재 자체에 경탄하고 있었다.

"젠장."

그녀는 나직이 웅얼거렸다. 대체 뭘 보는 거야? 내가 온갖 법석을 떨며 되찾을 만큼 가치가 있는지 재는 걸까? 그녀는 의아했다. 그러다 생각했다. 신이여, 예전이나 지금이나 흉기처럼 보이는 저 손으로 날 만지게 내버려 두지 마옵소서! 그녀의 분노는 기운을 잃기 시작했다. 그녀는 다시 몸을 떨면서 이마와 뺨을 손으로 눌렀다. 온몸이 달아오른 것 같았으며, 식은땀이 솟았다. 땅의 먼지가 자신에게 온통 달라붙은 것만 같았다.

"넌 엄마가 기억나지도 않지?"

브라운필드가 잠시 후 책망하듯 물었다. 그의 두 눈은 갑작스런 회상과 딸을 빼앗긴 데 대한 맹렬한 질투로 가득했다.

"엄마는……엄마는 너무 어릴 적에 돌아가셨잖아요. 하지만……."

루스는 그의 눈을 마주 보며 말했다.

"……기억나요. 아버지도 할머니나 사랑했던 사람들을 기억할 것 아니에요."

"그러면서 이 아빠는 잊었니?"

그는 따지듯이 쉰 목소리로 물었다.

"넌 날 완전히 잊은 것처럼 구는구나. 아버지를 존경하는 자식이라면 당연히 달려와서 껴안아야지!"

예전엔 그처럼 냉소가 가득했던 그의 목소리에서는 이제 전혀 냉소를 찾아볼 수 없었다. 그저 늙고 외로워 애원하고 있었다. 루스는 일순간 그가 그레인지를 얼마나 닮았는지를 깨달았다. 사람도 바뀌기 마련이라는 할아버지의 말이 떠올랐다. 비록 그레인지가 최근에 그 의견을 바꾸긴 했지만 말이다. 그래도 루스는 브라운필드가 겪고 있는 변화에 대해 듣고 싶은 마음이 전혀 없었다. 믿을 수가 없기 때문이었다.

루스는 말했다.

"아버진 우리한테 조금도 신경 쓰지 않았잖아요. 엄마나 대프니 언니나 오넷 언니나 나한테 아무 관심도 없었어요."

'지금 당신이 어떻게 변하든 말든 아무 관심도 없어요.' 하고 그녀는 생각했다. 그녀는 이처럼 냉정한 자신이 좋기도 하고 싫기도 했다. 그녀는 그레인지가 익히 알고 있었던 악행의 결말과 용서할 수 없음의 속성을 처음으로 보았다. 그녀는 아버지와 할아버지, 덩달아 끼어들게 된 조시와 하나가 된 자신을 보았다.

브라운필드는 생각에 잠겨 등을 돌렸다. 그는 헐렁한 셔츠에 달린 부서진 단추를 신경질적으로 잡아 뜯었다.

"나도 아이들을 데려와 아빠 노릇을 하고 싶어. 하지만 대프니는 북부의 정신 병원에 있어. 그리고 오넷은……."

대개는 위스키나 음담패설로 너저분하게 벌어져 있던 입이 이때만큼은 슬픔으로 굳어졌다.

"오넷은 몸을 파는 여자가 됐지!"

그는 멤의 아버지라는 목사에게서 온 편지의 한 구절을 기억해 냈다. 브라운필드는 대프니와 오넷의 소식을 들으려고 편지를 썼던 것이다. 그의 마음속 한편에서는 아이들을 다시 집으로 불러들여야겠다는 계획이 서 있었다. 딸들이 어찌 되었는지 알고서 그가 괴로워하자 조시는 자꾸 낄낄거렸다. 특히 오넷의 몰락에 온종일 즐거워했다! 그러다 나중에 조시가 그의 작업복을 빨면서 비누 거품 속으로 눈물을 떨구는 것을 보고 브라운필드는 깜짝 놀랐다. 조시는 천애고아 같은 심정을 그린 노래를 부르고 있었다. 그렇게 슬픔에 빠진 조시를 보자 브라운필드는 마음이 누그러들었다. 하지만 서로 위로가 될 거라고 생각하며 다가가자 조시는 그를 밀쳐내며 다시금 고문자와 앞잡이 노릇을 강요했다.

브라운필드의 넓은 어깨가 축 처졌다. 그는 도로변에서 잡아 뜯은 억새풀을 힘없이 만지작거렸다. 루스는 그 말을 듣자 화가 치밀었다. 당황한 그는 '몸을 파는 여자'라고 점잖은 척 중얼거리고 있었다. 덕분에 루스는 큰 소리로 웃을 뻔했다. 하지만 동시에 눈물을 터트리며 근처 나무에 머리를 짓찧고 싶기도 했다.

"오넷 언니가 그런 여자가 될 거라고 말한 사람은 바로 당신이잖아요. 창녀가 될 거라고요! 늘 이런 식이었죠. '어이, 갈보.', '이리와, 갈보.' 늘 그랬죠. 엄마를 기억하는 것만큼이나 그 말도 분명히 기억해요."

스크린 위의 영화처럼 과거가 둘 사이에 펼쳐졌다. 그가 강제로 살게 한 춥고 황폐한 집, 대프니의 병, 대프니가 발작을 일으키건 말건 계속되던 브라운필드의 무관심, 다른 이의 관심을 끌기 위한 오넷의 고집, 멤의 죽음.

"내가 기억 못한다고 생각하나 본데요, 내 문제는 바로 전혀 잊을 수 없다는 거예요!"

"넌 아무것도 몰라. 지금껏 넌 나에 대한 증오만을 키우며 자랐어!"

그는 묵직한 손바닥을 땅으로 향했다.

"이곳에서 남자로 산다는 게 어떤 건지 넌 전혀 몰라. 내가 어떻게 살아왔는지 네가 뭘 알아!"

그가 진심으로 분노하자 일순 그녀는 동정심을 느꼈다. 하지만 달라질 것은 아무것도 없었다.

그가 말했다.

"난 심지어 사랑을 표현할 수조차 없었다고!"

과거를 돌이켜 보면 그 말은 무가치한 거짓이자 미끼였다. 루스는 그것을 내몰기 위해 고개를 저었다. 그래도 인상적이기는 했다. 아버지가 사랑을 조롱하면서도 내심 그리워했다는 것은 전혀 모르던 사실이었다.

"고개 그만 흔들어. 난 널 사랑하고 넌 내 자식이야!"

"당신 자식이라고요?"

"그래, 넌 내 자식이야."

주인이라도 된다는 듯한 그의 눈빛에 그녀는 꼼짝도 할 수 없었다.

"그래서 지금 와서 뭘 어쩌겠다는 거예요? 난 당신을 모르고, 당신도 날 몰라요!"

"그게 누군 덕분인지는 알지! 그레인지 때문에 네가 날 용서 못하는 거야. 그 교활한 영감탱이랑 같이 살아선 안 돼! 그놈이 그렇게 좋은 할아버지라면 왜 나한테는 그따위 아비 노릇밖에 못했다니?"

그녀가 알기로도 그것은 정당한 질문이었다.

"당신은 날 몰라요. 만약 제대로 안다면 날 이렇게 아무나 집어가는 물건 취급은 안 할 거예요. 나도 생각이 있고, 기억도 한다고요."

브라운필드는 땀을 뻘뻘 흘렸다.

"난 애들을 사랑했어. 난 네 엄마를 사랑했다고."

그 말엔 고통이 가득했다. 그것은 마치 지하 감옥에서 탈옥해 공기 중에 매달린 영혼의 열정적인 중얼거림 같았다. 루스는 그것을 지우기 위해 다시 한 번 고개를 저었다. 그가 사랑이라고 말했을 때는 아예 이해할 수조차 없었다. 그것은 생각지도 못한 단어였다. 하지만 그녀는 아무 말도 안 했다.

그녀의 아버지가 말했다.

"내 것은 내가 가져야 해."

그것은 그가 예전에 말하던 투와 매우 흡사했다. 강도의 난폭함과 퉁명스런 허세가 풍겼던 것이다.

"난 당신 게 아니에요."

루스는 차분히 말했다. 그녀는 마음속에서 둑이 터지려고 하는 것을 알았다. 그녀는 그것이 부드럽고 온화하여 그에게 큰 상처를 주지는 않기를 희망했다. 하지만 그녀는 결코 그를 용서하거나 그의 생각을 받아들일 수 없었다. 따라서 어떻게 말하더라도 그에게 상처를 줄 수밖에 없었다. 별안간 그가 손을 뻗어 처음으로 만지려고 들었다. 그의 손길은 말과는 달리 슬프지도 자애롭지도 않았다. 그는 엄지와 검지로 그녀의 어깨를 쥐고 비틀었다. 그녀의 방어 본능이 되살아나 아까보다도 더욱 강해졌다. 눈에서 쓰라린 눈물이 솟았다. 멤이 상처를 문지르며 몇 번이나 되풀이했던 말이 떠올랐다. 그는 자기 힘이 어느 정도인지를 모르고 있어.

그가 말했다.

"넌 내 거야. 내 닭이나 내 돼지가 내 것이듯 너도 내 거야. 그 잘난 할아비한테 그렇게 전해. 널 지키지는 못할 거라고. 그 꼴을 보느니 차라리 지옥까지 두 사람을 끌고 가겠다고!"

그녀는 울면서 말했다.

"날 사랑한다면서요. 정말 사랑한다면 날 내버려 둬요!"

그가 그녀를 놔주며 말했다.

"안 돼. 그럴 순 없어. 난 남자라고. 남자란 자기 것은 자기가 지켜야 해."

"남자란 곁에 있을 때 돌보는 법이에요."

"이런, 영감탱이가 네 머리를 엉망진창으로 만들었구나. 백인들이 날 내버려만 뒀어도 난 내 것을 돌볼 수 있었을 거야!"

"당신이 싫어요, 싫어요, 싫다고요!"

그녀는 발을 구르며 울부짖었다. 마치 팔에 전기 플러그가 꽂혔던 것 같았다.

"내 집에서 살게 되면 너도 날 좋아할걸!"

"분명 총이 필요할걸요."

그녀는 파르르 몸을 떨며 말했다. 그러곤 서서히 그에게서 멀어졌다. 그녀는 책을 꼭 끌어안은 채 생각했다. 오늘 학교에서 새로 배울 게 대체 뭐가 있겠느냐고.

브라운필드가 리놀륨이 깔린 작은 함석집으로 돌아왔을 때 조시는 팔꿈치까지 비눗물에 담근 채 투덜거리고 있었다. 그레인지를 떠난 이후 줄곧 고통스러운 생활을 한 조시는 이제 가족을 데려와 함께 살겠다는 브라운필드의 미

칠 듯한 열망에 신물이 났다. 그가 그들을 사랑해서 그러
는 것이 아님을 조시는 알고 있었다. 그는 가족과 함께 사
는 것이 남자의 특권이기 때문에 그들(혹은 적어도 그중 한
명)을 데려오려는 것이었다. 조시는 악에서 구해 달라고 신
에게 믿음 없는 기도를 올렸다. 그때 뒤에서 브라운필드가
걸어오는 기척이 들렸다. 이웃 여인네 두 사람이 안됐다는
표정으로 옆에 서 있었다. 그들은 브라운필드가 들어오자
에나멜 가죽 수첩을 챙겨 들었다. 그들은 브라운필드가 있
을 때는 결코 그의 집에 머물지 않았다. 브라운필드는 말
라 빠진 여자가 주름진 입술로 조시에게 말하는 것을 들었
다. 자기 남편이 소문난 난봉꾼 근처에 얼씬거리는 것을
좋아하지 않는다는 것이었다. 브라운필드는 그 여자가 자
신이 그녀에게 반할지도 모른다고 생각한다는 사실에 웃음
이 났다. 그녀는 어찌나 비쩍 말랐는지 걸을 때 종이처럼
바스락댔다. 그가 다가가자 그녀는 예의를 지켜야겠다는
순진한 마음에 헛되이 잿빛 머리를 끄덕였다. 대담하고 더
뚱뚱한 그녀의 친구는 그를 지나치며 마구 부채질을 해 댔
다. 마치 그가 방에 들어와서 온도가 100도는 더 높아졌다
는 듯이. 그녀는 늘 부채를 들고 다녔는데, 브라운필드는
그녀와 종종 별생각 없이 몸을 섞었다.

"잘 가요, 아가씨들! 잘 가요, 귀염둥이! 잘 가요, 내 사
랑!"

그들이 브라운필드를 유혹하려고 싸구려 옷으로 감싸인
엉덩이를 흔들며 길 아래로 멀어지자 그는 즐겁게 인사했
다. 그는 여자들에 대해 훤했다! 신사나 왕자보다는 호색

한이 더욱 여자의 관심과 흥미를 끄는 법이다. 그는 생각했다. 돼지, 거짓말쟁이, 위선자!

"아줌마, 해리 판사랑 잔 적 있어?"

"아니."

조시는 자신을 포함한 모든 이가 그녀의 자존심을 하찮게 여기는 여자답게 주저없이 솔직히 답했다.

"젊었을 적에 어쩌면 자지 않았을까 싶었는데. 나나 해리 판사가 애송이였을 적에, 그러니깐 우리 둘이 술집에서 살 때 말이야, 내가 그 형씨한테 이따금씩 여자를 제공해 주었거든. 내가 얘기를 안 했나 보지? 아까 내 말은 최근에 판사랑 잤느냐는 뜻이 아니야. 세상에 그럴 위인이 누가 있겠어. 재판장에서 그놈은 나한테 십 년 형을 주었어. 감옥에서 보낸 칠 년 중 사 년은 그놈 정원사로 일했지. 난 정원 일이라고는 쥐꼬리만큼도 몰랐어. 그래서 그렇게 말했더니 판사가 윙크를 하면서 이렇게 말하는 거야. '자네처럼 씨 뿌리기에 일가견이 있는 사람은 처음 봤다네!' 그 개자식은 조금도 안 변했더군! 판사씩이나 된 양반이 설마 그랬겠냐고 생각하겠지. 하지만 사람들이 와서 왜 죄수를 집 안에 두느냐고 물으면 그놈은 늘 이렇게 대답했어. '브라운필드와 난 함께 자랐다오. 우린 서로를 이해하죠.' 그놈이 그랬단 말이야."

조시는 아무 말도 안 했다. 퉁퉁 부은 그녀의 얼굴엔 슬픔이 가득했다. 겨드랑이까지 솔기가 뜯어진 옷 사이로 축축하고 노란 살덩이가 축 늘어졌다. 그녀는 살이 몹시 찐데다 무척 피곤해 했다.

"해리 판사라면 분명 내가 아이를 돌려받게 해 줄 거야!"

브라운필드는 여전히 낄낄거렸다.

조시는 빨랫감을 놓고는 그를 바라보았다.

"네놈이 내 남편한테 그딴 짓을 하게 가만 내버려 두지는 않겠어."

그녀의 말은 단호했다. 자그마한 두 눈은 가장자리가 붉어 처량해 보였다. 무표정한 눈빛에선 절망과 무기력감이 배어 났다. 스스로 결정을 내리던 당당함은 모두 사라지고 없었다. 그녀는 그들이 먹을 빵을 사기 위해 백인과 흑인들의 옷을 빨아야 했다.

"날 죽이기라도 할 거야?"

브라운필드가 별 뜻 없이 묻자 뚱뚱한 늙은 여인네는 울음을 터뜨렸다.

그는 주머니칼을 꺼내 나무에서 잔가지를 쳐내기 시작했다. 그러다 낄낄거렸다.

"조시, 조시, 아줌마의 문제점은 말이야, 너무 쉽게 속고 너무 쉽게 미안해 한다는 거야. 미안해 할 필요가 있든 없든 무조건 미안해 하지. 아줌마가 아버지 집에 몰래 돌아가 날 막을 계획을 세우는 걸 도왔다고 쳐."

낄낄거리던 브라운필드의 웃음소리가 높아졌다.

"아줌마가 어떻게 할 것 같아? 분명 나한테 미안해 하겠지. 그래서 이리로 쏜살같이 달려와 계획을 모두 일러 줄테지! 그러니 철이 안 드는 거야. 한쪽 편에 서서 끝까지 함께하는 법을 도통 모른다니깐. 그 모양이니 멍청한 뚱뚱보 창녀밖에 더 되겠어. 엉덩이가 아니라 머리로 좀 생각하라고."

그녀가 물었다.

"어쩔 셈이야? 루스랑 살고 싶은 것도 아니잖아! 나도다 알고 있어!"

브라운필드는 슬쩍 미묘한 웃음을 지으며 그녀를 바라보았다.

"아직은 잘 모르겠어. 계속 분란만 일으킬 수도 있고. 영감탱이가 심장이 나쁘다며. …… 이따금씩 걱정거리나 던져 주면 되겠군. 잘 하면 골로 보내 버릴 수도 있겠어."

브라운필드의 웃음이 두 배로 커졌다.

조시는 빨랫감 위로 고개를 숙이고서 눈을 감았다. 그녀는 자신이 아무 쓸모없는 인간처럼 느껴졌다. 문득 오래전 어느 날 밤이 떠올랐다. 그녀는 듀드롭인에 들른 젊은 뱃사람을 2층 자신의 방으로 데려갔다. 그녀는 특별히 그에게 친절히 대했는데, 그가 요금에 대해 문자 신경 쓸 것 없다고 말했다. 그녀는 그가 거의 빈털터리로 고향에 있는 아내와 아이들에게 가는 길이라는 것을 알고 있었다. 그 젊은 뱃사람은 감사를 표하기 위해 그녀와 한 번 더 하고 싶다고 말했지만, 그녀는 다른 손님이 기다리고 있어 거절해야 했다. 그러자 그는 멍이 들도록 그녀를 두들겨 팼고, 아래층에 있던 사람들이 몰려와 그를 그녀에게서 떼어 놓아야 했다. 이십 년도 전에 있었던 일이지만 지금 다시 생각해 보니 평생 사랑을 얻지 못했다는 사실에 새삼 눈물이 났다. 그녀는 자신의 삶 자체가 최악의 저주이며, 평생 비참한 얼간이로 사는 게 운명인 것만 같았다.

브라운필드가 말했다.

"그 앨 되찾으면 그레인지가 땀 꽤나 흘릴걸. 하지만 지금은 그대로 두겠어. 겁에 질린 채로 말이야!"

"그이를 죽일 수는 있겠지. 심장 마비를 일으키게 가슴 졸이게 할 수도 있을 테고. 하지만 그이를 이길 수는 없어."

브라운필드는 얼굴을 찌푸리며 물었다.

"무슨 말이야?"

"그이는 자기가 어느 편인지 알고 있어. 네 편은 아니지만, 그렇다고 자기 편도 아니지. 브라운필드, 그는 뭔가 더 큰 것의 편이야. 우린 언젠가 죽어서 지옥에 떨어질 거야. 그래도 누구 하나 신경 쓰지 않겠지. 우린 죽은 뒤에 어떻게 될지 아무런 계획도 없어. 하지만 그레인지는 다 생각이 있지. 루스가 있잖아. 그가 죽으면 루스는 그가 죽었다는 걸 알 거야. 나도 손자들이 있긴 하지만, 어디 살고 있는지도 몰라."

조시의 목소리는 쓸쓸했다.

그날 밤 내내 조시가 신세타령을 늘어놓자 브라운필드는 화가 치밀었다. 그녀가 내린 결론은 이것이었다.

"모든 게 백인 놈들 때문이야."

브라운필드는 별안간 까닭 없이 그 말이 거슬렸다. 그 역시도 자기 삶이 그 모양으로 굴러 떨어진 것을 모두 백인 탓으로 돌렸으면서 말이다. 그는 이루 말할 수 없는 무력감에 빠져들어 자신이 아무짝에도 쓸모없는 작은 존재

며, 거인의 세상에서 살고 있는 피그미 족이나 다름없다고
절망했다.

그는 비웃듯이 말했다.

"아줌마가 뭘 안다고 그래? 아무것도 모르면서. 자기야
안다고 생각하겠지만 실은 그 반도 모르고 있잖아."

낄낄거리는 그의 웃음소리엔 늘 그렇듯 절대적인 경멸이
담겨 있었다. 조시는 기가 막혔다.

"예를 들어 말이야, 내 마누라가 낳은 아이들 중 하나가
백인이었다는 걸 알고 있어? 그리고 내 어머니가 낳은 아
이들 중 하나도 백인이었다는 것도? 루스 뒤에 태어난 아
이 말이야. 막내였지."

그는 조시의 표정을 보고는 웃음을 터트렸다.

"그렇게 놀랄 거 없어. 진짜 백인은 아니었으니까. 그년
은 결코 백인 새끼하고 시시덕거리지 않았어. 물론 백인들
이야 그년하고 시시덕대고 싶어 했지. 그년은 목숨을 걸고
서라도 정조를 지킬 만큼 멍청했거든. 그런데 색깔 없는
아기가 태어난 거야. 아무 색깔도 없었어. 눈알도 색이 없
고, 머리도 색이 없이 그저 하얬지. 그 어디에도 색이라곤
없었어. 그놈을 척 보니 할아비를 빼다 닮았더군. 그래서
그놈을 증오했어. 하얀 그레인지였지. 내 아버진 검은 그
레인지였고."

조시가 몸을 떨며 물었다.

"왜 그 백색증*이라는 거였어? 색깔이 없다는 게 그 말

---

* 신체의 일부 또는 전체에 색소가 없는 현상.

이야?"

"아마 맞을 거야. 온통 하얀 게 희한하게 생겼지. 그놈이 태어났을 때 내가 어떻게 했는지 알아? 아기 눈을 척 보고는 바로 그년을 두들겨 팼지. 그년은 신음하며 가만히 누워 있더군. 기운이 없어서 비명도 못 질렀어. 어찌나 팼는지 침대에서 뚝 떨어지던걸. 백인 놈들이랑 놀아났다고 온갖 욕을 퍼부었지. 그런데 그년은 백인이랑 그런 짓을 한 적이 결코 없다고 계속 우기는 거야. '하느님께 맹세코 그런 일은 없었어요!'라고 계속 말하기에 내가 으르렁댔지. '그럼, 어떻게 흰둥이가 태어난 거야?' 그러니 그년이 말하더군. '낸들 알겠어요. 하느님만이 아시겠죠. 어쨌든 이 아기는 당신 자식이에요.' '어디다 대고 거짓말이야. 흑인이 아닌 이상 내 자식도 아니야!' 그러곤 말했지. 아기가 곧 검어지지 않는다면 그 자식을 다시는 못 볼 마음의 준비를 하는 게 좋을 거라고. 그랬더니 그년이 울고불고 사정하고, 또 울고불고 사정하더군. 아기를 불 근처에 놓아두고 해가 나면 햇빛에 놔두었지. 하지만 조금도 색이 변하지 않고 여전했어. 아기가 삼 개월쯤 된 어느 날 밤이었어. 아직 1월이라 땅에는 얼음이 얼어 있었지. 나는 잠자는 그놈 팔을 쥐고는 고양이처럼 현관문 밖에 내놓았어. 그러곤 돌아와 잠이 들려는데, 멤이 일어나더니 아기 울음소리를 들었다는 거야. 그래서 내가 가 봤다고 말하니깐 도로 자더군. 그때 그년은 말대꾸도 못할 만큼 지쳐 있었거든. 얼마나 맛이 갔으면 보통 사람처럼 잠이 드는 게 아니라 누우면 바로 혼수 상태에 빠졌지.

내 평생 그렇게 푹 잔 것은 그때가 처음이었어. 그런데 울음소리가 들려서 일어나 보니 그년이 난로 앞에서 울고 불고 난리도 아니더군. 얼음덩이 같은 녀석을 마구 문질러 대고 있었지. 그래도 그때까지 본 중에 가장 까맣더군. 아니 파랬다고 해야 하나.

아줌마 말대로라면 그 녀석이 백인 자식이라서 내가 그렇게 한 셈이지. 하지만 백인 자식이 아니라는 건 나도 알고 있었어. 하얗긴 해도 나, 아니 아버지를 그대로 빼닮았거든. 손자니깐 당연한 거지. 아기는 우리 부자를 닮아 있었어. 못생겼지. 게다가 시내에 가서 테일러 의사 선생한테 물으니 가끔은 그런 일이 있다더군. 좀 있으니 아기 머리에서 지독히도 꼬불꼬불한 머리가 자랐어. 그 애가 내 자식인 게 확실했지. 백인 놈이 쳐다보기만 해도 내가 그년 모가지를 부러트릴 걸 멤은 알고 있었어. 설령 백인 새끼가 그년을 두들겨 패서 강간했다고 해도 난 가만 있지 않았을 거야! 그년은 그걸 알고 있었어. 아줌마도 그년이 젊었을 적을 봤으니 알겠지. 빵빵했지. 그래서 백인이 근처에 얼씬거리면 일부러 병신처럼 굴었어. 그러면 놈들이 어떻게 저리도 못생긴 년이랑 결혼했냐고 놀리며 내 성질을 건드렸지. 그놈들은 아줌마 조카가 베일 아래 모습을 감추고 있다는 걸 전혀 몰랐어!"

신기하게도 이때 처음으로 조시는 멤에게 진심으로 동정심을 느꼈다. 그녀는 공포에 질린 눈으로 브라운필드를 노려보았다. 그가 인간 말종이라는 것을 처음으로 깨달았던 것이다. 그것은 충격이었다. 그가 들려준 것은 비열함을 넘어서 광기에 이르렀다. 그녀는 그 무렵 비열함에 완전히 익숙해 있었지만, 광기라면 아주 자그마한 것에도 늘 겁을 집어먹었다.

그는 조시에게 말했다.

"무슨 생각하는지 알아. 저놈은 미쳤어! 그러니 그딴 짓을 하지. 이렇게 생각하겠지. 하지만 난 다른 사람들과 마찬가지로 멀쩡해. 그저 다른 사람을 좋아할 맘이 안 들어서 그랬던 것뿐이야. 내 아기조차도 좋아할 맘이 안 들더군. 내가 그러든 말든 어차피 그 녀석에겐 세상에 나갈 기회가 없었어. 남자가 돼 가지고 원치도 않는 것을 사랑한다고 거짓말할 수는 없잖아. 그러고 사는 데는 질릴 대로 질렸다고."

조시는 드물게 이성과 용기를 합쳐서 대꾸했다.

"그래도 잘했으면 지금쯤 아들이 하나 있었을 것 아니야."

"흰둥이 사생아 자식이라!"

그는 조시에게 꺼져 버리라고 손짓했다.

아니, 그는 전혀 뉘우칠 맘이 없었다. 그가 예전에 무슨 짓을 했든 그건 중요하지 않았다. 이미 끝난 일이었다. 모든 일은 예정대로 일어났다. 아름다움은 퇴색되어 추해졌으며, 달콤함은 쓰디쓰게 변하였다. 그는 세상 일은 무조건 그렇게 되기 마련이라고 믿었다. 하지만 남편이 여느 백인보다, 아니 백인 스무 명을 합친 것보다 더 잔인하다는 사실을 깨달았을 때 그녀는 무슨 생각을 했을까? 그녀는 투사가 아니었으며, 분노는 그녀를 공포에 질리게 했다.

남편에 맞서 단 한 번 폭력을 행사하긴 했지만, 그것은 살기 위해 어쩔 수 없이 그렇게 했던 것이었다. 그 이후 그녀는 예전보다 더욱 그에게 굽신거렸다. 그녀는 분노 대신 강인한 자아의 중심과 내적인 독립을 지켰다. 슬프게도 그녀의 남편에게는 그런 것이 없었다. 브라운필드로서는 감히 겨룰 수도 없는 굳건한 강인함을 그녀는 갖고 있었다. 하지만 그는 그나마 좋은 시절에도 그것을 경멸했으며, 최악의 상황에서는 질투했다.

"다 끝난 일이야!"

그는 잠에 빠져들면서 중얼거렸다. 별안간 눈에서 비난의 불꽃이 이글거리는 루스의 얼굴이 떠올랐다. 가는 다리와 둥근 눈의 루스는 언제나 그에게서 달아났다. 눈빛 뒤에 감춰진 정신 역시 언제나 도피 중이었다. 그녀는 지금도 뭔가를 향해 뛰고 있었다. 때문에 브라운필드는 화가 났다. 그녀가 세상에서 뭘 봤다고 어른이 되고 싶어 한다는 말인가? 그는 궁금했다. 그는 그레인지가 뭐라고 말했든 세상에는 아무것도 없음을 딸에게 깨우쳐 주어야 했다. 아무것도 없다는 것은 자신이 직접 본 터였다. 설령 그 때문에 루스가 예전보다 더 그를 증오하게 된다 하더라도 그게 무슨 대수인가? 진짜 세계가 그 모양인데.

그러나 사랑은? 그가 스스로에게 묻는 순간 거대한 공허가 대답했다.

"거짓말이야!"

그가 어둠 속에서 외치는 바람에 잠들었던 조시가 벌떡 일어났다. 브라운필드는 자신이 예전에 사랑을 했다고 생각했다. 하지만 앞으로 계속 이 꼴일 것이며, 그것이 자신이 가진 모든 것이라는 사실과 비참함에 대한 융통성 없는 믿음을 떠올리며 누워 있자니 무엇이 사랑의 의무인지 명확히 가릴 수가 없었다. 최고의 삶을 위해 준비해야 하는지, 최악의 삶을 위해 준비해야 하는지 알 수 없었다. 그는 자신의 삶을 예로 들어 자식들이 더 나은 삶을 살 가능성을 부정했다. 그는 가족들을 노예로 만들었으며, 강함이 필요할 때 약함을 주었고, 그를 굴복시킨 적 앞에 힘없이 서 있게 만들었다. 이제 자식들이 '적'을 생각할 때면 바로 그들의 아버지가 눈앞에 나타났다.

브라운필드는 잘못을 저질렀다는 부담감에 으드득 이를 갈았다. 생각에 너무 골몰하다 보니 잠을 잘 수 없었다. 자신이 딸애에게 그토록 무관심할 수밖에 없었던 그런 '상황'들을 어쩌면 루스는 결코 알 필요가 없을지도 모른다는 생각이 불현듯 들었다. 그는 순간 누군가를 불러내서 사과할 수 있으면 좋겠다고 생각했다. 그 누군가는 어쩌면 멤일지도 몰랐다. 하지만 후회의 증거로 무엇을 줄 수 있단 말인가? 그는 처음 시작한 그대로 밀고 나가야 했다. 그는 아버지에게서 자신의 딸을 빼앗을 것이었다. 그 아이를 원해서가 아니라 그레인지가 그 아이를 키우는 것을 원치 않아서였다. 브라운필드는 일단 루스를 데려온 후에는 어떻게 다정하게 대할 것인지에 대해서는 조금도 생각하지 않았다.

11부

47장

브라운필드가 무슨 일을 벌일지 기다리는 몇 달 동안 세
계가 루스에게 다가왔다. 세상은 그녀가 꿈꾸던 것만큼 아
름답지는 않았지만, 또한 마음의 준비를 한 만큼 끔찍하지
도 않았다. 그것은 매혹적인 연구 대상이자 열정적으로 공
부할 과제인 동시에 움직이는 학교였다. 그 모든 일은 뉴
스와 「헌틀리 브링클리 리포트」*와 함께 시작되었다.

학교 졸업반이던 루스는 텔레비전 뉴스를 보기 위해 오
후마다 서둘러 집으로 돌아왔다. 그녀는 쳇 헌틀리와 데이
빗 브링클리를 좋아했는데, 특히 쳇보다 젊으며 유쾌하게
냉소하는 데이빗 브링클리의 열렬한 팬이었다. 그녀가 텔
레비전에서 흑인을 볼 수 있는 때라고는 뉴스 시간뿐이었

---

* 1956년부터 1970년까지 방영된 텔레비전 뉴스로, 당시 높은 시청률
  을 기록했다.

다. 쳇과 데이빗은 미국 민권 운동*과 학교 식당, 영화관에서의 인종 분리 정책 폐지에 대해 매일같이 이야기했다. 루스는 인종 분리 정책을 폐지하자는 말에 두려움과 공포를 느꼈다. 반면 할아버지는 그다지 대수롭지 않아 했다. 루스는 만약 앵커들이 흑인에 대해 논의하지 않았더라도 그들을 좋아했을까 하고 가끔 생각해 보았다. 아마 아니었을 것이다. 예전에도 뉴스를 듣긴 했지만 그들이 실제 인물로 다가온 것은 최근에 들어서였기 때문이다. 루스는 데이빗이 능글맞은 미소를 지으며 전하는 뉴스에 갈채를 보내기도 했다. 마틴 루터 킹 박사나 다른 이의 지도를 받으며 행진하고 노래하고 기도하는 학생들의 모습이 연일 텔레비전에 방영되었다. 그녀는 박사와 학생들을 영웅으로 여겼고, 매일 밤 할아버지와 그들에 대해 이야기했다.

"박사님이 개혁을 시작한 것 같죠?"

어느 날 밤 루스는 킹 박사의 동양적인 매서운 눈매를 가리키며 그레인지에게 물었다. 텔레비전 화면에 비친 박사의 두 눈은 냉정하고 평면적이었다.

"저 사람이 언젠가 대통령이 될 거라고 믿을 수만 있다면야 나도 박사를 좋아했겠지. 하지만 아무것도 못 될 거라는 걸 잘 알기에 그다지 좋게 보이지 않는구나. 하지만 진짜 남자라고는 생각해."

그레인지는 말을 이었다.

"물론 내가 저 사람이라면 다르게 했을 거야. 하지만 나

---

* 1950년대와 1960년대에 미국에서 전개된 인종차별 철폐 운동.

야 방구석에 처박혀 있기만 하니 무슨 할 말이 있겠니. 한 가지 확실한 건 백인들이 침을 뱉든 말든 자기 마누라랑 자식들한테 잘할 사람이라는 거야."

어느 날 밤 루스는 자신도 모르게 눈물을 흘리며 물었다.

"저 사람들은 왜 저렇게 노래하는 걸까요?"

"묘지에서 휘파람을 부는 것과 같은 이유지."

다른 날 저녁 루스는 흑인과 백인이 손에 손을 잡고 애틀랜타의 어느 거리를 엄숙하게 행진하는 모습을 보고 말했다.

"저 사람들은 할아버지와 생각이 달라요. 저들은 백인의 마음을 변화시킬 수 있다고 믿어요."

"기쁘구나. 하지만 저들은 내가 이십 년 동안에 배운 것을 이 주 만에 배우고 있는 건지도 몰라. 저렇게 노래 부르고 기도해도 아무 소용 없을걸. 그래도 난 여전히 기뻐. 덕분에 저들은 더 이상 안개 속에 처박혀 있지 않게 될 거야. 난 예전에 그랬고, 네 아비는 지금도 그러고 있지."

그는 얼굴을 찡그리며 텔레비전 쪽으로 바싹 다가앉았다.

"저 못생긴 백인 놈들 얼굴 좀 봐라. 저런 낯짝에서 무슨 놈의 '마음'이 전해지겠니? 어디 하루 이틀 겪어 봤나? 저기서 흰둥이들이 검둥이를 따라 걸으며 온갖 솔직한 척은 다 하는군. 하지만 아니야. 얼굴에 좁쌀만 한 마음이 다 드러나 있잖아. 그래서 저렇게 추해 보이는 거야. 노래를 부르고 기도를 해 대면 저 눈까리에서 비열함이 사라질 거라고 생각한다면 완전 착각이지. 백인 놈들은 예전부터 노래하고 기도했어. 검둥이들이 노래하고 기도하는 것도 여태껏 들었고 말이야. 하지만 그게 무슨 소용이야? 흰둥이들은 그저 실실 웃으면서 전기 병따개나 만들었지! 염병할!"

루스가 선언했다.

"저도 저 학생들이랑 같은 생각이에요. 우린 백인들을 변화시켜야 해요."

"정말 해야 할 일은 네 아비 같은 작자를 개과천선시키고 내 안의 얼어붙은 감각을 녹여 없애는 거야."

그는 손녀딸을 보고는 미소 지었다.

"물론 네 덕분에 많이 온화해졌지."

어느 날 저녁 루스가 헌틀리 브링클리 리포트를 보고 있는데 그레인지가 파리한 안색으로 집에 돌아왔다.

루스는 할아버지를 올려다보고는 물었다.

"무슨 일이에요?"

그녀는 마침내 일이 터졌다고 생각했다. 브라운필드가 최악의 짓을 저질렀다고.

그레인지는 아무 대답도 안 했다. 그는 의자를 텔레비전에서 난로 쪽으로 돌렸다. 그러곤 칼로 파이프의 담뱃재를 긁어낸 후 새 담배를 채웠다. 루스는 텔레비전을 끄고 할아버지 곁에 앉았다. 이내 향기로운 연기가 두 사람을 에워쌌다.

"프레드 힐이라는 내 도박 친구 기억하니?"

그레인지는 난로에 침을 뱉었다.

"어제 도랑에 얼굴이 처박힌 채 쓰러져 있었다는구나."

루스가 물었다.

"술에 취해서요?"

"아니, 술 때문이 아니야. 머리 반쪽이 날아갔대."

"뭐라고요?"

"여기서 여기까지 말이다."

그레인지는 손으로 귀에서 턱까지를 가리켰다.

"누가 그런 짓을 했대요?"

"유언장에 자살하겠다고 적혀 있었대."

루스는 놀라서 어리벙벙해졌다.

"물론 도랑 근처엔 총 비슷한 것도 없었지."

"총도 없이 어떻게 머리가 반이나 나가떨어지게 할 수 있단 말예요?"

"흑인만의 탁월한 비법이 있지."

그는 십 분 동안 말 없이 난로를 응시했다.

"한번은 목을 맨 채 온몸이 찢기고 완전히 불타 버린 어떤 여자를 보았어."

그가 다시 오 분간 생각에 잠기자, 루스는 할아버지가 계속 말해 주기를 초조하게 기다렸다.

"사람들은 그 여자가 자살을 결심한 거라고 말했지. 세 가지 방법으로 스스로 목숨을 끊었다고 말이야."

그는 파이프를 물었다. 파이프는 마치 그의 이 사이에서 튀어나온 것 같았다.

"신문에 그렇게 기사가 났어. 결단력 있는 껌둥이 여자였다고!"

루스는 프레드 힐에 대해 생각했다. 전에도 그런 '자살'에 대해 들어본 적이 있었다. 프레드 힐은 까무잡잡하고

땅딸막한 사내로, 다리가 어린애처럼 안짱다리였다. 그래서 걸을 때면 좌우로 흔들리는 것처럼 보였다. 그의 얼굴은 완벽에 가까운 원형이었고, 목은 전혀 없었다. 그녀는 프레드 힐이 할아버지와 식탁에서 포커를 치는 것을 구경하곤 했다. 그녀가 아홉 살이었을 적에는 그가 구슬치기를 가르쳐 주기도 했다. 하지만 지금 그는 죽고 없었다.

그레인지가 물었다.

"무슨 프로를 보고 있었니?"

"뉴스요."

"프레드 힐의 손자가 뉴스에 날 만한 일을 벌였지. 백인 학교에 입학 신청을 했거든."

"그래서 입학하게 되었나요?"

그레인지는 머리를 등받이에 기대고 천장을 바라보았다. 의자가 기울어지면서 의자 앞다리가 올라갔다.

"아니, 못했지. 할아버지 머리가 날아갔는데 어떻게 백인 학교에서 공부하겠니?"

루스는 밝은 쪽으로 생각하려고 애쓰며 말했다.

"공부하는 데 할아버지 머리가 필요한 건 아니잖아요. 자기 머리만 있으면 되죠."

"얘야, 너도 언젠가 네가 틀렸다는 걸 알게 될 게다."

그는 일어나 어둠 속으로 무거운 걸음을 옮겼다.

어느 봄날, 학교 수업이 끝난 후 베이커 카운티에서 학생들의 시위행진이 있었다. 루스가 시내에 가 보니 학생들이 길게 줄을 지어 거리를 행진하고 있었다. 그들이 들고 있던 피켓에는 기묘하고 충격적인 구호가 적혀 있었다. '나 역시 미국인이다!' 라고 씌어 있는가 하면, '미국은 나의 조국이기도 하다!' 라고도 씌어 있었다. 또한 '나 역시 자유를 원한다!' 라고 적힌 것도 있었다. 텔레비전에서 시위대를 보긴 했지만 실제로 흑인과 백인이 그녀의 고향에서 함께 행진하는 모습을 보자 루스는 너무도 놀라웠다! 청바지와 스니커에 깨끗한 꽃무늬 셔츠를 입은 멀쩡하게 생긴 백인 여자들이 하이힐에 수수한 외출복을 입은 열정적인 흑인 여자들 옆에 나란히 서 있는 것이었다. 수십 명의 흑인 남자와 백인 남자도 함께 행진하고 있었다. 그들이 서로를 나직이 격려하는 광경은 몹시도 신기했다. 그들 사이에서 전혀 혐오감을 엿볼 수 없자 루스는 호기심이 일었다.

"진짜 사람들일까?"

그녀는 휘둥그레진 눈으로 시위대와 베이커 카운티의 주민들을 힐끔거렸다. 베이커 카운티는 시위대의 등장에 너무 놀란 나머지 어찌할 바를 모르고 있었다. 보안관조차도 길모퉁이에 서서 입을 헤 벌린 채 가만히 보고만 있었다. 주위에는 부보안관들이 우르르 몰려 있었는데, 그들이야말로 보호가 꼭 필요한 사람들처럼 보였다. 아무리 잘 봐줘도, 시위대 대응책에 관한 즉각적인 명령이 내려지기를 간절히 기다리고만 있는 것 같았다. 법원 앞 잔디밭 나무 아래 서 있던 흑인과 백인 주민들은 얼이 빠져 백인 여자들을 바라보았다. 어떤 사람들은 그들을 비웃으며 욕을 했다. 행진하는 이들 중에서 특히 백인 여자들이 가장 많이 욕을 먹었다. 한 백인 여자는 '흑인과 백인은 하나가 되어야 한다.'라고 쓰인 피켓을 들고 있었는데, 구경하던 백인들은 매번 그녀에게 침을 뱉고 "어련하겠어!"라며 야유를 보냈다. 어떤 사람은 그녀에게 콜라 병을 던지며 "흑인이랑 붙어먹은 창녀 같으니!" 하고 외쳤다. 루스는 계속 그녀를 따라갔다. 구경꾼들 쪽에 서서 걷고 있는 그녀의 오른쪽 귀에서 피가 흘러내렸다. 그녀는 마치 내부에서 울려 나오는 오싹한 음악에 발맞추어 걷는 것처럼 뻣뻣한 걸음걸이로 행진하고 있었다. 그러다 조용히 눈물이 흐르기 시작하더니 그녀의 창백한 뺨으로 끊임없이 떨어졌다. 그녀의 손에 들린 피켓이 파르르 떨렸다.

루스가 시내에서 나오는데 누군가 그녀에게 전단지를 덥석 쥐어 주었다. 상단의 그림에는 백인 남녀가 바위에 사슬로 묶여 있었다. 바위에는 '인종차별주의'라고 적혀 있었고, 그 아래에 '우리가 자유롭지 않은 한 그대도 자유로울 수 없다.'라고 쓰여 있었다. 그녀는 누가 전단지를 주었는지 돌아보았다. 그녀의 할아버지처럼 작업복을 입은 호리호리한 젊은이가 서 있었다. 그는 지나가는 백인에게도 전단지를 건넸지만, 아무도 받지 않았다. 그녀는 두어 번 뒤돌아보았는데, 그러다 자신을 바라보는 젊은이와 눈이 마주쳤다. 심장이 갈비뼈를 뚫고 나올 듯 거세게 뛰기 시작했다. 그런 경험은 처음이었다. 젊은이는 흑인만 전단지를 받아가는 것에 굴하지 않고 계속 나눠 주었다. 그의 갈색 피부에 햇살이 닿아 갖가지 색으로 빛이 났다. 마치 늦가을에 떨어지는 낙엽 같았다.

그녀는 왼손으로 차를 몰며 집으로 돌아오는 길에 오른손으로는 전단지를 만지작거리다 자신의 얼굴과 머리를 쓰다듬었다. 그러곤 다시 전단지를 만졌다. 그녀에겐 전단지에 쓰인 말이 중요한 것이 아니라 그 젊은이가 주었다는 사실이 중요했다. 그녀는 이웃에 사는 백인의 우편함을 지나치면서 거기에 전단지를 쑤셔 넣었다. 그러곤 생각에 잠겨 할아버지의 농장으로 차를 몰았다.

사흘 후 루스와 그레인지는 현관 앞에 앉아 있었다. 브라운필드가 루스를 되찾기 위해 재판을 걸었다는 소식을 막 들은 뒤였다. 맹렬한 초조감을 가라앉히려고 루스는 억지로 수박을 먹으며 『불핀치의 신화』를 읽고 있었다. 그레인지 역시 루스만큼이나 강박적으로 구두를 닦고 있었다. 그때 멀리서 흙먼지가 일었다. 그레인지는 안으로 들어가 총을 갖고 나왔다. 그는 현관 난간에 총을 걸친 후 다시 앉아서 구두를 닦았다. 차는 마당으로 들어와 나무 주위로 반원을 그리며 섰다. 남색 차였는데, 조지아 주의 시골길을 수백 킬로미터는 달린 듯 온통 붉은 흙먼지가 겹겹이 쌓여 있었다. 시내에서 봤던 호리호리한 젊은이가 운전석에서 나왔다. 뒷좌석에는 백인 여자와 남자가 앉아 있었고, 현관에 면한 조수석 문에서는 흑인 여자가 내렸다. 그녀를 위아래로 훑어보는 루스의 시선에는 적대감이 어려 있었다. 루스는 그처럼 격렬한 질투심이 이는 것에 놀랐다. 그녀에게 전단지를 주었고, 지금 눈앞에 서 있는 젊은이는 루스와 전혀 모르는 사이였다. 심지어 루스는 그의 이름조차 몰랐다.

"아, 여기 사셨군요!"

젊은이가 마당에서 그녀를 올려다보며 말했다. 턱수염을 기르기 시작한 참이어서 그의 멋진 입술이 더욱 붉고 뚜렷해 보였다.

그레인지는 루스를 흘끗 보았다. 그녀는 한 팔로 기둥을 감싸고는 현관 끝에 서 있었다. 두 눈에서는 광채가 났다! 뜨거운 전기가 그녀의 온몸으로 흐르면서 부드러운 젊은 육체가 기다림으로 바짝 긴장하는 것을 그레인지는 느낄 수 있었다. 그는 다소 충격 받았다는 사실을 결코 인정하지 않았지만, 실제로는 충격을 받았다.

루스가 젊은이에게 대답했다.

"네, 여기 살아요. 이 동네 사람치고 그걸 모르는 사람은 없을걸요!"

루스는 수줍게 웃었지만, 그 웃음에는 기쁨이 방울방울 맺혔다. 그녀는 할아버지의 허락 없이 농장을 방문한 사람이 지금까지 단 한 명도 없었다는 사실을 까맣게 잊고 있었다.

"서로 어떻게 아는 사이냐?"

그레인지는 순식간에 턱수염을 기른 젊은이를 좋아하지 않기로 결심하고는 물었다. 젊은이는 성큼성큼 현관 계단을 오르더니 그레인지 앞에 멈춰 섰다. 그러곤 웃으면서 말했다.

"처음 뵙겠습니다, 코플랜드 씨."

그는 그레인지가 베이어드 러스틴*과 매우 닮았다고 생

각했다. 하지만 그레인지는 하체가 더 호리호리하고, 카우보이처럼 엄지손가락을 벨트에 쑤셔 넣고 있었다. 젊은이는 악수를 청하며 그레인지에게 손을 뻗었다. 그레인지는 미소 짓는 그 얼굴을 노려보다가 손녀딸을 바라보았다. 그녀는 젊은이에게서 눈을 떼지 못하고 있었다. 그녀의 시선은 젊은이의 몸을 구석구석 맴돌았다. '누가 코플랜드 핏줄이 아니랄까 봐서.' 하고 그레인지는 생각했다. 그는 한숨을 쉬며 구두닦이 천을 내려놓고 젊은이와 악수를 했다. 젊은이의 손은 따뜻하고 단단했다. 그는 그레인지보다도 키가 컸다. 그레인지는 갑자기 늙은이 같은 기분이 들어 손을 꽉 쥘 기운조차 나지 않았다.

그는 우물거렸다.

"반갑네."

젊은이의 어떤 면이 그에게 낯이 익었다. 그는 재빨리 젊은이의 얼굴을 살폈다.

"우리 전에 만난 적이 있던가?"

그레인지는 고개를 갸웃하며 물었다. 그러자 젊은이는 싱긋 미소 지었다.

"어렸을 적에 매덜레인 자매님을 졸졸 따라다녔죠."

어릴 적의 그는 겁쟁이인 어머니를 몹시 부끄러워하였다. 하지만 모하우스 대학을 졸업한 후 인권 운동에 동참하게 된 이후에는 외과의 아버지를 둔 친구 못지않게 어머니의 직업을 자랑스러워 했다. 어머니가 삶을 **독창적으로**

---

* 1940년대부터 활동한 미국의 흑인 민권 운동가.

직면했다는 사실을 깨닫고 크게 존경하게 된 것이다.

그레인지는 긴장을 풀며 말했다.

"그랬군. …… 이제 보니 닮은 데가 많군 그래."

그레인지는 어렸을 적의 그를 전혀 기억할 수 없었다. 하지만 오랫동안 그의 어머니를 알아 왔고 존경해 왔다. 비록 그녀의 영험함을 믿지는 않았지만.

흑인 여자가 다가와서 젊은이 곁에 섰다. 두 백인은 현관 계단에 머물러 있었다.

젊은이가 말했다.

"저는 퀸시입니다. 그리고 여기는 제 아내, 헬런이고요."

그레인지는 여자와 악수를 나누며 그녀의 머리 위로 흘긋 루스를 살펴봤다. 루스의 두 팔과 입 양끝이 아래로 축 처져 있었다. 헬런은 젊은이의 아내였을 뿐만 아니라 임신까지 하고 있었다. 루스는 할아버지에게 어깨를 으쓱해 보였다. 그러곤 헬런 뒤로 의자를 밀고는 앉으라고 중얼거렸다. 퀸시는 난간 위에 걸터앉았다.

"저들은 누군가?"

그레인지가 턱으로 가리키며 물었다.

"백인인가, 아니면 그저 백인처럼 보이는 건가?"

속삭인다는 투였지만 몇 미터 밖에서도 다 들릴 정도로 큰 목소리였다.

헬런이 말했다.

"빌과 캐럴이에요. 우리와 함께 일하고 있죠."

그들은 고개 숙여 인사하긴 했지만 계단을 오르지는 않

았다. 갈색 눈의 빌은 그을린 피부에 근육이 탄탄했다. 캐럴은 체구가 자그마했는데, 주근깨가 제2의 피부인 양 잔뜩 뿌려져 있었다.

"저들도 코플랜드 씨가 백인을 어떤 식으로 생각하는지 들어서 잘 알고 있습니다. 그래서 정문에서 내릴까도 했지만, 그냥 같이 왔답니다."

헬런은 기품 있게 의자에 앉아 부른 배 위에 두 손을 올려놓고는 말했다. 그녀는 빌을 바라보더니 갑자기 웃음을 터트렸다.

"저 친구는 벌써 한 번 총에 맞은 적이 있어요."

그레인지는 그 젊은이를 바라보았다. 그도 담담하게 그레인지를 마주 보았다. 그러곤 캐럴의 손을 쥐고는 천천히 차로 돌아갔다. 그레인지는 그들에게 현관으로 올라오라고 권하고 싶었지만, 충동은 이내 사라졌다. 백인 여자를 자신의 지붕 아래 들일 수는 없었던 것이다. 하지만 그는 루스가 그들에게 냉수를 가져다주어도 아무 말도 하지 않았다. 그는 손녀딸이 몇 분 동안 그들과 대화를 나누는 것을 바라보았다.

퀸시가 말했다.

"코플랜드 씨, 투표하실 건가요?"

루스는 퀸시에게도 물잔을 건넸다. 그는 다리 하나를 난간 위에 올린 채 편안하게 물을 마셨다.

그레인지가 물었다.

"투표라니?"

"보안관, 주지사, 경찰서장, 주 위원회 투표 말입니다."

"안 할 걸세."

"어째서이지요?"

헬런이 물었다. 그녀는 물을 반쯤 마시고는 물잔으로 배꼽대기를 문지르고 있었다. 그러면 배가 시원해지기라도 하는 듯싶었다.

"그들은 모두 흰둥이들이잖나. 흰둥이는 이놈이나 저놈이나 다 마찬가지야."

퀸시가 웃었다. 헬런도 웃었지만, 이내 단호한 어조로 말했다.

"그린 카운티에서는 그렇지 않던걸요."

그레인지는 콧방귀를 뀌고는 위엄 있게 말했다.

"예전에 거기 산 적 있지. 자네들이 뭘 봤는지는 모르겠지만, 거기선 흰둥이들이 검둥이가 아예 투표를 못하게 막아 버린다네. 그들이 마지막으로 목매단 검둥이는 어떤 흰둥이를 뽑으려고 덤비다가 그 꼴을 당했지."

퀸시가 말했다.

"지금은 흑인 스스로 흰둥이를 골라서 투표하지요."

그레인지가 물었다.

"흑인이 투표할 수 있다고?"

퀸시가 대답했다.

"그럼요! 지난 여름에 거기서 일했거든요. 이제는 흑인들이 우르르 몰려가서 다같이 투표합니다."

"굳이 그런 수고를 해야 할 만큼 제대로 된 흰둥이는 그린 카운티에 없어."

헬런이 물었다.

"흑인이라면요?"

"내가 거기 있을 때 흑인은 개똥만도 못한 신세였지. 동족을 구하려다가는 등에 칼 꽂히기 십상이었어."

그는 파이프를 꺼내 피우며 대롱을 질근질근 씹었다.

"설마 그린 카운티에서 우리 중 바보 하나가 선거에 나섰다는 말은 아니겠지?"

헬런이 대답했다.

"올해는 아니에요."

그레인지가 날카로운 목소리로 물었다.

"아가씨는 어디 출신인가?"

그녀는 웃으면서 상냥하게 답했다.

"그린 카운티가 고향이에요."

"이런 망할."

그는 마치 이십 년 내지 사십 년 넘게 잠에 빠져 있었던 것만 같았다. 그는 그녀가 거짓말을 하는지도 모른다고 생각하고는 물었다.

"자네 가족들 이름이 어떻게 되나?"

"어머니 성함은 케이티 브라운이고, 아버진 헨리였어요. 토머스 씨네 오두막에서 사셨죠."

그레인지는 토머스 집안을 기억하고 있었다. 하지만 브라운 가족은 전혀 기억나지 않았다.

"아버지 성함이 헨리였다고?"

"쉰다섯 살에 살해당하셨어요. 투표함 바로 앞에서 총에 맞으셨죠."

"자네 어머니는 지금 어디 사시나?"

"그린 카운티를 도통 떠나려고 하지 않으세요."

"그럼 여전히 그 백인 오두막에서 지내시나?"

헬런은 웃었다. 한껏 웃는 그녀는 마치 새처럼 자유로워 보였다.

"지난여름 우리가 거기 갈 때까지는 그곳에서 사셨어요. 처음엔 우리도 거기서 함께 살았죠. 우리 모두가요. 저랑 퀸시랑 빌이랑 캐럴 모두 말이에요. 하지만 토머스 씨 가족은 견딜 수 없어 했죠. 아버지가 돌아가셨을 때 그들은 안됐다며 제가 대학에 다니도록 도와주었어요. 하지만 빌과 캐럴이 저와 함께 지내는 걸 보더니 어머니를 쫓아냈지 뭐예요."

"그래서 어떻게 됐나?"

그레인지는 의자에서 몸을 앞으로 숙이며 물었다. 그는 헬런을 쓰다듬어 주고 싶었다. 그녀는 너무나 차분했다. 그레인지는 그런 차분함이 뭔가를 의미한다고 느꼈고, 그것이 무엇인지 간절히 알고 싶었다.

헬런은 키득거리며 말했다.

"어머니는 끌려 나가며 토머스 노인장과 그 집 조상들한테 욕을 퍼부었지요. 남북전쟁 시절까지 거슬러 올라가서요. 그리고 그들은 어머니가 그 집 안주인에게 침을 뱉었다고 해서 감옥에 가두었죠."

퀸시가 끼어들었다.

"지금은 나오셨어요. 뉴욕에서 온 뛰어난 변호사들이 우리와 함께 일했거든요. 장모님은 거기서 나오신 후 토머스 씨 집 바로 아래에 있는 작은 집으로 이사하셨답니다. 장모님이 그 집 소유주인 목사님을 잘 어르신 덕분에 우리도 그 집을 아지트로 이용할 수 있었어요. 여름 내내 온갖 사람들이 그 집에서 북적거렸지요. 장모님은 아직도 거기 사세요."

그레인지가 말했다.

"자네 장모님은 정신이 나간 게 틀림없어. 어서 모시고 나오게나."

헬런은 어깨를 으쓱하며 말했다.

"어머넌 그곳을 좋아하세요. 어머니의 바람은 그저 우리가 '집'에 와서 다 함께 사는 것뿐이에요."

퀸시가 말했다.

"언젠가는 그렇게 될 거예요."

"이이는 카운티 최고 행정관 직에 출마할 거예요. 전 그린 카운티의 최고 행정관 부인이 될 거고요."

"자네들은 모두 제정신이 아니야. 여길 떠나는 데나 온 힘을 기울일 것이지. 언제까지 이렇게 희희낙락할 수 있다고 생각하나?"

헬런이 말했다.

"저들이 날 막지는 못할 거예요!"

그레인지는 생각했다. 사람들이 주변에 있을 때야 계속 웃을 수 있겠지. 하지만 남편과 아이와 셋만 남아서 작은 소리에도 깜짝 놀라고 쏟아지는 총알 세례를 피해야 할 때도 저렇게 웃을 수 있을까? 그는 십 년 후의 헬런을 상상했다. 젊은 남편은 늪지에 비석도 없이 묻혀 있을 것이고, 뱃속의 아이는 흑인을 혐오하는 어른과 아이들에게 쫓기는 신세가 되어 있을 것이었다. 그러자 백인의 처분에 따라야 하는 그녀의 모습이 떠올랐다. 백인의 행동 하나하나는 그녀가 쓸모없는 존재이자 침입자이며 고분고분 말을 잘 들을 때에만 미국인이 될 수 있다는 사실을 가르쳐 줄 것이었다. 그녀는 결코 '사모님' 따위는 될 수 없을 것이다. 그때도 그녀는 여전히 웃고 있을까?

퀸시가 말했다.

"선거인 등록을 하시지요. 지금까지 줄곧 사악한 흰둥이들에게 마법을 걸었다고 단언하신 제 어머니조차도 선거인 등록을 하셨답니다!"

"글쎄, 잘 모르겠네."

그레인지는 젊은 부부에게 깊은 애정을 느꼈다. 그것은 그가 킹 박사에 대해 느끼는 감정과 유사했다. 만약 그들이 자신과 함께 살았다면 그레인지는 그들을 괴롭히려는 흰둥이를 제일 먼저 나서서 쏘아 죽였을 것이었다. 그는 그들을 보호해 주고 싶었다. 흰둥이들로부터뿐만 아니라 그들 자신으로부터, 그들의 꿈으로부터. 그는 아무도 그들에게 상처를 주지 못하게 막고 싶었다. 하지만 그는 그들이 믿는 것을 믿지 않았다. 고귀하고 소중하며 선하고 고무적인 믿음이 아니어서가 아니라, 불가능한 믿음이기 때문이었다.

"여보게, 내가 걱정하는 것은 바로 쓰라림일세. 결코 싸움에서 이길 수 없다는 걸 깨닫고 나면 쓸개라도 삼킨 것 같은 쓰라림이 밀려오지."

퀸시는 아내의 허리에 팔을 감고는 위아래로 쓰다듬었

다. 느슨하게 감긴 그의 팔은 아내가 그에게 가장 소중한 사람이라는 것을 보여 주었다. 그를 올려다보는 헬런의 반짝이는 두 눈에는 존경이 가득 담겨 있었다. 그레인지는 그들의 올곧고 순수한 사랑에 감동을 받아 눈물이 나올 것 같은 동시에, 그들에 대한 염려로 몸을 떨었다.

헬런은 부드러운 검은 손을 그레인지의 팔에 올려놓으며 말했다.

"최선을 다해 싸운다면 쓰라림을 느낄 일은 없을 거예요."

그레인지는 그들을 차까지 배웅하고는 헬런을 위해 차문을 열어 주었다.

"잠깐만 기다리게."

그는 집으로 들어가 침대 아래에서 수박을 꺼냈다. 묵직하고 시원한 녹색 수박이었다. 그는 수박을 차로 가져와서는 뒷좌석에 건네주었다. 헬런은 다시 활짝 웃음 지었고, 그들 모두가 그에게 깊이 감사드렸다. 그레인지는 여전히 백인 여자를 쳐다볼 수 없었지만, 백인 남자에게는 가볍게 고개를 끄덕여 주었다. 그런 후 작별의 손짓을 했는데, 그것은 그들 모두를 향한 것이었다.

그가 웃으며 돌아서니 루스가 낙담한 모습으로 현관 계단에 앉아 있었다.

"괜찮은 남자들은 한결같이 임자가 있다니까요!"

그녀는 얼굴을 찌푸리며 한탄했다.

"정말 반한 모양이구나. 언젠가는 다른 멋진 남자가 나타날 거야. 마누라가 없는 녀석이 말이다. 그때는 녀석이 다른 여자를 찾기 전에 얼른 낚아채 버리라고."

"괜찮은 남자들이 모두 여기를 지나쳐 가지는 않을 것 아녜요. 아무래도 넓은 곳으로 가서 멋진 남자를 직접 찾아 봐야겠어요."

그레인지가 물었다.

"이 농장은 어쩌고?"

"너무해요!"

그녀는 자기 방으로 달려가 문을 쾅 닫고는 침대 위로 몸을 던졌다.

48장

그날 아침 그들은 브라운필드와 맞서기 위해 법정에 갈 채비를 했다. 그레인지는 루스가 집을 치우는 것을 도우면서도 정신을 제대로 차릴 수가 없었다. 둘 다 말을 꺼내기조차 힘들었다. 눈처럼 새하얗던 그레인지의 머리는 더욱 희어졌으며, 고불고불한 머리는 당연히 정전기로 뻣뻣했다. 그는 루스가 좋아하는 방식으로 정수리든 옆이든 머리를 뒤로 완전히 넘겨 깔끔하면서도 강인해 보였다. 하지만 그렇게 바싹 머리를 붙여 놓아도 어느 사이 서서히 일어나 도로 고불고불해질 것이었다. 그 상태에서 태양빛을 받으면 그는 어느덧 루스가 생각하는 신의 모습과 유사해졌다. 그레인지는 가장 좋은 옷을 골랐다. 짙은 색 양복에다 잘 어울리는 조끼를 받쳐 입고, 겉에는 엉덩이 아래까지 펄럭이는 코트를 걸쳤다. 덕분에 긴 다리와 성큼성큼 걷는 걸음이 두드러져 보였다. 루스는 그런 그레인지의 모습에서 왠지 랜달프 스콧*이 연상됐다.

그들은 크롬 도금을 하지 않은 1947년형 검은색 패거드를 법원 근처에 세웠다. 법원은 시내 중앙에 자리한 광장 한가운데 서 있었다. 붉은 벽돌로 지어진 법원은 거대한 휴지통 같았다. 각 모서리의 처마 장식에는 소용돌이 무늬가 가득했다. 현관 계단이 널찍하게 높이 솟아 있긴 했지만 인상적이라고는 할 수 없었다. 계단은 최근 들어 여기저기 금이 가고 있었다.

토요일 아침이라 시내는 한산했다. 목화밭이나 낙농장 일꾼들은 시간이 좀 지난 후에야 시내로 나올 것이었다. 루스는 계단 꼭대기에서 마지막으로 시내를 둘러보았다.

"저 돌덩이 군인 좀 치워 버리면 좋겠어요."

남부의 오랜 적이었지만, 이제는 아무래도 관계없게 된 북부의 적을 향해 있는 남부군 군인을 노려보며 그녀가 말했다.

"저것 때문에 시계가 안 보이잖아요."

거리 건너 약국 진열창에는 교통 표지판만 한 전자시계가 새로 설치돼 있었다. 하지만 돌로 된 군인의 여윈 엉덩이가 시계를 완전히 가려 버렸다.

"내 시계를 보면 되지."

그레인지는 다소 놀라며 말했다. 그는 사슬이 달린 묵직한 금시계를 꺼냈다. 그러곤 손녀딸의 팔꿈치를 꽉 쥐었다. 어찌나 세게 쥐었는지 그녀는 팔을 빼낼 수도 없었다.

---

* 주로 서부영화에서 활약한 영화배우.

그레인지는 그녀를 살며시 흔들며 말했다.

"걱정 마라. 널 잃는다면 난 버러지만도 못한 놈이야. 내가 널 돌볼 거라는 걸 언제나 명심하렴."

그는 그녀의 머리에 살짝 키스하고는 함께 법원으로 들어갔다.

호의적인 눈매에 파리한 안색의 판사는 수상 운동을 즐겼는데, 꼭 일부러 친절한 척 구는 사람 같았다. 방에는 번쩍이는 통통한 물고기를 든 판사의 사진이 걸려 있었다. 그것은 지난 주 베이커 카운티에서 발행된 《메신저》의 표지를 장식한 '컬러' 사진이었다. 그의 얼굴에는 경계심이 어려 있었지만, 맨손으로 시작해 서서히 지위와 몸무게를 얻은 사람다운 성실함이 가득했다. 그는 오십 년 전 무일푼으로 태어나 이곳 고장에서 판사의 지위에 오르고 지금처럼 살찐 턱을 얻게 된 사람이었다. 그의 성실한 얼굴 뒤에는 결코 공개적으로 열리지 않은 문이 있었다. 그 문 뒤에는 마을 사람들이 차마 보고 있을 수도 없을 텅 빈 관용과 먼지투성이의 자부심이 자리잡고 있었다. 자신의 영혼의 문이 잠겨 있어 다른 이의 영혼에 관심을 가질 수 있는 사람이라면 견딜 수 없을 것이 분명했다. 그 다른 이가 아무리 마을의 판사라고 해도 말이다. 하지만 남부의 악인들과 비교해 본다면 그는 전반적으로 악인 축에 끼지 않았다. 그는 개인적으로 한 번도 폭력을 휘두른 적이 없었다. 심지어 적극적으로 폭력을 묵인한 적도 없었다. 그러나 그는 제멋대로 형을 언도하였고, 자신의 집안이나 정원 일에 공금을 쓰거나 재판관직을 이용해 문제를 쉽게 해결하였다.

간단히 말해, 그는 비열한 인간이었다. 원래 그릇이 작다 보니 그렇게밖에 될 수 없었다. 그는 무고한 사람들의 노동력을 착취했다. 그 대상은 거의 항상 흑인이었고, 가끔씩은 가난한 백인일 때도 있었지만, 거액을 횡령하지는 못했다. 그리고 바로 그런 정직함 때문에 마을 사람들은 그를 존경하여 제1 장로교회의 집사로 뽑았다. 그가 특히 책임감을 가지고 돌봐 준 흑인 사내들은 애정을 담아 그를 '해리 판사님'이라고 불렀다. '검둥이'와 그와의 관계는 대체적으로 무난했다.

재판은 눈 깜짝할 새에 끝났다! 판사는 그들을 화려한 판사실로 데려갔다. 그와 브라운필드는 가벼운 농담을 주고받았다. 그레인지는 창백한 얼굴로 그들을 빤히 쳐다보았다.

판사가 물었다.

"루스, 몇 살이지?"

"열여섯 살입니다."

"조지아 주의 기준에 따라 성인이 되려면 아직 이 년이 더 남아 있군."

방은 조용했다. 단지 조시의 헐떡이는 숨소리만이 들릴 뿐이었다.

"너도 친아버지랑 살고 싶지?"

판사는 묻는 것도, 대답에 관심 있는 것도 아닌 눈으로 그녀를 바라보며 친절한 어조로 물었다.

그녀는 단호히 대답했다.

"아닙니다."

그레인지는 아들의 전과와 아이들을 소홀히 대했던 과거와 그가 가한 위협에 대해 말하기 시작했다.

"재판장님, 이 녀석은 자기 아내를 죽였습니다!"

그는 횡설수설했다.

"당신한테 물은 게 아닙니다."

판사는 상냥하게 말했지만 속으로는 기분이 언짢았다.

"여기에서는 허락 없이 마음대로 말해선 안 됩니다."

그는 진지한 표정으로 브라운필드를 보더니 윙크를 보냈다. 루스는 이제 자신과 할아버지는 끝장이라는 것을 알았다. 그녀는 할아버지의 손을 꽉 쥐었다. 차마 그의 얼굴을 볼 수 없었다. 그의 몸이 떨리고 있다는 것을, 그가 울고 있다는 것을 알기 때문이었다.

그녀는 나직이 속삭였다.

"괜찮아요. 괜찮아요, 할아버지."

그의 숨소리 사이사이로 흐느낌이 밀려왔다. 그녀는 그것이 절망에서 나온다는 것을 알고 있었다. 루스는 울 수조차 없어 너무도 화가 났다.

판사와 브라운필드와 조시가 어쩌고 있는지는 루스에게 전혀 중요하지 않았다. 그녀의 영혼은 그레인지에게 다가가, 우리 그냥 같이 체념하자고 위로하느라 여념이 없었던 것이다. 다시 판사를 쳐다보니 그는 책상 근처 벽장에서 목이 높은 매끈한 장화를 꺼내고 있었다.

"브라운, 그다지 복잡할 건 없네. 알겠나?"

그는 남부의 백인이 모든 것, 즉 탄생, 삶, 죽음을 좌지우지할 때면 보이는 바로 그 미소를 짓고 있었다. 루스는 그를 영원히 증오할 것이었다. 그들 가족에 대해 알지도 못하고 상관도 안 하는 한 남자는 신속하게 '정의의 재판'을 하고는 결코 자식을 원치 않았던 아버지에게로 루스를 보냈다. 그는 그들 어느 누구에 대해서도 개의치 않았지만, 신의 역할을 하도록 허락받았던 것이다. 루스는 눈앞에 뭔가 뜨거운 것이 서 있는 것 같았다. 시뻘겋게 달아오른 조시였다.

"이제 넌 아버지를 따라가거라. 걱정 마라. 할아버지는 내가 잘 돌보마."

마음이 놓인다는 듯 말하는 조시의 눈에 동정의 눈물이 비치자 루스는 화가 났다.

브라운필드가 히죽거리며 다가왔다.

"드디어 너를 데려가게 됐구나."

그의 어조엔 고소함이 배어 있었다.

그레인지는 서서히 고개를 들고는 몸을 일으켰다. 그리고는 아들을 차갑게 노려보았다. 엄지손가락이 저절로 벨트 아래로 움직였다.

"이 애한테 손가락만 까딱해도 죽여 버리겠어."

그는 긴 팔을 뻗어 루스를 자신의 뒤로 밀었다. 브라운필드는 고개를 돌려 해리 판사를 찾았다. 그는 막 문으로 나가려던 참이었다.

브라운필드는 자신감 넘치는 목소리로 외쳤다.

"해리 판사님!"

해리 판사는 힐긋 돌아보고는 상황을 파악했다. 그는 일부러 문으로 더 다가갔다. 그레인지의 목소리가 차가운 강풍이 되어 그의 등을 때렸다.

"재판장, 멈춰요!"

그 말에서 뿜어져 나온 경멸은 판사가 딛고 있는 바닥처럼 분명했다.

브라운필드는 순식간에 몸을 날려 루스의 팔을 잡았다. 그러자 세찬 광풍이 분 듯 그의 몸이 바닥으로 내동댕이 쳐졌다. 번쩍 하는 불빛과 함께 지독한 화약 냄새가 퍼졌다. 브라운필드는 힘없이 바닥에 처박힌 채 말 한마디 못 하고 죽음을 맞았다. 그레인지는 코트의 긴 자락 아래로 블루 스틸 콜트 45구경을 숨겨서 가지고 왔던 것이다. 그는 그것으로 아들을 쏘아 죽였다.

"감히 재판정에서 이런 짓을 하다니."

판사가 웅얼거렸다. 그는 여전히 낚시용 장화를 들고 있었다. 브라운필드의 피가 바닥으로 흐르자 판사의 눈이 툭 불거져 나왔다.

그레인지가 말했다.

"닥치시오, 재판장. 안 그러면 귀머거리에 벙어리에 장님으로 만들어 주겠소."

그는 루스의 팔을 잡고는 조시를 돌아서 문으로 걸어갔다. 조시는 브라운필드 곁에서 흐느끼고 있었다.

판사가 말했다.

"코플랜드, 잡히고 말걸. 절대 못 달아나."

그레인지는 무뚝뚝하게 말했다.

"달아나지 않을 거요. 난 집에 가오. 거기에 제일 먼저 찾아온 흰둥이는 이 총에 남은 총알을 맛보게 될 것이오."

집으로 돌아가는 길에 루스가 말했다. 이미 뒤에서는 사이렌이 울리고 있었다.

"가망이 없어요."

"나야 그렇지. 하지만 넌 있어."

그레인지는 눈을 문질렀다.

"나 같은 죄인은 살 자격이 없어. 그런 짓을 했다는 건 스스로 권리를 포기했다는 뜻이나 다름없어."

그는 의자에 털썩 몸을 기댔다. 그는 쓰디쓴 어조로 물었다.

"그 판사는 어떨 것 같으냐? 누가 그놈한테 신경이나 쓸까?"

그들은 차에서 내려 집으로 뛰어 들어갔다. 경찰차가 흙먼지로 덮인 진입로를 달려왔다. 그레인지는 총을 든 채 집 안을 샅샅이 수색한 뒤 숲길을 통해 서둘러 오두막으로 떠났다. 즉시 차들이 본채를 에워쌌다. 루스는 침대 위에서 조용히 기다렸다. 그레인지는 그녀에게 총을 건네주지도 않았다. 그녀와 마찬가지로 그 역시도 루스에게 총이 없어야 살 가능성이 더욱 높아진다는 사실을 알고 있었다. 적어도 이번 전투에서는 말이다. 집 쪽으로 총알 세례가 쏟아지자 숲 저 멀리에서 한 발의 총성이 울렸다. 그레인지가 경찰을 자기 쪽으로 유인하고자 한 것이었다. 별안간 대기에 총소리가 와르르 울려 퍼졌다. 그러다 몇 분 후 갑작스러운 침묵이 사방을 에워쌌다.

몰래 지켜본 사람의 말에 따르면 그레인지는 오두막 밖

에 앉은 채 기도하며 죽어 갔다. 오두막은 '루스의 집'이던 곳이었다. 햇살이 그의 무릎에 와 닿았고, 나무가 그의 등을 받쳐 주었다. 하지만 기도라니 얼마나 기묘한가. 그는 사실 자기 자신에 대해, 떠나고 도착하는 해방에 대해, 오고 가는 믿음에 대해 중얼거렸을 뿐이었다. 실제로 그것은 욕설이었다.

그가 기도를 하려고 한껏 입을 벌렸다는 것은 사실이다. 끝에 다다른 여정에서 기도를 하는 것은 적절해 보였다. 오랫동안 포커를 치고 난 후 술 한잔 하는 것과 마찬가지 이치였다. 하지만 사실 그레인지에게는 맞지 않았다. 그는 기도할 수가 없었다. 그래서 그는 기도하지 않았다.

총에 맞자 그레인지의 셔츠 아래로 피가 흘러내렸다. 그는 루스가 자신을 못 봤으면 하고 바랐다. 그것은 두렵지 않다는 것과는 사뭇 다른 것이었다. 심지어 바스락거리며 다가오는 발소리조차 들리지 않았다.

그의 상체가 땅으로 쓰러졌다가 다시 애써 일어났다. 그는 팔로 몸을 감싼 채 앞뒤로 흔들며 마지막으로 쓸쓸하게, 그러나 인간의 목소리로 중얼거렸다.

"아아, 불쌍한 것, 불쌍한 것."

작가의 말

　이 책을 쓰기 시작했을 때는 1966년 겨울이었다. 당시 나는 뉴욕 이스트빌리지의 막스플레이스 거리에 있는 습기 차고 어두운 아파트에서 거대한 식민 제국을 이룬 무시무시한 바퀴벌레 떼와 함께 살고 있었다. 때문에 나는 지난 여름 동안 미시시피에서 민권 운동을 하다 알게 된 뉴욕대 법대생의 집에서 주로 지냈다. 방은 작았지만 널찍한 이중창을 열면 워싱턴스퀘어 공원의 나무들이 눈 아래 펼쳐졌다. 그는 브루클린에 사는 어머니 집에서 접이식 철제 탁자를 가져왔다. 우리는 거기다 무명 침대보를 씌웠다. 몇 주 전 사라 로런스 대학을 졸업할 때 동창생이 선물한 갈색 도자기 꽃병에는 하얀 데이지를, 봄이면 분홍색 작약을 가득 꽂아 두었다. 창문 바로 아래에 탁자를 두어서 공원의 나무와 풀들이 바로 눈앞에 있었고, 오른쪽에는 늘 꽃이 꽂혀 있었으며, 타자기와 공책을 언제든지 쓸 수 있었다. 그래도 그곳은 시골과는 달랐고, 소설 속 인물들은 불평했다.

그 젊은 법대생과 결혼하기 직전 나는 시골 지역인 뉴햄프셔에 소재한 맥도웰 콜로니 대학의 연구원에 임명되었다. 거기서 눈 내리는 겨울 동안 한 달 하고도 반을 일했다. 전나무로 에워싸인 오두막에 내려앉은 침묵은 클라라 워드와 마할리아 잭슨의 노랫소리나 타자기 소리가 탁탁거리는 난로 소리와 합쳐질 때만 깨지곤 했다. 주말에는 법대생이 자그맣고 붉은 폭스바겐을 몰고 찾아왔다. 차에는 유리창 안까지 채울 정도로 꽃과 그레이프프루트와 오렌지가 가득했다.

3월에 결혼하기 위해 맥도웰을 떠났을 무렵, 소설은 상당히 진행되어 있었다. 남편과 나는 그해 여름 미시시피로 이사했다. 그는 거기서 인권과 민권을 보호하기 위해 법률 활동을 계속했다. 그사이 나는 미시시피 주에 막 생긴 여러 헤드스타트 학교*에서 쓸 교재를 만들고, 지역 대학에서 강의를 하며, 주로 정치 활동 등을 하였다. 그러면서도 계속 소설을 써 나갔다. 그리고 나의 외동딸이 태어나기 사흘 전인 1969년 11월, 소설은 마침내 완성되었다. 그때 내 나이 스물다섯 살이었다.

소설을 쓰는 동안 믿기지 않을 만큼 큰 어려움을 겪었다. 당시의 남부, 특히 미시시피 주의 백인 우월주의자들은 우리 가족을 비롯한 모든 흑인들에게(그리고 몇몇 백인

---

* 저소득층 자녀들을 위한 유치원.

들에게) 심리적으로나 육체적으로 엄청난 폭력을 휘둘렀다. 나는 그런 와중에 흑인 공동체의 사람들 앞에 서서 폭력을 규탄하고 소리 높여 비난해야 했다. 남부 흑인의 해방을 추구한 분들이 사리가 아닌 정의와 진실과 저항, 그리고 권리를 찾고 존중받기 위한 투쟁에 대해 늘 말씀하신 데 대해 나는 언제나 깊이 감사드린다. 그들은 말했다. "두 개의 잘못을 합친다고 해서 옳은 일이 되지는 않는다." "모든 이에게는 생명의 나무에 오를 권리가 있다." "우리는 지금 당장 자유를 원한다." 흑인 여성과 아이들은 흑인 남자들과 함께 구호를 외칠 뿐만 아니라 직접 구호를 만들기도 했다.

하지만 그처럼 생각하고 말하느라 이미 엄청난 고통을 겪었으면서도 왜 굳이 이 소설을 쓴 것일까?

'쓸 수밖에 없어서'라는 것이 아마도 가장 간단한 대답일 것이다. 좀 더 복잡한 답을 원한다면, 나는 아프리카계 여성이므로 자연히 자유를 추구할 수밖에 없다고 말하겠다. 왜 아니겠는가?

소설을 쓸 때 가장 어려웠던 대목은 남편이자 아이들의 아버지인 남자가 아내이자 아이들의 어머니인 여자를 잔인하게 살해하는 장면이었다. 불행히도 이는 실화에 기초하고 있다. 나는 조지아 주의 소도시 이튼턴에서 자랐다. 그때나 지금이나 그곳에는 심각한 폭력이 난무한다. "이튼턴은 폭력의 소도시이지." 그곳 주민들은 최근의 재앙도 헛될 뿐이라는 것을 설명할 때면 이렇게 말하곤 했다. 세계의 많은 곳에서 그러하듯 그곳 흑인도 억압받는 식민지인들이었다. 어느 위대한 아프리카계 미국인 작가가 말했듯, 절망과 분노에 빠진 그들은 당연히 서로를 죽인다.(내가 약간 수정한 문장이다.) 하지만 억압받는 식민지 사람들에게 그 헛됨을 보여 준다면 어떻게 될까? 다른 곳에 비해 고향의 폭력 사태는 일주일에 몇 번씩 흑인의 장례식에 참석해 온 내게 깊은 인상을 남겼다. 어릴 적 나는 옆집에서 베이비시터로 일했고, 언니는 장례식장에서 미용사로 근무했다. 언니는 장례식장 한편에서 산 자들의 머리를 감기고, 고불고불 모양을 냈다. 또한 다른 한쪽 구석에서 수없이 많은 시체들에게도 똑같은 일을 해 주었다. 거기다 상처와 멍과 총알 구멍과 눈물 자국을 가리기 위해 페인트와 분을 요령껏 이용해 그들의 얼굴과 때로는 몸에까지도 화장을 했다.

하지만 그런 언니조차도 이 책의 모델이 된 희생자는 그럴듯하게 꾸밀 수가 없었다. 언니는 절망과, 아마도 분노(우리는 그녀의 감정에 대해 토론하지 않았다)를 나누기 위해 나를 안치실로 불렀다. 그곳에는 워커 부인(그녀의 성은 우리와 같았다)이 구리 베개를 벤 채 하얀 에나멜 탁자 위에 누워 있었다. 나는 소설을 쓰면서, 그때 보았던 모습을 그대로 묘사했다. 나로서는 몇 년 후 그것에 대해 글을 쓰는 것만이 그처럼 강렬하고 절망적인 이미지에서 벗어날 유일한 방법이었다. 그 모습은 아직도 뇌리에서 지워지지 않고 있다. 산산조각난 얼굴은 시간이 지남에 따라 희미해져 갔지만, 못이 박인 발과 신문으로 구멍을 메운 다 떨어진 신발 한 짝은 계속해서 머리에 떠올랐다.

또 다른 아이러니가 있다. 워커 부인의 딸은 당시 나와 같은 반 학생이었다. 그녀의 이름은 케이트였다. 그런데 '연인'의 총에 맞아 죽은 나의 할머니 이름 역시 케이트가 아니었던가? 가족들이 이 일에 대해 나직이 속삭이며 누구를 비난하였던가? 나는 그 학년이 끝날 때까지 케이트를 유령처럼 바라보곤 했다. 내가 동정심을 내보이자(이는 남부의 멋진 표현으로, 동정심이 아무 효과도 보이지 않을 때는 '동정심을 내보이다(to offer one's sympathy)'라고 말한다.) 그녀는 아무런 반응도 보이지 않았다. 그녀는 집안일을 하고 수없이 많은 형제자매를 돌보느라 완전히 짓눌려 있었다. 그녀는 나처럼 열세 살이었다. 그녀는 교도소의 백인 공무원들이(당시 이튼턴에는 백인 공무원밖에 없었으며 지금도 아마 그러할 것이다.) 아버지를 당장 풀어 줄 수는 없는지 대놓고 궁금해 했다. 그 집에서 가족을 부양할 능력이 있는 사람이라곤 아버지뿐이었던 것이다. 지금까지도 그의 폭력적인 행동은 내게 악몽으로 찾아온다. 나는 그가 평생 감옥에서 나오지 않기를 바랐다.

내 가족 내에서도 폭력이 있었다. 아버지가 어머니와 우리 형제들을 완전히 지배하려고 들었지만, 어머니와 우리는 말과 행동으로 단호히 거부했다. 그것이 폭력의 화근이 된 것이었다. 나와는 전혀 다른 가족 분위기에서 자란(나는 그렇게 생각했다.) 남편과 이에 대해 이야기를 나누다가 그의 가족 역시도 똑같은 일을 겪었다는 사실을 알게 되었다. 에나멜 탁자에 놓인 워커 부인의 시신을 보며 나는 나의 어머니가 저기 누울 수도 있다는 사실을 진심으로 깨달앗다. 또한 워커 부인은 남자와의 관계에 있어서 모든 여성의 표상이었다. 나의 할머니나 어머니와는 달랐던 나의 시할머니와 시어머니는 물론이고 나 역시도 그 여성에 포함된다. 그 때문에 '같은 사람'을 의미하는 불어 la même를 본 따 소설의 주인공 이름을 멤(Mem)으로 정했다.

구성원의 반이 위협과 폭력을 이용해 다른 절반의 구성원들을 지배한다면 가족, 공동체, 인종, 국가 혹은 세계가 어찌 건강하고 강인한 집단이 될 수 있겠는가? 나는 미시시피에서 지내며 인종주의자들의 폭력이 전체 구성원의 힘과 창의성을 어떻게 앗아가는지를 똑똑히 보았다. 미시시피는 미국에서 가장 가난한 주였다. 그것은 백인들 주장처럼 남북전쟁 이후 연방 정부가 주의 일에 간섭했기 때문이 아니라, 하루하루 먹고사는 데 쓰고 남은 티끌만 한 에너지를 모두 위선적이고 인위적이며 전혀 이치에 닿지 않는 인종 분리에 써 버렸기 때문이었다. 그들은 폭력으로 흑인을 지배했다. 구타, 거세, 집단 폭행, 체포, 구속이 비일비재했다. 인종차별 국가인 지금의 남아프리카공화국이 그때의 모습과 비슷하다. 착취당하고 오염되고 고갈된 이 행성이 인간들의 무게로 비틀거리는 것을 보자면, 예전에, 어떤 지역에서는 지금도, 백인 우월주의자들이 유색인종을 추방함으로써 평화와 안전을 얻을 수 있다고 생각했다는 사실이 쓰라린 농담처럼 들린다.

워커 부인은 그녀의 세계에서 바로 그 나머지 절반이었다. 현재 유색인종은 전 세계 인구의 절반을 넘는다. 독자들이 내 책을 통해 이 사실을 깨달을 수 있을까? 그녀가 여성으로서 당한 억압(그리고 그녀의 자식들이 당한 억압)과 우리들이 사람으로서 당하는 억압 사이에서 독자들이 관련성을 찾을 수 있을까? 차마 보고 싶지도 않은 비극을 경험함으로써 얻는 이득은 단지 슬픔 하나뿐일까? 궁색한 침묵의 휘장 아래 가난에 시달리고 학대당하는 가엾은 이들에게 작가는 어떤 의무를 지고 있을까?

"우리한테도 영혼은 있어. 안 그래?"

훌륭한 노인인 그레인지 코플랜드는 아들 브라운필드를 이렇게 다그친다. 아들은 불행히도 이 질문에 어떤 긍정적인 답도 하지 못한다. 오늘날 우리 사회의 마약중독자나 마약상 역시도 마찬가지다. 그들은 브라운필드처럼 자기 증오와 공허에 빠져 다른 이에게 폭력을 휘두른다. 그저 폭력의 범위가 가족을 넘어 모든 사람과 세계 전체로 넓어졌을 뿐이다.

모든 것이 소모품인 사회에서 어떤 희생을 치르더라도 한 생명을 보호하고 존중한다는 것은 과연 무엇을 의미할까? 슬프지만 나는 요즘 흑인들보다는 과거의 흑인들이 영혼의 가치를 훨씬 제대로 평가했다고 믿는다. 많은 이들이 인정하기 어려워하지만, 사실 우리는 갈수록 우리의 압제자를 닮아가고 있다. 우리 조상들은 한 인간의 업적을 묘사할 때 종종 '영혼을 얻다.'라는 표현을 썼다. 당시에는 이 표현이 뭔가 중요한 의미를 갖고 있었다. 돈을 얻다, 권력을 얻다, 명성을 얻다, 심지어 '자유'를 얻다라는 말도 그것과 대등한 의미라고 할 수는 없다. 나는 나를 기르고 이끌어 준 사람들에게서 최선과 최악을 모두 보았다.

그 결과 누구에게나 있기 마련인 내면은 절대 더럽혀져서는 안 된다는 것을 진심으로 믿게 되었다. 나는 영혼을 믿는다. 거기서 한 발 더 나아가 자신의 선택에 즉시 책임을 지는 것, 즉 자신의 생각과 행동에 대한 책임을 기꺼이 받아들이는 것이야말로 영혼을 강하게 만든다고 확신하고 있다. 백인이 나를 억압한다고 해서 그것이 내가 다른 이를 억압하는 핑계는 될 수 없다. 상대방이 남자든, 여자든, 아이이든, 동물이든, 나무이든 간에 말이다. 나의 자랑스런 자아는 압제자나 다른 사람에게 좌우되기를 단호히 거부한다.

세상에는 결코 노예가 될 수 없는 사람이 있다. 노예였던 우리 조상 중에는 그런 사람들이 매우 많았다. 그들이 바로 우리가 세대와 세대를 계속 이어 나아갈 수 있게 한 신비이자 선물의 한 부분이다. 이 소설에서 '영혼의 생존자'인 그레인지 코플랜드와 그의 손녀딸 루스의 삶에도 바로 그런 이해가 담겨 있다. 그들은 누구라도 지배에 저항할 수 있다는 점을 알고 있는 것이다.

1987년 10월
캘리포니아 주 멘도치노 카운티 와일드트리스에서
앨리스 워커

작품 해설

　『컬러 퍼플(The Color Purple)』로 너무나도 유명한 앨리스
워커는 토니 모리슨(Toni Morrison)과 더불어 현대 흑인 문
학을 대표하는 작가이자 정력적인 사회운동가이다. 1960년
대 흑인 민권 운동에서부터 몇 해 전 이라크전 반대 시위
에 이르기까지 사회를 바꾸는 실천에 지속적으로 참여하고
있으며, 백인 중상(中上)층 여성 중심의 서구 페미니즘을
비판하고, 피부 색깔로 여성을 분류하는 것을 거부하고자
'흑인 페미니스트(black feminist)'라는 용어 대신 '우머니스
트(womanist)'라는 신조어를 만들었다. 이는 "흑인 또는 유
색인종의 페미니스트를 의미하며, 용기 있고 과감하며 자기
의지대로 굳건하게 행동하는 여성"을 칭하는 용어로, 모든
종류의 차별에 저항하고 여성뿐 아니라 남녀 모두가 공존하
며 총체적 인간성을 회복하는 날에 대한 간절한 소망을 담
고 있다.

이러한 앨리스 워커는 흑인 여성들의 삶이 지금보다 훨씬 고단했던 1944년에 미국 남부 조지아 주 이튼턴에서 가난한 소작인 부부의 여덟 아이 중 막내로 태어났다. 여덟 살 때 오빠가 쏜 장난감 총알이 눈에 맞아 한쪽 시력을 잃자 다른 아이들에게서 따돌림 당하고 외톨이가 되었으나, 독서와 시에서 위안을 찾았다. 덕분에 워커는 새로운 시선으로 세상을 보게 되었다. "나는 항상 외로운 사람이었다. 나의 한쪽 눈을 멀게 하고 상처를 주었던 충격적 사건의 희생자가 된 여덟 살 이후, 나는 아이들과 친척들의 믿기 어려운 잔인함을 알게 되었고, 고독하고 외로운 소외자의 처지에서 사람과 사물의 진실을 보게 되었다. 나는 고독 속으로 뒷걸음쳤고 이야기를 읽고 시를 쓰기 시작했다."

장애인 장학금으로 애틀랜타의 흑인 여자 대학인 스펠먼 대학에 들어간 워커는 급진적 역사가인 하워드 진과 스토턴 린드의 영향을 받아 흑인 민권 운동에 뛰어들었다. 그러다 뉴욕의 사라 로런스 대학으로 편입하여 졸업한 후, 함께 민권 운동을 하던 유대인 법률가 멜빈 로젠먼 레벤탈과 1967년에 결혼했다. 이들은 미시시피 주 잭슨에서 다른 인종끼리 합법적으로 결혼한 최초의 부부였다. 1968년 첫 시집 『한때(Once)』를 출간하고, 1970년 첫 장편소설 『그레인지 코플랜드의 세 번째 인생(The Third Life of Grange Copland)』을 발표한 이후 많은 소설과 시집, 에세이집을 발표하고, 여러 대학에서 문학 강의를 했으며, 1980년대에는 글로리아 스타이넘과 함께 페미니스트 저널 《미즈》의 편집인으로 활동했다.

그런 만큼 워커의 작품들은 인종, 성, 계급 등 다중적 억압을 경험하는 흑인 여성의 문제를 세밀하게 그려 보이는데, 특히 백인뿐만 아니라 흑인 남성의 폭력과 착취에도 시달려야 하는 흑인 여성의 현실을 여실히 보여 준다. 워커의 첫 장편소설인 『그레인지 코플랜드의 세 번째 인생』도 예외가 아니다.

가난한 흑인 소작농인 그레인지 코플랜드는 1920년대 미국 남부에서 억압과 가난으로 점철된 삶을 살면서도 이를 지극히 당연한 상태라고 여긴다. 백인은 감히 저항할 수 없는 신과 같은 존재라고 믿기 때문이다. 이 탓에 밖에서 당한 굴욕을 아내와 자식을 학대함으로써 풀고, 주말의 향락에 의지해 삶을 (극복할 생각은 하지 못하고 그저 묵묵히) 견뎌 간다. 그 결과, 그의 힘겨움과 비참함은 고스란히 아내 마거릿과 아들 브라운필드에게 이어진다.

그들의 생활은 거의 전적으로 그레인지의 기분에 따라 일정한 주기로 되풀이됐다. 월요일에 그레인지는 지난밤 아내와 벌인 격렬한 싸움의 후유증과 숙취로 괴로워했으며, 이른 아침 태양의 열기에 찌들어 시종 시무룩하고, 무뚝뚝하며, 쌀쌀맞았다. 마거릿은 신경이 몹시 날카로워져 긴장했다. 그런 날이면 브라운필드는 쥐처럼 살며시 집 안을 돌아다녔다. 화요일에 그레인지는 그저 말이 없었다. 따라서 아내와 아들은 긴장을 풀기 시작했다. (중략) 목요일에 이르면 그레인지의 우울은 극에 달했다. [백인 고용주인] 트럭 운전사가 농담을 던질 때 그는 눈빛을 숨기며 정중하게 얼굴을 찌푸렸다. 밤에는 이 방 저 방을 서성거리거나 현관 서까래에 매달려 몸을 흔들었다. (중략) 금요일이면 노동과 태양 때문에 완전히 마비된 그레인지는 한 주가 다시 시작되기 전 남은 이틀 동안 푹 쉬고 싶다는 생각밖에 할 수 없었다. (27쪽～28쪽)

그레인지는 바깥에서 누릴 수 없는 남성다움을 얻기 위해 집안에서 가족 위에 군림하며 만족감을 만끽한다. 이에 마거릿은 "개처럼"(17쪽) 복종하지만, 급기야는 그레인지와 마찬가지로 주말만 되면 "춤과 노래와 술의 의식으로"(41쪽) 도피하고 만다. 결국 브라운필드는 혼자 남겨져 분노 속에서 어머니의 사생아 아이를 돌보는 신세가 된다.

하지만 그레인지는 가족을 버리고 북부로 떠남으로써 새로운 두 번째 인생의 전기를 맞는다. 본의 아니게 백인 임산부를 연못에 빠져 죽게 만든 이후, 묘하게도 백인에 대한 두려움 대신 증오로 무장하게 된 것이다. 백인은 더 이상 그에게 신이 아니었다.

그는 마침내 피 맛을 본, 길들인 사자 같았다. 신이 아닌 자들에게 저항하지 않을 이유는 더 이상 없었다. 아내와 자식과 가까운 친구들에게만 터트렸던 그의 공격성은 이제 진짜 적인 세상을 향해 드러나기 시작했다. 연못에서의 사고 이후 몇 주 동안 그는 할렘 주변에서 더 많은 이탈리아인과 폴란드인과 유태인과 싸움을 벌였다. (중략) 그는 백인의 얼굴을 내리칠 때마다 사랑스런 아내의 이름으로 주먹을 휘

둘렸다. (271쪽)

　이윽고 모든 백인과 싸울 수는 없다는 사실을 깨달은 그
레인지는 다시 남부로 돌아가 백인들에게서 "완전히 떨어
진 성소를 찾아 그들을 알 필요 없는 삶을 누리리라 결심"
(272쪽)한다. 하지만 그의 아들 브라운필드는 가족을 버리
고 떠난 아버지에 대한 원망과 백인에 대한 두려움을 떨치
지 못한 채 아버지의 예전 삶을 똑같이 되풀이한다. 심지
어 가족을 학대하다 못해 아내를 잔혹하게 살해하기에 이
른다. 그 결과 그레인지는 브라운필드의 막내딸 루스를 돌
보게 되고, 이는 그에게 또다른 변화를 선사한다. 그의 세
번째 인생이 시작된 것이다.

　"자기가 자기 인생을 망쳐 놓고는 남 탓하는 게 얼마나
위험한 짓인지 내가 잘 알아. 나도 바로 그런 실수를 저질
렀기 때문이야! 내가 아무리 똑바로 생각하려고 해도 흰둥
이들이 내 머리를 타락시켜 버렸어. 모든 게 그놈들 탓이라
고 믿는 그 순간 그놈들은 신과 같은 존재가 되어 버리지!
모든 잘못이 다 그들 탓이 되는 거야. 정작 본인은 물처럼
나약해져 아무것도 아닌 인간이 되고 말아. 악마를 탓하며
주변 사람들을 파괴시키고는 백인들에게 모든 책임을 돌리
지. 우라질! 그래 봐야 그놈들에게 힘만 더해 주는 짓이야.
우리한테도 영혼은 있어. 안 그래?"(347쪽~348쪽)

　루스에 대한 사랑 덕분에 이러한 깨달음을 얻은 그레인

지는 손녀딸만큼은 자신과 다른 인생을 살기를 열망한다.

그레인지는 나이가 들수록 더욱 침착해졌으며, 자신의 임무를 분명히 확신하게 되었다. 세상에서 자신이 해야 할 유일한 일은 루스를 헤라클레스적인 위대한 임무와 치명적일지 모를 거대한 투쟁과 불행의 전조라 할 만큼 냉혹한 현실에 준비시키는 것이었다. (337쪽)

그는 이를 위해 엄청난 자기희생도 마다하지 않는다.

앨리스 워커는 1973년에 어느 인터뷰에서 이렇게 말한다.

"『그레인지 코플랜드의 세 번째 인생』은 표면적으로는 아버지와 아들에 관한 이야기이지만, 실제로는 여성과 (중략) 여성이 받는 대우에 관한 이야기이다."

흑인 남성의 흑인 여성에 대한 폭력은 단순히 개인적 문제라기보다는 미국의 사회적, 경제적 불평등이 빚어낸 구조적 빈곤의 영향이 단연코 크다. 하지만 그렇다고 해서 폭력을 사회나 백인의 탓으로 합리화하여서는 결코 안 된다.

"네 아비 덕분에 비난과 범죄에 대해 미처 모르던 걸 알게 됐구나. 저놈은 행복하면 행복하다고 나를 비난해 댈 인간이야. 난 저놈을 전혀 이끌어 주지 않았지. 저놈 주장대로 사랑해 주지도 않았고 말이다. 하지만 저놈은 자기가 어른이 되었을 때 내가 저질렀던 잘못을 바로잡을 수 있었어. 자식들한테 좋은 아버지가 되었다면 저놈도 진짜 사내와 진짜 아버지가 됐을 거야. 내가 저놈과 제 어미한테 어떻게 했는지 잊고는 자기 가정과 자기 아내와 자기 자식들을 말아먹어 버렸어. 그러면서도 자기 탓은 절대 아니라고 우겨. 나약한 인간이 된 게 자기 책임은 아니라면서, 모든 문제의 뿌리는 나와 백인 놈들에게 있다는 거야. 저런 염병할 생각이나 하는 머리로 대체 뭘 하겠어?"(346쪽~347쪽)

사회구조가 잘못되었다고 해서, 어렸을 때 학대받았다고 해서 약자인 여성과 아이들에게 그 분풀이를 하는 짓은 절대 정당화될 수 없는 파렴치한 행위이다.

이렇듯 워커는 그레인지와 브라운필드라는 대조적인 두 흑인 남성을 통해 잘못된 사회구조뿐만 아니라 개인의 그릇된 인식으로 인해 흑인 여성과 아이들이 어떤 고통과 굴욕을 감당해야 하는지를 여실히 보여 주는 한편, 흑인에게, 더 나아가 인류 모두에게 아직도 새로이 거듭날 수 있는 희망이 있다고 소리 높여 외치고 있다.

흔히들 데뷔작은 세상에 대한 작가 고유의 시선과 가위눌림, 장애물과 탈출구가 가장 잘 드러난 일기장과도 같다고 말한다. 그런 만큼 첫 작품에는 작가 자신이 비밀스럽게 응축되어 있게 마련이다. 워커의 첫 장편소설인 『그레인지 코플랜드의 세 번째 인생』 역시도 마찬가지가 아닐까 싶다. 할 수만 있다면 내 손으로 쏠어서 이 나라의 불평등을 고르게 만들고 싶다던 워커, 그럼에도 폭력적이고 비평화적인 사회에서 비폭력적이고 평화주의적인 철학을 힘겹게 추구하는 워커, '세상의 노새'라고 경멸당하는 흑인 여성을 끊임없이 사랑하고 존중하는 워커, 어려서부터 극심한 자살 충동에 시달려 오면서도 꿋꿋이 이겨 내 그 충동을 작품으로 승화시킨 워커, 단순한 육체적 생존이 아닌 영혼의 생존을 추구하는 워커를 여러분 모두가 이 책을 통해 만날 수 있기를 바라 마지않는다.

2009년 5월
김시현

작가 연보

1944년 미국 조지아 주 이튼턴에서 흑인 소작인 부부의 여덟 아이 중 막내로 태어남.

1952년 형제들과 카우보이 놀이 중 장난감 총 사고로 한 쪽 눈 실명. 이로 인해 따돌림 당하자 독서와 시 창작에서 위안을 찾음.

1958년 실명된 눈의 보기 흉한 꺼풀을 수술로 제거함으로써 자신감 회복.

1960년 고등학교 졸업식 고별사를 낭독하고, 졸업 파티 여왕으로 선발됨.

1961년 장애인 장학금을 받아 애틀랜타의 흑인 여자 대학인 스펠먼 대학에 입학.

1963년 뉴욕의 사라 로런스 대학에 편입학.

1964년 여름 동안 아프리카를 여행하고, 우간다에 교환학생으로 감.

1965년 임신 사실을 알고 자살을 하려다 친구의 도움으로
        낙태. 그 후 우울증을 겪던 중 시「한때(Once)」창
        작. 사라 로런스 대학 졸업 후 인권 운동을 위해
        남부로 귀향.

1967년 남부에서 만난 유대인 민권 법률가인 멜빈 로즌먼
        레벤탈과 결혼. 첫 단편「죽음을 이겨 낸 사랑(To
        Hell with Dying)」발표.

1968년 첫 시집『한때』출간.

1970년 첫 장편『그레인지 코플랜드의 세 번째 인생(The
        Third Life of Grange Copeland)』출간.

1973년 첫 단편집『사랑과 고통(In Love & Trouble)』, 시집
        『혁명하는 피튜니아(Revolutionary Petunias & Other
        Poems)』출판.

1976년 장편『머리디언(Meridian)』출판. 남편과 이혼.

1979년 시집『안녕, 윌리 리, 아침에 보자꾸나(Good
        Night, Willie Lee, I'll See You in the Morning)』출판.

1982년 장편『컬러 퍼플(The Color Purple)』과 단편집『착한
        여자를 억압할 수는 없어(You Can't Keep a Good
        Woman Down)』출판. 캘리포니아 대학에 교수로
        취임.

1983년 『컬러 퍼플』로 흑인 여성 작가 최초로 퓰리처상과
        전미도서상 수상. 첫 에세이집『어머니의 정원을
        찾아서(In Search of Our Mothers' Gardens)』출판.

1984년 시집『말이 있어 더욱 아름다운 풍경(Horses Make
        a Landscape Look More Beautiful)』출판. 오랜 남자

친구인 로버트 앨런과 출판사 'Wild Trees Press' 설립. 『컬러 퍼플』의 영화화 결정.

1986년   단편 「친척의 영혼(Kindred Spirits)」으로 오헨리상 수상. 영화 「컬러 퍼플」(스티븐 스필버그 감독) 개봉.

1988년   단편집 『죽음을 이겨 낸 사랑』, 에세이집 『말에 의한 삶(Living by the Word)』 출판. 출판사 'Wild Trees Press' 닫음.

1989년   장편 『내 친지의 예배당(The Temple of My Familiar)』 출판.

1991년   어린이책 『녹옥 찾기(Finding the Green Stone)』, 시집 『그녀의 푸른 몸은 우리가 아는 모든 것(Her Blue Body Everything We Know)』 출판.

1992년   장편 『은밀한 기쁨을 간직하며(Possessing the Secret of Joy)』 출판.

1993년   에세이집 『전사의 징표(Warrior Marks)』 출판.

1994년   단편 전집 출판.

1996년   에세이집 『여인들의 신전(The Same River Twice)』 출판.

1997년   에세이집 『사랑의 힘(Anything We Love Can Be Saved)』 출판.

1998년   장편 『아버지 미소의 빛으로(By the Light of My Father's Smile)』 출판.

2000년   장편 『전진은 상처받은 마음과 함께 가는 것이다 (The Way Forward Is with a Broken Heart)』 출판.

2001년   에세이집 『땅이 보내다(Sent By Earth)』 출판.

2003년　시집 『대지의 선함에 대한 확신(Absolute Trust in the Goodness of the Earth)』, 『팔 아래로 여행한 시(A Poem Traveled Down My Arm)』 출판.

2004년　장편 『새로운 나여, 안녕(Now is the Time to Open Your Heart)』 출판. 에세이집 『현경과 앨리스의 神나는 연애』(현경 공저) 한국 출판.

2006년　에세이집 『우리는 우리가 기다리던 사람이다(We Are the Ones We Have Been Waiting For)』 출판.

세계문학전집 209

그레인지 코플랜드의 세 번째 인생

1판 1쇄 펴냄 2009년 5월 20일
1판 14쇄 펴냄 2023년 6월 12일

지은이 앨리스 워커
옮긴이 김시현
발행인 박근섭, 박상준
펴낸곳 (주)민음사

출판등록 1966. 5. 19. (제 16-490호)
서울특별시 강남구 도산대로1길 62(신사동) 강남출판문화센터 5층 (우편번호 06027)
대표전화 02-515-2000 팩시밀리 02-515-2007
www.minumsa.com

ISBN 978-89-374-6209-2 04800
ISBN 978-89-374-6000-5 (세트)

* 잘못 만들어진 책은 구입처에서 교환해 드립니다.

세계문학전집 목록

세계문학전집은 계속 간행됩니다.